筑信

锦连珠 著

中华工商联合出版社

图书在版编目（CIP）数据

筑信 / 锦连珠著. -- 北京 ：中华工商联合出版社，
2024. 7. -- ISBN 978-7-5158-3997-4

Ⅰ．Ⅰ247.5

中国国家版本馆 CIP 数据核字第 2024CW8023 号

筑　信

作　　者：锦连珠
出 品 人：刘　刚
责任编辑：吴建新　关山美
图书策划：紫橙文化
装帧设计：张合涛
责任审读：郭敬梅
责任印制：陈德松
出版发行：中华工商联合出版社有限责任公司
印　　刷：北京毅峰迅捷印刷有限公司
版　　次：2024 年 9 月第 1 版
印　　次：2024 年 9 月第 1 次印刷
开　　本：710mm×1000mm　1/16
字　　数：315 千字
印　　张：21.25
书　　号：ISBN 978-7-5158-3997-4
定　　价：56.00 元

服务热线：010-58301130-0（前台）
销售热线：010-58301132（发行部）
　　　　　010-58302977（网络部）
　　　　　010-58302837（馆配部）
　　　　　010-58302813（团购部）
地址邮编：北京市西城区西环广场 A 座
　　　　　19-20 层，100044
http://www.chgslcbs.cn
投稿热线：010-58302907（总编室）
投稿邮箱：1621239583@qq.com

工商联版图书

自　序

我自幼喜欢文学，习惯从理想化的角度看世界，从事银行信贷几十年，经历了从完全相信到半信半疑，再到怀疑一切的过程，有维护诚信、驾驭风险的成就感，也有被骗、被罚、被起诉、被怨恨的痛心经历。我总觉得在商品社会中提倡诚信靠思想教育效果不太明显，那怎么才能立竿见影呢？靠严刑峻法？通过大数据、AI 机器人审贷收贷来杜绝人情和心障？或者提高生物科学技术，发明读心术来根除信息不对称？为此，我常常在收贷催息的疲惫间隙中思考这些问题，并写了数篇论文和建议书，但都没有什么效果和影响。

后来，我决定写一部小说，虚构人物和情节，努力编好故事，尽量克制论述、说教和建议的冲动，希望读者能够通过文学的形象看到现实。

诚信包括诚实和信用。我钟爱小说，喜欢神话传说，本人也不敢说是绝对诚实的人，没资格对"诚"说三道四，所以只能围绕着"信用"做点文章。其实信用是人类社会特有的宝贵资源，在作者看来，人类之所以区别于、先进于其他动物，除了会使用工具，还有一条就是会讲信用。

从社会的角度看，信用是有价值、有生命的。一所国际著名大学的网上公开课中，有一个关于信用价值的案例，案例中一位合同签约者在合同签订不到五分钟后就毁约，守约方马上按照合同约定要他支付 20 万元的定金，毁约者不服，说区区五分钟就要 20 万元，太不合理了。公开课的教授问在座的学生，这 20 万元究竟合不合理？为什么？一位学生回答说虽然签订合同时间很短，但之前的磋商可能会很漫长，花费了很多时间、精力和资金，这20 万元应该是这方面的补偿款，教授点头，说有道理。这时，一位叫大卫的学生说出了自己的观点，他说毁约者赔偿这 20 万元最主要的原因是他贬低了"信用"的价值。大卫的观点赢得了教授的称赞，并引发了所有听众，包括我的深思。

不得不说，教授的案例形象具体，大卫的思维抽象宏观，彼此鲜明具体地指出了信用的作用和价值，把"信用"这一概念在经济领域进行了明晰的物化。

我想，既然讲故事，就在时空上拓展出去，把故事讲得久远一点，地理空间也拉大一点，虽然故事的主脉发生在 20 世纪 90 年代的东北，但范围却从当今社会写到三百年前、从渤海湾写到南海之滨，进而写到大洋彼岸。

说到中国古代，相对于很多"出其不意"闻名于史的聪明人物，能拿出来当作守信典型的真不多，我感觉尾生算是其中最著名的一个了。

关于尾生，有"尾生借醋"和"尾生抱柱"两个故事，都很有争议，这两个故事也分别讲了"诚"和"信"两个概念。在尾生看来，如果出发点是正义和善良的，可以不诚实，但是和别人约定好的事情，就一定要讲信用，为了维护信用，宁可失去生命也在所不惜。很多人认为尾生愚蠢，那是因为尾生的故事不完整，尾生肯定不是傻子，他的做法肯定有他的道理。我认为，尾生是用自己的生命来拯救一个叫"信用"的生命。这部小说的主人公外号叫"驴秀才"，身上也有尾生的影子，我不能为尾生讲述完整的故事，但可以把驴秀才的是非遭遇、感情纠葛从头到尾写出来。

最后说说信贷员，在 20 世纪 90 年代，他们确实在银行中是举足轻重又"危机四伏"的角色，这就打造了一个腥风血雨的信贷江湖，老实本分、不会变通的人肯定要付出惨痛教训后才能适应环境，否则就会成为江湖笑料。如今，时代发展了，科技进步了，但不知何故，各种人为因素和主观判断还在大行其道，信贷江湖仍然风高浪急，波涛汹涌，各路信贷大员只是换了称谓而已，诸位"仙道神魔"还活跃其中，斗法争锋。

我曾当了多年信贷员，江湖地位很低，只是个巡查传令的"巡山小鬼"，一直认为这工作很不简单，社会价值很高。但有时想想自己为了完成任务，拼命催收，确实给不少人带来苦难，有人从此一蹶不振，企业也跟着滑坡倒闭，心里不禁有了负罪感。不过细一想，这事怎么能让信贷员来背着黑锅呢？

后来，在一位欠贷者的推荐下，我看了一部热播日剧，里面主人公因父亲被信贷员强力收贷逼得自杀，遂决定报复银行，他复仇的办法就是进入银行内部成为信贷员，揭发其他信贷员的违规操作，曝光银行的管理漏洞，让其他信贷员下跪求情，让银行脸面丢尽。

这部剧可谓是"痛殴放贷者"的爽剧。在我看来，作者打着人性化的幌子，实际上是在贬低信用的价值，是对尾生一流的批判。这部剧收视率很高，我认为这很正常，因为人性中，有向往自由，有自私自利，所以对无偿占有他人或公共资源无限向往，对信用这道枷锁无比痛恨。

不过，现实中也有一些为数不多的、愚直偏执的人，包括古时的尾生和本书中的"驴秀才""包黑子"，他们或出于正义感，或出于责任感，或是天生的不灵活，都十分努力地维护着信用，即使被报复、被诅咒，即使付出了汗水、泪水、血水乃至生命，也在所不惜。我觉得不管自己的水平如何，也要把这些人的故事写出来，让人们了解他们、理解他们。理解他们多一些，也就理解了"信"的含义和作用多一些；同时，也让人们理解违约者，理解失信，不论是从人性还是从经济学的角度看，这都是正常行为，正是这样，才看出守信维信者的不凡。

因此，有了这部小说。

与出版社磋商出版此书的时候正是隆冬，收到出版合同那天恰巧是大寒，读完里面的各项责任、义务条款和违约罚则，不免有点金箍罩头的感觉，不过看到出版社火红的出版专用章，心头又升起一股暖意。

离开书桌，踱步室外，寒风虽凛，但看暖阳、红霞、山林，分明是春天款款走来的身影。

世界上最守信的莫过于春天，人们对春天期盼的原因，与其说是春天有鲜花和绿草，不如说是春天有信用，她永远能如约如盼地满足人们的每一份心愿。所以，既然喜欢春天，那就像春天一样，有爱、有温度、有信用吧！

锦连珠

2024 年 1 月 26 日，农历大寒过后，立春之前

目　录

第一章

"砸驴"入江湖

（一）

20世纪90年代初，台营撤县立市，县信用社也翻牌变成台营银行，可这市区还是县城模样，街上的驴比狗多，所以很多人说，荣锦当上信贷员是踩了"驴屎运"。

在遇到那头驴之前，荣锦从没想到自己会当上信贷员，没钱没人没背景。妈守寡多年，单位改制，早早下了岗。爸是一名牺牲了的警察。公安局当年有承诺，荣锦本可以做警察，但他妈说警察风险太大，坚决不同意，最后靠一张财经院校的文凭进入信用社，当上了柜台出纳，身守三尺柜台，手过百万钞票，寒暑一把算盘，收付亿万现金，工作简单重复，日子飞快如梭。

别看他们都衣着体面，风吹不着，雨淋不着，但这是重体力工作，要长久地坐着，双手不停地忙活，注意力要牢牢集中，时时承受着被投诉、做错账所带来的风险和处罚，关键还要一直微笑，这对头脑活跃的人真可谓是一种痛苦的工作。

在这座钢筋水泥的建筑物里面，在不锈钢围栏和冰冷的大理石柜台后面，三年的柜台工作，让荣锦和很多人一样，已被磨砺成一头默默劳作的"蒙眼驴"。

他已经完全习惯了出纳科的氛围，感受不到刚进来时的压抑和束缚，如同去澡堂泡澡，初进去时人体味、肥皂味、水蒸气味让人受不了，可时间一长，就感觉不到难受了，温暖湿润、包裹着人体气息的蒸气反而让人感到舒服熨帖，甚至产生了在这里待一整天的念头。作为一名熟练的出纳员，"眼罩"罩住了他的眼睛，也罩住了他的口鼻，他视钱如纸、如空气。

需要交代一下荣锦的长相，小伙子身材还算不错，一米八一的身高，挺拔结实，五官很周正，只是脸微微有点长，近视镜的镜片很厚。如果不笑，他全身上下都透着英气和书卷气；但如果一笑，哪怕是微笑，两颗过于苗壮的门牙就跳出来抢镜了，给他添了五成憨直。

喜欢当红娘的工会刘姐提醒过荣锦要少笑，即使笑，也要不露齿，荣锦根本没当回事儿，可柜台微笑服务的训练，反而搞得他无所适从。好在荣锦想通了里面的事理，懂得这是对一种被信任的感恩回馈，开始笑由心生，笑容虽有点儿僵硬，不过配合行云流水般的作业手法，惹得很多客户喜欢坐在栅栏外面，微笑着看他忙碌。荣锦通常只是在操作完成时才嘴角微扬对客户笑一下，说声"谢谢！欢迎您再来"，尽管这也是规定的话术，但话出自荣锦内心，相信听者也会感到其中的真诚。

如果事情按照这种趋势发展下去，他真有可能成为一名银行柜台业务的服务明星，但命运就是这样，当你放弃了原有的梦想，打算服从命运安排的时候，促狭的命运之神才会给你一个机会。

（二）

按照银行监保部的事后记载，那天的事件实属突发，"当值护钞员和出纳员在处理中尚缺乏经验，应吸取教训，引以为戒"，二十几个字概括了整个事件。可据在三楼窗口俯瞰整个事件过程的工会刘姐说，这事绝对没有监保部记载得那么简单。

当年，台营市的街上有不少古老的交通工具——畜力车，大部分是来自郊县农村的小驴车，它们大多数情况下都能老老实实、默默无闻地为城市建设、加强城乡交流做着贡献，但城里的东西和动静很容易让这些四脚动物受惊，总会有些或暴躁、或胆小、或幼萌的驴受到惊吓而在城里马路上狂奔，当地人称这个为"驴毛啦"。

"驴毛啦"的时候一般连车老板都无计可施，因为拉车闸车必翻，就会车毁人亡驴残，所以只能把住缰绳控制住大体方向，嘴里替驴嚎叫开道："躲开，躲开！毛啦毛啦！毛驴毛啦！"

如果碰巧车老板不在岗位上，那就只能目睹这头牲口在喧嚣的闹市中尽情地表演着刺激无比的独角戏，直到体力不支，瘫倒街头或突然幡然醒悟。

那天傍晚，就在银行门口，正在送款的荣锦和管金库的满超、接款车的司机、警卫老万和一干路人就赶上了驴子受惊，拉着驴车在马路上狂奔，车老板拎着鞭子跟着车飞跑，还扯着嗓子大喊："都躲开！驴毛啦！"

这头体毛油黑、白嘴白蹄白肚皮的萌驴蛮力十足，四蹄腾空，鬃尾飘飞，驴车上还绑着两个巨大的白铁皮罐子，罐盖子不知掉到哪里去了，罐子在颠簸中撞来撞去，里面的牛奶洒得满车、满街都是。

这大街上有很多下班下学的人，人们本能地躲闪逃命，刹那间给驴让出一条宽阔平展的路来。可接下来，像是有导演安排似的，从银行门口诡异地冒出来个上了年纪的女人，颤颤巍巍地挪动到光溜溜的马路上，而后像一个木桩一样站在路中央。

"快闪开啊，闪开！"荣锦和众人一起大喊，老女人好像视力和听力都很差，恐怕也是被吓傻了，把一个鼓鼓的帆布包紧紧抱在胸前，任众人怎么喊，就是站在那里不动。和低级动物不同的是，人受惊后是呆立而不是狂奔，且在惊恐万分、不知所措、手脚失灵的时候还不忘把钱财保护好。惨剧就要发生，很多人"哎呀哎呀"地惊呼，没有敢往上冲的，荣锦想冲上去，即使拦不住驴，也要拉开老太太，可两条腿一时也不好使了，只能跟着众人一样瞪眼张嘴。

"完了完了！这下要出人命了！"旁人这时只能惊呼。

满超反应快，对着拿着武器的警卫老万大喊："开枪啊，开枪射驴！"

老万是个转业军人，在银行警卫这个岗位上工作多年，平时老吹嘘自己枪法准，拿过全团第一，可这时也只是和众人一样呆若木鸡。按照事后他的经验总结，当时是在想，倘若这件事不是突发，而是劫匪做的局，声东击西，诱使警卫开枪射击毛驴，利用空隙突施抢劫，他三个老万恐怕都被干掉了。他牺牲不足惜，重要的是银行财产不能受到损失。所以这一刻，他要做到沉着冷静，明察秋毫，不能轻易开枪。

"老万！开枪！"两只手还拎着钱箱的荣锦这时也没想太多，急声呼喊着老万。

"开枪啊，射驴射驴！"更多的路人也反应过来，帮着催促。

老万端着霰弹枪一动不动，头盔里面像是没长耳朵。

众人一喊，驴耳朵倒是竖起来了，梗起脖子瞪起驴眼，蹄下加劲对着女人就冲过去，眼看还有两三米就撞上了，荣锦急了眼，那一刻他把一切置于脑后，或者说大脑一片空白，原地抡圆了胳膊，把足有十几公斤重的钱箱对准那头牲口就撒了过去，铁皮钱箱就像集束砖头，翻滚着划了一条短平的弧线正砸到驴子的肋扇上。荣锦年轻力壮，又天天拎几十公斤重的钱箱，臂力很大，加上驴车迎头而上的速度，钱箱对那头驴子的冲击力虽抵不上霰弹枪，也跟土炮差不多。

被钱箱猛然击中，驴的身体一下子歪向一边，脚步也跟着踉跄几下，登时委顿下来，不过惯性还是让驴车擦着老女人的身体斜着冲出十多米，在不远的地方停了下来。

驴子站住了，脊梁和肋扇儿上冒出了血。女人瘫坐在地上，不过还不忘护着怀里的皮袋子。再看封了封条、加了锁的钱箱被摔得"钱章"四溅，金光闪闪、红红绿绿的东西散落一地，里面的钞票和硬币让荣锦一砸，驴骨一顶，一下子弄出个天女散花的效果，围观的路人一看，眼睛登时就亮了，有人马上喊道："哎呀妈呀！真金白银啊！""还是钱好使！你看你看！驴都不跑啦！""还看什么，银行发钱了，不拿白不拿呀！"说话间，几个胆大的开始往前挤……

"都不准动！不准动！"荣锦急得直跺脚，扯着嗓子狂喊，可见了钱的人都"毛"了，有几个稍微停了停，看其他人还在往前挤，也跟着拥，局面眼看就要无法控制。

"砰！"老万手中的枪响了，伴随着震耳欲聋的枪声，朝天的枪口喷出股浓烟，在场的人都被震傻了，像雕塑一样立在原地；驴子又一惊，重整旗鼓，往前跑下去了，受了伤的驴子速度慢多了，不过还是引来一阵惊呼："驴又毛啦！撞谁谁倒霉啦！快躲开啊！"

转眼间，围观的人已经被枪声和驴吓走了一半。

"快把钱收起来！"老万低声命令着荣锦和满超，荣锦这才回过神儿来，赶紧用最快的速度把能找到的钱和章都拢到已经变形的铁箱里，勉强合上盖子后，将箱子塞进钞车里，拉上车门。

"银行重地，请赶紧离开！"空气中弥散着霰弹枪的硝烟味和老万炸雷般的吼叫，他一边驱赶着人群，一边往霰弹枪里填充着子弹，这时，其他警卫也从银行跑出来，帮着清理现场，驱散人群。

驴继续疯跑下去了，人也散开了，荣锦走过去把老女人搀起来，女人抱着帆布包给荣锦鞠了几个躬，嘴里说着荣锦听不懂的南方话。荣锦感觉她身上可能带着很多刚取出的钱，催促她赶紧走。

这时，荣锦忽觉有人在背后轻轻拉他衣角，扭头一看，一个眉清目秀的小女孩冲着他举起一枚硬币，崭新的硬币在女孩白嫩的手里闪闪发光，女孩把硬币放在荣锦手里，说了句："我在地上捡到的，哥哥你收好！"没等荣锦说什么，小女孩就转身离开了。

荣锦正想叫住她问问名字时，一个拎着鞭子，浑身奶膻味的高大年轻人从荣锦身边跑过去，他扭头看了荣锦一眼，没说什么，朝着驴消失的方向追下去了。荣锦看着他的背影，知道他是车老板，这个人就这么在荣锦眼前一声不吭地走了。

（三）

经事后核点，钱箱中的印章没有丢失，钱款也大部分收回，只有八百五十七元的短缺，算是损失轻微了。银行不会找那头疯驴和车老板算账，按照制度，出纳员没有保护好钱款，造成的损失由出纳员本人赔偿，并根据金额大小给予一定的处罚，荣锦赔偿了全部损失，还被罚掉了三个月的奖金，与之对应，行里奖励遇事不慌、措施得当的老万五百元。宣布处分当天，科长老金出面，老万出钱，请荣锦和满超吃了顿驴肉蒸饺。用老金的话说，驴闯祸，咱把它蒸了，也算出了这口气，干这行的，受点委屈很正常。

荣锦以为这件事就这么过去了，没想到有个叫叶全的南方人带着电视台的记者和锦旗来到银行，要求行里表扬奖励出手救人的荣锦。原来那个被救女人是这个人的婶母，对此叶全代表家人对荣锦及其所在的银行表示由衷的感谢。高行长礼节性接待了他们，一见面才知道这个叶全竟然是全市最大的商超——金鼎商厦新换的法人代表。金鼎是家改制企业，欠了台营银行两千万元贷款，改制后一直对债权行的催收不理不睬，新任法人代表也对银行的人避而不见。到现在，金鼎的对公账户还是冻结状态，估计叶婶母取出的巨额现金是利用私人账户进行现金交易，逃避银行监管。这招儿在南方普遍使用的现金体外循环在台营会用、敢用的人还不多。

得知叶全身份后，双方谈话气氛有点尴尬，叶全年龄不大，却是个"老江湖"，来之前也有心理准备，他说感谢银行当初贷款给金鼎，同时他更要感谢银行职员英勇救人，小伙子虽违反某些规定，但危急时刻敢于出手救人，就值得宣传表扬，作为被救人家属，他请求银行收回对荣锦的处罚。

高行长对此表示理解，但对取消处罚不苟同；女记者燕红这时候表现出了处理尴尬情况的能力，她征求高行长的意见，看能不能让荣锦和大家见一面，满足被救者家人的心愿，高行长听罢爽朗一笑，手一挥，对陪同人员说道："到下面把小荣叫上来。"

等荣锦走进行长室，抬头面对女记者的时候，差点失声叫出来，原来竟是初中同学燕红，荣锦早知道她在电视台工作，时常还会看到她的电视节目，但没想到她会出现在这里。他定定神，揉揉眼，才看清高行长旁边举着锦旗的叶全。荣锦刚想跟燕红打个招呼，就被叶全一把抱住了。

此时，电视台摄影师肩上的摄像机不失时机地抓拍着这动人的场景，而荣锦的眼睛一直盯着燕红，燕红却好像不认识荣锦，很职业地微笑着在几个人的面前转移着话筒，间或插两句主持性的话。高行长一改开始的态度，振振有词，慷慨激昂地发表了一通演讲。

叶全也南腔北调，情真意切地一番表白，临了不忘强调金鼎将全面改革，回馈广大关爱其发展的各界朋友。

荣锦记不清别人说了什么，也忘了自己说的话，只记得燕红那双水汪汪的大眼睛。

没几天，大家在市电视台的晚间新闻栏目中看到了题为《他在平凡岗位上发光发热》的报道，荣锦一夜之间成了全市"名人"，成了著名的"砸驴小子"，金鼎出了风头，台营银行也火了一把。

荣锦以为燕红真的把他给忘了，没想到报道播出一周后，他下班推着自行车一出行门，就看见穿着花裙子的燕红笑眯眯地站在众人的目光中看着他。

"找我吗？"荣锦问。

"嗯哪！"燕红答道。

"有啥事吗？"荣锦又问。

"单独采访你，怎么样？"

荣锦不问了，只是咧着嘴笑。

而后，两人就是不停地单独"采访"。再往后，燕红就在众人的注视下坐上了荣锦自行车的后座。两个人的关系明显有了实质性的突破，当燕红把手放在荣锦腰上，荣锦用手抓住那只小手的时候，他感觉自己恋爱了。

（四）

"驴屎运"到此还没结束，不久，高行长亲自发话，把柜台里的荣锦调到了信贷科来"发光发热"。

这信贷业务是银行业务的核心，那是多少银行青年梦寐以求的岗位，对比银行的出纳员，两者简直就是弼马温和齐天大圣的云泥之别。荣锦从一楼的出纳科直接调到四楼的信贷科，别人都过来祝贺，说他连升了三级，荣锦这时也不再用嘴角微笑了，而是咧开大嘴，露出板牙，憨笑着感谢大家。

很快，荣锦收敛了笑容，他已经感到运气后面的压力了。金鼎商厦还赖着银行两千万元贷款，高行长点名让他去清收，明显是有所用意的。他没去问整个信贷科有多少不良贷款，这两千万元就让他感到窒息。三年柜台生涯让钞票给他留下了深刻清晰的概念，当他在信贷报表上呆账贷款那一栏看到一串长长的数据时，感到这座银行整个金库已经被"洗劫"一空，留下的只有后脊梁上彻骨的寒意。他曾为了区区一千元短款而出冷汗、焦躁、失眠。设想一下，有一天短款金额换成这些数据时，他肯定会感到世界末日已然来临了。

不过，对于制表的综合员冯丽艳、审表的王科长乃至阅表的高行长来说，这些数据只是在眼前飘来飘去的一长串数字而已，至于这巨额的现金是怎么变成报表上虚无缥缈的数字，又怎么能变回本来的样子，无人能给出答案。

有一天在食堂，荣锦遇见满超，聊起这个话题。满超说这些都是时代进步的牺牲品，改革的代价，收回来是奇迹，收不回来才是正常。

"不良贷款和现金短款没有本质区别，短款要努力去追，不良贷款也要'玩命'去讨，这样才能收回。我这样理解对吧？"荣锦问。

满超对着空中打了一个响指，大笑道："短款金额小，时间短，关键是责任明确，处罚到位，当然要下力气去追。至于那些不良贷款，原因不明，责任不清，都是陈年老账，比骨头还难啃，除非有邪门歪道的'巫师巫婆'出现，或者点石成金的仙人、神人下凡，否则正常人用正常方法绝对收不回来。不过，这回就看你的了！"

"为啥？"

"你有'驴屎运'护体啊！领导让我去打几局球，帮收拾一下，谢谢哈。"

满超说完，哈哈一笑，一甩长发，把用过的托盘餐具往荣锦面前一推，转身潇洒离去，徒留荣锦一脸蒙地坐在原地。这个满超是省队退役的乒乓球运动员，是银行特殊招聘的，平时除了参加各级组织的比赛，基本上不怎么干活。满超性格豪爽，出手大方，喜欢请客吃饭，而且急公好义，对于一些经济困难开口借钱的人，从来都是有求必借，因此得了个"小温侯"的绰号。

"小温侯"社会阅历虽丰富，但毕竟不是信贷内行，荣锦觉得还是要找个信贷前辈请教，于是他向金鼎原来的信贷员、外号"老抠儿"的张春涛问询一些情况，顺便请教了一个问题——信贷员应该先学什么？是规章制度还是客户信息？

"老抠儿"三十六七岁，是恢复高考后的首届大学生，却一直是个科员，据说特别爱惜钱财，精于算计，从不请客，抽烟只抽"伸手牌"，更不必说借钱给他人了。

出乎意料，"老抠儿"说了句："都不是。"荣锦不解，忙问为什么。"老抠儿"慢条斯理地答道："规则和档案里的东西都是死的，小学毕业的人就能一看就会，你说有啥要学的？到时候花儿分钟看看就够了。"

"那应该先学什么？"荣锦瞪大眼睛问。

"老抠儿"翻了翻老式黑框眼镜下面浑浊的眼球，嘴里吐出一个字："屁！"

"什么？痞还是屁？"荣锦有点发蒙。

"痞是地痞流氓的，咱们的叫屁！"

"怎么会是屁？"

"老抠儿"推了一下鼻梁上的眼镜，懒懒地说道："你要知道，咱这一行有个外号，叫万金油，也叫万能胶，什么难的事，咱都能化解；什么高的人，咱都能交上，可这最基础的功夫就是'屁'。别小看了这个'屁'，可是含义丰富，学问深刻啊！可以是掇臀捧屁，也可以是添风放屁，还可以是说屁话，做屁事，写屁材料，强调一下啊，这个屁话可有讲究，它既不是真话，也不是谎话，更不是没用的话，它就是个屁话，你懂了吗？"

荣锦摇摇头，"老抠儿"也跟着摇摇头，然后摇晃着身体走开了，嘴里还小声叨咕道："屁也不懂，还干个屁！"

很多年后，荣锦才明白这"屁"的含义，这里面固然有不认真、不正经、不驯服的层面，但还有点功夫绝活儿，有让人既讨厌又喜欢的地方，是一种看透不说透、揣着明白装糊涂的混世智慧。

科长王朝光对荣锦还算重视，专门找荣锦谈了次话，这是个说话有深度、有哲理，且有趣的人，高高瘦瘦，一派道骨仙风，人称"道长"。他头一句就警示荣锦以后要面对各色人等，要注意识骗防骗。荣锦问如何识骗防骗，"道长"说，这个就是八仙过海，各有神通了。荣锦追问他本人是如何做的，"道长"哈哈一笑，说了两个字："相面。"听得荣锦的下巴差点儿惊掉。"嘴别张那么大！不管是惊、是喜、是怒，一定闭紧嘴巴，记住，瞪大眼睛多看，管住嘴巴少说。"

"道长"这么一说，荣锦一吐舌头，赶紧闭上嘴。忍了一会儿，还是憋不住问："那怎么相面？"

"道长"微微一笑，慢慢答道："这个嘛，别着急，看多了，自然就会了。"

"给点提示嘛，领导。"荣锦有"问到底"的执着。

"好吧，先给你一条秘籍，那就是男人看眉毛，女人看眼睛，至于怎么看，你慢慢体会哈……"

除了高深莫测的"道长"，科里的老信贷员也都是银行里响当当的人物，他们虽学历不高，但阅历丰富，口才一流，几乎人人都有绰号。别看对内是普通科员，但对外绝对堪称"牛人"，任凭你是多大的企业，是书记还是厂长，多大年龄，多深阅历，在信贷员面前，都得低头。用"浪人"王少波的话讲就是所谓的"小鬼管大王"。

有一次，荣锦问"浪人"这个现象的缘故，"浪人"拍拍荣锦肩头，"自己琢磨吧，但记住啊，不管什么情况，不管企业什么人来说，你只能说两个字——不行！"

"那谁去说'行'呢？"

"秀才，你呀，对付驴还行，对付人还嫩，这还用问？'唐僧'呗！"

"唐僧？"荣锦不解。

"你是大圣，领导就是唐僧，怎么？我说，秀才，驴秀才，你是不是要体验一下紧箍咒的感觉才承认谁是领导？哈哈！"

"浪人"的笑声分贝超高，而且还极具魔性，震得办公室挑高的房梁都跟着颤。在这栋办公大楼里面，除了高行长，没有几个人敢这么放肆地大笑。

这一笑也让荣锦的绰号不胫而走，从此台营的信贷江湖上多了个愚直偏执的"驴秀才"。刚开始荣锦有点不适应，觉得这个名字多少有点怪气贬义，可慢慢地，他觉得大家都没什么恶意，而且信贷员就是要有点与众不同的地方，所以也就欣然接受了。

"驴秀才"此时对新工作充满了好奇，除了勤学好问以外，还喜欢听信贷科的其他人在工余时的胡吹海侃，都说得有根有据、有鼻子有眼的，真不知哪句是真、哪句是假、哪句有用、哪句没用。

当年，银行还讲究"传帮带"，信贷新人更要有师傅带，高行长点名让绰号"包黑子"的老信贷员包法衡带荣锦。

这个"包黑子"今年56岁了，眼神不好又不戴银镜，眯着的眼神像老猫眼缝里射出的绿芒。荣锦在出纳科时就听说过关于他的故事，这个人没上过大学，却能说一口流利的英语，上知天文，下晓地理，工作业绩突出，却一直没得到提拔，带过的人不少，据说连高行长也曾是他的徒弟……

然而这个"包黑子"让荣锦感觉是信贷科里最不好接近的人，整天黑着脸。他是有名的收贷高手，很多老大难的欠贷户都让他给"办"了。从跟"包黑子"的一段时间看，荣锦感觉他收贷确实有些办法，这些办法可以概括为几种：有"理收"，就是晓之以理，好言相劝，这种比较简单，建立在客户比较讲道理，讲信用，有一定还款意愿的前提下；有"情收"，当客户还款意愿不强，光讲道理行不通的情况下，就要动之以情，包括觥筹交错，把盏言欢，利用关系等；还有"武收"，就是撕破脸、下狠手、声色俱厉、对簿公堂等，这种清收条件是客户没有丝毫还贷意愿和再次合作的潜力。

除了这三种办法，另有一种秘而不宣的办法，那就是"智收"：即以毒攻毒，以彼道治彼，在不违法不违规的前提下，利用计谋，达到收贷的目的。

对于上述几种收贷方法，包黑子曾评价说"理收是上策，情收是中策，武收是下策，理、情、武兼施是常策，而这智收是忌策，除非万不得已，一般不要使用。"

"这样会不会让客户觉得银行的人都很傻，很好骗？"荣锦问。

"我们靠规程，而不是靠计谋。只要按规程办事，就不会被骗。"

看荣锦连连点头，"包黑子"觉得"孺子可教"，他不会想到，后来荣锦无意中竟然把这招"智收"用到了极致。

师徒两人处长了，荣锦发现"包黑子"有时也讲"屁话"。有次去外市催息，住宾馆，房间里有两张弹簧床，累了一天的荣锦一声欢呼，一个鱼跃飞扑把自己扔到床上，大摊开手脚，让身体在弹簧弹出的波浪中上下起伏。

正享受的时候，"包黑子"在旁边叫他："帮我把垫子撤走。"荣锦愣住了，以为自己听错了，"包黑子"又重复了一遍，荣锦这才明白过来。

"可舒服了，干嘛撤走？"荣锦问。

"这玩意我享受不了。"包黑子说道。

看来"包黑子"是认真的，厚床垫搬走了，只剩下光秃秃的松木床板，"包黑子"用扫帚扫了扫，铺上单薄的床单，说了声"妥了"，就脱衣躺下，准备睡觉。

这也能睡着？"包黑子"的一番操作让荣锦瞪大双眼，惊诧不已，睡意都少了一半。

"师傅，你是不是腰不好？"他体贴地问。

"腰没问题，唉，我是怕啊。""包黑子"躺在木板上叹了口气。

"怕什么？"荣锦好奇地问。

"睡了席梦思，夜里梦西施啊，呵呵。""包黑子"开始说屁话了。

"那不是好事儿嘛，哈哈哈……"荣锦被逗笑了。

"梦西施，误大事；光板床，当栋梁啊……""包黑子"嘴里含含糊糊地说着，翻了个身，身下的木板发出一阵咯吱咯吱的响声，不一会儿，这响声就被他的呼噜声覆盖了。

可荣锦却感觉身下的席梦思没有了刚才的舒适感，翻来覆去睡不着，干脆，他也搬开床垫睡床板，尝试睡光板床的感觉。虽然初感有点硌腰，不过困意正浓，很快也就睡着了。

天还没亮，"包黑子"就起床了，他用老猫一样的眼睛瞄了瞄床板上酣睡的荣锦，嘴角流出一丝得意，自言自语道："嘿嘿，还真是块材料！"

（五）

师徒两人除了偶尔出差同寝时扯扯闲话，讨论最多的还是金鼎商厦的贷款具体回收策略。行里目前确定的收贷方式是"理收"加"情收"。高行长在内部会议上有过指示，对于这次国企改革中出现的不符合核销条件的不良贷款本着支持拥护体制改革的目的，不能硬收，要采取积极、灵活、稳妥的资产保全措施。

荣锦被高行长慧眼识珠，大胆使用，心里一直想着知恩图报，快出业绩，恨不得明天就把行里的不良贷款全部清收干净。但现实没那么简单，面对着各种无理的推脱、拒绝，又没有强硬手段，荣锦感觉真是油锅里捞金子——无从下手。对此，"包黑子"也没说出什么好办法。

确实，事情发展很多时候不以人的意志为转移，一头驴带着天意将叶全和荣锦联系在一起，这是生长地域和环境完全不同的两个同龄人。当荣锦学成归乡坐上三尺柜台的时候，叶全已在东北这块异乡土地上耕耘了十年，他初中辍学跟着叔叔担着眼镜摊子从老家来到这里，很快赚到了第一桶金。恰逢这时当地老国企体制改革，要引进民营资本，敏锐的商业嗅觉让叶全抓住了这一做大做强的好机会。

他以高于净资产五倍的最高报价击败包括原金鼎经营者在内的所有竞争者而一举中标，创当地改制国有企业产权公开交易最高价格，不过，政府也对金鼎商厦的改革提出了严格要求，即不允许成立新主体，不允许改名，不允许裁员，不准逃废债，一年内扭亏为盈，否则重新进行招标。

面对这些挑战，年轻的叶全信心十足，稍稍感到有点压力的就是台营银行两千万元的贷款。金鼎改制后，银行以企业发生巨大变故为由提前收贷，监管了企业账号，见钱就扣，对此，叶全非常不满，也非常不屑。他安排从老家来探亲的婶娘去银行开立私人账户，现金体外循环是家乡人常用的手段，也是对付银行账户监管的有效办法。没想到婶娘从来没见过驴，更没见过驴"毛"，多亏了荣锦的钱箱，才保住了婶母的性命和这笔钱。叶全把这事反复琢磨了几遍，最后决定带着电视台记者，上门感谢，表扬银行，借机炒作，公私兼顾。

叶全是精明的，不过，高行长也不一般：既然你叶全大打"红心"感情牌，那就给你打一张"同花"回头牌。

叶全对安排荣锦当管户信贷员虽有点意外，但觉得荣锦面善心软，不难对付，在业内也属"菜鸟"，不过接触一段时间，他感觉对方除了有个好心眼儿，更有个死心眼儿，隔三岔五就来催贷款，风雨不误，而且观念中只有公没有私，每次请他吃饭都被婉拒，弄得叶全一见荣锦就头疼加心疼。

叶全是成心不想还钱，荣锦是根本不听他的各种理由，有眼无心的碰见有心无眼的，石碾子遇见了蒙眼驴，天天重复着千篇一律的车轱辘话。多亏两人年龄差不多，都还是单身，还有一些共同感兴趣的话题来"润滑"，从历史题材到军事题材，再到体育题材，不过聊得最多的还是女人，关于中国哪里的女人漂亮两人一直争论不休，都认为自己家乡的女人最漂亮。

叶全对台营女人没建立起多少好感，当年挑担摆摊没少受她们的气，不过，既然你荣锦硬说本地女孩漂亮，那就给你下了个套儿。叶全假装很认真地提出：如果荣锦近期能帮他介绍一个让他心仪的当地女孩，那他就答应年底前还一部分贷款。

这本是叶全推脱还贷的借口，荣锦却是个实在人，认真着手操办。他先在自己的女同学、女同事中物色。20 世纪 90 年代初，台营女人的物质追求还没那么高，仍延续着上个年代的标准，停留在高学历、好家庭及好工作上，很难把择偶目标对准私营业主，即使是金鼎商厦的老板也不行；加上叶全根本没有诚意，所以几次给叶全介绍对象，全部以失败而告终。正当"驴秀才"想放弃的时候，"铁木兰"出现了。

第二章

"八大锤" 的灯下誓言

<h2 style="text-align:center">（一）</h2>

那天早上，七百度的近视眼镜掉在地下，被荣锦一脚给踩碎了。去国营眼镜店和大医院配镜，要等半个月。听说林夕路有私营眼镜店能速配，他想让燕红陪着去问问，不过这点小事惊动人家未免太矫情了。揣着破碎的眼镜，眯着迷茫的双眼，凭着勇气还有对家乡街道的深刻记忆，荣锦只身来到林夕路商业街。

恰似一头"蒙眼驴"，荣锦跌跌撞撞地摸到明鉴眼镜店门口，近视眼不怕平面运动，就怕起伏不平，店门最后那级台阶就卡到了他棉皮鞋的后跟上，让荣锦直接摔向柜台，眼看就要柜破镜毁、头破血流，店老板铁馨出手了。

铁馨也是早有防备，她老远觉得走过来的这个人眼神肯定有问题，也是，到这儿来的哪有眼神好的；平日她不习惯坐在柜台后面，都是站在柜台前，没想到今天这个习惯动作救了柜台。

"驴头前蹄"的一刹那，她眼疾腿快、一个箭步扑向荣锦。铁馨是个高个子，体重不过只有一百斤，正面阻挡荣锦根本不是同等量级的，弄不好还会一起摔到柜台上。在店员的惊呼中，铁馨展示了良好的身体素质和应变能力，闪电般采取了最合理的阻击动作——侧摔：抓住对方的侧面，再蹬地抱摔，倒地中奋力转身，把对方扳到了下面。

砰的一声，俩人结结实实摔在了柜台前的瓷砖地面上，多亏是冬天，穿着厚厚的羽绒服，否则荣锦是脊背着地，上面还压着铁馨，不骨断筋折也得外伤内损。

荣锦感到压在他上边的身躯虽分量不重，但很有力道，让他感到某种挤压。他老实地在地砖上躺着，怕乱动再打坏什么东西，手也没马上从对方身上拿下来，大家身上都穿得很臃肿，手虽在对方身上，但根本分不出性别，只不过荣锦能感到一种让人舒适透骨的柔软，嗅到一股恍惚醉人的体香。

铁馨挣开荣锦，慢慢爬起来，荣锦下意识地去扶眼镜，想看看对方的样子，却怎么也看不清，恍然意识到自己还处在原装裸视状态，才尴笑着站起来，捂着腰眨着眼，嘴里不停地道歉："太对不起了，不是故意的，眼镜坏了，看不清啊！谢谢刚才这位英雄，不然我今天赔大了。"

两个年纪较大的女店员劈头盖脸地数落荣锦：

"挺大个人，怎么这么不小心！？"

"跟瞎子似的，多危险啊！家里也是，怎么不陪个人？"

两人说着上下打量着荣锦，看对方西装革履，满脸斯文，不像是个莽撞人。铁馨已经平静下来，指着柜台前的椅子示意荣锦坐下，又让店员去倒杯水。

荣锦听声音，感觉对方是个女的，但还是不相信刚才把他弄翻的是位异性，为了进一步确定，他也顾不上礼貌，猫下腰把脸贴近铁馨，等到眼珠子都快"掉"到对方脸上了，好像才分辨出来，抱摔他的确实是个姑娘。此刻，铁馨扶着柜台，盯着荣锦，一声不吭，她觉得对方很眼熟，像在哪里见过。

两个在一旁的店员咏咏地笑，像看头怪物一样。

荣锦揉揉眼睛环顾一下四周，店面不大，柜台对着门口呈 U 字形摆放，柜台里面摆满了眼镜和镜架，柜台上好像还摆着镜子、鲜花和一个不大不小的鱼缸。真是万幸，要不然这一撞，损失大了。

荣锦满怀歉意地冲着铁馨的方向鞠了一躬，询问东西有没有碰坏，她有没有受伤，要不要去医院，铁馨摇摇头。看来对方确实问题不大，他才想起怀里的眼镜，从羽绒服的内兜把包了块手绢的断腿眼镜拿出来时，所有人都笑了，除了鼻托，玻璃镜片、塑料镜身都已经碎成渣渣儿了。

"看来你真不知道爱护眼镜，不光没有备用眼镜，连眼镜盒也没有。这要是夏天，都得被眼镜碎片扎伤。还有，你说带我去医院，我看你是随便说说，没一点儿诚意。"铁馨质疑荣锦。

"为啥说我没诚意？"荣锦急了。

"就你这高度近视，怎么带我去？还不得把我带沟里啊？"

听铁馨这么一说，荣锦自己也乐了："是哈，把你这店老板摔坏了，我更赔不起了。那现在请按照我这个镜框的样式再配一副吧，越快越好！"

"还门框呢！这叫镜架。"铁馨漂亮的大眼睛闪动着，她已经想起来了，这不是那个上过电视的银行出纳嘛。

她故意不用正眼看荣锦，凭着同龄人的感知和多年经营的嗅觉，她感到对方很实在，便决定在他身上做笔像样儿的生意，也不枉此摔。

"你这人，这么不讲究，不会是林夕路市场卖鞋的吧？"

"哈哈哈，"荣锦被逗乐了，"卖鞋的哪有高度近视的，还不如说是修鞋的呢！"

"没说对是吧？那让我们好好猜猜你是干啥的，两位大姐，你们也来猜一猜，猜对有奖哈！"铁馨开启了调侃模式。

"好啊！你们猜吧，奖品我出！"荣锦笑嘻嘻地回应着，其实他很不擅长和女性聊闲嗑儿，即使在出纳科被众多女同事包围的时候，他也很少和她们闲扯，今天放开拘谨，也许是视线模糊，看不清对方脸色的缘故，真正属于"瞎说胡扯"的状态。

"你应该是街道办的吧？"一位店员大姐猜道。

荣锦摇摇头，示意再猜。

"那就是后面金鼎商厦的？"大姐又猜。

"也不是！"

"那就是附近做买卖的！"另一位大姐插言。

"我只买不卖。"

"你说的啊，奖品你出！"铁馨开口了，"你，非官非商，两眼无神，一身钱味，一定是银行的！"铁馨面带自信的微笑，两手做点钱的动作，随后又指向荣锦。

荣锦瞪大眼睛，张着嘴，半天没说话，似乎不相信自己的职业这么快就被猜到了，这个女子太不简单了。事后，两个人在聊天时荣锦经常问其原因，铁馨总卖关子，说自己会相面，和荣锦有缘。

不过，只有绝少的新钞带着油墨香味，更多的是浑身上下市井味十足的旧钞，有炒菜、酱醋味儿的，有煤球、汽油味的，有卷烟、烧酒味儿的，还有臭脚丫子味儿的，在银行大厅那个封闭的"大钱箱"里，这些混合在一起的味道就是所谓的"铜臭"。荣锦在现金柜台被钞票"浸淫"了三年，刚离开那个"大钱箱"，身上肯定还有不少这种味道，被一个对钱味敏感的年轻女老板嗅出来也不是什么特别稀奇的事。

在荣锦看来，面前这女子确实不一般。两人互道了姓名和年龄，荣锦大两个月。在当地，不管熟与不熟，只要比自己大，就可以称呼哥姐。铁馨开口就跟荣锦叫哥，叫得荣锦喜笑颜开。

为了兑现诺言，那天荣锦花了三个月的工资订了店里最好的眼镜，还答应在客户和同事中做宣传推广。铁馨答应一周后"交货"，还给荣锦准备了备用眼镜。旁边那位年长的店员半开玩笑地说："小伙子，顺便帮我们老板在银行里找找对象吧，她可是这条商业街上最漂亮的美女，好多人追呢，可她就是心高，一般人看不上哩！小伙子是不是自己还没对象？可不可以先考虑考虑？"

荣锦对帮忙介绍满口答应，铁馨怪那位大姐管闲事，但也似乎不经意地白了荣锦几眼。荣锦根本没看清这几眼的含义，备用眼镜度数还是有点小。

荣锦当时就想把铁馨介绍给叶全，第二天就给叶全打电话，告诉他铁馨的存在。

叶全听上去很感兴趣，说他以前也在这条街上摆摊儿卖眼镜，一般人都认识，对突然冒出来的同行挺好奇，便把铁馨眼镜店的店名、地址很详细地记录下来，准备先来个"微服私访"。当问到外貌特征时，荣锦不好意思说自己没戴眼镜看不清，只能告诉他："整条林夕街从头逛到尾，看到的最漂亮的女人就是她！"为了收贷款，他已不自觉地开始瞎忽悠了。

没想到第三天早上刚一进办公室，就接到叶全的电话："哥们儿，你眼光太厉害了，确实是林夕街最漂亮的女孩，不对，是整个台营最漂亮的！这忙你得帮到底，帮我约约她，越快越好！拜托，拜托！"

"行啊！不过咱们话说前面，还款那事你可要说话算话！"

"没问题，如果能帮我约到她，年底前我最少还一百万元，争取还二百万元！"

"那就二百万元吧！一言为定！"

"嗯嗯，你让我想想……"

"还想什么？"

"嗯，嗯，一言为定。"叶全咬着后槽牙答应了。

"驷马难追哈！"荣锦还是不忘跟上这后半句。

"什么难追？！能不能说点吉利的！"叶全看来很认真。

"好好好，包我身上了！"放下电话，荣锦心里感到十分好奇，究竟是什么样的女人让叶全这么"重色轻财"？难道那天自己真的眼瞎不识金镶玉？还有三天就能去试戴新眼镜了，荣锦虽然不想让自己有什么其他想法，但还是盼望早一点再看到铁馨。

那天是个晴天，上午太阳很暖，铁馨刚打开店门，鼻尖冻得通红的荣锦就一脚迈了进来。铁馨也不惊讶，只是微微一笑。她让对方坐下，从柜台里拿出一个准备好的眼镜盒，在打开之前，先是一番详细介绍：进口金丝钛合金镜架、超清超薄树脂镜片、进口硅胶鼻托……荣锦没等铁馨介绍完，便急不可耐摘下满是雾气的备用眼镜，右手接过铁馨手上的棕红色真皮眼镜盒，放在左手掌心，打开，单手戴上，假装先习惯性地环顾四周，然后迅速把晶莹镜片后的目光转到铁馨脸上。

那一刻，荣锦感觉眼部的神经一下子被电了一下，整个头部也跟着晕眩起来，心底以为不会再动的那根弦明显被拨动了好几下，涌动出醉人的旋律。

"咋的了我的哥？跟不认识似的，别看我，往外面看看，看看远处清楚不？"铁馨把荣锦的身体往外一扒拉，让那两道目光离开自己的脸。

荣锦原地转了一圈，目光又回到铁馨身上，赞美之词脱口而出："哇，真漂亮！"说完觉得不妥，赶紧补充，"这鱼！"柜台上鱼缸里那条无辜的金龙抖了一下金灿灿的尾巴，眼皮子翻了几下，傲气凌人地在鱼缸里转了一个身。

铁馨没再理荣锦，转过身去应酬其他顾客了，让荣锦能感觉到那优美背影里的矜持与高傲，似乎也有几分羞涩。

荣锦跟在铁馨旁边，一直追逐着对方的眼睛看。做了几个月的信贷员，荣锦虽没有学会"屁"，但也完成了一个逆转，即从一个不敢看女子眼睛的腼腆之人变成一个直视对方双眼把对方变成腼腆的人。经过"道长"点拨，荣锦觉得看女人一定要看眼睛，因为那里是人体——这部机动车的油表和水表。第一次看到铁馨时，虽然没戴眼镜，但他能感觉到对方白皙脸上的那两道亮光；这次他清晰地看到了这双像水晶般透明的眼睛，那里面折射着一轮冬日暖阳，似乎还有一道夏日彩虹。

其实，他不知道，那是习武之人目光里的英气。铁馨会武术，一个人打跑过上门调戏的三个流氓，人送外号"铁木兰"，是林夕路最有名的美女老板。放在过去，荣锦见了她一定会动心，不过已经有了燕红，而且自己还答应把铁馨介绍给叶全，那就不该再有其他想法了。可该怎样让一个高傲、聪明、强势的女孩听从自己的安排和叶全有个约会呢？

这着实费了荣锦几番心思，他想以介绍眼镜客户为理由，后又觉得不妥，叶全本身是同行前辈，对眼镜市场了如指掌，不像客户倒像探子。想来想去，还是燕红帮着想出了个主意，即以邀访青年创业者的名义把他们请来，大家简单吃点，讨论创业大计、交流创业经验。荣锦在转达的时候，铁馨刚开始一口拒绝，荣锦脑子一转，临时加了条理由：由于眼神不好，人又比较单纯，请眼明心亮的铁馨帮着鉴定一下自己的贷款客户以及新交的女朋友。

这招儿真灵，铁馨想了想，终于答应了。

（二）

已经开春了，那天是惊蛰的晚上，四方桌四个菜，两热两凉，叶全点的，出人意料的生猛，最有力度的是"八大锤"——八只酱烤鸡腿，最有热度的是酸菜炖五花肉，最富有色彩的是"五彩大拉皮"，四个菜里面相对温柔的也只能是"老虎菜"了，叶全要了一瓶半斤装当地白酒，凭着南方人的细心体贴，特意为女士要了苹果汁。

两位女子是第一次见。事前，燕红唯恐被"时尚界"的铁馨抢了风头，着实好好打扮装点一番，出乎她意料，对方穿着非常普通，只是略略涂了一点口红，但足以与精心打扮的燕红媲美。叶全一身崭新的双排扣西装，系着领带；"驴秀才"则随便穿了件旧夹克，脚上依然是那双棉皮鞋，除了那副新眼镜还透着一点精明，浑身上下都写着土气憨直。

相互介绍后，铁馨开口的第一句话就是非常宏观的大问题，她问桌子上的其他人："改革开放十几年，你们认为先富起来的是哪些人？"这个问题真是有高度，有深度，虽然不是饭局上的日常话题，但也是应了今天的"创业主题"。

在叶全看来这就等于给他准备的题目，没等其他人说话，他抢先第一个回答："敢走出去做生意的人先富了，所谓无商不富，游商先富，这也是雁州人祖辈留下的宗旨和信条。"

"你是雁州人？"铁馨疑惑地看着叶全，叶全是南人北相，身材瘦高，鼻大眼小。

"没错，土生土长的雁州人。"叶全答道，他本以为铁馨会接着问他一些当地的风土人情，但铁馨却不吱声了。

这时荣锦说话了："敢借钱的、敢炒股的、敢借钱炒股的先富了，总之，是敢字当头，敢为人先、敢冒风险的人先赚到了钱。"

燕红虽不是专业财经记者，但对如何积累财富也十分关注，有所钻研，新闻学毕业的她十分严谨，很有学术范儿地答道："中国目前高收入阶层主要有：部分私营企业业主、三资企业和外国驻华机构的中方高级雇员。根据全国工商联近年的抽样调查，私营企业业主平均年收入为5万元。部分私营业主年收入高达数百万元，个别的上千万元。这里说的部分个体工商户……就是你们了。"

铁馨瞥了一眼叶全，白皙的手指在众人眼前画了一道彩虹，然后指向眨巴着小眼睛的叶全："是他们，不是我。"

叶全苦笑了一下，回应道："我们老家的人读书少，起步早，我14岁就跟叔叔出来做生意，是赚到了一些钱，但不能保证以后还能赚到。我们确实不怕吃苦，但有时不是吃苦就能赚到钱的，都是靠朋友帮，靠老天赏。来来来，我代表部分个体户敬在座的朋友一杯。发财靠大家，大家一起发哈！"说罢他举起酒杯，把里面闪着银光的酒一口干了。

"起步早也不代表一定要读书少；人活几十年，不能就为赚钱而活着。"铁馨说着，也举起酒杯，喝了一小口，额角闪着年轻女子肌肤特有的光芒。

见铁馨也跟着喝酒，叶全心里一阵欢喜，本应谦让一下，装装怂，叶全却故意反其道而行之："馨馨，你读书一定比我多，眼光也看得远，但说句现实的话，没有金钱真是寸步难行，有时想帮助别人都不行。"

"这么快就叫昵称了？南方人见女孩都这么叫吗？"燕红打趣道。

"没关系，店里的员工都这么叫我。"铁馨倒是毫不在意，注意力依然集中在话题上。

"我也是农村的，不过老家离这里很近，家里人现在还在那里，他们没有什么钱，但也在尽力做好事，有钱出钱，没钱出力；而且，我也不同意什么游商先富，过得好不一定要四处漂。"铁馨显然和叶全针锋相对。

"先富带后富，大家一起富嘛，来，咱们一起敬一下两位改革开放的实践者。"荣锦端起酒杯打圆场，想缓和有点紧张的气氛。

荣锦喝下一口酒，把酒杯墩在桌上，开口说：

"这十几年，有勤俭致富的，也有浑水摸鱼的，有敢于负债经营的，就有不还借款的。如果诚信经营理念不建立，经济就不会真正好起来。这种情况不改变，劣币就会驱逐良币，实实在在的干不过假冒伪劣的……算了，不说了，喝酒喝酒，今天叶总的酒菜可真都是好酒硬菜啊！"荣锦意识到说这些不太合适，就打住不说了。

叶全倒不太在乎，瞥了一眼荣锦，说道："接手金鼎商厦，背上了贷款包袱，天天被荣大经理催，真的压力很大，寝食难安啊。"说着拿起一只鸡腿，慢慢找着下口的角度，动作谨慎小心，最后还是放下了，说道："不过，请放心，对朋友，我是讲信用的。"

铁馨端着酒杯，透过杯子的折射看着叶全。"不讲信用，互相欺骗，到最后就没法做生意了，吃亏的还是自己。"铁馨说完，眼睛依然盯着杯子。

荣锦惊讶地看着她，内心已经引起了共鸣，但嘴上故意不认同："不都说勤劳就能致富吗？"

铁馨歪着头看着他，轻启朱唇："勤劳能小康，但不能大富。你看，咱们中国人多勤劳啊，差不多是世界上最勤劳的了吧，但却不是最富裕的，我们起早贪黑赚的只是小钱，人家吃喝玩乐照样赚大钱，为什么呢？两个字——失信，我们之间太缺乏信任，都在要心眼儿，算计、防范别人，勤快劲儿都搭在这里头了。就拿我们这行来说，经销店和顾客之间，不但交货慢，而且顾客必须先交全款定金，因为我们去进货必须是全款，即使把跟客户签的订单给厂家看，即使是多年合作，他们也要全额预付款，他们没有流动资金吗？不是，就是不信任。这就是你们雁州人，看来雁州人对自己人坚定信任，对外地人坚决不信啊。"铁馨又把话锋转向叶全。

"其他行业也是这样，建筑业'三角债'非常严重，互相之间根本没有信任，本来十吨水泥可以一车拉过去，非要两吨两吨运，一次一收钱，成本增加，效率降低。"荣锦在一旁补充道。

燕红夹起一箸五彩拉皮，放到自己的餐碟里，像欣赏一件艺术品一样舍不得吃，也好像在思考着什么，稍一停顿，她才说：

"其实除了钱，我们太缺乏共同的信念，无共信，失互信啊。"

四个人都沉默着不说话，每个人内心都认同这一点，但又一时无言以对。

（三）

时间已经不早了，叶全一直想着如何岔开话题，他夹了一口酸菜放在嘴里，勉强地嚼着，突然放下筷子，声音高亢地提议：

"过去的就让它过去，要往前看，让我们预料一下，未来二十年谁先赚到钱，谁会先拥有财富。"

"对，我们应该预测下未来，未来对我们来说是最有意义的。我感觉，做实业，尤其是高科技、新材料、环保节能方面的实体可以赚钱，市场经济的发展趋势一定是越来越规范，那些只有中间商赚到钱，而实体只是给中间商打工的现象会越来越少。"

荣锦说这番话一半是自己的真实体会，一半也是今年银行信贷投放规划当中的重点。

"的确，知识经济将引导全球经济的发展方向，所以未来二十年将是知识经济的天下。"铁馨夹了口"老虎菜"，语调清晰坚定。

"馨馨说得对，当前贸易中间商的获利空间会越来越小，应该抓紧时间积累资金，抓住机会向知识科技企业方向转型。"叶全说到这里故意顿了一下，快速瞟了一眼铁馨，正巧后者也抬眼看他。

"不错哦，看来叶总看了很多书啊！"荣锦颇为赞许。

"不行啊，跟你们在一起，还有榜样在身边，不学习哪行……"叶全还想往下说，铁馨赶紧打断他，"我可不是你的榜样。"

"哈哈……"叶全尴笑，"三人行必有我师嘛，何况咱们是四个人。"

酒快喝光了，这边燕红还在谈文化市场："我预测，未来的二十年将是中国文化市场的黄金二十年，如果你们赚到钱了，完全可以投资把你们的创业经历拍部电视连续剧……"

"好，我也绝对支持，这样，我提议，为了相逢，为了未来，为了连续剧，再干一杯！"叶全很兴奋，铁馨却不动声色，若有所思地看着桌面。

"放心，我是南方人啦，酒量很一般，但我有酒胆。不过，第一次喝酒，要照顾一下女士，喝完这一杯，没有下面的三杯。哈哈！"叶全好像真的没喝多。

铁馨笑了笑："谁用你照顾，喝少喝多是自己的事；不过，我听说喝酒的时候说的话都不算数，要不这样吧，你看，'八大锤'都没怎么动，挺对不起这道菜的，我提议，为了未来，为了我们要开创的事业，为了说到做到，我们一起把这'八大锤'干掉，以锤代酒，一锤定音怎么样？"

真是新奇的提议，几个人的目光都落在盘子里的鸡腿上。鸡腿被荣锦吃了一只，还有七只赫然在目，肥嘟嘟油光光，这对于叶全和正在减肥的燕红来说都是不小的挑战。

还没等燕红和荣锦发表意见，叶全放下手里的酒，挑了两只比较瘦小的鸡腿，双手举起来，还左右摇了摇：

"对，喝酒干杯太没有新意了，咱们一起来'干大锤'，来，我这对儿是鎏金锤，你们都是什么锤，咱们来碰一碰！"

荣锦本是肉食动物，两只鸡腿对他来讲就是两只大一点的蚂蚱腿，他看都不看一眼，顺手就拿起了两只最大的鸡腿：

"鎏金锤让叶总拿了，我就选对儿镔铁锤吧，来！"

"不行，你刚才吃了一只了，公平起见，你只能选一只！"铁馨板着脸，态度很认真。

"那我只能给你们做金瓜卫士、保驾护航了。"荣锦听话地放回一只鸡腿。

铁馨示意燕红先选剩下的四只腿，目光很友好，但在燕红看来多少有点挑衅的味道。燕红努努嘴，意思是让铁馨先，铁馨也不客气，直接就拎起了两只稍小一点的：

"那我就拿这个花木兰的流星锤！"

燕红扑哧一笑："花木兰也用锤？是吃了大力水手的菠菜了吧？"

"花木兰是纺织女工，说起来也跟我一样是时尚行业的呢，既然织布能用飞梭，打仗就能用飞锤，还叫流星锤，知道不？"铁馨正儿八经地说着歪理。

"你别说，还真有道理，来，和你这台营铁木兰碰一下锤。"叶全笑嘻嘻地附和着，高举着手中两个鸡腿要和铁馨在空中"碰大锤"。

轮到燕红了，不愧是专业记者，她拿起盘子里剩下的最后两只鸡腿，眼睛一转，马上就有了说辞："你们都是冲锋陷阵的勇士，我这个新闻工作者就在阵前为你们擂鼓助阵。我现在拿的就是黄天荡里梁红玉擂鼓助威的战鼓锤……"说着，有节奏地将金黄的鸡腿在吊灯下挥舞了几下，然后轻展歌喉，唱起了戏词儿：

"心力聚，抑放顿挫，奔腾跃跳鼓震天；手奋举再横掠，势若流急云生远……"燕红的临场应对水准堪比央视主持人，加上学过京剧，真可谓机智精彩。

"好！"荣锦差点扔了鸡腿，为女友鼓掌。

"妙，真不愧是才女！"铁馨也不禁"击锤"赞赏。

"吃锤之前，咱们要不要也来一段锤词，说说自己的美好祝愿？"荣锦已酒过半酣。

"好啊，你先来！"叶全积极响应。

"好，不过咱这不能算是酒话。二十年后，我要帮助银行建立一套可行可信的信用评级体系，让大家有相互信赖的依据。叶总，我希望你能成为这套体系中的第一个 5A 级客户，怎么样？"荣锦一番豪言壮语，也不忘拉上叶全。

"好！我一定努力！"叶全随声附和着。

"给我二十年，我不光要成为银行的高端客户，我还要在行业内说话算数，跟我合作的企业都不用预付全款，彼此间就像用链条连接在一起的流星锤，紧密连接，高效运转！"铁馨说着，来了一招"流星赶月"，那两只油亮的肉锤竟飞离了她的手，在灯光下上下翻腾飞旋，又像和铁馨的手连着链条一样，准确无误地回到她的手中，众人一阵惊呼，不愧是"铁木兰"，这手上有功夫啊。

该叶全了，他站起来，郑重其事地说：

"十年来台营给我带来了发展机遇，我喜欢这座城市，更喜欢这座城市的人。"说到这，他看一眼铁馨，又接着说："再给我二十年，我不光要建一个全国一流的大型商超企业，还要建设一个有感情色彩的信用环境，不光诚信经商，更要诚信为人，诚信爱人。"

铁馨不吱声，盯着叶全看，像在欣赏，也像在审视。

"都有了哈，来，咱们举'锤'吧，为了未来，为了事业，为了一锤定音，干！"荣锦大声提议。

"干！"众人齐声附和。

四个年轻人每个人手里举着鸡腿，在水晶吊灯的照耀下，闪闪发光的鸡腿使劲碰撞在一起，旁边的人跟着下意识地缩缩脖子，眨眨眼睛，吐吐舌头，有的还夸张地捂上耳朵。

第三章

商不可欺

（一）

惊蛰后，不久就是端午节，市电视台的晚间新闻《新乡村进行曲》栏目正在播出，女记者燕红现场播报着新乡村移风易俗方面的新闻报道：

"我市筑信台村引导农民因地制宜，科学种田，积极引导产业结构调整，充分发挥该村的地域优势，大力发展奶牛养殖。往年，为了争夺传说中的'龙眼'、抢占风水，村民与邻近的烧火营子村民每个端午节都要在两村临界的名为'欢喜岗'的坡地上'打坷仗'，据说这个恶俗已经沿袭了三百多年。近些年，由于周边地区社会闲散人员的参与，'打坷仗'有逐渐升级的趋势。

"今年，在端午节来临之际，当地采取有力措施，成功遏制了'打坷仗'现象。村里改善村容村貌，丰富群众的精神文化生活，破旧俗树新风，如到端午节之际，组织篮球以及其他友谊比赛，过去'打坷'，现在打球，两村关系更加融洽了，村民们普遍对这种交流思想和感情的方式叫好。

"现在，欢喜岗上种植了牧草，变成牧场，村民正在这里建设一个包括牧草种植、奶牛养殖、副产品加工等在内的现代化农庄，新农村建设正在如火如荼、蒸蒸日上地进行当中。本台记者燕红筑信台报道。"

新闻不到三分钟，燕红年轻漂亮的面孔和带着金属感的嗓音在屏幕上也只是一闪而过，忙碌麻木的市民似乎并没有多少人关心这则边远郊区的政绩新闻。

不过今晚有这么几个人，却被新闻里面或隐或现的东西牢牢吸引，当然其中就有荣锦。这个农村栏目是他的必修课，新闻内容他似乎不太关注，吸引他全部注意力的是恋人的秀美面庞和优雅微笑。虽然收贷工作遇到了困难，但恋人的优美出镜缓解了清收不利给他带来的焦虑和烦恼。

与此同时，叶全也在电视机旁，家乡寄来的上好单枞没喝出什么滋味。明天，荣锦要带着师傅"包黑子"来催债，听说"包黑子"是个不好对付的人，对欠贷不还的借款企业向来"心黑手硬"，不过也没什么好怕的，现在谁还怕银行？无论什么高人，无论什么高招，就是没钱，但也不能撕破脸硬杠，原则对策就是避实就虚、避主谈次。想着这些，叶全轻轻呷了口重新冲泡的雁州单枞，把准备应付的说辞又重新盘算了一遍……

此时，"包黑子"关掉了电视机，默默地坐在沙发里，下意识地想在茶几上找烟，找了好一阵，才想起上周已开始戒烟，终于在一件旧上衣里找到半截烟，举着发黄的烟杆，他深深叹口气："唉，打了三百年，几乎每年都有伤亡。政府管管就收敛收敛，一不管，就死灰复燃，三百年的恩怨情仇哪能说了就了，顽疾陋习哪能说戒就戒啊，就像手上这烟……"

夜幕下，明鉴眼镜店仍华灯闪亮，铁馨的一双美目还盯着电视，刚才的新闻并不让她惊愕，那是她意料中的事，不同于其他人，她童年关于端午节的记忆不是香味飘飘的粽子和漂亮秀气的荷包，而是骂声震天、飞石蔽日，全营子的男子全部出动，女人和小孩也跟着观战，那场面真是壮观。三百年了，这坷仗积攒了多少仇怨和情结，是种一片牧草，打一场篮球就能化解开的吗？也许能有所转变，但愿吧。

不远处，一家建材商店的灯也亮着，里面传来的却是吵闹声，伴随着一声电视机屏幕破碎的声音，一个姿容俏丽的中年女子冲出了店门，回头冲店里大骂道："占景中，不知好歹的东西！孬种！打不成坷仗拿我出气，你敢砸电视，我就跟你离婚！"女人随即冲到街上，钻进一辆等客的出租车里。建材商店的店门大敞着，这个叫占景中的男人靠着门框，拎着酒瓶子，看着出租车带着女人消失在夜幕中，嘴里喃喃道："离就离！谁不离谁是王八蛋！"白天还黑白分明的那双眼睛此刻已混浊不堪。

此刻，筑信台村民正处在"上电视"的兴奋之中，村支书叶向阳早上就在广播站告诉大家晚上晚点睡，市台九点有筑信台的新闻。新闻很快播完了，原书记卢焕章家里，儿子卢笑江关掉电视，一边打着哈欠，一边嘟囔："还以为是什么村里出了什么大事，这坷仗怎么能上新闻呢？和吃粽子一样正常嘛。向阳书记没事找事，还说什么恶俗陋习的，这回筑信台是恶名远扬了。我怎么没听说有'抢龙眼'这回事？爸，你知道'龙眼'是啥吗？"

卢笑江满嘴牢骚，卢焕章却板着脸沉吟不语。

（二）

在金鼎商厦办公室里，"包黑子"和荣锦如约到访，还没说完正题，叶全就请教老包打坷仗的事，这多少有些出乎荣锦的预料，老包却似乎正中下怀，慢条斯理地讲起了"野史传说"。

"说起筑信台和烧火营子两村打坷仗的来由，得从明朝末年驻扎在这里的雁州营谈起……"

"雁州营？"叶全瞪圆了眼睛。

"对，雁州营！"

"那得请您仔细讲讲，可能与我们雁州人有关系呢！"叶全做了一个请茶的姿势，身子也不自觉地往前凑了凑。"包黑子"喝了口叶全的单枞茶，清清嗓子，开始了完整讲述：

万历三十三年农历五月初，时近端午，正值青黄不接，辽东筑信台台府内，雁州营游击叶廷璧正召集军需官卢变蛟、把总束如萍商议如何筹集粮草，一起商议的还有刚刚从关内调来的督政赵志琳。叶廷璧正色对卢变蛟说道："卢军需，现城中断了粮草，十日之内务必筹集到粮草，否则，后果你应该清楚。"

"游击大人，我这几天已经在联系蒙古察尔哈部的范文举，他们可以卖给我们一些牛羊，但必须要现款交易，而且要把去年的欠款还清。"卢变蛟说的是实情。

"能不能让这些察尔哈人帮帮忙，再赊欠一次？"

卢变蛟一脸为难："大人，明金战事已起，明蒙同盟也名存实亡。这次他们肯卖些粮草与我们，已经是烧高香了，无有可能再行拖欠啊！”

“说说情嘛，帮我们先渡过难关，如果我们都饿死了，他们的钱岂不也泡汤了？”叶廷璧继续给卢变蛟施加压力，后者苦笑摇头。

束如萍年轻气盛，愣头愣脑地抢言道：“凭什么低声下气求他们，让我带一支人马，抢他一票！干脆爽利！”

没等卢说话，叶廷璧呲鼻冷笑：“要是能抢早就抢了，何必费事商议？”

此时，赵督政插言：“听说府库里还有不少辽东铜币，为什么不拿出来用？”

“那是缉私没收的，都是民间私铸的铜钱，没法儿用！”卢变蛟白了他一眼。

“怎么不能用？这个给异族人不犯明法吧，再说，他们已有解盟之心，我等也就别讲君子之礼。”赵志琳反唇相讥。

“私铸币轻小粗恶，乃是奸盗之物，如拿来用于对外贸易，不但毁我朝名望，还极易引发战事！”卢变蛟据理力争。

“只在官币中掺杂一些私币而已，他们都是呆蛮之人，分不清官钱还是私钱。兵不厌诈，诈他一回又何妨？你是老军屯，肯定有此经验。”赵志琳话里带刺。

“兵虽不厌诈，商却不可欺，若施兵道于商贾，友则变敌，民则变匪。即使与外族的商贸买卖，也要讲究公平诚信，欺诈瞒骗必失信天下，后患无穷！今女真反目已是前车之鉴……”卢变蛟有些激动。

“什么后患无穷，打就打呗，怕他什么？”束如萍恶声恶气地帮赵志琳说话。

“唉……”叶廷璧长叹一声，“仓廪空空谈何信义，山穷水尽之际还管他什么后患。”

“大人，还不到山穷水尽吧，可以号召全城军民拿出自家钱财，除自用外，多余暂借给官家……”卢变蛟对叶、束这些人手上的财物一清二楚，虽说这几年捞得少了，可还是瘦死骆驼，家里的钱财一定不少。

“该借的都借给你了，你卢军需到现在也没还给我们一文。我可早没的可借了！”束如萍语气中满是抱怨。

"把总，不是我不想还啊……"卢变蛟一脸无奈，想解释几句，叶廷璧不耐烦地打断他："别说了，就按赵督政说的办！事不宜迟，赶紧去安排布置吧！还有前几年收缴的伪玉，一并带上，尽量都换成牛羊活牲，弄一次就弄多些！"

卢变蛟还想说什么，叶廷璧一摆手，厉色道："此乃军令，毋庸置疑！"

老包讲到这停下来看看叶全，叶全也等到了发表感想的机会："自以为聪明，靠骗人获利，迟早要遭报应啊。"

老包点点头，接着往下讲：

这年春天，锦河北岸的牧草格外茂盛，察尔哈部的牲畜吃得膘肥体壮，母畜都下了崽儿，活牲多了需要更多的牧草和人手，杀了，生肉又不能储藏多久。不过他们不担心，每年这时候，就可以把生肉卖给青黄不接的大明人。今年，作为两边中间商人的察部汉人范文举知道准是筑信台没粮了，情况比去年更糟，他要趁机狠敲一笔，收回欠款不说，还要把价格定高些。

为了怕女真人发现，今年这笔交易照例也是秘密进行，交易地点选在林木茂密的欢喜岗。

当范文举他们赶着大群的牛羊出现在筑信台外五里的欢喜岗时，卢变蛟、赵志琳和束如萍等一干人早等候于此，部落首领梅勒也派了几十个武士跟着范文举，但都不懂汉话，更不认汉字，自然也分不清官币还是私币，真玉还是伪玉。

一手钱一手货，交易很顺利，多年的信任让范文举并没有太过留意收过来铜币和玉器，怕女真人发现，双方匆匆忙忙完成了交换，五百只羊加两百头牛，加上前两年的欠款，共换得辽东官币十万文和四箱"上好"玉器。

范文举回去后才发现问题，惊愤之余，还是决定再去做做疏通挽救。他把实情告诉了梅勒，后者一听火冒三丈，被范文举好一顿安抚才作罢，范文举说雁州营素来都是讲信用的，卢变蛟是他多年的朋友，也许是无意搞错了，他决定去筑信台当面质疑，让他们拿出官币或把牛羊退回来，梅勒半信半疑勉强答应了。

范文举和几个随从带着私钱和伪玉到了筑信台，卢变蛟避而不见，束如萍和赵志琳出面接待，俩人假模假样地一番赔礼道歉，说确实搞错了，让他们先回去，等卢军需回来后，他们一起把真钱真玉亲自送到查尔哈部。范文举只能告辞，回去的路上经过"欢喜岗"时，突遇几个女真人模样的人袭击，这群人放过随从，抢了私钱和伪玉，只杀了范文举。

"这伙人肯定是筑信台人假扮的。"听"包黑子"讲到这里，叶全忍不住插言道。

"包黑子"喝了口茶，接着往下讲：

没错，这伙女真人就是束如萍和赵志琳派人假扮的，是想掩人耳目，杀掉范文举，抢回交易的私钱和伪玉，让这件事成无头官司，而且将怀疑对象引到女真人身上，挑起两边的争端，这招嫁祸于人是明军在辽东常用的离间手段。

随从禀报梅勒后，梅勒马上看穿了这套把戏。在这些铁血彪悍、酒肉人生、快意恩仇的游牧民族心目中，只有爱与恨，没有忍和让，报恩和复仇可以贯穿他们的整个人生，冲动会驱动他们判断和行动，而他们的行动会更没有规则，没有边界。

梅勒召集全部落的人，声讨筑信台和所有明人的恶行，斩旗起誓要与大明世代为敌，永不相交。

当年察尔哈部羽翼尚未丰满，精壮骑兵不过几百人。筑信台事前也做了防范，等梅勒的先头骑兵刚出现在目之所及的地方时，筑信台的哨兵就敲响了梆子，立时整个台池梆子声响成一片，台外军民撤守台内，四门紧闭。

紧接着，筑信台和立信台分别响起了两声炮响，台楼上竖起两面红色大旗。此时，赵志琳和叶廷璧、束如萍登上台府最高的望远楼，赵志琳指着台楼上竖起的彩旗问叶廷璧：

"游击大人，两面旗帜和两声炮响是何烽语？"

"表示有敌人进犯，但人数不过五百，附近的兵力可以直接回击。"叶廷璧答道。

"那么，何为敌情最重的烽语？"赵志琳又问。

"燃起两堆烽火，昼夜不熄，所有台楼上竖起旗帜，快马传信州府！"叶廷璧又答。

"受教了！那好，我现在就建议大人马上施放两堆烽火，昼夜不停，竖起全部楼旗，派出快马传信，言察尔哈部勾结女真倾巢来犯，请速速增援。"赵志琳的这一番话让叶廷璧愣住了。

"上面认为军情危急，就会增兵派粮，这下军粮也来了，军功也有了，还是督政高见啊！"以往笨头笨脑，看似一根筋的束如萍这时候反应却很快。

"烽语不可妄发，军情不是儿戏，这是要掉脑袋的呀！"叶廷璧有些迟疑不决。

"这种手段友部各家常用，也没见谁被处置，相反，还受到器重，吃香喝辣，故大人不必多虑。"赵志琳语气轻松。

叶廷璧沉吟多时，束如萍倒是不停催促："大人，如不早做决断，梅勒就杀到城下了，到时候在施放烽火，贻误战机不说，州府那边也会怪罪的呀！"

"好吧，就依你们，马上传令燃放两堆烽火，竖起全部楼旗，快马传信州府，言有数千敌骑来犯！"叶廷璧终于下了命令。

不多时，筑信台上冒出了浓浓的两股狼烟，直冲天际，接着，附近的烽火台都点起了两堆烽火，两匹带着最高级别战事的信马冲出台门，向西飞驰而去。

"那后来怎么样了？他们得逞了吗？"叶全迫不及待地问。

"包黑子"看表，时间已接近中午，便为这段"野史"的简单结了尾：

粮草和援军赶到后，羽翼未丰的察尔哈部被暂时击溃，筑信台粮草之危解决了，叶廷璧他们还一举两得地获得了军功，但察尔哈部与筑信台的深仇大恨也牢牢地结下了。

不久，察尔哈部励精图治，成了皇太极麾下最骁勇善战的"外八旗"之一，他们到处散播筑信台人背信弃义、狡诈无信的恶名，致使其在日后同周边各部落的交往中处处碰壁，连其他"台堡卫所"的明人也受到很大影响，从而怪罪筑信台，筑信台弄得是里外不是人。

赵志琳不久就中了察尔哈人的"诈降计"被杀，而束如萍也在一次与察尔哈部的冲突中，贪功心切，中了埋伏，被乱刀砍死。

卢变蛟因为此事丧失了在异族部落的信任，筑信台四面为敌，粮草越发难以筹集，多年的兵戎相见，尔虞我诈，让异族乃至本族的人都凶狠像虎豹，精明如狼狐，就是抢也抢不到，于是他被免了官，不久也病死了。

"这就是报应了。"叶全感叹道，看老包不往下说，又问："筑信台现在还在，这察尔哈人去了哪里呢？"

"筑信台的村民就是当年雁州营的后裔，而察尔哈人的后人也大部分留在原地，就是现在的烧火营子，紧挨着筑信台。""包黑子"答道。

"那昨晚电视新闻报道的两村打坷仗的原因是抢海眼就值得商讨了，是不是还有其他原因不方便向公众说呢？"

"是啊，哪有那么简单。这里面还有很多故事，说不定还跟叶总有关系呢。""包黑子"卖了个关子。

叶全还想问，"包黑子"已站起来，笑笑，点点头，说道："时间不早了，今天就到这吧。"

戛然而止的结束方式让意犹未尽的叶全颇感意外，"这就走啊？如果守筑信台确是雁州人，那还是我的祖先，我还想再听听呢。要不，中午在对面的'好再来'涮羊肉吧，饭桌上再唠会儿！"叶全的普通话听起来有些蹩脚，但很有诚意。

"谢谢，'好再来'就不去了。叶董如果对地方历史感兴趣的话，可以找机会再深入探讨，我建议叶总去筑信台看看！""包黑子"说完站起身告辞。

回行路上，荣锦很失望，自己把师傅请过来，就是让他直接出手给叶全颜色看看，没想到师傅唱了这么一出"戏"。

叶全今天就是转移话题，顾左右而言他，师傅不但不纠正，反而借题发挥，还来个"欲知后事如何，且听下次分解"的悬念，看来下次催收还得接着讲。荣锦瞥了旁边儿师傅一眼，"包黑子"端坐着那台"老二八"上，面色凝重。

"师傅，你今天讲的可以写小说了。"

"是吗？""包黑子"应着，"你是说我在编故事？"

"嘿嘿，那倒没有，主要是我对历史也不了解。"荣锦语调委婉。

"那你就应该考察考察历史，查查真假，别电视台说什么你信什么。不懂风土人情，不知当地历史，也只能做个出纳员。"

这老包，等于把荣锦和燕红一起给批评了，不过荣锦也不好反驳，就看这下一出"戏"该怎么唱了。

第四章

"好再来"的概不赊欠

(一)

"好再来"就在金鼎对面，老板是个瘦子，姓佟，绰号"铜锅"，前几年因为打架进了监狱，老婆跟别人跑了，他出来后开了这个店。此时，他正叼着根"红梅"靠在收银台前，眉飞色舞地跟旁边的熟客说着话：

"真是不容易，这次硬是从'南方佬'手里抠出五万块钱来，现在跟他要钱的人太多了，都是以前的老账，没听说谁要回来，前两天关里来个债主，'南蛮子'供他吃，供他住，就是一个子儿不给，弄得五尺高的汉子哭得跟娘们似的，这个'南方佬'面软心硬，不好整啊！"

"那你这回怎么把他整好了？"几个熟客抢着问，其中就有两个屡屡碰壁的金鼎债主。

"嘿嘿，这可是秘密——""铜锅"卖起来关子，同时也不忘吹牛，"不过话说回来，我是谁？在我这儿，谁都得给钱。"

众人一阵嘘声，其中一个打扮流里流气，留着分头的家伙，端着酒杯，借着酒劲儿，大咧咧地说："得了吧，八成是赶上'南方佬'吃错药了，要不就是你用了美人计，听说这个'南方佬'还是个单身。哈哈，看佟紫的脸红得……哈哈！"

那个叫佟紫的女人此时正坐在收银台后面，听"分头"调侃她，用俏眼狠狠瞪了对方一眼，呸了一声，反唇相讥："怨你爹妈了吧，当初就应该把你生成个女的，不过把你生成细皮嫩肉也不容易，哼！"

众人一阵大笑，"分头"也跟着囧笑。这个佟紫是"铜锅"的妹妹，几个月前和前夫占景中离了婚，三十六七岁，容貌艳丽，身材火爆，打扮时尚，发式是"一泻千里"大波浪，两只又白又嫩的小手涂着红指甲，收银的时候，几点蔻红上下翻飞，十分有观赏性，让人花钱也不觉得心疼。

"分头"想转移话题，目光转到收银台上方，注意到在"生意兴隆"牌匾的旁边不知什么时候又加上了一个标牌，上写四个字——"概不赊欠"。

"'铜锅'，怎么把这东西挂出来了？不想让客再来了？""分头"唠叨着，用筷子对着标牌戳戳点点。

"必须得挂啊，钱货两讫、概不赊欠，这可是我们烧火营子人的祖训，以前我是不明白，以为有量就行，赊点没啥，可这企业改制一大批，饭店跟着倒了大霉，原来的老主顾都赖账不还，金鼎还真不错，给了我五万块，其他的人都找不到了。你看，老祖宗还是有远见之明啊。""铜锅"道。

"企业倒闭，欠账不还；员工下岗，夫妻离异，哪有信用可谈？所以啊，即使是富翁大款，不付现金别吃喝；纵然是书记市长，也得当场算账不能赊。"佟紫的回应更是夹枪带棒。

"佟老板，你说概不赊欠是祖训，是真的吗？"有人对"铜锅"的话表示怀疑。

"怎么不是真的？不是忽悠，你们去烧火营子看看，各家买卖都挂着这句话，听说是老祖宗当年做生意因为收白条吃了大亏，所以才留下祖训。""铜锅"答得有鼻子有眼。

"具体跟谁做生意吃亏了，祖训上有没有说？"旁边有人接着问。

"我且问一下，这里面有没有筑信台的人？""铜锅"抬眼问厅堂里的食客，好再来不大，没有包间，只有十张散台，中午人多的时候，也只有二十多个人，有人抬头看过来，但没有应声。

"没有，那我就说了，在座有没有听过'宁蹲十年大狱，不交筑信台里'？""铜锅"抛出一句老话儿。

"嗯，好像真有这话儿，不过现在就很少听到了。这筑信台是怎么回事儿？怎么就不能交了？"一个上了年纪的食客问。

"这地方人啊——隔路。""铜锅"答。

"怎么个隔路法儿？"马上又有人问。

"脑子好使，特别抱团，认里不认外。烧火营子人跟他们打交道、做买卖经常吃亏，经常被他们'上课'，概不赊欠就是拜他们所赐。""铜锅"说着把手中的烟屁股扔到地上。

"你们两村打坷仗的事上电视了，你知道吗？""分头"抢先道。

"你看这事，一上电视地球人都知道了，筑信台人就是隔路，这种丑事也要宣传。"

"为啥打坷仗？""分头"不解，"是不是你们烧火营子人太霸道了？"

"一个巴掌拍不响，如果有人整天捉弄你、磕碜你，那只能用拳头和石头教他做人。""铜锅"又抽出一支烟，没急着点上，将烟杆在柜台上敲来敲去。

"听人说筑信台欠烧火营子钱，不过我不太相信，这都哪辈子的事了，谁还记着这个？主要是你们烧火营子人嫉妒人家过得好，农村有句老话叫作'不怕亲戚穷，就怕邻居富'。"

"分头"说到这，看见佟紫的眼睛又瞪起来了，赶紧把嘴闭上。

"铜锅"倒是不急，掏出打火机给手中的烟点着，慢慢吸了口烟，待烟圈吐出的时候，才说道："他们筑信台欠钱，烧火营子是有凭据的，我家就有，我小时候都见过，是三百年前筑信台人打的欠条，好像叫作什么——票引。"

"那是什么玩意儿？干什么用的？"众人七嘴八舌地问。

"这东西可是文物，有盐引还有茶引，就是国家特许经营的许可证，如果好好使用这东西，明朝兴许还能延续一段时间，可惜被一些贪官污吏滥用而枉费了。这东西怎么到了烧火营子？还有吗？"餐厅角落里一位戴眼镜学者模样的人插嘴问道。他是附近中学的历史老师，中午经常来这里吃饭。

"可惜都给烧了，估计整个烧火营子能找出两三张就不错了。""铜锅"答道。

"你的意思——还有？"历史老师眼睛亮了。

"这个我说不准，但筑信台欠烧火营子钱这事绝对是真的。""铜锅"一脸肯定。

人们看着他，又看着他背后"概不赊欠"的招牌，几个本想赊账的食客下意识地摸摸自己的钱包，默默估算着里面的数额。

（二）

叶全这几天一反常态，主动邀请荣锦抽空来一趟。荣锦以为有什么大事，等赶到金鼎，才知道叶全得了相思病，想铁馨想得茶不思、饭不想，又怕贸然约铁馨遭到拒绝。

两人想来想去，荣锦说了个办法：搞次"八大锤"聚会，形式上略微有点变化，先由燕红约铁馨，叶全和他假装偶遇；双方见面后，燕红和荣锦先撤，留下叶全和铁馨，至于能不能把铁馨留到最后，那就看叶全自己的本事了。"聚会"地点就定在"好再来"。

女人之间好说话，燕红很顺利地约好铁馨，双方也很正常地"偶遇"了。铁馨看到叶全和荣锦的那一刻，心里也明白了八九分。燕红看见两位男士出现，便说台里有事要处理，荣锦理所当然要送一程，于是名正言顺地离开了"好再来"。

燕红和荣锦早已消失在夜色里，好再来除了叶全和铁馨，只剩下一桌客人。厅堂里很安静，铜火锅在昏黄的灯下闪着柔和的光，锅里的肉和菜的味道已经到了最佳的火候，汤也汩汩地冒着热气。佟紫和"铜锅"都没下班，铁馨也是老熟人，他们都来自烧火营子。佟紫的前夫还是铁馨的拳脚师傅，佟紫算是铁馨的前师母；叶全也是好再来的大客户，于是兄妹两人客串当起了服务员。

要说这台营火锅也很有特色，兼具了京味和东北锅的特点，还加上地方风味，包括羊肉片、海鲜、酸菜等涮品，麻酱、虾油、韭菜花、腐乳等涮料，配上台营小烧，鲜咸酸辣，也是绝了，可叶全吃不习惯，来东北这么多年，要说这饮食也基本上适应了，唯独涮羊肉，到现在还不行，虽不太习惯，但感觉能增加桌上其乐融融的气氛，问铁馨也说是很爱吃，便点了这道火锅，铁馨看出他的勉强，可也不动声色。

尽管菜不算合口，叶全喝得一点不比铁馨少，两腮已经红了，夹菜的动作也显得僵硬，可还是小心翼翼的。对面的铁馨面色红润，情绪淡定，气定神闲地夹菜、喝酒。

"看来喝酒也不是你对手啊！"叶全放下筷子，给铁馨斟酒。

"哦，我们那儿产烧酒，不管男的女的都能喝点，我从小就会喝酒。"铁馨说完，自顾自喝了一杯。

"怪不得叫烧火营子，是不是因为会做烧酒？"叶全问。

"还会做很多东西，不过都跟火有关，那你老家的名字有啥说法？"铁馨抬起好看的眼睛，从火锅上边的水雾里看着叶全，让叶全有一种雾里看花的感觉。

"我们那里啊，山清水秀，气候温和，连北归大雁都要流连忘返，多呆上几天，城南有座山，叫雁信山，是大雁最喜欢栖息驻足的地方，它们每年春天都会在这里待上几天，吃饱喝足后，再向北飞。所以叫雁州。"叶全说到这里，往铁馨酒杯旁边的茶杯续了一些茶。

"那为什么叫雁信山呢？雁和信有什么联系？"铁馨问，端起茶杯轻轻地呷了一口。

"这个，我没考证过，听老人说，我们那地方自古很多男人都要出去做官、当兵、经商，即使没有什么特殊才能，也要出去闯荡闯荡，女人在家中思念丈夫、儿子，就希望远飞的大雁能鸿雁传书，捎来亲人平安的消息，带去家人的思念和祝福。"叶全答道。

"是不是很多家庭都夫离子散，不能团聚？"铁馨又问。

"是啊，聚少离多，有句诗叫'浊酒一杯家万里，燕然未勒归无计'，写的就是雁州人。"叶全故意用了一句古诗。

"呵呵，还会古诗呐，要向你学习哟。"铁馨对叶全提出表扬，还没等叶全谦虚，就话锋一转，"不过，我觉得你还没有真正地了解你的家乡，没有理解雁和信的真正含义。"

此话一出，叶全立马坐直身体，作出洗耳恭听的样子。

"请木兰总赐教！"叶全用了铁馨的绰号，不过很乖巧地加了个"总"，听得后者莞尔一笑，接着说道：

"说不上赐教，只是这雁也是筑信台和烧火营子的神鸟，那里的人从古至今都崇拜雁，因为雁最忠贞，最诚信，它们是动物界很少有的一夫一妻制，夫妻相依为命，一方死去，另一方绝不苟活；它们南迁北还，寒去暑往，不管路途多么遥远，道路多么艰辛，它们都按时离去，到期归还，所以最值得信任和托付。"铁馨说到这里停了下来。

"哦，所以雁信山的信，不光是信件的信，更是信任的信。"叶全反应很快。

"也是诚信的信，估计雁州古人一定很崇尚诚信和忠贞，以雁和信命名地标，立信天下，也告诫子孙要专情不渝。"铁馨说着，眼睛直视着叶全，叶全也没躲闪，一字一板地回应道：

"我们雁州人也主张讲信用，讲忠诚。"

"那你们金鼎怎么欠着银行的贷款不还呢？"铁馨问。

叶全一时语塞，接着双手抱着脑袋。

"怎么了？没词儿了？灯下黑了？"铁馨这时候的语气有了揶揄的味道。

"这个问题让我想一想，以后一定回答你。你是烧火营子人，为什么对筑信台这么了解？"叶全转移话题了。

"我姥姥家在筑信台。"铁馨答道。

"你本家在烧火营子，姥姥家在筑信台？听说这两个地方打了三百年垧仗，争斗不断，矛盾很深，怎么会结亲呢？"叶全突然问了另外一个问题。

"凡事都有特例，这个以后告诉你。"铁馨也学对方搁置话题。

"对呀，凡事都有特例……"叶全抓住对方的话进行辩解，"这笔贷款原来不是我贷的，还有其他一些历史原因……唉，真是一言难尽！我天天焦虑这事怎么处理，问题是金鼎现在资金太紧张，拿不出多余的钱还银行。"叶全说这话怕铁馨不信，指了指盘里的羔羊肉，"这是真的，我没说假话，骗你我是这个。"

铁馨微微一笑，露出珍珠般明丽的皓齿，揶揄道："谁敢把你看成小羊啊？你要是小羊，谁敢涮你呀？不被你涮就不错了。"

听不出是夸还是损，叶全的脸已经红得看不出表情尴尬，权当美女在表扬他吧，但他能感觉铁馨外冷内热，说多没用，全看行动。于是，叶全把瓶里剩下的酒都倒进两个人的空杯子里，然后，举起自己的杯子：

"谢谢木兰总的批评和表扬，你的批评是我努力的方向，你的表扬是我前进的动力，今后，希望多多得到你的批评和表扬，为此，我再敬你一杯！"

"怎么？要都喝光？你行吗？"铁馨疑问中不失关切。

"我不习惯欠债，包括酒债。"叶全说得很认真。

"好！值得肯定和表扬，来吧，干杯！"叶全这一招确实让铁馨动容，二话不说，也举起了杯子。

"干杯！"叶全拿起杯子，两个杯子在空中撞了一下，发出好听的声音；当酒杯挨近嘴唇的时候，叶全尽量不露出犹豫，努力作出尽情豪饮的样子。不一会，叶全已经和铁馨干了第三杯，叶全结结巴巴地讲起了笑话，惹得铁馨咯咯地笑。

不远处的"铜锅"则一脸惊愕，回头跟妹妹嘀咕："真不能小看南方人，喝酒也能概不赊欠啊！"

"哼，男人的把戏！哪天高兴，让我来会会他！"佟紫酸着脸，一脸不屑。

第五章

今日借君一滴水

（一）

　　排除爱情原因，金鼎能归还二百万元贷款也不算偶然，转制给原来僵死的企业带来了巨大的活力，经营状况开始持续好转，银行贷款回收出现希望。这时候不输血反而大力抽血，肯定不利于企业发展，对此，荣锦和老包向行里提出了减免利息，分步还款的建议，但建议书提上去很久没得到反馈。

　　原因是银行机制改革也如火如荼地开展起来了，高行长大部分的精力都转移到这上面，基本上没有时间认真研究金鼎的事。

　　话说银行改革可不是一件简单的事，可谓举步维艰，用高行长的话说就是思想不够解放，步子太慢，缺乏创收意识。

　　在那次职工动员大会上，高行长发表了"思想解放是关键，创新发展是出路"的著名讲话。他是土生土长的台营人，口音非常地道，带着一股强烈的干豆腐卷火葱的味道：

　　"以前咱老瞧不起南方人，说人家落后，活不下去了就到东北来摆摊儿做小生意，现在是人家先富了。什么原因让他们富了，当然有政策的原因，但最关键的是观念比咱先进，胆子比咱大。咱还在为家长里短、锅台枕头这种屁事说来说去，人家可都在满世界拼命赚钱呐。我去经济特区考察，街上大牌子的标语都是'时间就是金钱，效率就是生命'，全国各地都在往那里投资，钱多得赚不过来。亲爱的同志们呐！咱也得学学南方，搞搞多种经营，开拓致富渠道，别老整天琢磨别人，做点正事，赚点好钱！"

高行长的这番话很有煽动性，搞得全行上下迅速把南方和赚钱当作热门话题。不久行里成立了劳动服务公司，行政科科长老梁当总经理，专门搞多种经营，给行里员工创造福利。

信贷科当然更要有举措，两位科长抓住市标准件厂在特区易地合资建厂的机会，借口贷后检查，一起去了特区海美。他们一回来，信贷科热闹了好几天，不光科里的人围住他们问这问那，连其他科室的人也跑来了。

"道长"和副科长"胡子"这两天成了评书艺人，上演了多场"直播""联播"和"重播"，搞信贷的都是好口才，说起话来不光条理清楚，而且引人入胜。总体来说，"道长"讲得精彩，"胡子"讲得实在。

"胡子"大名刘强，是行里唯一的留胡子的男性员工，在一群嘴上无毛的男人中颇有阳刚之气，他的胡子据说是高行长特批的，说是高行长的亲戚斗殴伤人，刘强凭一己之力帮领导摆平了此事，领导一高兴，说了句还是刘胡子会办事，所以刘强就留住了胡子，江湖美称"胡子"。即使人事科明确规定不允许男员工留胡子，"胡子"的标志性特征仍然根根挺翘、横硬如铁。

"胡子"绝对是行里标杆性人物，他的一举一动、一言一行都体现着鲜明的个性。他时常跟荣锦说，人生其实就是一场饭局，撑死胆大的，饿死胆小的，摆在桌上的都是假的，吃到肚里才是真的，做事不要玩虚的，一定要讲实惠。

荣锦觉得他说得也没什么错，但总觉得这种实惠主义下面有种不怎么实惠的东西。

"道长"他们回来一个多月了，人们还是喜欢听"道长"讲"南游记"，从他嘴里道出的南方大好局面真如同蓬莱仙境，让听者如痴如醉，如幻如梦，而这时"胡子"已经在实实在在地操作着一件大事儿。

刚开始，是小范围的，"胡子"拉着"浪人"等人整天神神秘秘地嘀咕，后来"浪人"找到荣锦，才知是集资的事，说是标准件厂厂长牵的线，由行劳动服务公司做募集人，投资到海美特区发展总公司，月息二分，且每人限投五千元。行里很支持集资，高行长已经同意在全行员工中征求意见，包括信贷科全科在内的很多人都同意参与集资了。现在很多人都通过集资把钱投到特区，据说都获得了很好的收益，从某种意义上说，这也是一种特殊的多种经营，以逸待劳、坐享其成啊。

荣锦干了四年多银行，为娶媳妇也攒了万八千块钱，如果有月息如此之高的回报率，那还真值得投资，就不知这风险怎么论证的，万一本金折损里面可怎么办。

看荣锦疑惑，"浪人"一撇大嘴："告诉你，'驴秀才'，咱们信贷科可都是吃这碗饭的，领导能看走眼吗？你哥我能看走眼吗？大家都能看走眼吗？放心投吧，听说高行长都投了，你还琢磨啥，过了这村可就没这店了！"

荣锦私下请教"包黑子"和"老抠儿"，"包黑子"明确说没亲身调查过的项目投资就是瞎投；"老抠儿"也说高收益下面一定隐藏着高风险。

正当荣锦拿不定主意时，"道长"在科内会议上公开说了集资的事，又把在坊间说了无数遍，弄得滚瓜烂熟的词儿搬上来正式讲了一遍。

荣锦其实从处里听过他不止一次的"演讲"，可是放在会议上讲，感受完全不一样。"道长"那天讲得也格外精彩，最后，"道长"用"今日借君一滴水，明天还君一桶油"结束了发言。这句诗可谓是千古借贷"金句"，如果第一次听到借钱人这么许诺，不论是谁，内心深处和腰包深处那杯"水"都会激动起来，直至跳进借钱人空洞无底的桶里。

集资这事在全行传开了，信贷科更热闹了，"道长"的办公室成了接待洽谈室，来访的全行各级员工络绎不绝。"道长"不分职务高低，一律热情接待，不厌其烦，耐心细致地解答提问，几乎每个来访的人都是心情忐忑地来，兴高采烈地去。

"胡子"专门负责同特区方联系，他的办公室不太隔音，他声音又洪亮，打电话一半的内容让开放区域的人都能听到。要是他用一种很怪很慢的节奏讲电话，一句话时不时还重复两三遍，大家就能猜出来电话那边肯定又是特区的人。

"包黑子"很平静，他没有参与集资，这在全行一千多号人中绝对是凤毛麟角，用他的话讲，道听途说的项目就是没有把握的项目，没有把握的投资就是赌博。不过，他的声音很快就被全行集资赚钱的热浪淹没了，没人去理睬他，连荣锦也选择听不见。

今天在食堂吃过午饭，他找到荣锦，粗着嗓子问："你这两天是不是没有下企业？"

荣锦脸上有点热，他已经半个月没去金鼎催债了。金鼎自从去年年底还了二百万元，就再也没有动静。这段时间，金鼎的事领导都很少过问，叶全一见荣锦就要减免利息，还抱怨铁馨太傲娇，自己的追求进展不快等，听着闹心，荣锦也就不那么频繁地光顾他那里了。

说实在的，收贷款根本没有他想象得那么容易，他应该让领导也感受下这种难度，掌控一下节奏。至于铁馨和叶全俩人的事，他从内心里不希望铁馨那么容易被叶全得到，或者根本不希望喜欢的人被别人得到。这些心思他打算永远也不让别人知道，用信贷管理的专业术语表达就是永远保持信息的不对称。

看荣锦摇头，"包黑子"黑着脸说："对付稍有些还款意愿的债务人，必须经常去督促。只要搬把椅子往他面前坐一会儿，他就得琢磨好几天。开口跟他说几句话，他就得想一个月。走吧，正好有空，我陪你去趟金鼎。"

两人骑车去了金鼎，叶全已经把当季的利息准备好了，正等着他们呢。荣锦并没有什么收回利息的成就感，他满脑子想着集资的事。

（二）

同样是跟钱打交道，信贷科大大不同于出纳科，科室气氛非常活跃，人人精力旺盛，会玩会交际，这也符合领导的要求，用"道长"的话说就是"要加强内部员工交流，丰富员工的生活，营造积极健康向上的工作和学习氛围"；用"胡子"的话说就是"干这行就要精打细算，眼明心亮，比别人多一个心眼儿，没事就多打扑克，下象棋，下军棋，互相斗斗心眼儿"。

"道长"是麻将高手，"胡子"是军棋高手，上行下效，信贷科的业余活动十分丰富多彩，大部分人不午休，凑够手就打扑克，不够手就下棋，晚上还经常组织人手"修长城"。

这里面有人随大溜，有人真上瘾，"浪人"就是个超级玩家，而且喜欢赌点什么，用他的话就是来"真"的。跟他相反，"老抠儿"虽然也算是个中高手，但就怕来"真"的，所以两人很少在一起玩，今天不知怎么搞的，这两人下起了象棋。

这吸引了很多人，包括隔壁计划科和储蓄科的，据说两个人是争论该不该集资，争执不下，后来不知谁提议，下象棋定胜负，谁输谁认错，外加一百元钱赌注，一局定胜负，不能悔棋，如果和棋，就算后手的黑棋赢，一副死战到底的架势。

荣锦从金鼎回来晚了点，顾不上到食堂吃午饭，就一头挤到观战群里。

这次赌注特殊，观者众多，跟赌的人也不少。赌"浪人"聪明机智、能赢的，都是支持集资的；赌"老抠儿"老谋深算、输不了的，都是摇摆不定的。平时下棋，观棋的都是七嘴八舌，这次每个人好像也跟着赌上了，都屏住呼吸，不敢说太多。

"浪人"不管什么时候，都是一副吊儿郎当、痞里痞气的样子，一群人就听他一个人说东说西；"老抠儿"平时话就不多，今天更像重新上了高考考场，两眼发直，双拳紧握，聚精会神，一言不发。

此时，棋局已到关键步骤，该"老抠儿"的红棋走了，正举棋不定，"浪人"嘴上自带"隐形车马炮"，用"包黑子"的评语就是"能耐都长到了嘴上"，这时他趁机对"老抠儿"进行心理干扰：

"下棋这玩意吧，跟投资一样，用不着看六步，看三步就行，要机动灵活，当机立断。太慢不行，没人愿意跟你玩啊，市场不等你啊，像你'老抠儿'，干啥都慢，说话慢，走路也慢；喝酒慢，跳舞也慢，想得太多，想那么多没用的干啥呀？"

"咱这也不是快棋，我得好好想想，你呀，太鲁莽，有你吃亏的时候！""老抠儿"边思考，边回嘴。

"现在不兴你这套，胆子小，动作慢，你看你的子儿，连车马炮都没几个能'过河'的，我这小兵都摸着石头过来了；你下一步我能下三步，跟你下棋太浪费时间，时间就是金钱，效率就是生命，快点快点，象棋不是相面，不行就认输，别让大家等哈，浪费别人的时间就是图财害命……""浪人"的嘴不闲着，不停向外输出。

"老抠儿"让"浪人"言语一激，还没等考虑好，仓促间把手中的"车"放在了对方的炮口上，荣锦看得清楚，但这时也不方便提醒，不出所料，"浪人"一炮就把"老抠儿"的"车"轰掉了。失去了要子，红棋顿时陷入困境，黑棋趁火打劫，一阵猛冲猛打，没几下子就把红棋将死了，真是一招不慎，满盘皆输。

赢棋的"浪人"根本不给对方悔棋的机会，二话不说把棋子往棋盘上扔，梨木棋子的脆响伴着"浪人"得意的大笑和众人的唏嘘感叹。

"老抠儿"耷拉着脸，递过来一张百元大钞。

"明天中午五芳斋，听者有份啊。""浪人"一边抓过百元大钞，一边很豪爽地发出邀请。

"还有，咱可不光赌一百块，'老抠儿'，你这回得跟我一起入伙儿，说实在的，多余跟你赌这个，你以后还得感谢我呢！"

"老抠儿"挺懊丧，但毕竟也是有风度和幽默感的人，这时候脸上也是乐呵呵的，嘴上还说着"屁话"：

"没看出来，阿浪进步这么快，给我上了一课啊！明天中午请客我掏钱，大家多喝几杯哈！"

众人一阵哄笑，各自散去，一局棋也就决定一顿吃喝，确实不代表更多，可后天就是集资的最后期限了，没打定主意的，也得有个主见了，看今天"老抠儿"的口气，分明决定了集资意向。

第二天中午，除"包黑子"外，全科的人都去了五芳斋，白吃谁不吃，不吃白不吃，看来一百元是不能覆盖这顿饭的成本了，"浪人"一边点菜一边抱怨亏本了，大家低头猛吃，讪笑不语，看来把这顿饭也当集资回报了。

席间，"道长"传达一个不太爽的消息，央行的人不知从哪听到银行内部集资的事了，也要参与，高行长说这面子得给，动员大家压缩集资金额，留一部分给央行。

一听这消息，大家都不干了，"浪人"气得直拍桌子，大骂上级行见便宜就占，手伸得太长。"道长"说没办法，高行长已经答应人家了。

大家恳请"胡子"跟特区那家公司说说，多增加一些额度，最好皆大欢喜，不要压缩集资额度。"胡子"面露难色，勉强答应下午打电话再沟通沟通。

下午，荣锦没下企业，给在海美工作的大学同学小费打了一个电话，在得到模棱两可的回答后，自己又考虑再三，最后还是决定参与这次集资，大胆投资一把。信息闭塞而又拜金贪财的人往往好赌信命，年轻的荣锦虽然还不算愚昧，但缺乏信息、盲目跟风，最终也躲不过集资热潮的冲击。

经过"胡子"的有力争取，海美特区发展总公司额外增加了额度，保证银行职工每人五千元的集资上限不变，最后全行有 829 人，除少数刚参加工作的毕业生、负担沉重的老员工（其中包括"包黑子"）外，共自愿集资 413 万元，加上央行的 88 万元，听说这是央行领导有意控制的吉祥数字。最后，两方的个人集资 501 万元，加上台营银行劳服公司自有资金 499 万元，集资总数为 1000 万元，以劳服公司的名义借贷给了特区发展公司。

最后，劳服老梁把合同、汇款单和集资台账都锁到保险柜里，加盖了封条。1000 元钱能给食堂买一卡车吃的用的，可这 1000 万元就只有封条里面的那几张薄纸，这让他始终觉得心里没底。

"老抠儿"最终也集了资。"老抠儿"通过解放思想，改变思路的事迹经"道长"反映给高行长，高行长挺有感触，觉得时代确实能改变人，建议联合市人民银行搞一次象棋快棋大赛，主题为"纵横四海，为快不破"。赛后央行领导获得了冠军，高行长获亚军，"老抠儿"获文明竞赛奖，"浪人"获敢斗精神奖。

不久，在高行长的力邀下，央行和台营银行组成联合考察团考察了集资使用方——海美特区发展总公司，主要是考察该公司的经营情况，集资款的用途和还款来源，行里去的人也是高行长指定，大家都猜"老抠儿"和"浪人"差不多能去上，但这次都猜错了，他俩谁都没去成，这两人也没当回事儿。

（三）

"借水还油"的说法大大启迪了聪明的台营人，他们开始意识到不能把钱投向外面，搞穷帮富，应积极策划当地具有长远战略意义的大项目，想办法把热钱留住，把外面的钱引进来。

市里决定把李家窝棚渔港扩建成大型港口，借以带动全市经济发展。要能让万吨级巨轮停靠进来，必须要向深水区延伸修建泊位。政府向各家银行和金融机构发通知，召开座谈会，共议建港筹措资金。高行长那天有事，"道长"也忙着制定信贷计划，便指派了"包黑子"和"驴秀才"两人代表银行出席。现在银行经营权越来越独立于行政指令之外，随便派个人应付一下政府也是常有的事。

那天，"包黑子"和荣锦很早就到了会议地点——李家窝棚乡政府，离开始还有一些时间，"包黑子"和荣锦就在乡政府门口的海堤上看海。虽不是假日，但海边的人不少，有传言说这次建港政府要把岸边不远的仙驾岛炸平填海，把连接陆岛、俗称"天桥"的天然通道变成栈桥，这引起了当地人的极大关注，这些人是来看仙驾岛最后一眼的。

老包看着远处的海平面，沉默好一会儿，突然问荣锦：

"看过聊斋志异吗？"

"看过。"

"你觉得粉蝶的故事讲的是什么？""包黑子"接着问。

"讲的应该是前世姻缘吧。"荣锦答道。

"还有吗？"

"信任，因为阳日旦相信十娘和粉蝶不会骗他。"荣锦回答。

"嗯，没错，从阳日旦的角度看是信任，从十娘和粉蝶的角度看就是守信了。""包黑子"说道。

"明白，这个粉蝶不光是爱情的天使，也是诚信的天使。"荣锦点头。

"原来仙驾岛上仙人阁的壁画描绘的就是这段故事，题为仙人守信，后来被毁掉了。"

"怪不得仙人阁的墙壁是光秃秃的水泥，原来是有壁画的，要是保留下来该有多好。"荣锦一阵叹息。

"你知道明清最后一次大规模战役是在哪里发生的？""包黑子"又问。

"不是在松山吗？"荣锦是文科生，对那段历史应该是了解的。

"确切说是在这里，当时松山决战后，一支几千人的南军退到这里，来时的战船不知何故已经撤走，他们只能死守仙驾岛，清军见仙驾岛易守难攻，便围困待降，数千南军看解围无望，竟全体投海而无一投降。所以这仙驾岛也是南军将士殉国之地。""包黑子"说到这语调悲凉。

荣锦一时无语，虽然史书对此并无记载，但他相信"包黑子"的话不是"戏说"，因为从松山到这里只有二十里，南军虽有战斗力但怎奈是步兵，所以只能向南沿天桥撤到岛上。

"仙人阁的另一面壁画描绘的就是这段战事，题为南军守节，也被毁掉了。这些壁画不在了，但还可以重新修复。如果为了建港把这些彻底毁掉，无法修复，那真是让人痛心！""包黑子"看着海面，表情沉重。

"能有什么办法呢？"荣锦痛心且无奈，"如果要从保护自然、文化资源的角度出发，重新填海造港的话，市财政可要背上沉重包袱了。"荣锦说出了决策者的顾虑。

"我倒是希望市领导有这种着眼未来，敢于担当的眼光，看到仙驾岛长远的社会效益和开发价值。"老包说到这里，手搭在额前，看着更远的海面，接着说道："其实领导们已经倾向于不炸岛毁桥。"

"何以见得？"荣锦问。

"要是真的决定炸岛，就不会请我们来开会了。"老包轻轻一笑……

到了开会时间，两人回到会场。市政府主要领导已到会，市财政局、各家银行的人也都来了，会议首先由指挥部的总指挥宣讲港口建设规划，他讲了重新填海造港和炸岛扩桥两套建设方案，重新填海造港需异地运输大量土石方，造价大约是炸岛扩桥的十倍，工程难度也大大提高。

宣讲后众人开始讨论，很多人还是支持重新填海造港，希望给子孙后代保留下这一大自然的奇丽景观及古代文明遗迹，但几乎所有的代表讲的都是美好愿望而并没有实际措施，轮到老包，他站起来，语调沉稳坚定地说道："我支持重新填海造港，针对目前资金不足的现实问题，我给市领导提个建议，就是用足国家政策和信用工具，向社会公开发行建港债券，向申请银行项目银团贷款。同时大力开发仙驾岛旅游资源，带动经济全面发展。对此，我们台营银行完全有能力包销全部债券并作为牵头行组织银团贷款。""包黑子"说到这，话锋一转，开始针对银行同业们：

"重新填海造港，各家银行肯定感觉工程投资大，建设期长，未来收益无法预测，风险有些大。我认为任何贷款项目都是有风险的，没有风险要我们这些信贷员干嘛，越是这种高风险的贷款越检验信贷员管理风险的水平。至于损失，也许会发生部分损失，但可以通过各种途径来弥补。不过，以我二十年的从业经验看，我相信这个项目不会有什么损失。这一点，也请大家相信。""包黑子"语气坚定，在信贷员队伍里，能用这种语气谈业务的人不多。

"那您的根据是什么？"有一位信贷同行问。

"大家可以现在到海滩上去看看，看看这段时间来这里的广大市民，发行债券一定会获得他们的支持。港口是稀缺资源，日后我们将港口发展成上市公司，向全国乃至全世界募集资金，还愁先期过桥的信贷资金没有还款来源吗？"

大家都点头赞同，"包黑子"则接着说下去：

"多少人来看这美景，陶醉于此，难忘于此，寄希望于此，如果放上炸药，轰的一声，把这一切毁于一旦，简单粗暴，短期见效，可也毁了人们对美好事物的追求和维护美好的责任感。盲目求快，没有了爱心和责任，行动再快速、能力再强大，也只能是用来破坏，而不是用来建设！当前，改革大潮正迎面而来，作为决策参与者，我们应该跟出海打鱼的人一样学会识潮弄潮，顺势而为，而不要急三火四，盲目'多快好省'。"

众人沉默，都在思考这句话的含义。

"基本建设贷款是银行主要业务，城市港口建设是银行一直大力推进的业务品种，我们应该坚决支持政府的工作，看好港口未来的发展前景，据此，我将马上建议我行申请作为港建银团贷款的牵头行，全力以赴推动贷款落地！"

"包黑子"结束了发言，会场沉静片刻，市长说了句"好！"，然后带头鼓起掌来，继而会场掌声雷动。

（四）

"包黑子"的发言获得了市领导的充分肯定和支持，出了大风头，连高行长和"道长"也得跟着叫好而不敢说别的，台营银行因此获得了承销建港一期工程债券的任务，规模为人民币三亿元，年利率百分之八，五年期，面额为一百元。从初期的发售承销情况看，市场反响非常不错，银行大厅挤满了排队购买的人。

改革开放十年来，老百姓手上多了不少积蓄，如果这种地方建设债券放在海美集资之前或者放在一起，包括荣锦在内的很多懂行的都会选择这种债券，毕竟它的项目载体就在身边，看得见，摸得着。可惜晚了一步，让海美集资抢了先机。

由于时间紧，任务重，除了出纳柜台在卖，其他业务部门也被调动起来，信贷科也被分了二百万元的承销任务，摊位柜台设在一楼走廊里。"道长"把这个任务交给了荣锦，荣锦倒没怎么当回事，不就是二百万元现金嘛，这对老出纳来说就是个小活儿；但按照银行现金双人操作的规则，必须要搭配一个复核，于是向出纳科借调了"小温侯"满超。满超只是管库员，点钞业务水平却很差，姿势漂亮，节奏欢快，可就是经常点错。荣锦数次提醒他，"小温侯"跷起二郎腿，摇晃着脚上锃亮的"老人头"，洒脱地说："干脆，你一个人弄算了，我百分之百信任你，出错出事我都认！"

面对着荣锦疑惑的眼神，他还不忘补充一句："放心！我看你比你看你都准，你没问题，大胆干吧！"听得荣锦心和手都跟着抖了起来，不是激动而是害怕。出纳这行，奉行制度至上，相互之间就没有信任二字。

"你不能信任我啊，我不能被信任啊！"荣锦对满超一时不知怎么说好。

"信任你不行吗？咱这也不是在柜台里面，没那么多规矩，错了我赔大头儿，不！都算我的，行了吧？"

"不是，这么一弄，我都不会干活了！"

"不就是卖几张债券嘛，你一个老手，面对疯驴都能沉着冷静，这点小事，至于那么紧张？"满超还是一脸轻松。

"都别着急，慢点来！肯定能买到哈！"满超一边安抚着排队的人群，一边把钱箱盖上。"这个'驴秀才'，太迂腐！卖点债券，没柜台，没领导，认真个什么劲儿啊？"满超小声埋怨荣锦。他这人像公子哥，不怎么看得起大学生，总想找机会给荣锦上一课。

"等我一会儿。"满超站起来，转身离开。不一会儿，他抱来一台点钞机，看得荣锦直傻眼。点钞机是刚配备给银行的，是 20 世纪 90 年代最先进的金融机具呢，荣锦还不知道出纳科已经在试用了。

插上电源，简单调试一下，定好荣锦先手点，满超再机点复核的流程，两人开始正式操作。

"嘿，还得说是机械化，爽！"满超像个得到新玩具的顽童，他手指异常灵活，头脑非常聪明，点钞机被他调教得服服帖帖。伴随着点钞机哗啦哗啦的节奏，"小温侯"翘在半空的"老人头"（鞋子）打着拍子，履带上的"老人头"（钞票）也似乎安详起来，行云流水，赏心悦目地滚入铁皮钱箱。

一个上午，卖了不少债券，剩下一些不到四十万元。几个顾客拿着成把的现金不让撤柜，两人走不了，饿着肚子又卖了一会儿。收拾好钱券，简单结了一下，两人把钱箱锁进保险柜，这点儿食堂已经没饭了，两个人饿得发慌，尤其是满超：

"刚才注意力高度集中不觉得饿，现在一停下来，怎么觉得这么饿？这样，我家不远，到我家去吃饭！"

一听要去对方家里，荣锦摇头谢绝。满超想再给荣锦"摆一道"，哪肯轻易放走眼前的机会。

"实话实说，我是请你搭把手，给家里冰箱换个地方，媳妇说了多少次，我都给忘了，今天早上都跟我急眼了。"

"这点小事，早说啊！"荣锦不再推辞了，满超笑嘻嘻地把手搭在荣锦的肩上，心里则说："砸驴你行，别的你未必行。"

"小温侯"的家就在银行旁边，房子是行里分的，满超虽然只比荣锦大一岁，但工龄却长了不少，而且还因乒乓球比赛给行里拿过名次，所以早就分到了房子。

冰箱在走廊尽头，需要搬到厨房，冰箱很大，不过两个男人没几下就把冰箱安顿好了。荣锦想走，满超一把拉住他："进家门必须得吃口饭，这是规矩！"

"嫂子不在，就你？能做饭还是能做菜？"

"别提她了，更不会做饭。冰箱里好像有速冻饺子来着，咱俩凑合着吃一口吧！"满超把荣锦按到沙发上，转身进了厨房。

荣锦也不好再坚持，只能坐下来，职业习惯下，眼睛开始打量"小温侯"的婚房客厅，床头柜上摆着两人的大幅婚照，上面蒙着一层薄薄的灰尘，墙壁上崭新的石英钟还停留在上午，看起来有一阵没上电池了。荣锦心里对满超的婚姻状态有了大致判断。

满超还在冰箱里上下乱翻，"放哪了？找不着饺子，只有元宵啊，还没过保质期，要不，咱俩就凑合一下？"

"元宵好，煮元宵我最拿手了。"荣锦接过袋装的元宵。

开水下锅，轻搅慢推，添水止沸，美味飘起，荣锦也确是行家里手，不一会儿，两大碗元宵就上桌了。

荣锦也饿了，自顾自拎起大羹匙就开吃。

"等会儿，还有！"满超喊停。

"怎么？你还想蘸醋啊？"荣锦打趣。

"还酱油呢，我说的是这个！"满超突然从桌下拎出一瓶茅台，往桌上一墩，吓了荣锦一跳。

"酒啊！哪有元宵就酒的？喝酒吃黏食品最容易醉，下午还有活儿呢！"荣锦赶紧阻拦。

"我也想弄点花生米什么的，没有啊。不过，这就叫解放思想，大胆革新。正宗家传茅台，一般情况我还不拿出来呢。你们信贷员不都是'酒中仙'嘛，来来，整点儿！没剩多少券了，放心吧，肯定没事！"满超劝着荣锦，语调诚恳。

人家实心实意劝你酒，一口不喝就是不敬，信贷员都是社交高手，这点儿都不懂就说不过去了。

"好吧，少喝！"荣锦妥协了。

"这瓶开过，没剩多少，估计都不够你一个人喝的，时间不多，咱俩用碗吧，来，先给你倒上！"手脚麻利的满超倒酒动作行云流水，一气呵成。

自幼丧父的荣锦没有得到阳刚之气的直接熏陶，但身上自带豪爽基因，这种基因对酒精抵抗力很差。没顾上吃口元宵，荣锦就呷了一口碗中酒，那口酒在口腔打个滚儿，像一记"正手弧旋"直挂荣锦胃门的死角，潜意识里那个小人还伸手扑救一下，但那已经是象征性的了，给坐在大脑深处那个教练看的，茅台带着妙不可言的劲道落入胃袋，整个身体的细胞也如同看台上的观众一下子欢腾起来，玩起了一阵阵的"细胞浪"。

"嗯，真不错！"

"慢点慢点，赶趟儿！"满超的眼睛从酒碗上边盯着荣锦，眼里闪着狡黠得意的亮光，一般人劝酒得手的时候眼神都这样，后面的潜台词是"怎么样？喝了吧，别装另类了"。

没吃几个元宵，桌上的两只碗已经第二次倒满，而瓷瓶里的酒还没倒空。

"再喝下午可能就不好说了，还是到此为止吧！"荣锦靠在椅背上，对满超摇头摆手。

"我相信你没问题！"满超掐着酒瓶，仍然是一脸轻松，荣锦笑笑，不置可否。

满超接着说道："这人与人吧，应该有个信任在里面，没有信任，就没有道义，没道义，就没江湖，没江湖，这人世就没啥意思了。"

"那怎么才能信任别人，或者让别人信任呢？"荣锦问。

"凭感觉，凭眼力，凭经验，凭义气；有的人从看他第一眼就觉得他靠谱儿，有的人不用看，闻着味就觉得不行。如果让我去做信贷，什么产品竞争力、财务状况、行业前景都不重要，就看老板人品！""小温侯"打了个酒嗝，从桌子上拿起烟和打火机，先递给荣锦一根，荣锦犹豫一下，但还是接了过来。

两人抽一口烟，满超靠在餐椅上，斜着眼，问："我说，债券卖得挺火爆啊，你不准备把剩下的给包圆了？也省得咱俩再卖了。"

"我哪有那么多钱，有一点也投资到特区了。"

"小温侯"微微一笑："你们呐，不懂什么叫投资，集资、债券就是给你们这些人准备的。"

"集资你没参与？"

"参与了，那是给'道长''胡子'两位大哥面子，否则，我一分钱都不投，那就是瞪眼打水漂儿。"满超撇撇嘴。

"打水漂？你这么看？为什么？"荣锦忙问。

"不为什么，就是直觉！"满超抽着烟，眼睛盯着冰箱看，似乎还觉得安置得不够到位。

"明知道收不回来，那你怎么还参与？一分都不少，态度还挺积极。"荣锦仗着酒劲，话问得挺直接。

"不懂了？这也叫信任！"满超把目光转移到荣锦脸上，目光复杂深邃。

"不对吧，这不是信任，这是放任！"荣锦反驳。

"你这'驴秀才'，真是一根筋；有些人，有些事情，有些时候，即使怀疑，也要信任，内心反对，也要拥护；这就是江湖，这就是社会！看来你还不懂。"满超说道，显然两人阅历和人生经验完全不在一个量级上。

"江湖？我看是糨糊。"荣锦撇撇嘴。

"你说糨糊也行，就是这个意思。就像今天，元宵就白酒，难得一糨糊！来来来，再整一口！"满超举起碗，荣锦勉强跟着喝了一口，开始觉得有点上头了。

荣锦喝了几口元宵汤，岔开话题：

"集资有风险，债券还是不错的，又是大项目债券，到期兑付应该问题不大吧？"

"才不买那些固定收入的东西呢，大丈夫不挣有数钱，知道不？"

"那买什么？"

"买原始股、炒钢材、对缝儿，等以后这港口一开，热钱涌进来，玩的东西会更多，有机会慢慢跟你说，来，没多少了，咱一口闷了吧！"

"好吧！来！"荣锦的控制力已经被茅台完全攻陷了。

（五）

　　老酒陈酿都是后劲大，然而还有几十万元债券要卖。路过小卖部，荣锦买了一大把口香糖，权当镇静剂和强心剂了。

　　下午人也不少，酒后荣锦的脸色倒是没有太大变化，不至于让顾客反感，满超却一直在椅子上打瞌睡，荣锦想让他找个顾客看不到的地方睡，可这违反双人操作的规定，没办法，只能让他在旁边半坐半躺，半梦半醒地陪着。自己则背负着双重责任，咬牙坚持，手点两遍再机点两遍，还要努力记住每个顾客的模样，以便能追到极有可能发生的短款。这样一来，效率大大降低，当作柜台的桌子前排起了七八个人的队伍。

　　荣锦注意力全都集中在钱款上，不知什么时候，队伍里排了一个抱着个大布包的中年女人，带着个女孩子，两人衣着朴素干净，小女孩长得很美，大眼睛，皮肤雪白。队伍里时时有人上下打量着她们，估算着布包里的钱数，臆断着她们的来历。

　　终于排到了女人，女人把布包口对准桌面，双手揪起布包的底角，旁边的人都瞪圆了眼睛，等着看倒出的将会是什么"宝贝"。

　　荣锦下意识地把两臂围拢在口袋下面，这个动作他太熟悉了，接柜三年中，周边的小摊贩来存钱差不多都是这样的动作。

　　果不其然，伴随着一阵哗啦啦的响声，满满一布包钢镚角票欢叫着、碰撞着、争抢着从包里涌出来，有的玩着陀螺，有的叠着罗汉，有的放肆地舒展腰肢和筋骨，打着哈欠，发泄着久不见天日的怨气。

　　好不容易才让它们安静下来，一座小山般的零钱散钞已经不管不顾地矗立在桌子上了。

　　荣锦脸上的微笑和他围拢在零钱周围的胳膊一样僵硬，他知道这零钱比假钱、残钞还难对付，更考验耐心和体力，喝了酒的荣锦此时真有点心里没底。

　　"大姐，你这里总共是多少钱？"

　　"一千元整！我在家数过的，应该没错！"女人说话干脆利落。

　　"好的，我得帮您再点一遍。"荣锦回应着，只抬头扫了一眼旁边的小女孩，小女孩也看着他，眼里露出惊喜，而荣锦此时的大脑已经完全被那一堆零钱占满了，顾不上辨认她。

点钞机帮不上忙了，满超指望不上，上下翻飞的手法无法施展，丰富多彩的面值更让七百度近视的荣锦眼花缭乱。

硬着头皮点了三遍，每次的金额都不一样。

"今天算是掉阴沟里了……"荣锦暗暗着急，太阳穴开始突突地跳，排队等待的人渐渐失去了耐性，纷纷催促。

零钱的动静也把满超弄醒了，看了看满桌的角票钢镚，再看看女人，他张嘴质问："大姐啊，你是做啥大买卖的？怎么这么多零钱啊？"

女人看了一眼红头涨脸，醉眼惺忪的满超，没去理会，旁边的小女孩脆生生地答道："我妈妈是卖雪糕的！"

周围人大多面露鄙夷，孩子是看不懂这些的，还在甜甜地笑着。

"那你是干啥的？为啥不上学？"排队的人中有人又问。

"今天下午学校放假，我给妈妈当警卫！"

"哈哈！"人群中有人大笑，小女孩则不解地看着这些人，不知他们在笑什么。

"算了！反正要差也差不了多少。"荣锦没再数第四遍，按照女人报出的数目收了钱。

傍晚，剩下的债券终于卖完了，荣锦脑袋嗡嗡响，估计现在结账恐怕也结不明白，干脆直接封包。

第二天一早，荣锦和满超一起提包结账，结果还真差了二十八块钱，肯定差在了那位用零钱买债券的女人身上。

"这点便宜都占！对了，她是附近卖雪糕的，哪天我当面好好埋汰埋汰她！"满超看上去很气愤，"不就是二十八块钱吗？我出了！"

"还是按规矩来吧，"荣锦的思维基本上还留在柜台的定式里。

"三七还是四六？你们这些秀才，脑子真是让驴给踢成三七开了，办事那么麻烦啰唆！"满超一脸不屑，还没等荣锦反驳，他已经把三十元钱扔进了钱箱里，荣锦抬眼看他，他只丢下一句："都是老出纳，这种事就别跟别人说了哈！"说罢，扬长而去。这是出纳科不成文的规矩，小额短款都是自掏腰包补齐，不去汇报，毕竟不是光彩的事。

本以为这事就这样过去了，但总有出人意料的事情发生。

一周后的一个下午，荣锦刚要出门，迎面撞见工会刘姐，荣锦打招呼后正想离去，却被对方拦住了，刘姐眯着眼，神秘兮兮地压低声音问荣锦："你小子前几天卖债券短款了吧？"

荣锦一愣，连忙反问："你咋知道？"

"驴小子运气就是好，遇上学雷锋做好事的把短款送来啦！"

荣锦愣了一下，欲言又止。

"为难了吧，要不要我帮你把她打发了？来的就是一个十来岁的孩子，以前姐也有过这种事，金额不大最好别声张，补上就完了。"刘姐说话很是善解人意。

"人家都来了……"

"小孩子还不好糊弄，就说没差钱，二十几块钱呢，孩子肯定比得到表扬更高兴！"刘姐凑近荣锦耳边低声说。

荣锦表情平静地说道："谢谢姐，还是如实告诉孩子的好。"

刘姐看着荣锦，突然岔开话题："小荣，你那记者女朋友没建议你换掉那两颗门牙吗？本来是一等人才，都让这两颗牙耽误了。"说完就走开了。

小孩在传达室里，目光清澈透明，就是那天来给妈妈当保镖的漂亮女孩，还没等荣锦开口问她，女孩就急着发话了："我叫范小琳，我和妈妈来买债券，有二十八块钱落在布包里层口袋里了，回家才发现，今天下午学校放假，妈妈就让我给你送过来了，她还得卖雪糕，来不了。"

"谢谢你和你妈妈！"荣锦边回应，边上下仔细打量着小女孩，这时他才认出对方就是两年前砸驴时帮他捡回一块钱的那个孩子，她长高不少，有了少女模样，走在路上，都不敢认她。

"啊，又是你帮了我，真的谢谢你，小琳同学！你是高尚诚实的好孩子！需要怎么表扬你？"

"不用感谢和表扬我，我只是帮妈妈送过来。"

二十八块钱，对小孩子是笔巨款，对下岗女人也是要多卖百十块雪糕，好多天省吃俭用才能攒出来！有这样的孩子，相信妈妈也是十分诚实善良。

荣锦简单问问孩子的家庭、学习情况，得知孩子父母离异，靠下岗的妈妈摆摊儿卖雪糕维持家用。女孩说她学习很好，在班级里考过第一，妈妈还想攒钱供她上大学呢！

荣锦看着范小琳清澈的大眼睛，说道："回头给你们学校写封表扬信吧，让校长老师都知道你是拾金不昧、诚实善良的好孩子！我现在就把你的学校、班级和名字记下来，好不好？"

"谢谢！不用了，这钱你收好就行了！"范小琳说罢转身走出门口。荣锦连忙相送，路过行门口的地摊，他让范小琳等一等，顺手在地摊上买了个两元的粉色蝴蝶发卡戴在女孩头上。

女孩还要拒绝，看荣锦着急的样子，也就没再推辞。两人挥手道别，明媚的阳光下，小女孩转过头去的时候，乌黑的马尾闪闪发光，上面的粉色蝴蝶发卡飘飘欲飞。那一刻，荣锦觉得眼前的小女孩就是降临人间的天使。

第六章

祖训和囊肿

（一）

　　燕红是台里的忙人，为了新农村破除陋习的系列报道，这两天她又一头扎到筑信台村里，非要找出个年轻人创业致富的典型。村支书叶向阳给她介绍了筑信台奶牛场场长卢笑江，这个所谓的奶牛场也只有三十头牛，年销售额还不到三万元，不是什么大户，在村里却是先富起来的榜样。

　　一见到卢笑江，燕红就被吸引住了，从这个人身上展露的气质和外形很像《人生》电影里的高加林，倔强、高傲、清秀。据说他当年考大学的分数不低，已经过了本科分数线，只是因为家里实在穷而放弃了。

　　卢笑江在农村青年当中完全是一种卓然而立的存在，给人以潜力无穷的感觉。在波涛汹涌的改革大潮面前，燕红欣赏具有强悍冲击力和开拓力的男人，荣锦在惊驴面前敢于出手，只是灵光一现，大部分时间是唯唯诺诺，规规矩矩，相比之下，创业者卢笑江敢作敢为的气质是银行职工欠缺的，这让燕红产生一种接近他，帮助他的冲动。

　　深秋季节，卢笑江正在和工人一起清理牛舍，牛舍就是一排只有顶棚的铁架板房，两排破旧的木质围栏围住奶牛，不远的地方有几间封闭的砖房，那里算是产奶的奶厅，隔壁就是卢笑江的办公室。

　　办公室还算干净，但还是有一股奶膻和牛粪混杂在一起的浓烈味道。卢笑江礼貌地问能不能抽烟，看燕红点头，才从裤兜里掏出一包红梅，燕红也要了根烟，在对方惊奇的目光中自顾自地点上，然后就单刀直入地问出自己的问题："你家鲜奶的销路越来越好，饲料却跟不上，是不是采购资金有些短缺？"

卢笑江说："催催欠款也能维持。"

"你这想法太保守，跟你这人不搭配。"燕红上来就用激将法。

"怎么说呢？如果借钱，有人就会把我从这里赶出去。"

"为什么？"

"因为违背了祖训。"

"什么祖训？"燕红追问。

卢笑江摇摇头，看起来不情愿和盘托出。

"家族隐私吗？"燕红挑了一下杏眼，"如果不是很隐私的事情，也可以聊一聊嘛，我今天没带设备，也没带助手，连纸笔都没有。"

"筑信台卢家有不借外债的家训。三百年了，没有人敢打破这个戒律。"卢笑江沉闷地说，重重地吸了一口烟。

"现在是什么年代了，还抱守着几百年祖训不放，都这样的话，社会还如何进步？不过，我还是怀疑这个祖训的真实性。台营的村村屯屯，我走得也差不多了，没有几个还保留着百年祖训，即使有，也没听说过不让儿孙后代借债的，这样的祖先也未免太糊涂愚昧了吧？"到底是记者，嘴巴就是厉害。

"你可能不信，我可是亲身经历过。小时候，饿肚子，没钱上学，可我爹我妈就是咬紧牙关，勒紧腰带，就是不跟别人借钱……"

"所以你没能上大学，所以你现在还是小作坊。"燕红的口吻锋利如刀。

"不光我，筑信台的人都这样，我想是老祖宗不想让我们背上包袱，有债走不远，无债行天下嘛。"卢笑江无奈地苦笑。

"债应该是动力，不是包袱。卢总，我想凭你的见识，你应该能识别其中的不合理，就是没有勇气打破它而已。"

"这样吧，我带你去见一个人！"

"能先跟我说一下见谁吗？我好有个心理准备。"燕红很好奇，忍不住问。

"哈哈，一个帅小伙儿！"卢笑江调皮地回应道。

"好啊！可惜今天没带相机。"燕红微笑着，脸上闪着年轻女子特有的神采。卢笑江忍不住多看了几眼，心也跟着动了几下。

两人从奶牛场出来，走到村东头一家高大的门楼下，铁门紧闭，两人站在门口，里面的狗听见动静开始吠叫。卢笑江向门里面喊道："有贵客，把老黄拴上！"

门开了，一位红光满面、高大结实的老妇人站在门口，眯着眼上下打量一会儿燕红，一开口也是高门大嗓：

"呦！这是谁家的姑娘？这么俊呢！快进屋坐！来，来，来！"

卢笑江站在门口没动，问："妈，爸不在吗？"

"能老实呆着嘛，这不又去村口遛黑龙去啦！刚走不大工夫！"

"那我去找他。"卢笑江回身想走。

"这孩子，带个姑娘来，也不进来坐坐，让我好好看看！"卢母满脸不高兴，嘴上一个劲儿埋怨。

怕他妈说出更离谱的话，卢笑江拉着燕红就走，没走几步，又折回来，妇人一看高兴了："对啦，进屋坐会儿！"

"不是，那台摩托在哪？"卢笑江边说边在院子里四处找，没等他妈反应过来，他已经把一台红色"幸福250"从小棚子里推了出来。

"小心点，慢点开，别把人家姑娘摔着！"

"哪能呢？放心好了！"卢笑江把摩托车发动起来，巨大的轰鸣声把院子里的鸡鸭吓得直叫，那只老黄兴奋地使劲挣脱着锁链，看起来这摩托车的轰鸣声是它出游的信号。

"燕记者，帅小伙儿去遛驴了，咱俩得骑上这个才能找到他。"卢笑江一边说，一边甩头示意燕红坐上来。

"你说这小伙儿就是你爸爸啊！"燕红迈开长腿，灵巧敏捷地坐了上去。

"是啊，我老爸可是我的偶像，以前还当过公社书记呢，跟他比，我就是个小屁孩儿！"卢笑江一踩油门，幸福250缓缓驶出了小院。

"小心点，慢点开！"卢母在后面喊，伴随着老黄着急的狂吠。

村路很颠簸，卢笑江好像很随意地说："你不抱我的腰，我可不敢开快！"

燕红脸有点红，好在坐在卢笑江后面，对方看不见。她发现卢笑江的腰带两侧各有一个金属环扣，可能是平时用来拴钥匙的，她就用手指勾住两个环扣，脸的一侧贴到卢笑江的背上。卢笑江加大油门，"大幸福"风一般地绝尘而去。

在村头的一片空地上，卢笑江看到了那个快速移动的目标，隔着老远，喊是听不见的，摩托车沉闷地轰鸣着，沿着崎岖不平的田垄斜刺里赶了上去，震动的波浪让燕红不得不抱紧卢笑江的腰。

卢笑江故意让摩托车慢慢迫近目标，让它在田埂上缓缓地上下颠簸，自己则仔细体会着背上的温热柔软。等距离目标有百八十米的时候，坐在后座的燕红微微直起上身，才看清前面移动的是一匹慢跑的大黑驴。驴上端坐的是一位老者，从挺直的腰板儿，矫健的骑姿看，真似一个年轻小伙儿。老人的听觉很灵敏，他勒住缰绳，片刻就认出了来人，便调转驴头，迎着摩托车赶了过来。

百米的距离，加上相向而行，黑驴眨眼就到了摩托车跟前，老者勒住缰绳，劈头一串质问："你小子怎么来了？又惹啥麻烦了？"问话间，忽然看见后座上的燕红，"诶？这又是从哪疙瘩拐来个大姑娘？"

"人家是城里的燕记者，是村里请来采访的呢！我可从来没拐骗过谁，这连黑龙都知道。"卢笑江摆出一副无辜的样子。

"姑娘，这里是我的地盘，谁也不敢把你怎么样，不信你打听打听，看我卢焕章说得对不对。"老者说完爽朗地大笑起来。

"人家燕记者是找你了解一些事情。"卢笑江怕他爸口无遮拦，赶紧说明来意。

"记者采访我，倒不是第一回，想了解啥情况？回家坐坐，边喝边唠。"老者卢焕章声若洪钟。

三人走进卢家小院时，卢母正在喂猪，看三人一起回来，高兴得不得了，急着张罗饭菜。他们就在正房门厅的八仙桌旁坐定，卢笑江沏茶，卢焕章从儿子的衣兜里找烟。燕红笑着，不急着说话，感觉今天应该是一次不同寻常的采访。

"我这次到咱们筑信台，其实也不是为报道什么新闻，我是想帮咱们的奶牛场拓宽资金渠道，一起把生意做大做好。听说伯伯以前还当过公社书记，肯定能支持我们的工作吧？"燕红开门见山，说明来意。

"我当然支持了，不过，我还是没整明白，我一个下岗支书，能帮你们啥忙？"卢焕章有点糊涂。

"是这样，燕记者是一片好心，想帮我们介绍贷款，可是咱们不是有不借债的规矩嘛，我说了，燕红记者不相信也不理解，所以才找老爸给人家解释解释。贷不贷款不要紧，主要是别伤了人家燕记者的一片好心。"卢笑江在一旁插话。

听了儿子的话，卢焕章刚才明朗轻松的脸色一下子变得肃穆起来，一声不响地抽着烟，卢笑江和燕红也不知说什么好，一时间三个人都沉默了，只听见外屋卢母摆弄锅碗瓢盆的声音。几只大鹅在院里不知为何和老黄打了起来，呱呱地叫，老黄也是一通乱吠，卢笑江站起身，出去拉架，旋即回来，嘴里嘟囔道："这几个家伙太不像话，天天合伙欺负老黄，哪天赶我有空儿，好好调教调教它们！"

"别乱来！"卢焕章语气沉重地呵斥着儿子，目光深沉地看着那几只鹅，轻叹一声："唉，本来是来去自由的大雁，生生被调教成圈养家禽，还得天天和土狗争斗，和咱们筑信台人的命运一样啊！"

卢笑江不吱声了，燕红没看着对方，目光里充满不解和问询。

"说来话长，咱就从这筑信台的来源说起吧！"卢焕章开始了讲述："我们筑信台的人管大雁叫同乡鸟，认为它和我们祖上都是来自同一个地方，那就是雁信山下的古雁州。"

"那怎么来到这里，闯关东？"燕红插问道。

"不是闯关东，而是守关东，这里当年是明朝的边关，我们祖上就是南军。"

"雁州？"燕红脑子里马上联系到另外一个雁州人叶全，但这时她不想打断对方。

"这不是胡说八道，不信，可以到村里祠堂去看供奉的祖宗牌位，还有祖谱……"卢焕章用手指指外面，看燕红点头，才接着说下去。

"除了我们，祝信台还有叶姓、束姓，都是来自雁州，三姓祖先的祠堂现在还在，祖训就刻在祠堂的石壁上，其中就有戒告债……"

"为什么呢？"燕红问。

"祖先有祖先的道理，是吃过大亏，才告诫子孙。也许我这么说你不会信，你知道我们筑信台三百年来的那个'风俗'吧？"

"知道，每逢端午节就和邻村烧火营子打坷仗，这个新闻上了市电视台，就是我报道的。"燕红马上回应道。

"哦哦，我想起了，怪不得一看见这姑娘，我就觉得眼熟呢，你可让筑信台出了大名了，但这名可不是什么好名声，还不如不出啊。"卢焕章的回答有点出人意料。

"封建迷信带来的陋习呗，哪里都有，很多农村现在还有跳大神的呢，这没什么，咱不是在不断革除这些陋习，创建新文明嘛！"燕红应道。

"打坷仗可不是封建迷信。"卢焕章摇头。

"不是为了抢风水，占龙眼嘛，向阳书记就是这么介绍的呀。"

"筑信台是古代高人为镇守辽东千挑万选的宝地，是这一带风水最好的地方，城不大，但城内水井有四眼，说欢喜岗上有龙眼，谁稀罕呐？且不说筑信台都是看惯生死、不问风水的军屯子弟，就是烧火营子人，也是游牧民族的后代，人家自带风水，也不信这邪。"

"不为抢风水，那能为什么？"燕红追问。

"姑娘，你长得这么漂亮，老家哪里呢？在筑信台没有亲戚吧？"卢焕章突然问起燕红祖籍。

"老家山东，筑信台应该没有亲戚。"

"那就不会太介意这句土话了，估计你肯定听过，老的当地人都知道……"卢笑江似乎知道他爹要说哪句了，他不想让他爹在燕红面前提这句话，这时候想拦是拦不住了。

"我猜是不是那句——宁蹲十年大狱，不交筑信台里。"燕红一下子就猜到了。

"姑娘还知道关于筑信台的其他事吗？"卢焕章眯着眼看着燕红，燕红也不隐瞒，把从荣锦那儿听说的"私钱和伪玉交易牛羊"的事大概说了一遍，并强调自己也是听来的，不确定真伪。

"是真的，原来的卢氏家谱对此事有记载，后来不知为何删去了，不过族人都知道这件事。我其实很不愿意讲这些，但又不知道怎么能说服你们。"

卢焕章目光有些涣散，和刚才骑在驴背上神采飞扬的样子判若两人，他的脑子里传来他爷爷苍老的声音。趁饭菜还没好，卢焕章开始了他的讲述……

（二）

和筑信台的"梁子"结下后，察尔哈人一心想报复，不断发展壮大实力，并把部落移到距离筑信台北面较近的十里岗，改名为"烧火营子"。皇太极为拉拢察尔哈人一起对付大明，下了很多功夫，并将一位格格许配给了梅勒。这让大明上下感到十分不安，为此，辽东总兵令筑信台游击叶尔达想办法分化满察联盟。

叶尔达是叶廷璧的儿子，他决意请烧火营子派使者来筑信台商谈，借以打开双方对立僵局。接到邀请函，梅勒召集其他人合议。

"听说驻扎在关外的明军要撤进关内，一旦他们跑了，那些债务可就无处追寻了。不如现在去讨……"泽岸说话了，他是梅勒长子，性格比较文弱，不太喜欢舞刀弄枪。

"他们把我们当傻子耍弄，还能相信他们？我看今年咱们联合皇太极，直接把筑信台端掉算了，他们里面那些当官的家里肯定有钱有物，拉回来抵债不就完了嘛，也算出了这口恶气！"梅勒最小的儿子占彪大声反驳。

"我看还是先去探下虚实，再做决断。"泽岸建议。

"好，这事由你来安排，总之，让他们还清欠债，否则我们就要联合女真人攻打筑信台！"梅勒对泽岸下了指令。

三天后，泽岸见到了叶尔达，茶过三巡，泽岸开始步入正题：

"我们希望能解决问题，这样大家还能相邻而安，否则……就让人很难预料了。"泽岸声调不高，语气平和。

"这个我们知道，所以才请台吉您来商谈。您不妨说说你们的想法？"叶尔达假装满脸诚意。

"很简单，如数归还我们的牛羊，没有牛羊，就还钱物。只要金银，不要辽东币。"泽岸不紧不慢地喝着茶，不轻不重地说着话。

"这个我知道，可是当年是卢变蛟他们赊欠的……"叶尔达摆出一脸无奈，满腹苦衷的样子。

"这个时候还提这个合适吗？东西是卢变蛟出面赊的，可吃到肚子里的是包括大人你在内的所有筑信台人！别嘴巴一抹就不认账！"泽岸开始提高音调。

"眼下筑信台内外交困，哪里能拿出东西来啊？"叶尔达两手一摊，一脸可怜。

"你们这是端着金饭碗要饭，谁不知道，筑信台这么多年收金纳银，藏富一方啊！"

"哪有哪有，筑信台早已入不敷出，穷得掉渣了。"

"就不要让我明说了，金银不当饭吃，但可以用来还债，我们不嫌弃。再说一次，这次再糊弄人，就永远别谈了！"泽岸一脸严厉。

"筑信台困守多年，坐吃山空，债台高筑。真的没有什么金银，连辽东币也没有了。不过，为恢复咱们的睦邻友好，我们已经向辽东府申请专项拨款了，你们再耐心等待一些时日。如何？"叶尔达的还债态度很积极。

"还等？再等你们人影都没了，你们要撤回关内是不是？还想蒙骗我们！今年必须还债，否则我们马上联合满清发兵筑信台！"泽岸把桌子一拍，霍地站起来。

"台吉息怒，台吉请坐，谁说我们要撤？我们正在想办法呢！来呀，有请卢军需！"叶尔达话音刚落，卢俊飞从帐后小厅走出来，分别给叶尔达和泽岸施礼。

泽岸认识卢俊飞，知道他是卢变蛟的儿子，想当年就是他老子背信弃义挑起的争端，如今这种人的儿子还能继续担任军需要职，泽岸一看见他就忍不住厌恶生恨。

"卢军需，您是不是想来个肉身抵债啊？"泽岸冷冷地说道，算是回礼。

卢俊飞看上去毫不在意，依旧笑嘻嘻地说："台吉抬举了，我这点分量能抵几个钱？我们游击大人确实想了一切办法，这次我们虽不能拿出金银财宝，但叶大人还是向辽东府禀报了实情，恳请总兵大人首肯，额外下拨了两千斤盐和三千斤茶，我们准备全部交付给你们，您看如何？"

卢俊飞说到这，抬眼看泽岸的反应，对方脸色很平静，看似毫无反应。叶尔达这时赶紧补充："都是官盐和官茶，上好的货色，不但价格不菲，而且奇货可居，转手必大赚特赚啊！"

"你们说的都是真的？"盐和茶是察尔哈人最匮乏、最喜爱的东西，泽岸表情已经缓和。

叶尔达和卢俊飞交换了一下眼色，后者马上转身到帐后拎出两个在这里十分少见的竹筒，轻轻放在泽岸的脚下，竹筒十分粗大，可以放下一斗粮食，盖子上打着官印条封。

"台吉大人，这是样品，您可以先品验一下。"卢俊飞边说边撕开竹筒的封条，慢慢打开竹筒，一股海盐的清香和岩茶的幽香分别从密封极好的竹筒里冒出来，交织混合在一起，钻进鼻孔，沁入心肺，让人一下子沉迷其中。

"好东西！"泽岸忍不住赞叹，不用尝，他就知道眼前这两件都是上好物品。盐和茶都是大明独有并垄断的东西，严禁边地和异族交易，但这两样东西都是这些异族们最感兴趣的，对其喜爱程度甚至超过金银财宝。盐对游牧民族虽然没有农耕民族那么必不可少，但也是十分重要的，牛羊肉里面虽然有一些盐分，但远远不能满足身体所需，而且，储存肉类、制作军粮也需要食盐；茶对草原民族就更重要了，缺乏蔬菜，茶叶就成了替代品，因为和明人的密切接触，查尔哈人早就知道茶的好处，知道奶和茶的搭配如同马和鞍的组合一样密不可分，如果再给奶茶放上一点盐，等于给马加上了翅膀，人也跟着飞起来了。

"台吉大人已经品出来了，上好的浙盐和闽茶，一斗抵上一百斗粮呢！"卢俊飞笑眯眯地看着泽岸说道。

"你刚才说有两千斤盐，三千斤茶？"荣岸抬头看着卢俊飞和叶尔达，似乎不太相信这些数字，想再确认一下。

"没错。当年贵邦借给我们是两百头牛，五百只羊，虽说数量不算太多，但却是雪中送炭，久旱甘露，筑信台人当感恩戴德，从厚报之。"叶尔达在一旁赶紧表态。

"好吧，你们的这份心意我领了，但我还要回去将情况禀报我王，接纳与否，还要我王来定。到时候你们可要说话算话啊！"泽岸看来已经完全被说服了。不过，如果真的能拿到这些盐和茶，当年的牛羊就算没有白赊。

"台吉，这两件东西您先带着，还有几份也都给你准备好了，放心，这是我们送给您的，不占数儿！哈哈！"叶尔达豪爽地笑着。

"好，那我就笑纳了，哈哈！"这时候，泽岸也不掩饰自己的高兴，跟着笑起来……

等泽岸把这消息和东西带回了烧火营子，除了梅勒，其他几位台吉和统领都很高兴，觉得这些年的催讨有了回报，仗没有白打。

"别高兴太早，筑信台人狡诈多端，两千斤盐、三千斤茶？大明国库早已空虚，辽东府更是内外交困，这么多的物资难道是天上掉下来的？"看着摆在面前的盐和茶，又看一眼满脸兴奋的泽岸，梅勒毫不客气地泼下冷水。

"父王，他们说得很真切，应该不是说谎！"泽岸替叶尔达辩解。

"你看到两千斤盐，还是三千斤茶了？"

"那倒没有。"

"那你现在就去看看这些东西都放在什么地方，这次占彪跟你一起去！"

当泽岸带着占彪再次出现的时候，叶尔达和卢俊飞像早有准备似的，一点也不惊讶，笑容满面地迎接款待他们。

"东西在哪？先给我俩看看，行的话，我们马上派人马过来拉。"占彪见面劈头就要看货。

"马上安排人去拿东西过来。"叶尔达赶紧安慰，并示意在旁边垂手而立的卢俊飞下去安排。工夫不大，卢俊飞回来了，后面跟着一个小吏，小吏手上捧着不大不小的楠木盒，盒子在众人面前打开，才看清里面装的都是盖了红印的纸张。

"这碎纸是啥玩意儿？包盐包茶的？"占彪愣头愣脑，张嘴就问。

叶尔达歪着脑袋，看看他，嘴角一咧，笑着说："台吉，这不是碎纸，这就是盐和茶啊，也就是黄金白银啊！"

泽岸认识汉字，他明白这是盐引和茶引，是用来从官库中提取实物的凭据，从上面的字迹和官印来看，也不像是假的。等泽岸看完抬起头，叶尔达道："台吉看完了？这是辽东府的官发盐票和茶票，也就是坊间俗称的盐引和茶引，上面府衙、盐局、茶司的官印清清楚楚，盐引五十张，两千斤；茶引一百三十张，三千斤。台吉您看对不对？现在兵荒马乱，实物放在身边肯定要惹出事端，票引安全又方便，还能随时变成实物现钱，您说是不是？"

泽岸低头又看看票引，停顿半天，才开口说话："关键是这票引能不能换出实物来。"

"这个请台吉放一百个宽心，这些票引只要拿到辽东府就可以如数兑换成盐和茶，不光辽东可以，拿到大明地界上任何州府都没问题！而且只要出手，马上就有人高价收购。"叶尔达连忙解释。

"好吧！我们先把这些票引拿走，但有个条件，你们必须保证票引能兑换成实物。"泽岸似乎已经同意了。

"没问题，我们保证！"叶尔达和卢俊飞几乎异口同声。

"口说无凭，你们要在票引上写下字据作保，还要签字画押！"泽岸接着说道。

"对！必须签字画押！"占彪在一旁高声强调。

"大明朝廷在关内，皇上在北京，离我们太远，这纸片不能兑现现钱实物，我们找不到别人，只能找你们二位，你们必须做保人。"泽岸语气强硬，他在察尔哈人当中应该是最儒雅的一位，但一旦凶起来更吓人。

叶尔达和卢俊飞谁都没说话，脑子里都在飞快地思考着怎么回答，毕竟铁打的营盘流水的官，自己想脱身还是有很多机会，但如果搭上子孙后代还有族人亲属，这就有点麻烦了，就看筑信台能守多久，一旦守不住，他们能不能脱身回到关内，但这都是未知数啊。

大活人岂能受困于一纸文书，筑信台的明朝官员早已欺诈成性。叶尔达和卢俊飞转过身，叶尔达满脸赔笑地说："好吧，我们签此保函。"待叶尔达和卢俊飞写了保函并画了手押，泽岸站起来告辞，占彪站起来，二话不说，把桌案上的票引和保函放在木盒子里，往胳膊下一夹，转身就走。

就这样，这些票引被带离了筑信台，开始漫长的信用之旅，它们虽让筑信台和烧火营子的冲突短暂缓解，但随着国家的消亡，这些东西就成了延续恩怨情仇的凭证。

说到这里，卢焕章站起来，在院子里走了一圈又坐下。

"那么，烧火营子人打坷仗是为了讨债？讨了三百年？"燕红想进一步确认。

"如果放在一般人身上，可能会慢慢忘记，然而烧火营子不是一般人。他们脑子单一，情感偏执，有仇必报，有债必讨。"卢焕章语调沉重，他喝了口茶，接着叙述道："松山决战，清军和察尔哈人攻入筑信台，叶姓和卢姓的明人性命都被保全下来，而大部分束姓都被杀掉，少数临时改了姓叶或姓卢才活了下来。然而活下来的人接下来的命运就是不停地还债、抗债、还债，历经六七代人……"

"唉，祖辈们背着债务过日子，难啊！"卢焕章用手拍打一下八仙桌角，沉重地打了个唉声，呆滞的目光还看着窗外。

"我明白了筑信台立祖训的原因，理解了筑信台人为啥不敢借外债。"燕红轻声叹道。

"这种滋味真是生不如死，所以祖先教育后代，宁肯穷死饿死战死，也不伸手外借。"卢笑江在一旁发表看法。

"前人有自身局限，现在是改革开放的年代，是发展的大好时机，时代不一样了。"燕红给卢焕章和卢笑江面前的茶杯里续些茶，不紧不慢地说。

"不管怎样，老祖宗是为后代子孙好，无债一身轻，万事不求人！"卢焕章反驳道。

燕红咯咯一笑，并没有说什么，而是轻轻撩一下秀发，低头继续喝茶。

"饭好了！"卢母在外间喊道，打断了他们的谈话。

"吃饭了！吃饭了！也没准备，都是农家家常饭菜，管饱不管好，燕姑娘别介意哈！"卢母的高门大嗓从院子传进来。

"好吧，那我就恭敬不如从命了。"燕红笑嘻嘻地答应着，心里盘算下一步如何让筑信台人打破陈年祖训，更新观念发展经济。

（三）

因为工作繁忙，燕红跟荣锦在一起的机会不多，集资的事荣锦跟她商量过，她的回复就三点：第一，你是搞信贷的，比我懂；第二，我也没说要跟你马上结婚，你的钱你自己支配；第三，这件事还不到具备新闻价值的时候。荣锦追问一句，那什么时候才能有新闻价值？燕红答道，就是你们这些信用专家上当受骗的时候。荣锦无语。

这天，燕红破天荒约荣锦来一趟电视台，有事商量。荣锦立马请假赶了过去。新闻部的摄像老汪认识荣锦，他告诉荣锦燕红在录制节目，把荣锦让到公共办公区域燕红的工位上坐等。

旁边，三个女人正隔着挡板聊天，阳光透过窗户照在她们的烫发上，还有飞来飞去的唾沫星子上。

"这次体检我肝上超出一个囊肿，0.3×0.3，有大米粒儿那么大呢！太吓人了，可咋办，最近台里活儿又多，唉，我也只能带病坚持工作啊！"那个最胖的女人语气哀怨地述说着自己的不幸。

"你才大米粒儿那么大，你知道我的多大，说出来吓人，0.8乘0.9，花生粒儿啦！医生说可能还得长，我这两天都没睡好觉，领导还让我给他做表，这是要累死我啊。"三个女人最瘦的那个也说囊肿，声调比刚才那个高八度。

"你们这么大的还能叫囊肿，我这1.6乘1.5的就得叫肿瘤了，医生让我住院，我说不行啊，这快到年末了，台里事这么多，还是等明年再说吧。"第三个女人更不甘示弱，像说着别人的事一样平静地说着自己的"冠军"囊肿。

三个女人现场演绎着囊肿不下火线的"新闻直播"，她们掐准了囊肿也不会自己出来说话的新闻特点，所以可以怎么"播"都行。

荣锦正饶有兴趣地听着，燕红走了过来，她扎着高马尾，小西装，脸上打了一些淡粉，神情有一种放松下的疲惫，一个身材瘦高且宽肩细腰，皮肤黝黑却眉清目秀的男子跟在她身后。荣锦觉得这个人很眼熟，应该在哪里见过，努力回想间，燕红快言快语地给他介绍：

"这是卢笑江，筑信台奶牛场场长，今天过来做专栏节目，请你过来，是卢总有一些贷款方面的问题要麻烦你给解答一下。"

"没问题！"荣锦点头微笑，对方也笑了笑，两人握了一下手，荣锦感到他手很粗糙，还能嗅到对方身上的一股奶膻味。

"这样吧，你们到会议室先谈一谈，我要去台长办公室开个会，就不奉陪了。"说罢，燕红带着两个人进了一间小会议室，自己转身出去了。

荣锦和卢笑江隔着会议桌坐下，会议室不大，卢笑江背靠的墙上有一行标语很醒目———"探实情、求时效、讲真话"。

俩人开门见山，卢笑江简单谨慎地介绍自己的企业，说到最后，卢笑江话题一转，说他还认识台营银行的一个人，不知荣锦知道不知道。

"谁呀？"荣锦来了兴趣。

"他年纪也该不小了，当年他下放到筑信台时，就住我们家，经常带着我玩儿，给我讲故事。"

"这位老同志叫什么？"

"姓包，叫包法衡！"

对方说出这个人名字的时候，荣锦连忙点头，嘴里说："认识认识！我们在一个科室工作，他是我师傅。"

"我也拜过他当师傅，我俩还可以算是一师之徒呢！"卢笑江说这话时眼里发出一种穿透力很强的光亮，荣锦一下子想起了这双眼睛，没错，这个卢笑江就是当年从他身边溜过去的那个肇事驴车老板。

"他教过我投掷铁饼。"看着荣锦疑惑的眼神，卢笑江赶紧解释。

"铁饼？"荣锦很惊讶。

"筑信台有打坷仗的风俗，男孩子从小就跟着大人学扔石头土块，他说我有投掷天赋，就教我标准正规的投掷动作。"

"哦，怪不得他对筑信台那么了解，原来他在筑信台工作过。"荣锦恍然大悟。

"呆过两年呢，都住在我们家！"卢笑江说，"后来就回城了，再也没见着，听说他回原单位工作了。"

"那你怎没去当个运动员啥的？"

"读了几年书就辍学务农了，还当啥运动员，哪有那个运气啊？"卢笑江笑笑，让人看上去很憨厚的样子。

"也不错，自己创业，不简单！"

"就是一个乡村小企业，干了四年多了，缺少资金，发展受限啊！"卢笑江一脸为难。

"那为什么不早点找银行或者信用社？何况银行还有老包这样的熟人，最起码能提供给一些政策指导啊！"

"农村人观念落后，讲究万事不求人，不愿意借钱，筑信台这方面特别保守，这次出来接触银行还是燕记者苦口婆心劝说，才想试一试。"卢笑江说到这儿，叹了口气。

"什么意思？是不是即使银行同意贷款了，你们也不一定用？"荣锦问。

"可能会这样，不过，我正在作村里人的工作。"卢笑江说道，忽然好像想起什么似的接着说："对了，你先别跟燕记者提我认识包师傅这事，因为之前不想贷款，说过银行谁也不认识的话。她为我们筑信台办了不少事，不想给她留下不好的印象。"卢笑江说道。

"好的，没问题。"荣锦点头答应，心里却不太舒服。

"还有件事，我一直想当你的面解释一下……"卢笑江说着，谦卑地笑笑，从上衣口袋里掏出一包红梅，伸手递过来一支。

"谢谢，我戒了。"荣锦边说边环顾四周，帮对方找着烟缸。

"哦，"卢笑江收回了手，也没好意思自己点上，他接着说，"那次多亏了你出手，才没出大事。当时我只顾撵驴，没顾上跟你说声谢谢，今天终于有机会了，谢谢！事隔多年，才说谢谢，真是对不起……"说着，他站起来给荣锦鞠了一躬。

"我也是赶上了，不用谢谢，更不用对不起！"原来对方想着这事，荣锦顿觉自己小气了，赶紧也站起来，心里的结也瞬间解开。

一阵高跟鞋的清脆声音从走廊传来，是燕红开会回来了。

"谈得怎么样？下一步怎么做？"燕红一进来就关切地问。

"谈得挺好的，荣经理告诉我很多政策要求。"卢笑江抢先答道。

"荣大经理，下一步是不是得去筑信台实地走一圈，在村里宣讲一下银行政策，让农民放心大胆地贷款啊？"燕红没理卢笑江，直接把要求抛给荣锦。

荣锦答道："没问题，你们定时间吧！"

燕红说还要和卢笑江商量专栏节目的细节问题，荣锦便告辞先走出了会议室，在走廊上与"囊肿冠军"迎面相遇，荣锦礼貌地放慢脚步，点头示意，"冠军"冲他笑笑，兀自说了句："老话说，不怕贼来偷，就怕贼惦记，该加油了。"说完转身就走，留下荣锦站在电视台的走廊里发了好一阵呆。

第七章

劣马之明鉴

（一）

信贷科又调入了新人，是出纳科的"小温侯"满超，而且刚来就直接发放新户贷款。荣锦来信贷科已经两年多，除了三天两头跑金鼎催款外，基本没有发放新户贷款，这让荣锦很着急。

这天下班，"胡子"叫荣锦一起去喝酒。说起喝酒，科里大大小小的酒局很多，有内部人请客的，有客户联谊的，有没事找乐的，反正几乎是盘子天天转，酒杯夜夜端。

在台营银行，酒局都是有些目的，且"都在酒里"而不能说破，所以酒的气氛一定要热烈，需要比比酒胆、酒量和酒技，前两个是天生的、没啥说的，酒技就有说道儿了。信贷科经过几代"长员"的努力，创造性地发明了一系列"战法秘籍"，当然不是藏奸要滑，信贷科最重信誉口碑，场场都是"真刀真枪"，杯杯都是"真材实料"，口口都是"真情实意"。不过，这"杯中术"秘而不宣，没有经验介绍和总结材料，靠着每天上演的活生生的典型案例和信贷员不同寻常的悟性，来掌握精髓，从而自如应用。

时间长了，这些"杯中术"的招数和套路也被信贷科的高手们冠以颇具文化内涵和丰富想象力的名字，什么"围魏救赵""丢车保帅""避实就虚""闪电战""车轮战""持久战""游击战"等。

小酒局靠实力，大酒局靠技术，在大酒局中比较多的是两方对局，在这类酒局的技法中，荣锦掌握最熟练的就是"田忌赛马"了，顾名思义就是用一个酒量差一些，级别低一些的年轻选手打头阵，冲击对方酒量最好，级别最高的选手。当然，这匹"劣马"也不能太劣，要有一定潜力，听话乖巧，由有表演能力的年轻选手来扮演，关键时刻还能杀他个回马枪。

为此，"道长"还在某次"赛马"得手之后，才思大发，写了篇《劣马说》——大意为"马之劣者，食少量小，能力有限，才美不足，然规矩本分，勤于表现，明辨事理，可与良马等有同用；且不畏困难，勇于奉献，以小博大，以劣驱良，敢担重任兼有牺牲精神，实为良马也。"对照《劣马说》，荣锦资历浅、职务低，又恰有"驴秀才"的江湖美誉，用他作劣马很合适。几次用下来效果都挺好，表现绝对是中规中矩，可圈可点。有时候，荣锦躺在沙发上冷眼看着面前的酒局思考问题：究竟谁是田忌？

今天喝酒的地方照例是当地最豪华的酒店，两人走进包房时，已经有几个人了。"刘科大驾光临了，有失远迎，不好意思！"一位中等身材的精壮男子推开椅子站了起来，两步就迎了上来，伸出双手来和"胡子"、荣锦握手。荣锦感觉这个人手劲很大，尤其是两只眼睛。一般中年男人的眼睛都是浑浊不堪的，而面前的这对眼睛却是黑白分明，亮得跟探照灯似的。一双扫帚眉很黑很浓，然而离得太近，几乎连在一起……

"你这家伙，发财也不请客，今天怎么想开了？""胡子"打趣着，回头向荣锦介绍，"这是我发小，占景中，景紫建材贸易的占老板。"接着又介绍荣锦，"这是小荣，大学生，我们科的秀才。"

"荣老弟你好，你叫我老哥好了，岁数大点，占点便宜哈！"占景中应着，接着又介绍先来的客人：一个姓张，一个姓初，还有一个叫占春来，是占景中的本家侄子。服务员过来问人到齐没有，要不要提前走菜，占景中跟"胡子"交换一下眼神，吩咐服务员等一等。

荣锦坐在"胡子"旁边，打量着围桌而坐的其余的人，除了那个占春来稍显稚嫩，其他每张脸上都是饱经风霜的样子，眯起眼睛笑起来的样子都像是一个模子刻出来的。

寒暄间，"道长"到了，身后还带着满超，像欢迎首长一样，大家全体起立。落座后，"胡子"重新将众人一一给"道长"做了介绍，并做了开场白，说自己的几个好朋友一直想结识王科长和信贷科的朋友，今天终于有了机会，然后正式"开酒"。所谓"开酒"就是由做东之人首先做祝酒辞，然后按照尊贵老少等顺序每人提酒，一轮后再开始自由发挥。在台营，不管是多大的酒局，差不多都是这个套路。

占景中语气坚定，声若洪钟，有虎虎生威之气，几句干净利索的开场白之后，随着一句"结识科长和各位领导，小占非常高兴"，一整杯白酒被一口喝光。看占景中如此豪爽，"道长"也微笑着把酒杯举起来，"胡子"拦住了他：

"景中，你整这么快干啥？你能不能先让王科长吃口菜，王科下午开会，加班到现在，你让领导先缓缓。"

"对对，王科长您吃口菜，不着急不着急！"占景中赔着笑，拿着酒杯，但并没有坐下的意思。

"道长"笑意迷离，咳嗽一声，并没有放下酒杯：

"不好意思，让占总和各位久等了，这两天确实忙，心脏也有点不舒服，不过这占总的第一杯必须一口闷了……"

还没等"道长"往下说，满超把"道长"的酒杯夺下来放在桌上，表情严肃地说：

"药放哪个口袋了？万一有情况，好第一时间抢救你啊！"说话间就煞有介事地拿手往"道长"胸口上摸。

"干什么？摸什么！""道长"有点抗拒，下意识地用胳膊去挡，差点儿把酒杯碰倒了。

"你看你看，酒都洒了……""道长"埋怨着，好像真牛了气。

说话间，满超真的从"道长"胸口衣兜里拿出一袋东西，揣进自己怀里，看得荣锦一愣一愣的，其他人更是一脸关切，"小温侯"的临场发挥真是绝了。

"没事儿，不管咋地，占老板这酒我得喝呀！""道长"还想坚持。

"别喝别喝！交情有，啥都是酒；有交情，多少都行嘛！"占景中也不让喝。

"不行，我得喝！""道长"还挺犟。

"领导，要不你征求一下占总和各位朋友的意见，匀一半给我或者小荣？"满超建议道。

"那这样，您喝一半吧，剩下一半给我！"占景中说着把"道长"手里酒杯抢过去，往自己的空杯子里倒，接着一口又喝光了，动作就像装子弹，一气呵成，干净利索。

"道长"倒是不忙喝酒，而是仔细端详着占景中，沉吟半晌，问：

"请问占总老家那里？"

"烧火营子的。"占景中答道。

"烧酒之乡啊，怪不得酒量这么好……""小温侯"一旁插言。

"道长"点头："占总的确豪爽，不过我想说的是，占总双眼乌黑发亮，这正应了相书上所说的'目黑如点漆，灼然有光者，富贵之相也'！"

听"道长"这么说，占景中哈哈大笑，自己又倒了些酒，说了句"谢您吉言"，陪"道长"喝光了两人杯里的酒。

"道长"用半杯酒谈笑间陪了对方两杯酒，着实喝酒有道。所谓神龙见首不见尾，不能完全被对方掌控，这在信贷科叫作"仙人问路，只走半步"。

接着作为主宾，"道长"开始回敬，然后就按照长幼尊卑开始提酒，血管里的血液流速开始倍速增长，酒场上的温度一下子热起来了，除了喝酒，就谈家常趣事，没人提贷款。话题的转换器就是一大杯酒，琼浆玉液一落肚，下一个更有趣的话题就自然而然地冒了出来，气氛变得更加热烈，刚刚认识的人也像是多年不见的老友。

显然，今天的酒局正如"胡子"来之前路上说的，是一种相互认识，加深了解的仪式而已，用不上拼死拼活，也不用荣锦扮演"劣马"。

那晚酒喝得不多不少，"道长"似乎意犹未尽，占景中便张罗去唱歌。"道长"能歌善舞，是舞厅歌房的常客，没喝酒的"胡子"开着占景中的212给大家当司机。

在车里，"道长"打着酒嗝，拍着肚子，做了下一步的安排："我看，占总的企业咱们可以先介入。南边收息最近挺困难，牵扯老刘不少精力，而且，老刘和占总还是老朋友，最好避避嫌，我看，让小荣这次做主办，老刘做协办。"

"胡子"似乎聚精会神地开车，并没有说话。

"小荣，第一次做主办，有没有信心啊？""道长"拖着长音问。

"有！感谢领导的信任！"荣锦赶紧回答，看来他这匹"劣马"终于获得了"伯乐"的欢心，有了新用场。

（二）

书生气还是让荣锦显得急了些，打破了信贷员不主动接触贷款客户的潜规则，打了电话给占景中，回头跟"道长"汇报的时候，后者脸上多少有些不悦："你太着急了，这种客户要拖着办。"

"哦，占总说很着急贷款。"荣锦解释。

"他越是着急，就越要拖着，你还是太年轻。""道长"批评道，荣锦无语。

"那你跟占景中约好了？"

"嗯。"

"真是个'驴秀才'，这事还得和李科长碰一下才能定。""道长"说完不理荣锦了。

荣锦只能失约占景中，又过了好几天，才获准和"胡子"去了占景中的公司。占景中的公司叫景紫建材贸易公司，主要是经营装饰材料，眼下宝丽板和华丽板比较紧俏，公司打算集中采购一批，因自有资金比较紧张，拟申请贷款五十万元。

荣锦想先看看近期报表，占景中让他们先在会客室等会儿，自己去找会计。会客室用的就是华丽板，墙壁和天花板被装饰材料包了个严严实实，华丽板木纹逼真，铮亮光滑，让人仿佛置身殿堂。

正当荣锦环顾着四周的华丽板，想象着里面斑驳不堪的墙面之时，占景中带着个女人进来了。

占景中给荣锦做介绍："荣老弟，这是我的沈会计，账务方面的问题可以直接问她。"

"你好沈经理，还请多多指教。"荣锦打着招呼。

"你叫我沈会计好了，你要看什么表，什么账？啥时候的？"沈会计问。

"去年年报和近三个月的平衡表和利润表，还有库存材料账和现金日记账，麻烦了。"

"稍等一下，我去拿！"

这边荣锦在看报表，另一边占景中领着"胡子"去看新买的物件，等他们回到会客室，荣锦又提出去查库存：

"对，这些干巴巴的数据不能说明啥，还是看看我的库存，那可都是真金白银啊！"

荣锦低头合上账本，伸手去拿搭在椅背上的外套，外套早就被占景中拿在手上了，此时，他过来亲手给荣锦披在肩上。

后院开出来的，还是那台 212，开车的是占春来。

"那地方暴土扬长的，车也坐不下，不用我去了吧？"沈会计问占景中，故意拉拉羊绒外套。

"你不用去了，有事给你打电话。"占景中答应了，荣锦觉得应该带上会计，看"胡子"没发话，自己也不便多说什么。

仓库在城北，原来隶属于市商业局，现在分租给很多个体公司，分割成很多小区域，显得杂乱无序。212 转来转去，终于停在一个库门门口，占春来跑去叫来库管员，将沉重的大门打开，一股腐木、双氧水、油漆混合着的浓烈味道扑面而来。

保管员带着他们转到最里面，在几大垛板材面前停下来，手向前一指："这就是。"

"看看，这都是一张张的钞票呐！"占景中那对"探照灯"此时的亮度已经调到最亮，在阴暗的仓库里熠熠放光。

"占老板的家底儿确实挺厚！""胡子"在旁边感叹。

荣锦点头，环顾四周后问道：

"这些库存的账面价值确实有一百万元？"

"肯定有了，这一张华丽板进价就得三十元到四十元，宝丽板还要贵些。"占景中胸有成竹地说。

"哦"，荣锦这时很想把现场的情况拍下来，可惜事前也没准备相机。其实这相机是现场调查的必备工具，他跟"道长"提过这个建议，"道长"当时用一句"用那东西干啥,让人觉得像是勘查犯罪现场似的,客户感受不好,咱眼里有尺,心中有秤不就行了"给否掉了。

不借助工具,看库存就只有目测和手测,目测完全凭经验,新旧如何,一般误差会比较大;手测就正式多了,要亲手盘点,准确很多。荣锦在出纳科查库就是靠手挨个盘点,跟"包黑子"也查过一两回金鼎的库存,对这套业务并不陌生。现在是查板材,体积较大,又有外包装,短时间内靠一两个人挨个盘点是不可能的,不过这难不住荣锦,用手不够,还有双脚呢,他先围着一个板垛转了一圈,用脚步粗量一下周长,靠近板垛,用自己的身高比量一下高度,再看看露出来的板材的单张厚度,脑子里飞快地计算着这垛板材的总体积。

大概是在里面呆得稍微久了点儿,"胡子"开始咳嗽,脸色也有点发白,荣锦认真工作起来,注意力很集中,对旁边的一些变化往往不太在意,还一边看,一边问:

"这里面华丽板和宝丽板的货值分别有多少?"

"华丽板多一些,大概得七十万元!"

"这华丽板都是什么规格,长、宽、高?"

"都是一米二乘两米四的,高度不太一样,基本上都是九毫米厚和十二毫米厚的。"

"按平均单价三十五元来算,这里至少得有两万张华丽板,全按九个厚的算,抛去包装,这里应该至少有五百立左右的华丽板,假如我这一步有一米的话,目测这里所有的板材也就是三百立左右,不过我可能量得也不对,您再量量?"

"是吗?我看看,也可能这两天出了几批货,数量不对了。"占景中语气平静。"胡子"大声咳嗽,转身往外走,占景中倒是若无其事,好像说话偶尔走走板儿对他来讲就像仓库有粉尘一样平平常常。

(三)

周一早上,荣锦准备外出,经过一楼大厅,习惯性地放慢脚步,目测着客户的人数。大厅异常忙碌，一些人已经在柜台窗口排起了队。看着柜台上忙碌的柜员，荣锦想象着自己原来的样子，忽听旁边有人叫他的名字，扭头一看，条椅上有位女子叫他，齐耳短发，鸭舌帽，墨镜，长腿，牛仔裤，走过去仔细一看，原来是铁馨。

"是你啊，没认出来。"

"就是怕被认出来。"

"啥事？"

"最近拉了一个大活儿，不能收人家的订金，还要向上游供应商付全款。前段时间装修店面，搞得我现在资金不足，又不想找朋友借钱，只能找银行了。"铁馨简单明了，说了要申请贷款的来意。

"到银行申请贷款光明正大，干嘛怕见人？"荣锦问道。

"我也这么想来着，可是还是有点儿觉得不太光彩，自己没个算计，贪心不足蛇吞象。另外，老家那边有不借贷的乡俗，这要是让他们知道了，又要骂我了，弄不好还会跑过来，逼我把店关了。"铁馨低头说着，看起来不像是说笑话。

"真有那么严重，我现在就接触一个申请贷款的客户，老板就是你们烧火营子的人，没听说有不让借贷的说法啊。"荣锦不解地问。

"不是烧火营子，是我姥姥家那边。"

"你姥姥家？你姥姥家在哪儿？"

"筑信台。"

"筑信台？我也听说他们有这祖训。那你准备贷多少？有没有抵押担保？"荣锦又问。

"铺面是租的，除了一批镜架、镜片和验光设备，还有手上这份订货合同，也没有什么值钱的了。"铁馨说。

"对你这样急需贷款的新客户，存货抵押很难做，光凭订单贷款更是难上加难，除非有存单质押。"荣锦说着自己的经验。

他在信贷科一年多了，很多民营企业都止步在银行贷款的各种要求前。刚性的抵押担保、苛刻的财务指标标准、铺垫已久的结算记录和信用记录等，让很多迫切需要贷款支持的小企业望而却步。这次铁馨的申请估计不用走流程就会被否决，荣锦对此是有判断的，而铁馨显然还懵懂未知，仍抱着热切希望。

"好的，我跟行里领导和同事汇报商量一下，尽量争取！"荣锦不忍马上回绝。

"这笔生意对明鉴眼镜店、对我来说都很重要，不过贷不成公司也死不了，你也别太为难。"

荣锦听得出，铁馨的话中恳求的成分很大。

"知道了，你可是我心目中的花木兰，需要我帮忙，是我的荣幸，我一定全力以赴。"荣锦这边的回应显得有些客套。

"好吧，"铁馨扶了一下帽子，想了想，还是说道："需要我怎么做尽管告诉我！"

"准备好基础资料就行。"

"好。"铁馨转身，迈开秀腿向门口走去，没走几步，忽又转过身，迎着荣锦的目光走回来。

"还有什么要交代的？"荣锦问。

"这事不要告诉叶全，这笔业务就是他介绍给我的，我不想再麻烦他，拜托了。"铁馨说道，眼里闪过一道隐晦的波光，荣锦懵懂地点点头。

下午，荣锦跟"道长"汇报了这事，"道长"慢条斯理地说："最新的信贷指引你看了吧，咱们现在的信贷政策是抓大放小，扶优限劣。什么是小，标准很清楚，很显然眼镜店是小中之小。这家眼镜店属于服务业、无自身产品和市场份额，前景更说不上，唯一有的就是进取精神，套用我常说的《劣马说》，属于劣马中的劣马啊！""道长"说到这，喝了口茶，接着说道，"俗话说猴小费链子，马劣费鞭子，这种企业管理成本太高，咱手上信贷额度有限，你荣锦时间也宝贵，没必要搭在这上面。"

遭到否决是荣锦提前预料的，不过"道长"仍沿用《劣马说》的理论，听起来不容易让人接受。"道长"不想再解释，转换了话题："你和老刘去了占总的公司了？感觉怎么样？"

"去了，感觉一般。看了库存，库存不实，我看也是一匹劣马。"荣锦照实汇报。

"老刘也跟我说了情况，他说企业经营还可以，少贷点问题不大。此劣马和彼劣马不一样，有真劣马和假劣马之分啊。这个景紫建材毕竟有不少存货，多打些折扣，可以拿来做抵押，所以我建议你再去企业看看。""道长"慢条斯理，语重心长。

从"道长"的办公室出来，荣锦感叹自己的稚嫩和无能，凭对眼镜行业的熟悉和对铁馨人品的了解，他对贷款的安全性十分有把握，但无法短时间内帮铁馨改变"道长"眼中的"真劣马"印象，也找不到支持这种小微企业贷款的政策依据，但他为了铁馨、为了明鉴眼镜店，更为了小微企业未来的发展，还是想去挑战一下。

第八章

欢喜岗上的强者游戏

（一）

对于刚入信贷"江湖"的荣锦来讲，犹如初出茅庐的郭靖，在他面前的不论是江南七侠还是东邪西毒都是一样的高深莫测。这几天，"胡子"主动问他对打猎感不感兴趣，荣锦当然乐意奉陪。为此，荣锦把他爹留下的那杆老气枪翻了出来，自己在家里偷偷练了几次。

"胡子"在科里，乃至行里都很有威望，人们印象深刻的不光是他那一撮小黑胡儿，还有一双鹰一样犀利的眼睛。他在部队是射击高手，到地方上，因为高行长喜欢打猎，"胡子"百步穿杨的本领深得领导喜欢。荣锦一直想跟"胡子"套套近乎，学点东西。

那个星期天雪很大，"胡子"开着占景中那台212，载着荣锦直奔城北欢喜岗。"胡子"车技一流，对路况也很熟悉，直接把车开到了半山腰。踏上没踝的积雪，荣锦紧张兴奋，一时手忙脚乱，"胡子"却是不慌不忙，甚至有点无精打采地换上高筒棉靴，戴上薄皮手套，熟练地给小口径的弹夹里压满子弹。二人也不多交谈，按照事前布置好的，荣锦在从山岗下面向上蹚兔，"胡子"则埋伏在上面。

荣锦像头傻狍子一样大踏步地在树林里东一头西一头地乱撞，也不见野兔的影子，正怀疑兔子们最近是不是都搬了家，树林上方却传来枪声，"胡子"出手了。

"打着了吗？"荣锦高喊，没人搭茬，荣锦正疑惑着，耳边又传来几声清脆的枪响。

"十一点方向！"密林深处传来"胡子"洪亮的声音。

"好嘞！"荣锦答应着，踩着雪浅的地方爬了上去。

不远处，一块稍微平展的雪地上，两只肥大的野兔正在扑腾，看来正是荣锦从下面惊动了它们，它们在逃窜中中了"守株待兔"的"胡子"的伏击。兔子前腿太短，在雪里根本跑不起来，尤其是在开阔平展的上坡，一蹦一跳，动作笨拙，给了射手十分有利的机会，让"胡子"一枪一只，都给撂倒了！

走到近前，荣锦低下头仔细看那两只倒霉的兔子，这是一对儿，母的肚子不小，弄不好还是一家子。

"哥呀，你这枪法太厉害啦！不愧是野战军的神枪手！咦？这母的好像有崽儿了……"

"胡子"正检查着小口径的弹夹，听荣锦唠唠叨叨，嘴角轻轻一撇：

"以前在大兴安岭跟首长没事就打猎，那可是真枪实弹，打的也尽是狍子野鹿，最差也是飞龙野鸡啥的，到咱这地方，啥也打不着，打个破兔子乐够呛。"

"这怀崽的兔子是不是不好收拾，肉也不好吃啊？要不，咱放了它？"荣锦动了恻隐之心。

"我说'秀才'，费劲巴力地打猎，打着了干嘛还要放？放了它也活不了，你这不是假仁慈嘛！""胡子"先数落荣锦，接着又说，"高行长他老爹就好这口儿，八十多岁了，牙口儿贼好，就爱吃野味下酒，咱俩拿过去一对儿好看，那只母的就说你打的。"

荣锦蹲在雪地里，看了那只母兔好几眼，那只兔虽然只是后腿中弹，在雪地里睁着无助的双眼一动不动，旁边脖子被打穿的公兔还在奋力挣扎，也许它在生命的最后关头还在牵挂它的另一半，打算蹦起来用败中取胜的"索命一蹬"把眼前这两个诡计多端、无情冷酷的人类消灭吧。

"公的马上咽气，这母的看来还得一阵，用你的枪给它补一下子！""胡子"看起来很认真地命令荣锦。

"还要补一枪？没必要吧？"荣锦抬头从眼镜上沿儿看着"胡子"，目光像雪地里的空气一样散淡无光。

"留个证据，好说是你撵上打的。""胡子"拎起那只已经咽了气的公兔，转身就走。

荣锦站起身，把枪口对准眼前那只受伤的母兔，也许只能这样成全它了，想到这荣锦把心一横，扣动了手中的扳机……

兔子放到车上，"胡子"意犹未尽，带着荣锦围着山岭又转了一圈，瞪着鹰一样的双眼观察树林里的动静。对比之下，荣锦的眼镜老是起雾，大大影响他的视线，但却不能降低他越来越高涨的狩猎热情，刚才那一枪似乎激活了他身上某种隐藏的东西，让他产生了占有、征服的冲动。人都是天使和魔鬼的复合体，一旦封印被打开，魔鬼的冲动连自己都无法预料。

"算了，野鸡比野兔难打多了，留个念想儿，下回再来吧！""胡子"看了一眼手表，对荣锦说道。

"好，收吧！我肚子也饿了，附近有个羊汤烧饼馆不错！"

"呦，你也知道？那就喝碗羊汤！"

羊汤馆就在山脚下，两人叫了两大碗羊肉汤，一大盘羊排骨，四块羊油大饼，不一会儿，身子就热了，脑袋上开始往外冒汗。

"这羊汤馆老板挺实在，你看这吃的都是实实惠惠的东西！"荣锦打着饱嗝儿，抒发着大快朵颐后的感叹。

"最近集资那事儿行里是不是好多人背后议论我？这帮人都是分钱的时候不说你好，分不到钱，马上就牢骚埋怨。""胡子"喝着羊汤，说这话时并不抬眼。

"我天天出去催款，没顾得上听他们的议论，怎么？集资出现问题了？"荣锦问道。

"不就是这两个月的利息没及时汇过来吗？不过一点事儿都没有，人家的生意好着呐！再说，他们胆敢欠利息，我'胡子'坚决不答应！绝对不好使！""胡子"说得斩钉截铁，好像一切尽在掌控之中。

"刘科，我相信你！"荣锦有口无心地奉承道。

"做人啊，就应该狠一点，硬一点，手上有铁，心中有钢，才能顶天立地！""胡子"一边说着，一边一只手理他的胡子，一只手向旁边空着的汤碗里弹着烟灰。荣锦还不能确定"胡子"说的"手中铁、心中钢"指的是什么，或是取兔子全家性命的小口径，或是惊散众人的霰弹枪，还是砸蒙驴子的铁皮箱，反正就是手腕要硬，心头要狠。

欢喜岗回来后，荣锦和"胡子"俩人的关系拉近了很多，"胡子"要给荣锦当打猎的师傅，难得"胡子"这么主动，荣锦当然一口答应，说除了打猎，其他方面也请"胡子"多指导传授。"胡子"很谦虚，说："业务方面你不用跟我学，我也教不好，不过有需要帮助的尽管找我，就当我是你的半个师傅。"

（二）

元旦前的一个早上，占景中也没先打个电话，直接把212开到了银行门口，他估摸着荣锦肯定会出门，果然刚过九点，荣锦就推着自行车从银行大院门口走了出来。

"早啊！这是要去哪儿？"占景中大声喊着。

"占总！怎么在这儿？"荣锦很吃惊，反问道。

"我来送出纳存款，最近市场不错，回款多。"

"那太好了！要不你把车停到院里，上楼喝点水，刘科也在。"荣锦建议。

"不用，出纳一会儿就出来了。"占景中摆手拒绝，接着又问，"哥们儿，我听老刘说，你枪法也不错，能不能让我也跟着鉴赏鉴赏？"

"净听他乱说，哪有什么枪法，就是瞎玩。"

"哪天一起去打山鸡啊？眼下山鸡正是肥的时候。"

"不去了，最近事有点儿多。"荣锦笑着摆摆手。

"忙着搞对象是吧？"占景中不忘调侃，他把手放在212的方向盘上，瞥了银行大门一下，似乎在看出纳有没有出来，然后漫不经心地说："跟你说，打猎对搞对象有帮助……"

"是吗？还有这说法？"

"当然了，锻炼你的快、稳、准、狠，而且这次我给你介绍一种你没见过的打猎方法，保你开眼界！"

"是吗？什么方法？"

"飞坷投猎！"

"飞坷？"

"对！飞坷！"

"噢！我忘了，占总的老家是烧火营子，打坷仗的地方！"

"没错，烧火营子的男孩在娘胎里就会扔石头。"占景中说这话的时候，黑白分明的眼睛闪着锐利的光亮。

"太厉害了，真想见识一下，可是……"荣锦还是有些迟疑不决。

"我约一下老刘，再带个老乡。咱们到时候可以比一比，是枪准还是石头准，怎么样？"看荣锦没反应，占景中马上接着说道，"我周日早上八点到这里接你哈！"

"周日我……"还没等荣锦说完，占景中突然手指着前面，大喊道："出纳出来了！"然后回头对荣锦补了一句"不见不散"，便一脚油门，212 轰的一声窜了出去，利落地转过银行门口，消失在这条路的拐角里，留下荣锦无奈地摇头。

那个星期天，欢喜岗照例很美，212 顺着盘山公路缓缓上山，占景中开车，"胡子"坐在副驾驶座位上，荣锦和一位六十岁左右的男子坐在后排，男子颇为时尚的墨镜和朴素的衣着形成有趣的对比。占景中给荣锦介绍说这是他一位乡亲，让大家跟他叫老铁。

车到半山腰，占景中熟练地把车停到稍微平坦的空地上，"胡子"第一个跳下来，伸了伸腰腿，没等他把皮夹克的拉链拉严，一阵山风从山顶袭来，让他连打了几个大喷嚏，小胡子上都沾上了鼻涕，惹得占景中大笑：

"哈哈，你这是在通风报信吧，连后山的山鸡都听到了！"

荣锦忙从衣兜掏出一包纸巾，递给胡子，"整天在办公室呆着，身体真是越来越差了。""胡子"嘴里咕噜着，没接纸巾，而是用手随便抹了几把，然后把鼻涕朝密林深处用力一甩，惊起一群麻雀。

"所以说呀，要经常出来运动运动，就像这些动物，为了过冬吃得脑满肠肥，结果不但目标大了，还跑不动了，等着被打被抓，你说是不是？"

"胡子"乜斜着眼睛看着占景中,半开玩笑半认真地问:"占总啥意思? 是不是拿我们也当山鸡了?"

占景中赶紧解释:"哪敢呐? 我说山鸡呢! 你这'胡子',从小就是得理不饶人,跟你在一起说话真得小心点。"

"不过你说得也对,人也是动物,有时候跟动物没啥区别,生死都为了这张嘴,贪吃惹祸,为嘴伤身……""胡子"正说着,老铁把后备厢打开,把包在枪套里的一把崭新的小口径递给"胡子",还有子弹。看来,这位老铁跟"胡子"也很熟。

"子弹够不够? 刘科长? "他问"胡子"。

"两盒还不够? 你想让他把兔子都打光吗? 他可是全团打靶第一名啊! "占景中在旁边插话儿,一边说,一边递过来两包烟。

"胡子"刚要去接,老铁笑着提醒道:"最好别带引火之物,着火了可不是玩的。"

"说得对,咱就打猎,别引火烧身! ""胡子"点头称是,用问询的语气对老铁说,"在这先抽一根行吧? 这是空地。"

老铁点点头,占景中用手指指老铁,瞪着探照灯一样的眼睛,撇撇嘴,说了句:"我都不敢这么严格要求刘科长,你真是个光脚不怕穿鞋的农民。"

老铁憨笑:"我这人说话直,刘科长别见怪啊! "

"只要说得对,咱就得服从。""胡子"说着,猛吸了几口烟,然后把大半截烟头扔在地上的残雪里,再用军钩踩了几下。

占景中在几杆枪当中找来找去,似乎拿不定主意用哪支,神情很专注。

"民兵连长就发扬下风格,把好枪让给兄弟们吧! ""胡子"打趣。

"我这是想给小荣找把好枪。"占景中说话间,递给荣锦一把气枪:"这是最新款的高压气枪,你试试! "

枪是真漂亮,活塞式的,不同于荣锦父亲那杆开膛式,荣锦试了几下空枪,有点重,但非常舒服。不过荣锦还是坚持用自己的老枪。

大家挑选枪弹,跃跃欲试的时候,老铁却一直空着手。荣锦感到很奇怪,不禁问道:"您没带家伙吗? "老占笑了笑,举起老铁的右手说,"这就是家伙。"

"老天！徒手，就是所谓的飞坷投猎？"荣锦惊叹，"胡子"倒是一脸平静。

"对，这就是飞坷投猎，打山鸡野兔向来不用枪，直接扔石头就行了。"占景中在一旁说道。

"这功夫太厉害了！"荣锦还是满脸惊奇，他拿过老铁的右手仔细看了看，除了老茧多点，和常人的手没什么两样，转过头半开玩笑地对占景中说："老铁是不是为了给占总省子弹啊？"

"烧火营子的大姑娘都能打坷仗，男的就更不用说了，老铁的打猎手法确实不是随便说着玩的。""胡子"插言道。

"不用枪来打猎，这手法得多厉害。"荣锦啧啧赞叹，但似乎言不由衷，他还要亲眼看见才能相信。

"咱们今天就来一次比赛，"占景中提议，"咱们三个用枪，老铁用手，最后看谁战绩好！"

"非要分出个高低上下呗，真是好战分子，不过遇上背手撒尿——不扶（服）的了！""胡子"说着哗啦一声拉开枪栓，麻利地往里面填充着子弹，一副硬汉老兵派头。

如果说喝酒是熟络感情的最快方法，那竞技就是男人之间建立友谊最好的途径，那种相敬相杀，亦敌亦友的关系让他们难割难舍、惺惺相惜。

"既然是比赛，输赢就得有点说法，怎么样？"占景中问大家。

"可以，你说吧！""胡子"很豪爽，荣锦也点头。

"好，那就谁赢谁请客。"占景中说出了一条"奇葩"规则。

"挺新鲜啊，你以为你一定是第一呗，我这次非不信这个邪了，来吧，看谁请客。""胡子"忿忿不平。

既然要比赛，就没了合作。约好集合时间，为防止迷路和"撞车"，占景中给每个人发了一部对讲机，四个人按四个方面各自寻找猎物。

约定的三个小时过去了，荣锦拎着一只野鸡回到集合地点，那三个人都已经回来了，正坐在空地上抽烟等他呢。

占景中站起身，迎上前来道："好大一只六彩山鸡，不错嘛！"

"可惜刚才有一只更大的，手慢点，让它跑了。"三个小时的爬上爬下已经让荣锦浑身热汗，两腿打颤，神情却兴奋异常，"怎么样？你们的战绩如何？谁最多？"

"都分成堆儿，放在那边了，你自己先看看，猜一下最多的是谁的。"占景中用手指向 212 的车轮下。

荣锦向 212 走过去，拎着山鸡围着车转了一圈，忍不住啧啧惊叹，只见三个车轮下摆满了猎物，有大大小小十来只野鸡，六七只野兔，荣锦指着其中最多的一堆儿说："这是谁的战利品？是刘科的还是占总的？"

"先不告诉你，你再仔细看看！"占景中提示着荣锦。

荣锦低下头看，才发现，这最大堆儿猎物有一个明显特征，没有枪眼，且都是活的，只不过都被细绳紧紧捆着。

"难道都是用石头打的？"荣锦一脸疑问。

"难道是用手抓的？""胡子"反问道，荣锦事事求真的劲儿让他有点看不惯。

"小荣讲究眼见为实，那就让老铁现场表演一下。"占景中倒是蛮不在意。

"好吧，咱就打只麻雀吧，看好树上那只哈。"老铁说着从腰间的兜囊内取出一块鸽蛋大小的卵石，对着不远处树枝上的麻雀稍稍瞄了瞄，便嗖的一声投了出去，那卵石像闪电一样瞬间击中了那只小鸟，伴随小鸟的一个倒栽葱，从树上跌了下来，荣锦的眼镜也差点儿从鼻梁上跌落。

"飞坷投猎，真乃绝技啊！传说中的'没羽箭'再现江湖，佩服佩服！"荣锦竖起大拇指，由衷赞叹。

"行了，老铁请客吧！本来我以为我能请大家，看来只能下次了。"占景中说这话时语气显得很沮丧。

"哪能让老铁请，我请各位哥哥！本来就应该谁战绩差谁请。"荣锦赶紧争辩。

"小荣，咱可是事先定了规矩，该咋办咋办哈！"老铁依旧憨厚地笑着。

"铁大哥，哪好意思让你破费呀！"荣锦还不答应。

"这个'秀才'，还以为人家是个普通农民？人家老铁有实力！""胡子"看不下去了。

"难怪小荣不了解，老铁也算是乡镇企业家、包工头儿，在烧火营子名气可大哩！小荣这回结婚装修房子，可以包给老铁来干，质量好，价钱低，包工包料包满意！算是帮他在台营打打市场，创创牌子。"

"是嘛！不简单不简单！不过我结婚八字还没一撇呢，倒是可以在朋友中帮推广宣传一下。"荣锦由衷赞叹，占景中和老铁连连点头，"胡子"只是抽烟，什么也没说。

<h1 style="text-align:center">（三）</h1>

依旧是那家羊汤馆，占景中要了一瓶白酒，"胡子"不怎么喝，荣锦喝了一点，老铁和占景中都是好酒量。但老铁言语不多，只是闷头喝酒，占景中则打开话匣子，说天道地，评古论今，大谈搞对象和打猎的关系，好猎手都不缺好女人，原因就是下手快、稳、准、狠。

荣锦确实受了些启发，不过这时不想谈论这些，便把从老包和燕红那里听到的故事拿出来分享，刚开个头，就被占景中接了过去，从"私币伪玉"到"票引保函"，只不过是烧火营子版的，对筑信台带有明显的鄙视。

"看来说宁蹲十年大狱，不交筑信台里，还有每年端午就打一场坷仗，都是针对他们不讲信用在先？"荣锦问。

"那是，对待不讲信用的人就是要教训，不但让他们臭名远扬，还要时时敲打，让他们知道骗人的后果。"占景中瞪起亮如探照灯的眼睛，一副得理不饶人的架势。

"不是说政府干预后，两村已经不再打了吗？"荣锦问道。

"唉，政府干预不止一次了，就没成功过，不从根上解决问题，消停一阵还会干起来。"老铁在一旁摇头。

"怎么能从根上解决呢？"荣锦又问。

"其实就是穷，让大家的生活都富起来，有钱了，有文化了，自然就没人打了。"老铁说得确实在理。

"铁大哥，你不仅手头准，见解也高。"荣锦表扬道。

"都是血的教训啊！不说了，喝酒！"老铁举起酒杯，看来这是有故事的人。

"这坷仗也不白打，筑信台有时也能主动给烧火营子些钱财。"占景中得意地喝了口酒。

"当年筑信台人还算讲信用，大明亡了，还能给烧火营子人兑换票引。"荣锦显然又犯了说话直来直去的毛病。

"真是个'秀才'！""胡子"冷不丁损了一句。

"那得拿石头去敲他们的脑壳，不用武力，人是不会讲信用的。"占景中的话初听云淡风轻，细想冰冷沉重。他边说边笑，即使笑，他的眉头也是拧在一起，荣锦忽然想起不知哪本书上提到过，说这种眉间距离短的人，认死理，心胸也不开阔。

"占总，冒昧问一句，您祖上就是烧火营子人？"荣锦问。

"哦，烧火营子坐地户。"占景中漫不经心地答道。

"有个叫铁馨的你认识吗？也是烧火营子的人。"荣锦小心翼翼地追问。

"九儿啊，你怎么认识她？"

"九儿是？"

"九儿就是铁馨，老铁的亲闺女！"

"啊？是吗！她是我的一个客户，也算是朋友，我这副眼镜还是在她店里配的呢！叫了一路大哥，原来是铁叔叔，失敬失敬！"说着，荣锦起身敬了老铁一杯酒。

"九儿可是我们烧火营子最漂亮的姑娘，都二十六七岁了，还没找婆家呢，可把我这哥嫂急坏了。她拳脚功夫是跟我学的，我算是她的师傅呢，本来想介绍给你呢，谁知道你有对象了。"占景中在旁边帮着介绍铁馨，为表感谢和敬佩，荣锦又敬了占景中和老铁一杯。

时间不早了，走出羊汤馆时，占景中约大家下次再一起打猎，让荣锦把那支新式气枪拿回去好好练练，被荣锦坚拒了。212轰鸣着下了山，岗上的猎物们忙着继续过冬，忙着继续繁衍，似乎这一切都是生存法则、自然规律，无法凭意志和情感去改变。

第九章

由外到内的风险

（一）

欠贷客户没钱还贷款，请客吃饭倒是很大方，对于客户的频繁吃请，荣锦不知道如何掌握尺度。

实在憋不住，他问师傅"包黑子"："吃喝到肚子里应该不算受贿吧？不和客户接近，怎么能了解客户？咱们和解放前的地下党，吃着敌人的饭，做着我党的事儿，是不是一样？"

"有规定就按照规定去做，不让吃请就是不能吃请，除非你自己去买单。记住，跟客户打交道就要清清楚楚，明明白白，否则，什么时候上了贼船，你都不知道，还作什么'地下党'？"老包板着脸一板一眼地说。

老包是从来不和客户吃饭的，荣锦更想请教一下其他人。那天中午，荣锦跟满超一起在健身房打乒乓球，休息的时候，顺便问了他，满超没马上回答，用球拍托着球，那球像被施了魔法，任凭球拍怎么倾斜抖动，也不掉下来。

"我问你，你有没有请你对象一起上过床？""小温侯"问的时候，眼睛盯着球，根本不看荣锦。

"你这问的，我现在还没到那个程度呢。冒不扎天儿的，人家准以为我有神经病呢！"荣锦老脸一红。

"不至于吧，那你请你对象吃过饭了吗？"

"吃饭很正常啊，我俩单独在一起吃饭不少回了。不过这和客户请我吃饭有关系吗？"荣锦反问"小温侯"。

"当然有关系了，"满超淡然一笑，"处对象和处客户一样，处对象的目的是啥，不就是上床睡觉嘛，但不能那么直白，显得太粗鲁，没教养，关键是怕盲目冒进、鸡飞蛋打，怎么办？得迂回前进，曲线救国。所以，先请人家吃饭，在饭桌上也不能光吃饭不说话，说什么？不能老说菜好吃，我高兴之类的，要说你好看，我爱你，对不对？"

"是啊，不能太赤裸裸，要先制造浪漫。"荣锦赞同道。

"现今社会进步太快，太复杂了，让人晕头转向的东西太多，但实际上不就是这点事儿嘛。"

"问你客户吃请怎么应付，你扯到处对象，你这也太迂回含蓄了吧。"荣锦似乎还想整得更明白。

"你这'驴秀才'，人家客户请你吃饭，沟通感情，实际上就是说，他需要你，这和请女朋友吃饭不一样嘛？不一样的就是这回轮到你这个信贷员做'女人'了，你明白了吗，我的'驴姑娘'？"

"按你这么说，我得做'贞洁烈女'，宁死不从！"荣锦说这话感觉有点口不对心，语调也飘忽不定。

"哈哈，那我就负责给你立一座大大的贞节牌坊，但你可能永远也收不回金鼎的欠款，即便你一天跑十趟金鼎，不信就试试，敢不敢打赌？"

"这就让我跟你赌？你能不能再说明白点？"

"这年头儿是市场经济，收贷讨债没有一点主动权，干啥都得讲个人关系，讲私人交情，互利互惠，你老板着驴脸，公事公办，谁都怕你，嫌你，防你，你还能办成啥事儿？怎么样？说得明白不？"

"不太明白呢，你能不能举个现实例子？"荣锦接着问。

"小温侯"乜斜了一眼荣锦，撇着嘴说："真是个'驴秀才'，这能举例子吗？这不等于举报吗？"

"人家别人怎么不去吃，不也收回贷款，完成任务了吗？"荣锦很有问破"砂锅"的精神。

"你是不是要把全科都问个遍？有人自己说他跟客户吃饭的吗？你们这帮大学生啊，这不是在学校，老师说什么都是圣旨，也不是在出纳窗口，地雷、炸弹给你标得清清楚楚的，这是信贷科，这是'江湖'！"

"跟女人打交道累，跟客户打交道难道也这么累吗？"荣锦紧皱眉头。

"只要跟人打交道就是这样累，你呀，驴脾气，只知道直来直去。要想让金鼎这样的欠债客户就范，就得一步一步拐弯抹角慢慢来，金鼎也对你有些好感，本来可以就范的，反而让你这种生硬低级的操作给弄'黄菜'了。"满超像个长者一样数落着荣锦。

"那你说该怎么办？深入虎穴，跟'敌人'打成一片？"

"天机不可泄露啊。""小温侯"学着"道长"的口气，"俗话说，常在河边走，哪能不湿鞋；人在江湖飘，哪能不跌跤。只能说有个度，怎么掌握就只能靠你个人悟性了。"

"小温侯"说话时手里还在颠球，那球从两人的话题开始到结束，一直像带着线儿一样在球拍上蹦跶。

（二）

晚上下班，荣锦才发现车胎漏气，附近又没有补胎的地方，正想着怎么回家，忽听旁边有车按喇叭，抬眼一看，一台212停在路边，慢慢摇下的车窗里面露出占景中戴着墨镜的笑脸：

"碰上了，别弄了，送你一程！"占景中的语气就像是从小玩在一起的老友。

"是你啊，我坐公交，不麻烦你了！"荣锦婉拒，这时候他和占景中已经很熟，但还是不想搭他的车。

"是不是让同事看见不好，这样，我到前面等你。"没等荣锦说话，212一声轰鸣，冲到前面五十米左右的地方停下。

看对方这么坚持，荣锦也只好把车子送回银行，上了212。

"一起吃个饭？"占景中问荣锦。

"不用，我妈应该已经做好饭了。"荣锦答道，妈妈确实在家里等他呢。

"那好，送你回家。"占景中不再坚持。

"开到铁北商场就行，我家在里面，路窄不好走。"荣锦说。

"没问题！"占景中龇牙一笑，车子迅速朝城北驶去。

荣锦的家是 20 世纪 80 年代初期的家属楼，占景中坚持把车开到了荣锦家的楼下。荣锦谢过他，占景中却说："都到门口了，能不能让上去认个门？跟阿姨打个招呼？"荣锦这时候也不好一口回绝，只能点头答应。

荣锦妈见有客人来，赶紧沏茶倒水，这还是荣锦第一次带有工作关系的人到家里来，多少有些惊诧，三个人唠了几句家常。

占景中上上下下打量着这间旧格局的楼房，嘴上东拉西扯，像位串门儿的老邻居，他指着屋里的暖气片说："姨啊，你这屋里冬天肯定温度不高，暖气片有点少啊！"

"老楼都这样，我也习惯了！"荣锦妈笑着说。

"还有，这冷风都是从北面阳台灌进来的，应该把这阳台封闭上。"占景中用手指指北面阳台。

"太费事了，等儿子结婚，再好好收拾吧。"荣妈妈笑着答道。

占景中喝一口茶，目光还停在阳台上。阳台门里就是窄小的厨房，灶台小得不能再小。占景中收回目光，看看手表，起身告辞，荣锦妈挽留其一起吃饭，他摆摆手，说了句"谢谢，再见！"就快步下楼，荣锦想送被他一把推回，荣锦也就没远送，他并没有把占景中这次看似临时决定的家访当回事儿。

第二天步行上班的荣锦比平时晚了些，走进办公室的时候，其他人差不多都到齐了，"道长"八点上班七点到，带动全科都早到。

一根火柴点燃所有烟枪，一大茶缸酽茶倒满所有水杯；然后就是抽烟、喝茶、遛嘴皮子，这叫班前预热。荣锦来的时候，"道长"正坐在荣锦他们办公室里，面前那只大号搪瓷缸子已经沏好了茶，缸子冒着热气，缸子身上"战天斗地"这几个字显示着非同寻常的来历。"道长"下过乡，当过工农兵大学生，就凭着修理过几年地球，沾了几分土地"仙气儿"来压服管理手下。这当口儿，"道长"就会用他洪亮的嗓音分享一些颇带哲理的生活小故事给大家，用他的话讲，教育人要少讲大道理，多讲小故事。今天"道长"讲的是自家孩子的琐事，荣锦进来时刚巧听到了开头：

"星期天我和老婆参加朋友婚礼，嘱咐我儿子老实在家做作业别看电视。

他说我保证不看，看是小狗。我一看人家都发誓了，就不好再说啥，不过临走我假装看了一会儿电视，关的时候偷偷用遥控器把电视锁定在72频道。"

"开的时候就这个频道，好回来检查动没动电视，对吧？"满超明知故问，"那又为啥偏偏要定到72频道？"满超接着问，颇有些一探究竟的感觉。

"因为这种频道都是空白频道，没有明显标志，不好记。"

说到这，"道长"没着急往下说，端起大茶缸吹着上面的热气，瞟一眼众人的表情，众人都看着他，没人去干别的，努力作出期待的表情，这才接着说："下午回来，我问儿子看没看电视，这小子说没看，我又问一遍，他仍然说没看，我打开电视，发现电视确实还在72频道上。这小子看着我不吱声，意思是你检查吧，没看就是没看。我用手往电视机后面一摸，热得跟暖气片一样，二话不说，我让他到走廊学十声狗叫，他只能一扭一扭地出去叫了。我老婆乐得够呛，夸我有办法，要不真治不了这鬼小子！"

"哈哈，这就叫魔高一尺道高一丈，儿子终于领教了他老爹的道行！""浪人"首先发表感想。

"对呀，他老爹可是天天审查别人的信贷科长，专治各种说谎作假，这回知道他爹的厉害了吧，不过这小孩真是聪明，一般人就给蒙过去了。""老抠儿"夸老的不忘夸小的。

"这也叫你纵有七十二变，我自有如来神掌，哈哈！"满超说着，把手一伸，逗得"道长"哈哈直笑。

荣锦默默地坐在座位上，没吱声，他知道这是"道长"用故事吹嘘着他的智慧，他儿子的机灵，但仔细琢磨一下，"道长"话中有话，他在警示手下做事别自作聪明。

"你小时候是不是也经常干这种事儿？撒个谎撂个屁啥的？""一枝花"冯艳丽把话题引到满超身上。

"我嘛，小时候可老实了，可听话了！"满超一副嬉皮笑脸。

"不可能！你这么聪明，老实也是装的！""一枝花"撇了撇嘴。

"'秀才'，你有啥故事见闻？跟我们分享分享啊？"满超把话题扯到荣锦身上。

"我，我没啥东西可以讲的……"荣锦搓搓手，拘谨地笑了笑。

这时，荣锦桌子上的电话突然响了起来，算是给荣锦解了围。电话里传来占景中的声音，让他到一楼业务柜台。荣锦站起来，说要去一楼查一下金鼎的账面，匆匆下楼了。

占景中在出纳柜台前的沙发上坐着，荣锦下来问什么事，占景中说有一件业务以外的事情想拜托，老铁听说荣锦准备办喜事装修老房子，正式托占景中给介绍推荐一下，他要把这活儿包下来。

"我近期真没有结婚的打算。"荣锦说道。

"那也应该帮阿姨装修改善一下，只要把北面阳台封闭，厨房扩大，增加几片暖气，最好地面铺上地板，过冬屋里温度就好很多。而且老铁他们手艺不错，干活你就放心吧，他就是想打一打市场，拿你家做做广告，你看行不行？"占景中坐在沙发上抱着肩，眯着眼睛看着荣锦。

"这不太适合，主要是就这一点小活儿，不用烦他大老远地过来。"荣锦本能地想推辞，又不想把借口说得太直白。

"他们已经进城了，就算是帮帮农民工，要不他们整日在城里瞎转悠。"

"那价钱上一定该多少就多少。"荣锦松口了，说实在的，他对老铁印象很好，尤其他还是铁馨的爸爸。

"对对，该多少就多少！看啥时候让他们去你家看看，最好就这几天！"占景中语气很急迫。

"那好，我再跟妈妈商量一下！"荣锦终于点头了。

下午，"胡子"拿着景紫贸易的贷款调查报告让荣锦签字，这份报告是贷款协办人"胡子"起草的。荣锦看到贷款意见那一栏写的是同意贷款三十万元，以存货作抵押，期限半年。他问荣锦有没有问题，如果没有就在主办人一栏签字。荣锦迟疑了一下，还是签上了自己的名字。

（三）

"包黑子"曾经讲过一个故事：一个人挤火车的时候不慎把脚上的一只新

鞋挤掉在站台上，被另一个人捡到了，车已开动，他便把脚上的另一只鞋脱下来从车窗扔给那个人，即使对方是个陌生人，暗暗窃喜毫无谢意。老包说这种品德叫客观理性下的成人之美，是信贷员身上应该具备的东西。这个故事给荣锦的印象很深。

眼下明鉴眼镜店的流动资金贷款陷入意料之中的艰难，荣锦很想帮，写了自认为十分详尽充分的贷款调查报告，但在预报阶段就给"道长"当劣马给"限"掉了。

荣锦只能筹划通过其他办法。想来想去，决定还是抛开感情因素，找叶全帮忙，即使明知道这可能会成全叶全，而自己也要担着一定违规风险。

见面照例在叶全的办公室，两人不像以前上来就谈正事，而是先溜溜茶，扯扯闲篇儿。今天赶上白露节气，喝的是叶全婶母寄过来的秋茶，叶全父母去世早，他跟着叔婶长大，和婶母的感情很深，但却从不谈及叔叔。

"春茶苦、夏茶涩，要好喝，秋白露"，人即落座，水亦落茶，叶全也开始大谈茶经。

"秋天气候干燥，需要大量补水，茶树经过春季和夏季的采摘，已经没有气力了，叶子又小又黄，肯定比春茶和夏茶寡淡，说茶经骗人吗？不对，茶经上的说法是一种善意的哄骗诱导，让人慢慢能从'上当'中感受到深意，从秋茶中喝出白露香气来。"

"为什么不告诉人真相，非要绕个大弯子呢？"荣锦一边喝茶一边问。

"你有机会一定去看一下南方有钱人的宅院，假山假景，曲径通幽，初进来，就像进了迷宫，跟直来直去、方方正正的北方四合院完全是两种感觉，你可能就喜欢四合院的简单直白，有啥说啥；但也有很多人喜欢南方庭院的复杂委婉、迷幻含蓄、正话反说。"

"有学问！跟学者专家似的！"

"在书上看的，觉得有道理才拿来说。"叶全说着，喝一口茶，回头指指办公室靠墙一排整齐的书柜。

"呦，又多了不少新书啊！"荣锦站起身来，走到书柜前，打量扫视着书柜上的书。

"如果直来直去，看语录摘要就能领悟掌握知识，就不需要故事、寓言、神话、传说、小说、演义了，这书架上估计也剩不下几本书，看的人也剩不了几个了。"叶全发表着看法。

"生活就变成白开水了，没有啥意思了。"叶全继续说着，把茶壶里的茶倒掉。电水壶里的水已经开了，呼呼地冒着热气，叶全故意不去理，插着手在红木沙发上稳稳坐着，眼睛直直地看着荣锦。

"嗯，有道理！"荣锦走回叶全对面坐下，用手从茶几上的茶罐里抓出一小把茶叶，放在茶壶里，再拎起电水壶倒水冲泡。

叶全皱着眉看着荣锦的沏茶动作，摇头叹气："告诉你多少遍了，用茶匙不要用手抓。"

"嘿嘿！这一方水土养一方人，很多习惯很难改变，慢慢来，慢慢来！"荣锦憨笑着，给叶全续上茶。

"不过，有时跟明白人说事就是要直截了当，快事快办。"荣锦说着，端起茶杯就要喝，只嘬了一口，就被烫着了，赶紧放下。

叶全把两手一摊，面色平静地说："你说呗，反正我现在是真的没钱。"

荣锦也两手一摊，表情无奈地说："那我就不说了，反正你也没钱，本来想让你做件利人利己的好事，但没钱可什么事也做不了。"

"啥事嘛？不妨说说看。"叶全一脸好奇。

"还有啥事，铁馨的事呗。"

"哦，她的事？快跟我说说！"叶全眼睛瞪起来，身子不自觉地往前挪动，只剩下屁股下的一点还搭在沙发沿儿上。

"一脸猴急，来来，喝茶喝茶，别着急，慢慢说，慢慢说。"荣锦端起茶杯，身子往后一靠。

"她的事可是大事，不能不急啊！快说说，有啥需要我帮忙的？"叶全催促着荣锦。

"你是真不知道，还是假不知道？最近你给她介绍了一笔生意？"荣锦反问。

"是我介绍的，给全市的企业家团购一批高档太阳镜，你也知道了？"

"还不是找我贷款才知道的。"荣锦怕叶全有想法，赶紧解释。

"对，大宗交易下的临时性流动资金需求，亏我还做过眼镜行当，连这都想不到。"叶全语气自责，不知是冲着猜疑荣锦，还是因为没有替铁馨想到这一步。

"可惜她没有任何抵押担保，手上只有订货合同，银行不能贷款给她。"荣锦说。

"你的意思是让我借钱给她？那她为什么不直接找我？"

人家铁馨还特意不让我告诉你呢，荣锦心里嘀咕，嘴上却说着另外一番话："你资金这么困难，不好意思难为你呗。"

叶全嘴巴张了张，想说什么，又咽了回去，顿了顿，问荣锦："你觉得我怎么能帮到她？"

"我来找你，你居然问我？我怎么能知道你有什么办法能帮到她。"荣锦故意不接叶全的话茬儿。

"荣兄，你说话说到位，好人做到底吧，算我求你了……"叶全站了起来，弯腰给荣锦鞠了一躬。

看来叶全对铁馨也是真心，这时候也只有他能出手帮助铁馨，荣锦决定不去管铁馨的告诫，把情况告诉叶全："好吧，我这儿有两条建议，你做一个选择吧。"

二遍秋茶已经寡淡如水，喝到这时该讨论正题了，荣锦接着说，"铁馨的资金缺口是十五万元。第一，你直接或间接出钱借给铁馨，不过，她很有可能不接受你的借款；第二，你做存单质押，为明鉴眼镜店办担保贷款，我可以帮你做成暗押，尽量不让铁馨知道。"

"我倾向于第二种，具体怎么操作？"叶全马上表明态度。

"你出二十万元存单，质押在银行，为十五万元贷款本金和利息做保证金，一旦贷款人出现违约风险，银行可以直接扣收贷款本金和欠息，这在银行叫低风险业务，我和科长审批就可以了，只要手续齐全，当天就能贷出来。"荣锦把想法和盘托出。

"二十万元，我现金没那么多，也得跟别人去借；再一个，如果我把钱存到你们行，你们会不会直接扣款？"叶全说出自己的顾虑。

"倒不会直接扣款，只是对你不是太有利，最好换一个信任的人。"

"暗押是怎么回事？"叶全又问。

"暗押，就是借方和押方不接触，通过银行间接传递信息，签订的协议也是两两协议。"荣锦解释道。

"不接触？给做好事不留名的雷锋准备的？"叶全倒是很聪明，马上就抓住了关键词，"暗押也没问题，有朝一日，她会知道我的良苦用心的，也许会更感动。"叶全说道，透露出不俗的眼光和真诚。

"我还想问一句，二十万元，你能借得到？"荣锦觉得多余问，但还是问了。

"商厦那么多供应商，找几家关系好的，拆借并凑一下，应该没啥问题。所谓资金，就是拆东墙补西墙呗。"叶全答道。

"好吧，质押人还要确定好，最好别再用你婶子了，行里知道那是你亲属。"荣锦说。

"行，换一个，我表弟正好在省城做生意，让他回来配合办手续。"叶全说。

"行，那就这么定了，这两天就办手续哈。"

"好，我马上筹集资金！来，喝茶！"

"你自己喝吧，行里还有点事，先走了。"荣锦起身告辞。

（四）

景紫贸易的三十万元存货质押贷款放款了，明鉴眼镜店的十五万元第三方存单质押贷款也顺利获批了，但海美集资款却出现了欠息，行里要派"胡子"去催收，"胡子"管的贷款户都做了代管安排，一些大户都给了"浪人"和满超，几个小户给了"老抠儿"和荣锦。荣锦问"胡子"有没有什么要叮嘱的，"胡子"看看荣锦，只说了句"有情况找王科长"。

"胡子"交给荣锦的代管户里有户叫"海通电视器材经销处"，经销时下最紧俏的录像机和录像带，三个月前靠存货质押续贷了八十万元。

公司老板叫韩东，对荣锦很热情，第一次下户就塞给荣锦五六盘有"颜色"的录像带，说年轻人没有不对他的音像产品感兴趣的，男人嘛，都有望梅止渴的同感和互怜，但荣锦却无法消受这种礼遇。按照惯例荣锦要核查当月的报表，简单和库存核对一下。库就在店面后面，不大，堆满了各种录像机，百分之七八十都是水货，有原始进货凭证的只有不到十万块钱，而按照总行规定的存货质押率，这类存货至少要有一百万元以上，水货当然不符合抵押标准，这意味着抵押严重不足。

荣锦心里暗暗叫娘，水货就是走私货，即使是二手的，经营也是违法行为，海关不查，税务局也会查，抓人，罚款，继而就是贷款坏账。

韩东似乎看出荣锦的心思，毫不在乎地说："现在解放思想，搞活经济，买卖水货在南方太普遍了，没听说谁犯事。我在海关、税务都打招呼了，没事儿！"

因为不是自己的户，他不便多说什么。过两天，海通新来的出纳小任给荣锦电话，说是银行存款日记账和银行对账单对不上，希望荣锦配合查一查。荣锦带着银行对账单到企业和小任对账。翻看现金日记账时，荣锦看到好几处明细摘要写着"刘强借款"的字样，心里一惊，脸上并没有表现出来，问小任："这人是谁？"

小任看看他，摇摇头，说不认识，荣锦让她把原始凭证拿出来，小任找出了几张手写借条，是"胡子"的笔体没错，签字也清晰可见。几张凭证金额有大有小，总额有一万七千多元，日期远则一年前，近则一个月前。无意间撞见了别人的隐私，荣锦不知如何收拾局面。思考片刻，他还是合上凭证册，同现金账一起还给小任。

荣锦想不通，海通违法经营、老板人品不端、凭什么能贷到款？让他更纠结的是"胡子"，私自向客户借钱，还无知无畏地打上借条。如今是把这些事埋在心里，还是告知"胡子"？这关系到贷款的安全，也关系到"胡子"的人生命运。

接下来，荣锦还像往常一样每周一次来海通例行贷中检查，问问经营情况，看看报表。

有一天，韩东把一个打了封条的牛皮纸档案袋交给荣锦，让他转交给"道长"。荣锦问是不是贵重物品，韩东嘿嘿一笑，说"放心，不是别的，就是两盒带子，给王科长审查的。"韩东语气坦然，荣锦也不好回绝。

回到行里，"道长"办公室开着门，人却不在，荣锦顺手把档案袋放在他的办公桌上，并在档案袋上写了"海通录像带"几个字。

第十章

三百年前是一家

（一）

转眼已经到了寒冬腊月了，除了必须的外出，农村人最大限度地减少户外活动，这就是所谓的"猫冬儿"。荣锦履行承诺，张罗去筑信台奶牛场调查，燕红也要跟着去，想再做一期访谈。

铁馨得到贷款支持，跟机器上了发条一样，结果这一忙碌，身体受不了，得了荨麻疹，医生说这病就是生活不规律累的，吃点药，静养就能好。铁馨还想坚持工作，被来城里干活儿的老铁发现了，二话不说就给带回老家了。荣锦听说铁馨病了，要去烧火营子看望，这也是工作要求，信贷员的责任就是要掌控客户的异变，包括老板的健康状况。

一听荣锦要去筑信台和烧火营子，叶全死活要跟着去，他没有单独去过东北农村，否则早就一个人去探望了。

新闻访谈、探望病人和贷款调查内容虽完全不同，但形式却差不多，三者穿插组合在一起，让单调乏味的商业活动杂糅了浓烈的时事色彩和感情因素，让这趟乡村之行带有不同寻常的使命感。

腊月，冬季里最冷的季节，刮了一夜的西北风，早上开始下雪，飘飞的雪如同在大地冻裂的伤口上撒了一把盐，让人们感到季节的残酷。为了让铁馨在惊喜中多一份感动，叶全特意恳请荣锦不要搭电视台的车，而要坐费时费力的长途汽车，这让荣锦叫苦不迭。

早上六点半，外面白茫茫一片，连个鸟都看不见。俩人乘坐第一班长途汽车出发，军大衣、羽绒服穿戴还算整齐，蜂蜜、麦乳精、罐头，什么沉带什么，叶全叫这个是"情重礼也重"。平时从台营市区到烧火营子得一小时，今天下雪路滑，估计要两个多小时。

汽车驶出市区，叶全兴致颇高，用手指化开一大片车窗霜花，指着外面的风景对荣锦问这问那："你看那个山顶上有城堡，是不是边防要塞？是不是戚家军镇守过？"

"不是城堡，是烽火台，这里是明朝打造数十年的辽东防线，大大小小的烽火台上百座，三百年前明清松山大战就发生在这里，足足打了两年，十几万将士成了这里的孤魂野鬼。"荣锦答，听说窗外是古战场，叶全更来了兴趣，眼睛直放绿光。

快到九点了，终于到了烧火营子，车站距离村里还有段距离，两人也不知道东南西北，路上行人稀少，想找个问路的都难。正焦虑间，从雪地里慢慢悠悠地赶过来一辆驴车，荣锦赶忙拦住，听说要去烧火营子，车老板笑了："你俩真命好，赶上我正好要回营子，要不然你们可要走上五六里地呢，就你俩这穿戴，不冻成冰坨子也得冻成冰坷碴啦！"

谢过车老板，上了车，车老板看两人坐稳了，轻甩鞭子，小驴车就又慢慢吞吞往前赶路了。

"你们不像本地人，还拿着不少东西，走亲戚啊？"车老板回头问。

"我们——我们——是看同学！"还是叶全反应快。

"哦，你们是学生啊，营子里出去读书的没几个？谁是你们同学？"

"女的，姓铁！"

"九儿吧！大名铁馨，九儿的同学，可不敢慢待，小毛驴，快点走嘞。嗯儿——驾！"车老板一声吆喝和一记响鞭，人畜长期相处，情绪都是互相传染的，小毛驴似乎听见九儿的名字也来了精神，屁颠屁颠地在雪地上轻快地跑了起来。

一路上这位烧火营子车老板能说会道，闲扯中叶全问铁馨为啥叫九儿，车老板脸色凝重地答道："这丫头命苦，老铁早年出过事儿，她妈一个人带她，营子里很多人家都救济过她和她妈，都把她当孩子看，其中有一家姓占的家里有八个孩子，特别喜欢铁馨，跟她叫九儿，叫来叫去叫开了。这闺女不但聪明，长得还好看，十几岁时上门提亲的就踢破门槛子了。九儿人高眼高心更高，乡里女孩子就她考上了高中，根本看不上这帮驴球马蛋。"

"老铁出了什么事？"荣锦问。

"打坷仗打出了人命，蹲大狱了。"车老板看来是个快言快语、口无遮拦的直肠子。叶全和荣锦互相看了一眼，还是叶全跟话儿快一点，回应道："那她妈可真不容易啊！""是啊，是个刚强的女人，不容易啊！"车老板说起铁馨娘言语中还是充满敬意。

五六里的路程一会儿就到了，烧火营子是个大屯子，虽有些新盖的"北京平"，但更多的还是旧式屯顶房。

把荣锦他们放在铁家院门前，车老板赶驴走远了。

雪还在下，叶全跺着冻得发木的脚，隔着大铁门高喊："九儿，开门啊！"院子里有动静，但没人答应。荣锦接着喊道："有人吗？我们是铁馨城里的朋友，她在家吧？"

"是九儿朋友啊！"里面传出妇人的声音，接着咣当一声，铁门打开了，一位身材高挑、容貌端庄的中年妇人笑着站在门口："你们好啊，九儿，有朋友来了！"

"唉，等会儿哈！"东正房传出清脆的应答，一只素手轻轻地掀动窗帘的一角，婀娜的身影在帘后晃动。

没等荣锦张嘴，叶全就对里面喊道："千万别出来，不能见风！"那体贴细致劲儿，荣锦只能甘拜下风。

趁着这当口，荣锦大略打量下院子里面的环境：典型的东北农家院子，坐北朝南是一排平房，两溜整齐的马窗，四四方方的院子里有园子，有猪圈，有狗舍……正房中间房门门槛下还有孔圆圆的猫洞。

一只花猫迈着慵懒的方步从里面钻出来，在雪地里伸着懒腰，接着听见"吱扭扭"的门轴响，房门被人从里面拉开，几只家雀慌忙从低矮的瓦楞上"扑棱棱"地飞走，厚重的棉门帘被人慢慢用头顶起，下面露出半张俏脸和一只机灵的美目。

正当荣、叶二人瞪大眼睛等待着美女完全出现的惊艳一刻时，门帘后面却传出"诶呀！诶呀！"的惊叫，门帘突然一下子被掀开，铁馨裹着厚厚的大棉袄，张着从袖筒里抽出来的手，似乎要从门口飞扑出来，下身却一直没动，原来她脚上趿拉着一双厚实笨重的棉鞋卡到了门槛下抬不起来，她身子就像一扇摇摇欲坠的门板，嘴里不知是见到叶全荣锦他们惊喜地欢叫，还是站立不稳惊慌失措地乱叫。

叶全不知怎么回事，跟着对方的节奏"诶呀诶呀"地叫唤，一时间，院子里面猪也叫，狗也叫；家雀惊，老猫惊，惊到了三尺头上的众神灵。

还是"砸驴小子"反应快，荣锦疾步迈到铁馨跟前，伸出双手一把接住了正往前倾倒的铁馨，这是两人第二次近距离身体接触，后者的脸一下子变得绯红，荣锦赶紧打趣道："礼重了，礼重了！免礼免礼！"

铁馨先拔出脚，然后一把推开荣锦，嘴里笑骂道："去你的！讨厌！"

见面充满了出人意料的喜剧效果，一阵大惊小怪的笑闹之后，荣锦双手举着厚重的棉门帘，叶全弯腰曲背，小心翼翼把铁馨搂回屋里，等铁馨上了炕，叶全把那只"棉鞋"捧在手里，仔细端详，他不知这就是著名的"靰鞡"，爆出一句："这是人穿的吗？"

"难道是鬼穿的？！"铁馨一把抢过鞋，她已经恢复了镇定，俏脸尽力绷着，但眼睛里充满着暖意。

"你这病好得怎么样了，我这次来就是想多陪你几天，我打过疫苗，不用担心传染我。"叶全放下"棉鞋"，开始示爱了。

"叶大老板，你打的是麻疹疫苗吧，我这是荨麻疹，不管用！"铁馨语调调皮促狭。

"那正好，我就陪你一起得病，一起养病。"叶全仍然是一脸认真，铁馨不理他，但脸上已经笑开了花。荣锦一边听着，一边感慨，看来好心好肺还得有一张好嘴。

"病应该好了，没啥事了，打算明天出去走走呢，半个多月没出屋，可给这丫头闷坏了。"说话的是铁馨妈，"除了看电视，就是天天问我外面的事，我哪知道，这回你们来了，好好陪她唠唠吧！"铁馨妈说着把花布窗帘拉开。

荣锦就着外面射进来的光线，仔细打量屋里的环境和摆设，屋里南面一面大炕，炕面上铺着新席子和整齐的褥子，几本书摞在窗沿上，红砖地面，地面靠墙是一排柜子，柜子上方挂着几面锃明瓦亮的大镜子，一台电视机摆在柜面中间。老铁外出了，家里只有母女俩，素颜的铁馨和平时没什么两样，头发长了些，大病初愈的脸上虽有几丝红润，但还很苍白。

铁馨抓来一大袋"毛嗑儿"，一边让着荣锦叶全，一边自己连说带笑带比画，看来真是憋坏了，这劲头和平时的高冷判若两人。

"给你表哥打个电话，让他从筑信台再带些青菜过来。"铁馨妈吩咐着女儿，她已经开始准备饭菜了。荣锦注意到铁家安装了电话，这在农村还不多见，叶全和荣锦想不让铁馨妈准备，还没张嘴，就被铁馨"这是规矩！"一句话制止了。

不一会儿，一阵摩托车声由远及近停在门口，一名男子从院子外快步走进来，把一堆青菜和一大块新鲜猪肉放在外屋的案板上，然后进屋和客人打招呼。

荣锦愣住了，这不是卢笑江嘛。卢笑江倒是没啥吃惊的反应，笑着对荣锦说："铁馨是我表妹，她妈是我亲姑。我知道你们今天来，天气冷，又下雪，真是辛苦你们了。"

叶全听得一头雾水，荣锦明白肯定是燕红事先把他们的行程路线告诉了卢笑江，但他没想到卢笑江竟然就是铁馨的表哥。

"等会儿燕记者他们也会赶过来，吃过饭去筑信台。"卢笑江说。

"是吗！那太好了，没想到她也能来这里，好久没见到她了。"铁馨听燕红要来，很是高兴，同时也把叶全给卢笑江做了介绍。

"不能陪你们聊了，我得帮姑姑做饭。"卢笑江转身要去灶间。忽然想起什么，对荣锦说："等下我爹会来，他最反对我到银行贷款，拜托先别说是考察贷款来的，就说你是燕记者的朋友，是燕记者邀请来下乡考察经济的。"

知道筑信台有"不准借贷"的规矩，荣锦也就点点头。

伴随着农家灶火的特殊味道，菜香逐渐满屋满院地弥漫开来，等卢笑江把两张大炕桌搬上炕的时候，铁馨他们三个人瓜子已经嗑了一大"筐箩"，笑话段子、趣闻轶事也讲了满炕满桌了。

电视台的车中午才到，燕红带了一个助理兼司机。不一会儿，卢焕章也骑着"黑龙"赶到了，他是铁馨的亲舅，过来是看看外甥女。一看到"黑龙"，荣锦就认出了它，没想到不到两年，小萌驴这牲口成了"大家伙"。不过当荣锦靠近它的时候，"大家伙"还是不自觉地往后躲，看来对荣锦还是心有余悸。

人齐了，饭菜才端上来，小鸡炖蘑菇，酸菜猪肉粉条，还有一些在冬天很稀罕的炒青菜。

看大家都落座，卢焕章把酒杯高高举起，清清嗓子，说了几句开杯祝酒词："热烈欢迎几位冒雪远道来的贵宾，天寒地冻，只有薄酒小菜，招待不周还请海涵，有意见没意见的，这杯酒必须干了，来，请！"话音刚落，还没等他先干为敬，叶全仰脖就喝，卢焕章和卢笑江对视一下，哈哈一笑，铁馨也跟着喝了一小口，看样子在家里常喝，确是个酒中仙女。

铁馨喝酒的时候，叶全偏着头看了好一阵，直看得铁馨的脸红到耳根：

"看什么看，我早就好了，可以喝点酒了。"

"不是，你喝酒的姿势真好看！"叶全说着高举酒杯，敬了铁馨一下，铁馨故意别过脸，不去看他。

小烧口真冲，荣锦感觉像有一根火柴点燃了消化道，消化道像一条导火索，直通隐藏在身体深处的弹药库，又像有把小刀从喉咙直接割下去，一下子把整个胸腔都打开了一样，这种感觉真是痛爽。

几个人的表情都开始发生变化，火焰开始眼睛里升腾起来，随着铁馨妈把一大瓷盆酸菜炖粉条端上饭桌，酒已经过了三巡。

"抽烟，抽烟！"叶全殷勤地拿出口袋里的"红塔山"，分给卢焕章和卢笑江，顺手也给荣锦分了一根，荣锦平时很少抽烟，今天也没拒绝。卢焕章抽了几口，好像觉得没劲儿，回身卷了一只土烟炮。

烟雾弥漫间，几个人开始了东拉西扯，荣锦问卢焕章："卢伯伯，我是当地人，但不知为什么咱这地方叫台子和营子的村屯这么多？是不是跟当年明清战争有关？"

"台子是明朝边关军屯的称呼，营子是蒙清游骑营地的称谓，咱们现在吃饭的地方叫烧火营子，是外八旗中一支队伍驻扎的地方。我不是烧火营子的，对这里不能评头论足，不过对旁边的筑信台，我知道的历史不比文化专家少。"卢焕章红光满面，谈兴蛮高。

"您给我们说说……"荣锦请求道。

"筑信台自古就是咽喉要地，水陆码头，当年的南方盐商、茶商就是从这里把盐和茶叶贩运到东北更远的地方，水旱万里路啊。他们在筑信台南边的海滩上岸，就是现在的李家窝棚，当时这个李家窝棚也归筑信台管。为了求神仙保佑，这些商人在筑信台修了座娘娘庙，南方人叫妈祖庙，现在还在。明朝时筑信台这一代可是热闹，那时也不是天天和满清打仗，两边的生意很兴隆，娘娘庙香火也特别旺。蒙古人、满人也爱喝老茶，还有守关的明朝官兵基本上都是南方人，大将熊廷弼、袁崇焕、洪承畴就是南方人，手下也大多是南方兵。"

荣锦真没想到卢焕章见识这么广，叶全则赶紧敬酒。

卢焕章抿一口小烧儿，慢悠悠地接着说："听九儿讲，小叶是雁州人，其实我跟你说，我们筑信台卢家祖上就是雁州府过来的，三百多年了，十几代人啊。"

"雁州人？"叶全放下酒杯。

"正宗雁州人，有家谱为证。"卢焕章道。

"叶总会不会和咱们台的叶姓是宗亲？"卢笑江提醒道。

"肯定是宗亲，冲这个，我再敬大家一杯！"叶全很急切，说着端起酒杯，准备先干为敬。

"等等，那你爸爸名字中间的字是什么？"卢焕章没碰酒杯，脸色严肃地问叶全。

"哦，我爸爸叫叶炳强，我本来叫叶庚全，后来……我自己给改了。"

"这么说，你和叶书记同辈，他本来叫叶庚阳，也是后改为叶向阳的。"卢焕章正色说道。

"会有这么巧的事！"卢笑江笑着说道，荣锦和燕红也相视而笑。

"哇，这是真的？太让人惊喜了，没想到在这里能遇到千里之外，几百年前失散的族人。没想到，没想到。"叶全激动万分，二话不说，从炕里翻身下地，倒头便拜："卢伯伯在上，受小侄叶全一拜！"话音未落，咕咚一声，一个响头已经磕到了砖地上。

众人都一惊，继而都大笑，卢笑江坐在炕沿边上，一把拉起叶全，调侃说："这是天上掉下个兄弟，来来，咱俩再喝一杯！"

叶全和卢笑江喝了杯酒，叶全又拉卢笑江在屋地上互相磕头。

"九儿，你和我现在拜还是以后拜？"叶全目光灼灼地看着铁馨。

"呸，我才不跟你拜呢！"铁馨娇羞地用手挡住红扑扑的脸。

"一直以为叶总仅仅是雁州人，没想到和这里还有这么层不寻常的关系。真为你们高兴！"荣锦也敬了众人一杯酒。

"唉，"卢焕章长叹了一声，"终于见到了家乡人。"说着竟掉下了眼泪，众人的心情也跟着伤感起来。

沉默片刻，叶全问卢焕章："伯伯，筑信台还有叶氏祠堂吗？"

"有。叶氏和卢氏都有祖宗祠堂。"

"等下我想去拜先辈。"叶全说，回头看看铁馨，铁馨点点头。

卢笑江说："那下午先回台里拜祖，再到我们牛场。"

饭后，告别母女二人，卢笑江的摩托引导着电视台的车子驶离烧火营子，直奔筑信台，两村离得很近，不到一刻钟，就到了筑信台的台墙脚下。台墙被村子包裹着，有十几米高，长宽各两百米左右，宗祠在台墙里面。

一行人下车，步行穿过台门，回头看台墙，发现上面栽着很多树，那树很粗很密。叶氏和卢氏两座宗祠挨着。应该是提前接到了电话，叶书记带了两个叶姓长辈等在宗祠门口，卢焕章一一给叶全做了介绍。叶全给他们施过礼后，几个人一起准备祭拜祖宗，祠堂里面条案上摆放着几块灵牌，牌位前面是一尊长条型的香炉，插着几支燃尽的香，看得出经常有人来祭拜。

叶全和几个叶姓宗亲跪在叶氏先祖灵牌前，恭恭敬敬地磕了三个头，嘴里念叨着："雁州晚辈庚全叩拜各位先祖"，接着他们又拜了妈祖。

燕红手上的相机和助手肩上的摄像机记录着这一刻的光影和景物，四外安静得很，相机咔嚓声音后面，似乎能听到来自台墙里面的远古回声。

"走，老弟，跟我到家暖一暖！"叶向阳拉上叶全，要往自己家里走，听得出，磕了头感觉就是不一样。

叶全跟他们走，走之前还不忘和卢笑江说："笑江哥，你那牛场哪天我一定去看看，有需要我的地方尽管说。"

等荣锦他们从牛场出来的时候，已是傍晚，天地在白雪的映衬下还是显得很明亮。告别了卢焕章父子，他们又特意绕回烧火营子和铁馨告别，燕红和荣锦都急着赶回去，拖着难舍难离的叶全上了电视台的面包车。

汽车在公路上颠簸，夜幕低垂，鸟已归巢，人在赶路，没有谁去理会在旁边山顶上如墓碑般伫立的古烽燧，然而它就在那里，高高地俯视着周围发生的和即将发生的一切。

（二）

筑信台一行后，燕红把情况汇报给了台领导，台领导又汇报给了市领导，市长听了汇报很重视，认为是招商的好题材，指示市电视台和招商办大做文章。他们找到叶全来帮忙牵头，叶全当然愿意，结果雁州当地政府、民间商会和新闻媒体非常感兴趣，发出了见面邀请，台营电视台台长带着燕红等人飞过去了，筑信台的叶书记、卢笑江也带着家谱去寻根，受到热烈欢迎。双方当即约定，由雁州当地的叶姓和卢姓宗族主要人物组成寻亲团，代表家乡人到筑信台寻访族亲。

春节刚过，春寒料峭，一支几十人的寻亲团从南中国的雁州出发，在春风的陪伴下，一路向北，开启了寻亲之旅。

在寻亲团当中，大多是商人，还有一些是文化人，还有两者兼具的人。其中就有一位诗人兼银行家，叫卢雪冰，雁州银行行长，在诗者寥寥的商品时代，能有商人追求崇高的精神世界，也是难能可贵。

寻亲活动中还有一位无法亲身参加的海美商人，就是叶全的叔叔叶炳雄，这次听说家乡组织寻亲活动，特意托卢雪冰带了十万元捐献给筑信台的小学校，人未到，钱先到，十足的阔商做派。而他之所以没委托侄子叶全，是因为这几年因为抛弃发妻，叶全对他意见很大，叔侄两个断了来往。这种疏近戚修远亲的做派，也只有商界名流才做得出来。

早在几个月前，台营市就在紧锣密鼓地准备迎接仪式，组织了迎亲委员会，设计了一系列迎亲活动，修葺了筑信台台墙，扩建了宗祠，重塑了妈祖像。寻亲团到达台营市时值三月初，天气还很冷，但台营人的热情却如七月的骄阳般火热，叶全和燕红更是忙得不亦乐乎。

族亲见面仪式非常隆重，寻亲团的车刚刚驶入筑信台台楼的视野内，台上就响起了三声信炮，响彻云霄，炮声未落，鼓乐齐鸣，一曲欢快热闹的秧歌调《万年欢》在台楼奏响。

寻亲团在挂着"热烈欢迎雁州骨肉宗亲！"横幅的念信门前刚下车，门楼上的大喇叭就在喊："筑信台迎接雁州骨肉族亲仪式正式开始，仪式第一项：台门大开——喜迎亲人！"

在掌声、欢呼声、高奏的《满堂红》乐声中，高大斑驳的念信门徐徐打开，一群孩子跑了出来，直接跑到寻亲团员跟前，手上挥舞着塑料花束，嘴里大声喊着："欢迎欢迎！热烈欢迎！"

寻亲团的人如梦初醒，他们俯下身来，一手接过孩子的花，一手拥抱着孩子，端详着孩子稚嫩的脸。接着，从城门里快步走出几位政府领导模样的人还有几位须发斑白的长者，后面跟着筑信台的能出动的所有村民，浩浩荡荡足有几百人，双方紧紧握手拥抱，很多人激动得泪流满面。

伴随着锣鼓鞭炮声，寻亲团一行在全体筑信台人的簇拥下，穿过念信门，踏进城台。众人在祠堂和娘娘庙前停下来，分别给祠堂内先人牌位和妈祖像上了香，磕了头。接着，照例是领导和代表讲话。卢雪冰还即兴吟诗一首：

栉风沐雨，岁月侵蚀，
你是大地的畸形脊梁。
腥风血雨，烽烟阵阵，
你曾看到的塞外的荒凉。
也曾有过忧愁和悲伤，

但为了承诺和职责，

你选择了这艰险的地方，

为国家和亲人放哨站岗。

在这里，你的生命之光，

注定要比庸庸碌碌者更加明亮，

你以自己的顽强存在，

证明了血脉的光彩、精神的刚强，

大地是你能量的矿场，

日月是你飞腾的翅膀，

筑信，筑建信仰的力量，

筑信，筑起诚信的希望！

……

　　风从城头的红柳树枝上吹来，抚过他的脸颊，吹舞他的头发，没有稿子，他就在那里大声吟诵。

　　村民们静静地听着，一时不知何时鼓掌。

　　"好诗，好诗！"主持人还是有些经验和常识，他对卢雪冰的诗大加赞赏，然后话题一转："我们现在就进行欢迎仪式的最后一项，隆重地、诚挚地邀请所有的远道而来的亲人一起回到家里，共进家宴！"话音未落，全场爆发出山呼海啸般的掌声和欢呼。

　　在这里，食大过天，不管是什么活动，什么仪式，最重头的还是吃喝，对于村民，这才是真正仪式的开始，好像一个头磕到地上都不算，只有在一张桌子上用一家的碗筷酒杯吃过喝过，才算是真的结亲，才算是真的团圆。

　　怀着激动的心情和饥饿的肠胃，在村民的簇拥下，按照之前安排好的，三十多个寻亲团成员和陪同的嘉宾分别被带到各个村民家里吃家宴。

　　卢雪冰和几位卢姓团员被请到了卢焕章家，卢焕章专门请来的族内德高望重的三位长者陪同；十几个冷热下酒菜早已准备好了，十来个人上了大炕，四张大炕桌并在一起，陈年玉米烧儿已经烫好，除了卢母，还有几个村姑来往穿梭地帮忙。

觥筹交错间，门帘掀动，叶向阳带着市里领导进了屋，他们已经走了三四家了，这位市里领导此时已经喝得有三四分醉，跟欢迎仪式相比，这时候倒显得有几分真诚。叶向阳为领导先打了个场："秘书长特意过来敬酒，请大家欢迎！"一阵噼里啪啦的掌声响过，秘书长摆摆手，哈哈一笑，声如洪钟："都别下炕，接着吃，接着喝，我就是过来看看，分享一下百年团圆的欢乐气氛。"

"欢迎领导来！快给领导倒酒！"卢焕章招呼着，早已擎着酒杯站在一边的卢笑江，从桌子上拿过来酒壶，斟满酒杯后，恭恭敬敬地举过头，然后一躬到地，秘书长哈哈一笑，接过对方的酒杯，"那我就借咱们筑信台的酒敬大家，先敬远道而来的寻亲团们一杯吧，你们辛苦了，感谢你们！来，我先干为敬！"秘书长一仰脖，玉米烧儿"滋儿喽"一声欢叫，滚下了秘书长的圆肚子。众人一起喝了一杯，酒杯空了，卢笑江动作麻利地又给秘书长斟满。

"你叫什么？"秘书长问卢笑江，卢笑江赶紧报上了姓名，"我想起来了，你不是村里发展经济的典型人物嘛，上过电视新闻的！"

"就是办了个奶牛场，没啥突出的事迹。"

"挺好挺好，年轻人能响应政策，解放思想，大胆做事，值得鼓励啊！来，我再敬筑信台人一杯，这回咱们筑信台找到了自己的根和亲人，和发达地区结上了亲缘，就像我们国家要加入 WTO 一样，我们要在经济发展上摆脱贫困，奔上了小康的康庄大道！"

"好好，感谢领导鼓励！"众人齐声响应，在座的筑信台人估计没明白什么是"大脖溜踢狗"，也没人去问这是什么东西。

"发展经济离不开领导指引方向啊，咱们一起敬一下领导吧！"叶向阳不失时机地提议道。

"对，对，敬领导！"大家又一起举起酒杯。

秘书长要和寻亲团的卢雪冰等骨干每个人喝一杯，到卢雪冰的时候，后者以要考察卢笑江的牛场为由拒绝了，弄得秘书长有点下不来台，心里不舒服，也不便说什么，自找台阶客套两句，就告辞了。

秘书长一走，卢雪冰就让卢笑江带他去牛场，两人刚一出门，就看见叶全在街上弯着腰，像是刚呕吐过，得知他们去奶牛场，便也要跟着去。三个人套上驴车，径直去了奶牛场。

到了卢笑江的牛场，卢雪冰还是感到很失望。这里全部是国产牛，虽对饲料要求不高，但产奶量很低，质量也不高，而且卢笑江没有自己的销路，只能按照很低的价格把奶送到附近的奶站，邻村几家奶牛场经常互相压价，这样下去不赚钱也没前途。要提高产量，提高价格，必须要引进和改良奶牛品种。卢笑江说自己也有这方面的打算，卢雪冰问他有没有测算过大概需要多少资金，卢笑江咬牙说需要两百万元，他倒不奢望从遥远的雁州得到贷款支持，只是不想让对方看扁自己的抱负。

"自己有奶源，就应该建原奶加工厂，这样就真的把牛场变成了'牛厂'了。我知道收你们奶的是内蒙古的那家乳品厂，他们生产的常温奶，用的是高温消毒技术，设备需要进口，产品可以常温液态保质很长时间，这种产品暂时不适合你，你应该购买巴氏消毒设备，生产低温奶和酸奶，补充市场缺口。"卢雪冰滔滔不绝地讲着，听得卢笑江频频点头。

"那要多少投资？"这是卢笑江迫切想知道的。

卢雪冰在空中伸出食指，"至少一千万元！"

卢笑江目瞪口呆地停了半晌，才摇摇头，叹口气，说了四个字："遥不可及！"

叶全也默不作声，心想，诗人就是诗人，想法浪漫跳跃，这做生意不能一口吃个胖子，要脚踏实地，一步一步地来，现在卢笑江面临的资金问题是一百万元，而不是一千万元。

没等卢雪冰再往下说回答，卢笑江补充道："筑信台有祖训，不能借贷。本来想试一下申请银行贷款，结果我爹他们老辈人连贷几十万元都不同意。"

"还有这祖训？我也是雁州人，倒是第一次听说，也是，以你现阶段的情况，确实很难贷款，话说回来，银行贷款要求苛刻，手续麻烦，不贷也罢。"卢雪冰道。

"那还有什么办法？难道钱能像牛奶一样从牛肚子里自己流出来？"卢笑

江不解，卢雪冰轻轻一笑，拍拍卢笑江的肩膀，说道："没错。"卢雪冰边说边用手抓一把牛槽里的羊草，说道：

"你看，这种羊草价格比苜蓿低，牛奶的产量和蛋白含量也低于苜蓿，用这种羊草和苜蓿草喂牛，牛奶的产量和质量有很大区别，所以，用什么配方让牛产奶很重要；同样，怎么办厂，用什么形式办厂也很重要。企业要上规模，获得启动资金，股份制是最佳方式。雁州那边就有一家奶牛场，刚开始和你的规模差不多，银行也不给贷款，后来进行了股改，获得了大量启动资金，迅速壮大了规模，增加了奶牛数量和产品品种，效益也快速增长，企业很快走上了良性发展的轨道，银行也追着给贷款。"

"对，从股权架构上着手，从根儿上找方法，这是一条捷径！"刚刚经过国有企业改制的叶全点头赞许。

"具体是怎么做的呢？"卢笑江迫切地想知道操作方法。

"一句两句说不完，这里味道太新鲜了，咱们先回去，反正我今晚不走，晚上我们再展开讨论一下。"卢雪冰拉着二人出了牛舍。

几个包着头巾，戴着塑胶手套，拎着塑料桶的妇女从他们身边经过，看样子是要去挤奶。

"你这里还是手工挤奶？"卢雪冰问卢笑江。

"是呀，想上自动挤奶机，资金不够啊。"

"使用挤奶机代替手工，不光能提高效率，最重要的是加强取奶的封闭度，减少细菌对奶和奶牛的污染侵害，这是提高质量的问题，必须要上这种设备，决定销量的最终还是产品质量啊。"

卢笑江没出声，叶全在一边忍不住了："如果你的奶质量过硬，我们商场可以给你放几个专柜，让你占领台营鲜奶市场的制高点。"

"还不是因为没有资金，我现在是半斤米熬一碗粥——稠（愁）啊！"卢笑江一脸为难。

卢雪冰笑了笑，朗声说道："可能你们都听过所谓的一分钱憋死英雄汉，我觉得这话说得有点没水平，被一分钱憋死的不叫英雄汉，而是窝囊废，只要脑子有智慧，身上有信用，手上有能力，就能筹到钱，赚到钱，所以，要当英雄汉，就不能让钱憋死！"

听到这，叶全真心佩服这个诗人兼行长，如果企业都有这样的银行家辅导支持，也是很幸运啊。

"哥，你赶紧给我解解愁吧！"卢笑江拉住卢雪冰，恳求道。

"好，就冲这声哥，晚上我跟你好好聊聊。"卢雪冰爽快地说。

"我也不走了，也想听听，哥！"叶全也学会了，嘴里叫得更甜。

"好了好了，两位老弟，一起，一起！"卢雪冰哈哈一笑。

（三）

从牛场出来，卢雪冰、叶全和卢笑江三人一直在为牛场下一步的股份制改造谋划着，中间卢雪冰要去安排寻亲团的一些事宜，趁等他不在的当儿，叶全问卢笑江："笑江哥，今天一直没看到铁馨，她的病早好了，为啥不来？"

卢笑江看着叶全，心想现在都快成一家人了，也不想隐瞒什么，就说了铁馨不愿露面的真实原因。因为铁馨妈当年不顾所有筑信台人的反对，一意孤行地嫁给了烧火营子一个叫铁长锁的人，坏了两村不通婚的规矩。本来成为亲家的卢铁两家最初形同水火，多年没有往来，铁馨妈也不回娘家。铁馨懂事后，努力和解两家的矛盾。卢焕章老了，也放下了心结，和妹妹、妹夫算是和好如初了。但直到现在，筑信台一些"德高望重"的宗族长者还是对铁馨一家意见很大，铁馨对他们也敬而远之，所以她没来参加迎亲仪式。

叶全让卢笑江再详细讲讲老铁，后者便给他讲了下面的事情：

这个铁长锁，也就是现在的老铁，当年也是一个响当当的人物，土坷打得又远又准，能飞坷打鸟，是筑信台二十多年前最令人忌惮的人物。铁长锁不光打怕了筑信台的男人，还挖走了筑信台最漂亮的姑娘，这让筑信台的男人很难接受。其中最难以接受的就是卢焕章了，自己妹妹落到谁手上也不能落到烧火营子人手上。

铁馨妈也很倔强，为了能和铁长锁在一起，两个人私奔了，很快她怀上了铁馨，考虑照顾孩子，给孩子上户口，俩人偷偷回了烧火营子。尽管烧火营子的人都竭力隐瞒这件事，但没有不透风的墙，不久筑信台的人就知道两人回来的消息，卢焕章一时头脑发昏，带着几十个卢家人拿着锹镐棍棒冲进了烧火营子，要强行带走铁馨妈。

烧火营子人哪是吃素的，冤家对头敢到自己的地盘上撒野，那还得了，没等筑信台的人冲到铁家，就被烧火营子的人给堵在村口。

大家打了这么多年坷仗，都讲究规矩和分寸，没人愿意惹出事端。刚开始，还都尽量心平气和，本来烧火营子人想让卢焕章他们先回去，回头他们去做铁长锁的工作。没想到，铁长锁怕连累别人，把九个月身孕的媳妇锁在屋里，自己跑出来交涉。他一出现，起了反作用，两边人动了手，筑信台这边有个绰号"傻驴"的抢着棒子冲在最前面。眼看要出大乱子，关键时刻，不知从哪儿来了个警察，毕竟都是农民，一看到警察，就自然停了手，除了"傻驴"，他举着棒子还在追打铁长锁。警察见此，赶紧冲过来，想控制住"傻驴"，可这莽汉绕开警察狠狠地在铁长锁脸上砸了一棒，后者被打晕了，脚下一滑，摔在"傻驴"脚下，随身携带的匕首也从腰间掉在地上，"傻驴"捡起来就要刺铁长锁，这时，那位警察一个箭步挡在铁长锁面前。

要是常人，看见警察阻拦肯定能收手，"傻驴"是个精神病，匕首没刺中铁长锁，却刺中了警察，众人眼睁睁看着警察倒下，连忙把人送医院。警察被刺中了要害，流血过多，没能抢救过来。"傻驴"因为精神有问题，也没受刑事处罚，但铁长锁因为携带刀具、寻衅滋事被抓，卢焕章也因此被免了公社书记的职务。

警察在安息前对身边赶来的战友亲口说过"是误伤，对携带刀具者不要重判"，铁长锁只被判了一年。这个警察真是好人，是卢家和铁家的恩人，也是筑信台和烧火营子的恩人。因为这件事，两村长期械斗的事才引起了警方的关注，两村的好斗之风得以大大收敛。

卢笑江讲到这儿的时候，叶全问有没有找过警察亲属表示歉意和感谢，卢笑江点头又摇头，说只知道警察是台营市公安局的，当年他爸爸和姑姑、姑父确实到台营找过警察遗孀，对方坚决不见，去了几次都没见成，只能作罢。

"那位警察姓什么？"叶全关心地问。

"我当时还很小，只是听大人们时常提起那位警察，模糊记得好像是姓荣，不知是光荣的荣，还是内容的容。"

叶全只是静静地听，他的脑子里不断闪现着当时的画面。没想到铁馨的身世这么复杂多难。一个女孩子凭着对父母家庭的挚爱，挽救维系着亲情关系，还要开拓事业，真不容易。他还有一个悬疑盘旋在心头，那就是那个警察是谁，直觉告诉他，可能就是荣锦的父亲。

从当前的情形看，荣锦还不了解他爸牺牲的真实经过，铁家和卢家也不知道荣锦就是这位警察的儿子。如果铁馨知道这个真相，又会做何感想呢？叶全隐约能够察觉到铁馨对荣锦有一种非同寻常的好感，他不希望这种好感存在和延续。爱是自私的，是靠运气和手段的。叶全不想再问下去了，和卢笑江谈论起奶场下一步的事，将那个昭然若揭的谜底用力埋在心底。

第十一章

江湖初跌跤

（一）

就在雁州北上寻亲团被亲情包围的时候，台营银行的南下讨债组却遭遇了重大挫折。尽管行领导遮遮掩掩，"胡子"催讨被打的消息还是传遍了整个银行，信贷科这些天又被众人围困，每个人脸上都是焦躁、疑惑和愤怒，问得最多的不是"'胡子'被打得怎么样？"而是"本金能不能收回来？"。

听说这次催收失败主要是因为"胡子"性情火爆，言语过激，还动了手，寡不敌众，被打得头破血流。因为"胡子"先动手，又在人家地盘上，所以对方只赔付了医药费了事，而且还叫嚣从此以后再不和台营银行接触。

被债务人伤害，这还是台营银行的首例，全行群情激愤，但隔着万水千山，也只能嘴上痛快一下，余下的还是焦虑和无奈。

"胡子"稍作休养就回来上班。荣锦想来想去，还是告诉了他关于海通库存中存在大量疑似走私商品的风险隐患，还有在景紫建材现金日记账中发现了有疑似他签名的欠条。"胡子"面色阴沉地听着，问荣锦有没有告诉别人，荣锦摇头，"胡子"则没再说什么。

过了几天，"一枝花"休假保胎，"道长"让荣锦代管综合员工作，干了两个月，报表和报告的质量和内容都让领导眼前一亮，荣锦受到了"道长"特殊表扬。但不久发生的一连串的事情似乎打了"道长"的脸。首先是在审计科内部巡检中，发现在明鉴眼镜店存单质押贷款中存在问题，质押存单虽来自一位陈姓客户，但系统查出这位陈姓人士账户上的二十万元资金全部来自叶全的他行账户，而这位叶全是欠贷户老板，如果是信贷员在里面牵线搭桥，故意把欠贷户的资金质押给另一户企业，就是违规；如有从中牟利行为，那就是违法。

纪委刘书记对此事很重视，找"胡子"了解荣锦的工作表现，由"胡子"通知借款当事人铁馨和实际质押人叶全到银行协助调查。铁馨吃惊之余，马上明白怎么回事，公开说叶全是自己的恋人，跟荣锦没关系，因欠贷怕银行扣款，才特意把资金辗转了一下；看问话的刘书记一脸狐疑，铁馨还当众拥抱亲吻了一下叶全，弄得刘书记一脸尴尬。

叶全则是满脸惊喜和幸福，他相信铁馨这一吻是真诚的，从烧火营子回来后，两人关系已迅速升温，可以排除铁馨出于开脱荣锦的因素。不管怎样，她已经向外界宣布一个事实，那就是这个贷款质押保证人就是她未来幸福的保证人。

但这事不能这样完了，荣锦还是得到了一个"没有及时掌握客户信息并监管不力，导致信贷客户资金被挪用"的警告处分，扣发了当月奖金。明鉴眼镜店的贷款被提前收回。

最终，明鉴眼镜店因获得了贷款支持交付了大宗订单，叶全获得了爱情，荣锦却得到警告处分。

如果说这是一个小事，那么接下来的事件就是一个"坑"。这个"坑"不深却很脏，起因是台营公安局近期搞的一场"春雷行动"，抓获了一批聚众观看黄色录像的年轻人，而其中的牵头组织者是台营银行会计科的刘大志，和普通员工不同，他是纪委刘书记的公子。

其实这事不应该再放大，但被气昏了头的刘书记要彻查此事。刘大志在他爹主持召开的内部调查会上交代说带子是从信贷科借的，上面没有任何标志，自己以为是枪战片，召集几个朋友来家里看，结果带子放进去，才发现是黄片，刚看不到五分钟，警察就闯了进来，导致自己蒙屈含冤。他爹刘书记接着愤怒声讨不良文化给年轻人带来的精神伤害，强调必须要抓出行内传播黄色录像带的元凶，从重惩罚。

没等高行长发话，"道长"先站出来检讨，说因贷中检查的需要，要检验客户商品质量，而由于客户疏忽送错了检验样品，自己和管户信贷员也没提前审查，导致不良文化传入行内，造成了非常不好的影响，对此深感痛心和自责，一定吸取教训，严格审查，把好防止不良文化入侵的第一关。"道长"说得情真意切，几乎声泪俱下，除了刘书记，在场的其他行领导都憋不住要笑场，高行长在心里骂了无数遍："好你个'妖道'加'淫道'！真能编排！"

刘书记听得出"道长"在糊弄他，不依不饶，要进一步查办传播淫秽色情品的直接责任者，彻底切断其来源。高行长此时发话，一是批评了"道长"及其属下的粗心大意，二是批评了刘大志的一时糊涂，三为教育员工，挽回影响，杜绝歪风邪气，树立正气，责成信贷科负责设计五期行里的文化墙并值守两个月的学雷锋活动站。

（二）

"道长"把设计文化墙和值守学雷锋服务站的光荣任务都交给了荣锦，只因为荣锦是"黄带事件"发生时的当值管户员，这明显带有惩教意味。

这样一来，借黄带的"道长"和看黄带的刘大志远离了是非中心，荣锦则成了人们关注的重点，他们好奇那个看起来正正经经、有漂亮女记者做女友的大学生为何喜欢不良文化。

荣锦倒是没怎么当回事，不就是出墙报和服务站值班嘛，既然接受了，就认真将事做好。不同于人们以往对墙报的反映，荣锦出的这五期墙报都吸引了众多的注意力，即便是一则普通的健康用眼的小贴士都会让大家浮想联翩。有人说荣锦是"黄带大全"，所以用坏了眼睛。有人还说荣锦为了满足美女记者的需求而加强"学习"。有人还说荣锦还有很多女朋友。对此言论，荣锦倒是充耳不闻，不予理会。

这天刚下班，他正在营业大厅布置墙报，突然从大厅角落里传来一阵喧哗，出纳科老夏带着几个人正围着一位中年女人大声争执着什么，细一看竟然是上次用零钱买债券的女人——范小琳的妈妈。

"怎么回事儿？"荣锦走过去，低声问老夏。

"快下班的时候，她来存钱，里面有一张五十元的假币，按规定要没收，她非不让，关门轧账了，她还在这里闹。"老夏解释道。

"只能通知保卫科了。"旁边一位年轻的柜员有点急了。荣锦看着女人，花白的头发因为来回摇动显得十分凌乱，通红的眼睛噙着浑浊的泪水，心里不禁颤抖一下。

"大姐，是我。上次多亏了您让小琳把钱送过来了，谢谢您了！"荣锦跟女人打招呼，对方的反应却出乎荣锦意料：

"你，你们都是忘恩负义的人，我没偷没抢，凭什么没收我的钱？"女人说话带着哭腔，荣锦一时也想不起什么话来安慰她。

老夏要给保卫科打电话，荣锦一把拦住他，满面笑容地对女人说："你别着急，我让柜台里的同事再好好验一下，您稍等！"然后自己转身走到柜台边。

不一会儿，荣锦折返回来，手里多了一张五十元的纸币，满脸笑容地对女人说："大姐，刚才我们用验钞机又验了下，这回弄准了，是真的，人的肉眼难免有差错，以后收钱的时候您一定要多注意啊！"

女人狐疑地看着荣锦，又看看对方手上的纸币，迟疑了三四秒，还是拿过纸币，放在眼前前后仔细看，随后放进胸前围裙上的口袋里，瞪了老夏一眼，二话没说，转身离开。

"真是可怜又可恨！怎么就不会说个谢字？好像该她欠她似的。"老夏摇头叹气，心里知道是荣锦自己掏了五十元。

"是啊，还总来存钱呢，不是零钱、残钞就是假币，不收也闹，收也闹，真没办法！"老夏旁边的年轻柜员也在抱怨。

"行了，都不容易，五十块钱她卖多少雪糕才能赚回来啊！"荣锦拍拍小柜员，转身离开了。

假币事件对荣锦触动很大，他知道很多人对假币茫然不知，需要大力进行鉴伪技术的宣传，为此，他把"纸币防伪"作为主要内容设计在墙报上。

这天中午，荣锦正在一楼大厅出墙报，就听门卫老韩喊他："小荣，你妹妹来找你，你过来一下。"

"我没有妹妹啊。"荣锦很纳闷，跟着老韩走进值班室。

"就是她。"老韩指着坐在塑料凳子上的一位女孩，女孩好像有些累了，只是抬头看着荣锦，脸上挂着疲倦的笑。

"小琳？"尽管女孩长高了，马尾也变成粗辫儿，但头上的粉蝶发卡让荣锦一眼认出了她。

"小荣哥！"女孩显然很高兴荣锦一眼就认出了她。

"找我？啥事？"荣锦低头看着范小琳，女孩儿的头发乌黑发亮，眼睛十分清澈明亮。

"上个月我妈妈是不是来你们银行存钱了？"范小琳问荣锦。

"她以前总来存钱，好像最近没怎么遇见她。怎么了？"

"她的钱被你们没收过，是不是？"女孩接着问。

"嗯，她被别人骗了，收了假币。"

"她说她大吵大闹，你才把钱还给她。怕你们再没收她的钱，所以她一直没敢来你们这儿存钱。"

"那她现在去哪里存钱了？"荣锦问。

"天天拿回家里，隔几天再一起存到别的银行去。那家银行有点远。"范小琳平静地述说着。

荣锦从这些只言片语中清晰地想象出母女俩相依为命的情景。

"为什么要没收她的钱？"范小琳说着，眼睛一直看着荣锦。荣锦把国家政策跟她说了一遍。

"她找人问过，你还给她的钱是真的。她说是你们自己搞错了，把真的当成假的。"范小琳说。

看着女孩儿清澈透明的大眼睛，荣锦不忍心再蒙骗，但也不愿意解释什么，只是轻轻地摇摇头。

"小荣哥，是不是你把自己的钱给了她？"小姑娘还是非常聪明，意识到了真相。

"小荣哥，我妈肯定不知道那是你的钱，要不她不会收的，这钱我以后一定还你……"

荣锦心头一阵酸楚，他蹲下来，仰视着坐在凳子上的女孩，一字一句认真地说道：

"好孩子，赶紧回家吧。"

"我长大会赚到钱的。"范小琳的眼睛里透着真诚和倔强。

"真的不要了。"荣锦摸摸范小琳的头，"你让妈妈还到我们银行来存钱吧，我教她怎么识别假币。"

"她说她学不会，眼睛看不清，手指也麻木，脑子也不行……"范小琳低下头说道。

"那就大票不收。"

"不行，她在公交车站卖雪糕，很多人就是为破大票换零钱才来买雪糕的，不收很多人就不买了。"范小琳说着。

"那怎么办？"荣锦也困惑了。

"我想去帮她卖……"范小琳低声说。

"那不行，得去上学啊！"荣锦高声反驳她，旁边一直听声的老韩也忍不住附和，"对呀，孩子，你还得上学，得跟小荣哥一样做大事，不然长大就得跟我一样把大门了。"估计这是没怎么读书的老韩经常教育孩子的说法。

范小琳默不作声，站起来，背起书包，给荣锦鞠了一躬，嘴里说："谢谢小荣哥，我得回家了。"转身就往外走。荣锦也没说什么，直起身往外送，"是个懂事的孩子，可惜命苦啊！"老韩一边开门一边叹气。

荣锦送她过马路，路过一个水果摊时，顺手拿了几个苹果，塞进她空瘪的书包里，范小琳想拒绝，被荣锦按住。

"这也是送给你妈妈的，就说是银行送的，感谢她多年来存款，欢迎她再来！"说罢，不由分说将小琳推走了。女孩回头跟他挥手再见，他也扬扬手，喊道："以后有啥困难可以来银行找我。"

范小琳走远了，荣锦心头却很沉重。

出完了五期墙报，荣锦又忙于设在行门口的服务站。这个服务站是今年三月五日学雷锋活动日设的，说白了就是免费给过往的自行车补胎打气，活动不久就撤了。有一天市领导来行里考察，突然问："你们那个活动站呢？"高行长红着脸回答说："撤了。"领导说了句："学雷锋就要持之以恒，不要今天来，明天走啊！"于是，这个服务站又复工了，值守的基本是新入行的青年男员工，这些人每人一天轮流上岗，刚开始还能补胎，后来就只剩下打气了。上岗时间是班前班后各一小时，操作流程就是站在马路边，头上有把遮阳伞，脚下有个爆破筒样的打气筒。活儿不累，就是耗时间，而且"曝光率"太高。而荣锦一个人要在这个岗位值守两个月，这个"惩教"力度要比办墙报大得多。

"驴秀才"荣锦仍然是埋头干活，高压气筒很难掌控，力气小了，打不进去，力气大了，车胎会被打爆。"驴秀才"确实是干一行爱一行的材料，没几天，这打气也让他琢磨出了门道儿，只见他马步扎牢，两臂撑住，腰腹发力，动作合理流畅，三下五除二就打足了车气。

学雷锋服务站已经一个多月没换人，有人眼尖，认出了这个固定值守人就是当年上过电视、名噪一时的砸驴小子，爱聊闲的会主动打招呼："嗨，不砸驴了？改打胎了？"对此，荣锦只是嘿嘿一笑。

这期间，范小琳来过一次，她想跟荣锦说点什么，支吾半天，才冒出一句："你吃雪糕吗？"荣锦一听就笑了："怕我上火是吧？"荣锦问她学校的事，她回答的就是只言片语，大部分时间就是站在一边看着荣锦，临走时说她和妈妈要搬家了，可能以后不会来银行存钱了。荣锦告诉她以后有啥事要帮忙就来找他，范小琳只是默默点头。

那天，荣锦正低头打气，看到一双熟悉的白色高筒靴站到自己眼前，抬头一看，正是燕红，心里一惊，荣锦一直没有跟燕红坦诚沟通这段时间发生的这些事情，被处分的消息和相关议论还是像长了腿一样传到了燕红那里，经过一番访问调查，她确认了一些"事实"，但她还是要亲耳听到荣锦的解释。

燕红很正色地质询荣锦，口气和纪委刘书记差不多，荣锦只是简单地陈述了事情的概要，他希望燕红能够相信他，不要理那些流言蜚语。燕红看看他，又看看他手上的打气筒，只说了句："看来，你不适合做信贷，不如还是做回原来的好。"

荣锦看着对方端庄美丽的脸和转过身后的坚定背影，痛苦郁闷，无言以对。

（三）

　　和占景中定下了房子装修的事，老铁带着人很快进了场，一番设计定下装修方案和预算后，先拉来两根木方封阳台。荣锦妈知道他们都是郊县农村的，兜里又没几个钱，就执意给工人做饭，第一天几个农民工还控制一下，第二天就放开肚皮吃了，可把荣锦妈忙坏了，天天买菜做饭，烧水递烟。这段时间，荣锦压力思想很大，妈妈忙着装修老房子，没太注意儿子情绪的变化。

　　那天在服务站值完班，荣锦按照妈妈嘱托给家里的工人买水果。行门口对面马路水果摊上摆着很多桔子，摊主在不远的步道绿化带里猫腰找着什么。荣锦就在马路对面驻足观察，只见那人在绿化带里连揪带抓，弄下来一大把冬青叶子，拿到摊位上，然后大模大样地把冬青叶子撒在桔子上，桔黄配上了翠绿显得娇嫩欲滴。

　　荣锦穿过马路，一声不吭地走到摊前。

　　摊主正低头码放着桔子，感觉到有人站在摊前。头也不抬地吆喝道："刚到的南方桔子，只嫩不干，只甜不酸，来来来，买啦买啦！"

　　"还又甜又嫩？是又干又酸吧！"荣锦冷冷说道，贩子一抬头，看见荣锦，脸上笑出了桔子瓣儿，说道："看你说的，确实是新来的桔子，要称多少？"

　　"咋不说是新摘的呢？绿化带的叶子都被你撸光了吧，城市绿化管理部门要来罚你的款哩！"荣锦煞有介事地揭穿对方。

　　"嘿嘿，天天在这撸叶子也没见谁来管，更没见谁来罚款。"贩子一手指着不远处其他水果摊，一手拿起摊位上的冬青叶子，又说道："我这只是小技巧，人家翻新的手段才高明呢。"

　　"还有啥手段？"荣锦追问道。

　　"我可不能破了行规乱说，反正吃不死人。不过，我这桔子可没打蜡，也没洒保鲜剂，绝对安全，放心食用哈！"

　　"这么说，你还是挺讲究规矩了？我不明白，这些歪门邪道都是谁教你的？能不能学点好的，老老实实做生意！"荣锦板起了面孔，摆出一副教训人的样子。

"老老实实种地可以，老老实实做生意是不行的，我也是赔了好几年才弄明白这个道理。"年轻贩子脸不红不白地回应着，一副理直气壮的样子。荣锦还想训他几句，听马路对面有人叫他名字，回头一看，是老包，便瞪了贩子一眼，三步并作两步走过马路，来到"包黑子"跟前："师傅，啥事？"

"回办公室，有正事跟你说！"

荣锦连连点头，赶紧跟着"包黑子"走进了银行大门，水果贩子眼角带着嘲讽的笑，嘴里大声地吆喝着："新摘的桔子喽！又甜——又嫩喽！"声音响亮悠长，跟着荣锦脚后跟上了楼。

办公室空空的，其他人都已经走了。

"刚才怎么了？"老包问荣锦。

"哦，我看见他用冬青叶子冒充桔子叶子，明明是陈桔子，还骗人说是新摘的桔子……"

"你眼神不错啊！"老包语气平淡，听不出是夸赞还是揶揄。

"他明目张胆，根本不避人，得有人说说他，让他收敛收敛，否则……"荣锦说着，"包黑子"打断他："一切商品都有包装和装饰的成分在里面，程度高低而已。在不违法的前提下适度包装是可以的，关键是买家的鉴定能力。"

"消费者一定擦亮双眼，还得拿着放大镜、显微镜呗。"荣锦口气有点无奈。

"买桔子就看有没有叶子吗？你是不是也带着手和嘴？是不是用手捏捏，用嘴尝尝？"

"多麻烦！一个大男人为了几个桔子趴在摊床上又捏又啃，也不好看啊？"

"你这是为了面子，信了骗子。""包黑子"说话间，从桌面上拿起一叠材料，递给荣锦："给你看一下仙驾港的申请材料，连这种政府项目、国有企业，都要搽胭抹粉，掩缺藏漏，何况那些个体小摊贩？"

"会计有法有准则，为什么还要干这些勾当呢？"荣锦接过资料。

"如果都依法办事，还要警察法官干嘛？如果都诚实守信，还要我们这些信贷员干嘛？""包黑子"耐心开导着徒弟。

"我们的作用就是戳穿他们的伎俩呗。"荣锦随口应道。

"看来你是坏桔子吃多了。基层信贷员的职责是发现、评估风险，这没错，但这不是最重要的，如何控制风险，驾驭风险才是验证信贷员水平高低的标准。"看到荣锦一脸迷惑的样子，老包不想过多解释，他岔开了话题："帮我把仙驾港的资料按照信贷报告模版要求整理一下。还有件事问你，你觉得那户建材贸易公司贷款怎么样？风险可控吗？"

荣锦怔了一下，信贷科有一条不成文的规则就是不去打听别人的业务。不过，这种问题出自师傅之口也是出于关心。

"企业财务状况很一般，老板和刘科很要好……"没容他讲下去，就被老包的问话打断了："我提醒你，做事要有原则底线，对有些人、有些行为，要么坚决不碰，要么死磕到底，想取中庸之道，凭你，恐怕还没那禀赋。"

像被人拍了一巴掌，荣锦似有所悟。

告别"包黑子"，他急匆匆往家里赶，还没到家，就觉得有点儿不对劲，这几天一上楼，在楼道里就能听到电锯的声音，今天怎么没动静？干完了？这么快？他赶紧上楼，开门一看，房间里的木工和工具都不见了，只剩下满屋的木屑味儿。

"妈？工人哪去了？"荣锦问正在收拾房间的妈妈。

"让我赶走了！赶紧走！真不该让他们来。"

看荣锦一脸问号，荣锦妈一脸愠怒地嗔怪道："你应该告诉我他们的来路，干了这么多天，我才知道他们是烧火营子的。"

"妈，你别生气哈，您不喜欢就不用，正好我也要让他们走！"荣锦安抚着妈妈。

"市面上那么多干装修的，为什么偏偏找他们？"荣锦妈还是火气冲天。

"妈，为什么烧火营子的人不能用？"荣锦坐在妈妈旁边问道。

妈妈脸色凝重，像是在赌气，"反正咱家装修不能用烧火营子的人。"

"为什么？"荣锦很想知道原因。

"以后再跟你说。我刚才想给工人工钱，他们死活不收，这钱你这几天一定给他们。对了，你们的集资款两个月没给利息了，咋回事儿？"荣锦妈岔开了话题，这个问题她这些天已经问过许多遍了，荣锦摇摇头，只说不知道，他怕说多了妈妈会更担心。

"当初就应该买建港债券，最起码能看到钱怎么用，这钱投到那么远的外地，根本不知人家拿钱去干啥，就图利息高，可利息再高拿不到管啥用，弄不好，连本儿都拿不回来！"妈妈又开始了责备和磨叽。

"妈呀，全行上千号人的钱都在里面，这么大的单位肯定要负责到底的。"荣锦努力安慰老妈，他其实也不认可他的理由，参与的人多就能降低风险吗？这是典型的自我安慰的主观逻辑。荣锦妈还是点点头，似乎接受了儿子的解释。在冰冷现实和温暖虚幻之间，人们总是选择后者。

隔天早上，占景中就到行里来找荣锦，问荣锦怎么回事儿，荣锦只能道歉，说妈妈不同意装修了，占景中听得似信非信。

"那就算了。"占景中拍拍荣锦的肩膀。

"老铁我联系不上，把工钱和料钱先给你，麻烦你交给老铁！"荣锦说着，拿出钱包。

"算了算了，听说工人天天在你家吃大餐，顶账了。大家都是兄弟，差一不二，别算那么清了。"占景中摆手推辞，死活也不要钱。

"占总，你不能替老铁做主，他小本生意可不容易，我没让人家赚到钱已经很过意不去了，要是让人家赔了钱就更不是人了。"荣锦说着，从钱包里抽出五百元钱。占景中机灵地往旁边一跳，敏捷得如猎犬一样，荣锦刚跟上一步，占景中转身就跑，边跑边摇头，嘴里还叨咕着："唉，这人！真是的！"

过了两天，荣锦又带着钱去了公司去找占景中，后者还是坚决不收。"小荣，钱的事还是你俩自己解决，这事我不插手。"

两人拉扯半天，荣锦到底没能把这钱给出去。从占景中那里出来，他想到铁馨，想去她店里把钱交给她，又觉得不太妥当。

回来的路上，他思虑重重，眼神本来又差，没看到前面有一道不深不浅的沟，自行车前轮一下子杵了进去，人当即被掀下来。他赶紧胳膊护头，来个就地十八滚，也多亏这条路汽车很少，否则真的有生命危险。

荣锦从地上爬起来看看自己，除了手肘磕破了皮，倒没有其他大碍，眼镜虽甩出几米远，也是完好无损。路旁边有两个靠着墙根儿打望的老头儿，正好看到了这一幕，对着荣锦指指点点。一个嗓门儿大一点儿嚷道："这么明显的沟都没看着，这小子不是瞎就是傻。"

荣锦听了只能苦笑，从沟里拎出前轮，战战兢兢地推车走了。

另一个老头儿望着荣锦的背影笑了笑，指着那道土沟，对同伴说道："还是年轻人，就刚才那一下，你摔一下试试，准得要你半条老命。"

"真是，笑话人不如人啊！"

"这就叫摔跤要趁早，到老把命保，哈哈！"

（四）

两个月过去了，景紫建材经销处贷款到了还款期，但企业销售回款很差，无力还款，企业便申请展期，正赶上全行压缩信贷规模，高行长坚决不同意展期，占景中来个硬碰硬，扬言不还贷款。

既然有存货质押，那就要第一时间进行封存，高行长直接命令老万带经警一行十多人，穿着制服，扛着霰弹枪，开着五六辆货车，到城北仓库强拉占景中的保丽板和华丽板去"另存保管"。

换成别的欠贷老板，遇到这阵仗都会认怂，占景中不然，他一手拎着汽油瓶子，一手拿着猎枪，挡在库门口，大骂银行不讲道理，不仁不义，从"胡子"骂到"驴秀才"，从"驴秀才"骂到"道长"。

老万遇到这种对手也无奈，猎枪可不是烧火棍子，汽油瓶扔到仓库和人身上就是天大的篓子，算了，扯乎。

老万回来就把当时的情况向高行长和纪委刘书记汇报了。

"这个占老板说为了这笔贷款，人情费花了两万块，两万块啊！"老万说得真真切切。

刘书记瞪圆了眼睛，肥厚的手掌拍得桌子啪啪响，咬牙切齿地说："思想腐败一定导致工作腐败，查！一查到底！一旦发现问题，一定不能轻饶，必须从重惩处！"

"好，刘书记就负责此事吧，该怎么处理就怎么处理。"高行长也态度明确。

那天，荣锦照例最后一个下班，办公室几盆君子兰很长时间都没浇水了，荣锦拿起花洒要给花浇遍水，等下还要去行门口值岗打气。

这时，老万带着个经警走了进来，他现在已经是保卫科的副科长了，荣锦一看是他，抬头笑着说："呦，万科长啊，下班了怎么还不走啊？"老万一笑："不急！浇花呐？懂得怜香惜玉，真是个秀才！"

行里人都喊荣锦"驴秀才"，只有老万不带那个"驴"字，这也许是因为两个人在同驴的斗争中结下了战斗友谊。过年时，贷款客户都会送信贷员几本挂历，荣锦都会给老万一本。

"荣锦，那本挂历我得还给你。"都过了快一年了，老万还提起挂历。

"怎么？不好看吗？"

"孩子小，不方便挂出来，还是留给你自己吧。"老万说。

"你不是就喜欢美女泳装这类的嘛。"

"我可没说过啊！"老万板着脸，一口否认。

"不会吧？"荣锦一脸不解。

"不说这个，你现在收拾收拾，跟我去一趟刘书记那儿。"老万依然板着脸，脸上的温度下降到和室外一样。

"现在？"荣锦问。

"对，"老万说着用手一指衣帽架上的风衣，"把风衣拿着。"

"等下我还得去服务站打气呢。"荣锦说。

"应该是——不用了。"老万平静地答道。

荣锦怔了一下，顿了顿，平静地说道："那等我一小会儿，我先把花浇完，就差一盆了。另外，我给老韩打个电话，让他今天帮我值一下服务站的班。"

荣锦把这一切做完，才取下风衣，搭在臂弯，跟着老万他们上了楼。

刘书记办公室占据了整个九楼，荣锦第一次来这里，环顾四周，不同于高行长办公室的豪华，刘书记的办公室简单肃穆，除了桌椅绿植，还有墙上的"廉洁奉公"的颜体字匾，没有其他的装饰。此刻，办公室里除了大班椅上的刘书记外，在靠墙沙发上还坐着人事科长"曲大板儿"、保卫科长"于大头"、办公室秘书"郑花瓶儿"，还有"道长"。"曲大板儿"板着让他得名的长脸，指着地当间儿的一把椅子，示意荣锦坐下。荣锦看了看那把低靠背的光板椅子，把风衣穿上，才慢慢坐在上面。

刘书记不说话，只是眯着眼睛看着荣锦，脸上似笑非笑，其他人也都看着荣锦，看得荣锦莫名其妙。"于大头"看了眼刘书记，两人交换了一下眼色后，"于大头"晃着大脑袋，站起身，走到荣锦身边，围着荣锦转了一圈，然后又坐回沙发上，直勾勾地瞪起金鱼眼看着荣锦几秒钟，才开始用沙哑的烟酒嗓问荣锦：

"风衣皮鞋都不错嘛，在哪买的？花了多少钱？"

荣锦愣了一下，风衣是燕红陪他一起买的，是一件日式的藏蓝色立领风衣，皮鞋是仿进口牌子货。他想了一会儿才回答："一般吧，风衣在金鼎买的，七百元；鞋是在林夕路买的，三百九十元。"

"表也不错，梅花，瑞士名表啊！别人送的吧？"于大头又说。

"先父的，老款，我只是换了一副新表带。"

"听说你正在和电视台知名记者谈恋爱，挺费钱吧？"这次发问的是"曲大板儿"。

"哦，我们还是普通朋友。"提到谈恋爱，荣锦心缩了一下。

"不是吧，我怎么听说你们谈得热火朝天，差不多要结婚了，你还正在装修房子，对吧？""曲大板"语调很平和，听似唠家常。

荣锦把目光放在"道长"脸上，因为装修房子这事在科里只有"道长"问过他。"道长"看着他，面无表情。

"对象谈了，还没到结婚那种程度。装修也只是把家里老房子简单维修一下，没花几个钱。"荣锦说道。

"听说你是单亲，你妈把你抚养成才也真是不易，稍稍铺张一下也是情理之中的嘛。""曲大板儿"继续说着。

"我家冬天室内很冷，这次只是简单封了阳台。"荣锦一五一十地答道。

"你是自己弄，还是请人？找的装修公司是哪家的？"这次轮到"于大头"发问了。

"在外面找的人，也不是什么装修公司，就是劳务市场上的散工。"

"不是吧，据说是贷款客户给你装修的，做人要诚实本分，实话实说。""道长"声音不高，但落地有声，听得荣锦心头一震。

"曲大板儿"看出了荣锦脸上闪过的一丝不安，笑了笑，说道："说罢，把和贷款客户的经济往来情况向组织如实交代一下，不要有什么顾虑，我们就是掌握情况，只要认真交代问题，咱们就按一贯的方针来，从宽处理。"

荣锦咽了口唾沫，努力平静地说："我和贷款客户没有经济往来，用的就是市场上的散工，只不过刚开始装修没有经验，用了景紫建材经销公司老板推荐的朋友干了两天，后来觉得不合适，就打发他们走了。有一点儿工钱没结清。这钱我已经准备好了，本来想这几天一旦联系上就给他……"

"啪！"一直没吭声的刘书记拍了一下桌子，震得椅子上的荣锦跟桌子上茶杯不由自主地一齐颠了起来。

"不老实！从一开始到现在没说一句真话！你以为你现在跟谁在撒谎，你看看这里的人都是什么人，是你一个小毛孩子几句话就能糊弄过去的吗？"刘书记怒容满面，声音高亢。

"我没不老实。"荣锦语调不高，可也是不卑不亢。

"小荣，你还年轻，没认识到问题的严重性。像你这种情况，借助职务之便，收受客户钱物和劳务，严重违背了职业规范，已经触犯了法律。不要轻飘飘地不以为然，也别不见棺材不落泪，到那时候就悔之晚矣了。你，诚实一点，认真交代问题，咱们都是同事，行里会酌情妥善处理的，话说到这个程度，你明白不？要是还不明白，那说明你这大学是白上了，你妈也白培养你了。""曲大板儿"的话语夹枪又带棒，撒盐泼酒精，听着十分扎心刺耳。

"我该说的已经都说了。"荣锦说着，从大衣口袋里拿出钱包，从里面抽出五百元，放在桌子上，平静地说道："我请组织帮个忙，因为我找不到景紫公司介绍的那个人，自己给景紫老板他又不接受，只能请组织把这钱转交给他们了，谢谢！"说罢，靠在椅子上一声不吭，屋里气氛压抑极了。

在一旁沉默半天的老万突然站起来，指着荣锦的鼻子厉声喝道："荣锦，你这人太不识好歹，忘了刘书记在反腐倡廉报告会上讲的那句话了？要想人不知除非己莫为，错了就是错了，领导苦口婆心让你主动说出来，好给你个认识错误的机会，你还想一条道跑到黑？我问你，是不是收占景中的钱？人家已经在大庭广众之下，有名有姓、有零有整地说出来了，你还想向组织隐瞒？你呀，你送我挂历我就觉得你有问题，你是不是想收买我？挂历内容不堪入目，也不知道你从哪弄的，我已经上交组织了，告诉你，我向来是不吃你这一套的。"

看来老万最擅长在关键时刻"开枪"。亲情和友情的背叛是人心理防线最脆弱的环节，击溃心理防线最厉害的招数就是从这里下手，而这种冲击，是重情重义的人无法承受的。

"送你挂历？收买你？去年、前年、大前年也送你了，怎么没听说你不要，没听说你上交组织啊？除了你我还送了很多人，怎么了？难道都是为了收买人心吗？"荣锦有点控制不住情绪了，高声反驳。

这时，"道长"又开口了："小荣，你别想别的，万科长是好心开导你，咱们是关着门内部说话。可能有些情况你还不知道，万科长他们为了催收这笔欠款，冒着生命危险封存客户的存货，没想到客户态度非常强横，极不配合，不光拿着武器，还骂骂咧咧，声称为这笔贷款花了大价钱。现在，领导就是想弄清楚，咱们内部人有没有拿这个客户的钱，如果客户到处去散布这种信息，对谁都不好。有就有，没有就没有，如实跟组织说就完了，你要相信组织。"

荣锦瞥他一眼，没搭腔。

"对呀，我不怕他们手上的猎枪，就怕他啥话都说啊。"老万也解释道，"小荣，对组织不要隐瞒，到最后吃亏的还是自己。"

"我没啥隐瞒的，已经都说了。"荣锦应道。

"郑秘书，给高行长打个电话，汇报下情况，不行就送检察院。"刘书记把头靠在大班椅上，面沉似水。

"哼，瘦驴拉硬屎，到了该到的地方估计啥都说了。""于大头"低哼一声，嘴角带着讥讽；他站起身，走到荣锦跟前，把桌子上五百元钞票拿到手上，"我们肯定会查清楚，这钱暂时先放我这儿保管。"

"郑花瓶儿"慢慢站起身，娉婷婀娜地走了出去，她应该是给高行长打电话去了。

办公室里陷入间歇性的宁静，似乎在等荣锦心理防线的崩溃，也等高行长的最后决定。大概二十多分钟，"郑花瓶儿"才回来，拉刘书记在走廊交流了一阵。

刘书记回到会议室，挥一挥手，对大家说道："今天有点儿晚了，曲科长和王科长，你们送小荣回家，其他人留下再碰一下。"

"于大头"和老万面面相觑，"曲大板儿"也面露诧异，"道长"依然面无表情。

事情就这样过去了，行里并没有处分荣锦，只是将荣锦调回出纳科。不过，行里议论纷纷，猜想这"驴秀才"一定是出了什么大事，或者得罪了不该得罪的人，否则不会出了五期板报，值守两个月服务站，还要从信贷科调回出纳科。

许久不更新的板报和空无一人的服务站让荣锦成了台营银行谈论最长的一个话题人物。

第十二章

最具欺骗性的人

（一）

　　荣锦又回到了原先的工作起点，好在技能还没有生疏，每天早晚接送款的钱箱比以前重了很多，现金流通量比前两年增加了两三倍，盗抢银行的案件发案率也有上升，除了经警，接送款的人员也穿起了防弹衣，柜台装上了防弹玻璃，只能通过扩音设备才能和客户交流。

　　这天下班，老包突然站在柜台外，对荣锦招手。等后者出来，他便挥手说："走，五芳斋！"说完就头前走了，荣锦赶紧跟在后面。

　　五芳斋人不太多，师徒两人捡了个二楼靠窗的散桌。饺子要等一会儿，先上炸花生米、毛豆等小菜压桌。老包牙口不错，一粒一粒嚼着花生米，而这阵子荣锦犯了牙龈炎，只能剥毛豆吃，老包随口问道："还在反省错误？"

　　"我一到秋天，牙就犯毛病……"

　　"算了，咱们今天不谈行里的事，扯扯别的。你上次去筑信台考察，看见台墙了吧？墙上的树还都在吗？""包黑子"看着窗外的柳树问荣锦。

　　"在，台墙现在是省级保护文物。那些年，村民在上面栽树保住了台墙，这主意真高！"荣锦感叹筑信台人的聪明。

　　"筑信台土地盐碱化严重，一直在植树造林，改良土壤，谁要是毁树，就是破坏农业生产……"

　　"所以把这些树苗栽到了台墙上，"荣锦往嘴里扔着毛豆，兴致勃勃地接着问，"那祠堂和妈祖庙也保下来，那又是什么高招儿？"

"当时，祠堂里的祖宗牌位和妈祖庙里的佛像都已经被砸了，革委会还要推倒建筑，费时费力不说，还挺危险，我看出他们也不太愿意干，只是找不到不干的理由，就建议他们暂时保留老建筑，做'批四旧'现场会的会场，让下一代受的教育更深刻，他们也就同意了。"

"胆子大，点子高，师傅真有你的！"荣锦连连赞叹，他不知道其实在台墙上栽树也是老包给村民出的主意。

"包黑子"淡淡一笑，没说什么，目光盯着窗外路边整齐的柳树。

"还得多跟您学习，跟您比我就太傻了。"荣锦又扯到自己。

"别像祥林嫂似的只知道抱怨，一定要开动脑筋想办法。当年交公粮，粮站只给打白条，农民敢怒不敢言，我就让他们把所有运粮马车的车胎全放了气，车辕也卸下来，对外就说大车坏了，没钱修车，没法再送粮了，结果粮站没几天就上门送款来了。""包黑子"语调轻松，像是在说别人的故事。

"那不是教农民撒谎吗？"荣锦不解。

"冷尿热屁穷撒谎，撒谎很正常。粮站不打白条，农民也不会撒谎。""包黑子"吃了颗花生米，接着说道，"关键要从上到下建立诚信系统机制，没有诚信机制，就会相互失去信任，谎话假话满天飞，人们相互利用手中的资源掣肘制衡，导致一系列社会问题出现。"

"包黑子"正说着，驴肉饺子端上来了，服务员揭开笼屉，香气一下子升腾起来，直往鼻孔里钻，但两人谁都没马上动筷。

"还是以史为鉴吧，""包黑子"把话题脱离开现实，"从筑信台和烧火营子的百年坷仗这一点，可以管窥到大明王朝灭亡的原因。明朝统治者崇尚暴力，流氓思维和无赖行径大行其道。换来的是内部矛盾尖锐，外部环境恶劣，内外交困，导致了自身的覆灭。"

"诚信决定了历史。"荣锦应道。

"你有思想，不适合在出纳科做点钞机。""包黑子"对荣锦做出了和燕红不同的评价。

"信贷员这份工作很难做啊，我觉得自己很难胜任。"荣锦语气有点沮丧。

"没有哪份工作是好做的，理想者面对现实时，既要正视顺应现实，还要清醒地保持自我。""包黑子"的话里包含着鼓励。

"尽唠叨了，饺子都凉了。""包黑子"说着给自己夹了个饺子，示意荣锦也赶紧吃。荣锦没说话，一边吃饺子，一边咀嚼着师傅说的话。

"听说叶全这次去筑信台认了族亲？""包黑子"抓了一瓣大蒜往嘴里送，话题转到了叶全。

"嗯，本来是去烧火营子，他女朋友在那儿养病，碰上他女朋友的舅舅，讲了卢家和叶家的家史，叶全就认定是叶家族亲，拜了祠堂，同行的还有电视台的人，现在两边的政府和新闻媒体都参与了，双方还进行了寻根和寻亲的互访。对了，那个舅舅叫卢焕章，还有那个卢笑江，说是认识您。"荣锦说。

出乎荣锦意料，老包竟然没有什么惊喜的反应，只是默默地吃着饺子，停了一会儿，才问荣锦："那你见到叶全女朋友的爹妈了？"

"见过，还吃了人家两顿饭，她爸就是给我家封阳台的包工头。"

"哦。""包黑子"没说什么，目光看着窗外，表情有些凝重。

"小荣，你父亲以前是不是做警察的？""包黑子"又开始换话题。

"对，我只知道他是警察，去外地办案时牺牲的，那时我才一岁。"荣锦答道。

"包黑子"把视线从窗外转过来，直视着荣锦的脸，足有十几秒，才把上身靠在椅背上，叹了口气，说道："当年阻止筑信台和烧火营子两村械斗而牺牲的警察好像也姓荣，会不会是你父亲？"

"我不知道，我妈从来没跟我讲过我爸牺牲的原因和细节，只说是外出办案出了车祸。"提起父亲，荣锦记忆里只有家里墙上的照片，关于父亲的生平，母亲也很少讲，大概因为不希望儿子再去当警察。

"当年公检法废弛，社会治安混乱，一个基层警察的牺牲可能跟很多生命的逝去一样悄无声息，但他的事迹很多人是永远不会忘的，尤其是他用生命保护的人。"

"您知道阻止两村械斗的那位警察是怎么牺牲的吗？"荣锦问。

老包看着荣锦，低头吃了个饺子，抹抹嘴，说道："我当年已经回城了，不太清楚。如果你真的想知道，就应该深入调查，否则，两年的信贷员就白当了。"

荣锦点点头，"师傅，还有一个问题，一直想问您，我听说行里又组织讨债组去海美，高行长还亲自出面，您感觉能要回集资款吗？这次力度这么大，如果还要不回来，以后的催讨难度是不是更大？另外，您没有参与集资，您当初的判断怎么能这么神准？"

"这哪叫神准，我只是不敢参与，对方信息我只有一个公司名字，它是干什么的、能干什么、还款来源在哪里一无所知，要担保没担保，要抵押没抵押，你说，你凭什么敢投资？就凭一句'借一滴水还一桶油'？凭大多数人都参与了？当然，钱如果是自己的，风险自担，别人无权干预。但如果这钱是公家的，或者别人的，那你劝人家参与投放，那不是智力低下，而是昧着良心，不是学渣而是人渣了。"

服务员过来加水，"包黑子"顿了顿，接着说："你觉得行长出面能要到钱，从这点就看出你的社会经验还太少。这么大的事，牵扯这么多人，领导不出个面，哪能说得过去，你看这一行人，有夸夸其谈的，有安排住行的，有吃喝玩乐的，有管账拿钱的，哪有一个是能干正事的？'胡子'催款被打，我看八成也是演出苦肉计给大家看的。如果这么催要下去，这集资款是铁定要不回来的。"

"那怎么办？这款要不回来，大家辛苦钱打水漂了不说，咱们干信贷的被江湖骗子给耍了，也丢不起这脸啊！"荣锦放下筷子，嘴里的饺子也吃不出香味了。

"这和职业关系不大，还是因为贪婪和盲从。不过趁现在问题刚出现，抓紧催要，办法对路，或许还能有点希望。""包黑子"说道。

"还有什么好办法吗？"

"讨债没有诀窍，就是要认真，深入客户，掌握到第一手信息，事情就成功一半。"

"师傅，下一个会不会让你去？"

"不会！"

"为什么？"

"台营人讲究脸面，当初我没参与集资，出了风险就是打了人家领导的半个脸，如果连领导都没收回来的集资，让我给收回来了，那领导的整张脸不让我给打了嘛。""包黑子"往嘴里送着饺子，头都不抬一下地接着说，"不过，他们下一步一定要找一个踏实执着的人。"

两人没喝酒，只是吃饺子就小菜大蒜，自然吃得很快。分手的时候，"包黑子"说了这么一句让荣锦刻骨铭心的话：

"有良心的人一定要凭良心做事做人，不要存侥幸心理，要有自己的原则底线，唯信不唯利，从道不从人。"

（二）

真不出"包黑子"所料，高行长一行海美催收毫无效果，行里所有人都陷入巨大的失望中。三个月后，行里又传出一则新闻，在信贷科干得风生水起的满超突然辞职了，这是信贷科成立以来主动辞职的第一例，自然引起众人的关注。

出纳科老夏和满超是同期入行的，平时交往比较密切，这天中午休息，荣锦向他问起满超。

"你不知道？他最近离婚了，想去南方赚大钱！我劝他不要去，在银行捧着铁饭碗不挺好嘛，凭他的条件，不愁找个更好的女人，真是让人无法理解。"老夏摇着头。

荣锦还想问他什么，有人在柜台外面喊他，是办公室的"郑花瓶儿"站在柜台前："荣锦，高行长叫你到他办公室。"

"现在？"

"嗯嗯，现在！"

"好吧。"荣锦把刚收的钞票捆好放进钱箱，跟老夏打了个招呼，跟着"郑花瓶儿"上了八楼。

行长办公室宽敞明亮，办公桌足有荣锦四五个工位那么大，高行长坐在高大的皮椅里面，正在打电话，他用眼神示意荣锦坐下。荣锦趁这当口仔细打量行长办公室，他注意到自己背靠的墙上有一幅隶书横幅——诚者致远；对面墙上则挂了另一幅草书横匾——信者得赚……

高行长那边已经打完了电话，站起身，拿着大哥大，绕过办公桌，走到荣锦旁边坐下，笑着看荣锦。

"和记者女朋友处得怎么样了？什么时候吃你的喜糖啊？"高行长亲切地问道。

"哦，不怎么样，八成要吹。"荣锦也是实话实说。

"别灰心，这男女感情其实就跟咱们讨债催收差不多，心急吃不了热豆腐，必须要把功夫做到位，做到家。知彼知己百战不殆，如果你不知道对方在想啥，在干啥，想要啥，不想要啥，就凭自己胡猜乱想，再聪明的人也要走弯路；所以最有效的方法就是摸清对方。要得到女人的心，就要钻到女人心里，要想得到欠债人的信息，就要打入他们内部。"

荣锦点头，不知高行长为何把讨债和恋爱扯在一起，不过说得还蛮有道理。

"小荣，你是不是也参与了集资？"高行长问。

"是啊！那是我妈给攒的结婚钱呢！"

"这事，我们都有责任啊，当初还是没有考察清楚，打了一辈子鹰还是让鹰钳了眼。"高行长语气很自责。

"这事哪能怪您呢，当时不是说了是自愿参加，风险自担嘛。"

"虽说算是民间行为，可出了问题，还是要找组织。组织不管，那势必影响安定团结的大局。"高行长说到这，叹了口气，"不过，这事难办啊，太伤脑筋了。"

荣锦也不禁跟着叹了口气，等行长接着往下说。

"小荣，通过前段时间的观察使用，我发现你是做信贷员的好料，虽然有些毛病，犯过错误，但都不是大问题，本来想把你调回信贷科，让你接着催讨金鼎的贷款，可眼下，集资是困扰咱们行发展最大的问题，需要集中力量把它解决掉。"

荣锦看着高行长的脸，努力猜想着行长要表达的意思。

"能猜到我要说什么吗？"高行长真善于察言观色。

"猜不出来。"荣锦摇头，他也真实在。

"你是信贷科最聪明、最懂事的，应该能猜到。"高行长说道，话不知真假，但从一把手嘴里能讲出如此评语，荣锦心里还是绽放出一朵小红花。

"直说吧，这次行里要全力以赴收回集资款，既要讲究方法，更要讲究时效，要趁对方手上还有些资金，迅速收回集资。"行长在叙述催讨方略，荣锦静静地听着，其实他也在为此日思夜想。

"是不是这个道理？你也是干了两年催收的，应该同意这个观点吧。"见荣锦点头，高行长接着说。

"但不能盲目行动，两次催收失败就是因为不了解情况。"行长毕竟是行长，一语道出上两次上门催讨的问题所在，"所以第一次人家根本就不理我们，态度强横也没有用；第二次我们带上了律师，可在人家地头上打官司，难度大不说，耗时又长，赢了官司也未必能执行回来。还有咱这一方还有央行领导参与，他们又不想公开处理。"

"异地贷款都会存在这个问题，强龙斗不过地头蛇嘛。"荣锦附和着。

"所以，我们要采取打入内部、掌控内情、里应外合的办法，在海美特区发展公司内部安排一个可靠的、精干的信贷员打进去，在内部获取真实情况，及时传递给我们。"高行长说到这里故意停下来，看着荣锦的脸。

"那怎么能打进去呢？这可有难度啊。"荣锦说。

高行长转身回到办公桌前，从桌子的一叠文件中找出一张报纸，转身递给荣锦，是一张全国性报纸。高行长让他看的版面是一整版的招聘广告，都用着套红标题，其中一则题为"海美特区发展集团公司旗下特发信托邀你加盟"的广告篇幅最大。

"你看，他们在全国范围内大举招人，招的是投资经理，什么是投资经理，就是管理投放出去的资金，说明他们现在有钱，那我们必须知道他们的钱流到哪里。"高行长习惯性地走到窗边眺望着远处的南山，又回过头来看着有些发蒙的荣锦。

"这不就是安插奸细嘛？"荣锦问。

"这不叫奸细，不敢说是地下党，也起码是破案的线人。"高行长走到荣锦跟前，拍拍他的肩膀，突然问道："怎么样？"

"这办法挺好，对方应该想不到。"荣锦嘴上应着，心里猜想高行长的"港片"应该没少看。

"不是，我是问，你去怎么样？"高行长目光灼灼地看着荣锦。

"我，我家里还有老妈，还有，对象……"荣锦嗫嚅着，他也想过去特区，感受那片热土，体验时代的潮流，不过那只是偶尔的遐想，从没有真正渴望过；另外，如果去也要光明正大地去，这种方式真有点接受不了。

"正因为这里有你的牵挂，所以你不会见异思迁，一去不返。"高行长的眼神似乎能洞察一切。

"我能力经验都不行啊。"荣锦还是顾虑重重。

"名牌财经大学金融全日制本科，中级会计师加中级经济师，从事银行工作五年，其中信贷工作两年，标准身高，五官端正，这不样样符合要求嘛！"高行长对荣锦的情况掌握得很清楚。

"可是，家里只剩我妈一个人，我放心不下……"

"想不想把你妈的钱要回来？想不想用这笔钱结婚？"

"当然想了。"

"那不就结了，你放心，你母亲那里行里会派人照顾；至于对象，我有点爱莫能助，只能说能经得起时间检验的才是真爱。"

"不是，我……"

"对行里有啥要求尽管提，我能帮你做的就是照发基本工资和奖金、过年过节行里福利一样不少，且送货到家，分一套二居室福利住房，配一部摩托罗拉手机，话费实报实销，一个季度公费探亲一次，如果能顺利收回集资，还会有三万元现金奖励……"

高行长说了一串诱人的条件，临了还说了这么句话："他们无偿拿着我们的钱去到处投资，拿我们这些专业人士当猴耍，你能咽得下这口气吗？如果你能帮大伙把这笔钱拿回来，我和全行职工都会感激你。"

"感谢领导对我的信任和照顾，不过，我还想和家里人商量一下。"面对着一连串的许诺，荣锦不好当面拒绝。

"那没问题，尽快给我答复，招聘报名本周末就截止了。还有，这件事要绝对保密，知道的人越少越好，行里如果有人问，就说是去外地脱产学习。怎么样，能做到不？"高行长神情严肃地看着荣锦，等待着对方的明确回答。

"您放心，能做到！"

"好的，报纸给你，照着要求准备好应聘资料，把资料发过去，看看对方的反应，简历当中不要写在台营银行工作经历，可以写成 N 行，如果对方要证明材料，我可以让 N 行帮你出。"离开前，高行长搂着荣锦的肩膀，叮嘱得很仔细。

（三）

景紫建材与银行闹僵后，贷款虽展期，但也得不到增贷，在其他银行也难以得到新贷。同时，建材市场发展非常快，华丽板和宝丽板快速退出市场，占景中没有及时降价处理库存调整商品，造成大量资金积压损失，为了争夺客户占领市场，不得不采取大量的赊销策略，又造成应收账款过多，资金周转不畅，难以为继。

前天，景紫的小任来柜台提了账面上仅有的一万元现金，荣锦跟她聊了几句，得知占景中住院了，荣锦问什么病，小任说是开车到处催款，疲劳驾驶，车翻到路边的水沟里，腿摔断了。

午休时，他到监保科找"于大头"，说上次的五百元装修款还在由组织代管，现在人正在对面医院，请派人陪同去医院，把装修款当面交给对方。

没等荣锦说完，"于大头"手一挥，说道："这事你就不用操心了，我们会处理好的。"

"不行，这事必须由我处理。"上次被"审"了以后，荣锦和"于大头"的关系一直不太正常，彼此都看着不顺眼。

"怎么？怕我们把你那几个破钱分了？真是，小人之心度君子之腹！"于科长晃着大脑袋，大嘴唇撇来撇去，话语很难听。

"那好，那你们就给我的钱打一个收条，否则，就把钱退还给我。"荣锦语气不卑不亢。

"说什么，打收条？你以为我是跟你借钱呐，年纪不大，自我感觉怎么这么好？"

"收缴我的钱，你得给我一个说法。"

"哼，还想要说法？那你就等着吧！""于大头"摔门而去。

下午，荣锦给高行长打了电话，高行长只说了句："我知道了。"快下班的时候，老万来找荣锦，说可以跟荣锦去见占景中。

第二天中午，两个人去了医院，找到占景中，他躺在床上，两条腿都打着牵引。

占景中看见荣锦和老万，稍有点吃惊，但马上就神情自然地打着招呼。荣锦把水果放在病床旁边，开口说道："刚听说，怎么搞的？这么不小心。"

"咳，开了一夜车，转弯时候，睡着了，连人带车扣了篓子。"占景中哈哈一笑，黑白分明的眼睛里多了不少红丝。

"怎么没人看护？"

"我前妻在，出去买药了。"占景中嘴角露出点儿笑意，看上去既幸福又愧疚。

"哦，那太好了。"

"伤筋动骨一百天，你这次要好好休息了。等你好了，也得好好对待人家。"荣锦不忘教育对方。

"那是，我这也是报应。还有这位师傅，上次招待不周，言语失敬，酒后失态，还请多谅解。"

进门一直沉默的老万开口了："上次我也是奉命办事，也请你理解。"等占景中苦笑着点点头，才接着说："上次，小荣主动将你们之间的装修结算款交到行里，一共五百元，这次是受行里委托，将这笔款项交给你，你给我们留个收据。"

"收到就是收到了，干嘛还要写收据。"占景中有点不悦，停了一会儿，才说："只要对小荣有用，我就写给你们。多亏我手还没断，嘿嘿！"

老万从包里掏出一个本子，还有签字笔，看来他的心比荣锦还细。

荣锦站起身，和老万一起和占景中道别，占景中也没挽留，眼睛看着荣锦，语调诚恳地说道："老弟，我才知道，你是烧火营子恩人的后代，我是个粗人，但也知道知恩图报，以前有对不住的地方还请你别往心里去。你放心，这笔贷款就冲你，我一定如数归还。"

荣锦本想问问他为何说自己是烧火营子恩人的后代，但这肯定一两句话说不完，又有老万在旁边，便只点点头，叮嘱对方好好养伤，转身离开了病房。

回银行的路上，荣锦特意让车子从海通电视器材经销部门前经过，看见那门上果然贴了封条，他无奈地摇摇头，知道"一枝花"的报表上又增添了一笔八十万元的不良贷款，不知现在"胡子"做何感想。

（四）

应聘材料投过去一周了，还是没有消息，高行长把荣锦叫到办公室，荣锦进来时，发现"老抠儿"也在。

高行长看看荣锦，清了清嗓子，说道："小荣，我们这次要派老张和你作为第三轮催债人员去一趟海美。"

"高行，去一趟也未必能让对方接收我吧，弄不好，还浪费路费。"荣锦这次倒是马上领悟到了领导的意图。

"做事就要全力以赴。在家可以知天下，但不能打天下。事都是跑成的，哪有等成的，人怕见面，树怕扒皮，干过信贷，还不知道这些道理？"高行长乜斜着荣锦，语气很领导，不过说得确实有道理，荣锦也无可争辩。

"那我跑过去该怎么做？"

"你就带上你本人、学历和其他证书的原件，穿得得体一点，说话诚恳一点就行；其他方面听老张安排。"高行长言语干脆，明确但不具体。

"嗯，好。"荣锦点头，琢磨着"老抠儿"能帮着做什么。

高行长走过来，把手放在荣锦的肩上，直视着荣锦的眼睛，语重心长地说道："大丈夫做事不能瞻前顾后，开弓可没有回头箭！"这次荣锦没点头，只呆呆地看着对方，觉得这好像是哪部电影里的情节。

"老抠儿"去订机票了，荣锦跟妈妈说了这事，听说是去催债，妈妈很支持；荣锦又给燕红打电话，燕红也没多说什么，只是说这阵子忙，回来再见面。

飞海美要从京城转机，这是荣锦毕业后第一次回京，站前广场竖了一块香港回归倒计时的牌子，"老抠儿"带了部傻瓜相机，拉着荣锦在倒计时牌子下照了张二人合影，还对着牌子鞠了三个躬，祈祷香港回归之日就是集资款归还之时。

登机后，"老抠儿"让荣锦坐在窗口，自己还在闭目默默祷告。荣锦问他为啥对集资这么上心，"老抠儿"瞪起死鱼眼睛，大声应道："废话，那是自己的钱哪，能不上心嘛？"看来只要触碰个人利益，平时吊儿郎当的人也会认真起来。

"我知道了，是不是你给高行长出的馊主意，让我去'敌后'水深火热？"荣锦的眼睛也瞪了起来。

"我就是写了个建议书而已，你要知道，咱这行催债最有效的办法就是派驻厂员驻寨，现在两家关系弄僵，明着派不行，只能暗着来，放'地下'驻厂员悄悄地进入……""老抠儿"真不愧是老信贷，可这招数却是有些不讲究。

"那为什么偏偏派我去？"

"这是好差事，见了世面不说，还能拿两份工资，要是没有老婆孩子，我也想去呢！要是全行征召，很多人都会抢着去。不过，这可不是一般人能干的，就拿我来说，有谋无勇，岁数也大，肯定无法胜任。你不同啊，高行长说，你看似愚直，其实最有灵气，且有胆有识，有勇有谋，最具有欺骗性，完成任务，非你莫属啊！""老抠儿"一席话说得言真意切。

"还最具有欺骗性，这不是胡说吗？"荣锦把头扭向窗外，不理对方了。

初冬的海美仍然热浪滚滚，刚出机舱的荣锦遭受着炙烤般的热烈欢迎，"老抠儿"早有准备，西服里面只穿了一个体恤，不像荣锦还套着长袖全棉衬衫。荣锦汗流浃背，"老抠儿"也热得受不了。

出租车飞奔了一个小时，终于来到了市内，订的住处就在特发大厦对面。第二天，"老抠儿"去了海美市央行，随后给荣锦下达了任务：明天上午十点左右，去对面特发大厦的特发信托找缪总，说是邝行长介绍的。说到最后，"老抠儿"把一沓钞票和那部手机，放在荣锦面前："明天想办法把他约出来，有情况随时跟我联系！我就在房间等你电话。"

第三天，天依然热，荣锦穿上熨烫过的白衬衫，配上灰西裤、黑皮鞋，背上证书、钞票和手机出发了。在特发大厦十八层的特发信托前台，荣锦报上名姓和要拜访的受访人，前台小姐便带他到会客室，十一点左右，缪总来了，这是个四十岁出头的中年人，肤色黝黑，眼睛不大。

"请坐啦！"缪总说话倒是挺随意，荣锦说声谢谢，一屁股坐在对面的沙发上，不知是身体重还是沙发软，像坐到泥坑里一样，有种陡然陷落的感觉，他赶紧抓紧扶手，挺直腰背。

缪总从桌上拿起一叠材料，边看边说："你的资料我看了，邝行长那边也打过了招呼，你，没结婚吧？"

"还没有，不过处了个对象。"荣锦如实回答。

"哈哈，这个情况很正常，我们叫拍拖，离结婚还差得远呐。"

"缪总，这次我随身带了毕业证的原件过来，您要不要看看？"荣锦一边说，一边把身后的背包转到身前。

"这个我不用看，喝茶！"缪总摆一摆手，喝了口办公桌上的工夫茶。

"我还特意带过来……"荣锦手还抓着背包带子，一副失落的样子。

"你人老远地跑过来，不仅仅是为了让我看看原件吧。"缪总语气平淡地说。

"当然不是了，我是想认识下缪总，加深下印象。"荣锦说着，身子在沙发上不自觉地往前挪了挪。事已至此，他只能依策行事了。

"哈哈，你们北方人搞关系就是厉害，讲究人熟好办事，这可不是特区的风格。"缪总轻轻一笑。

"我理解，特区讲求效率，事要快办特办。"荣锦不失时机地说出观点，展示一下领悟力。

"没错，特办快办！时间就是金钱！"

"特区精神！"荣锦由衷赞叹，对方也自豪一笑。

看到对方来了情绪，荣锦便开口邀请：

"缪总，那我就冒昧唐突一下，我这是第一次来特区，您是我第一个认识的特区人，我有个心愿，就是请缪总赏脸一起喝个茶，听您讲讲特区经验。"

"第一次来就能利用广东的茶文化交际了，不简单！行，中午正好有空，就跟你交流交流！"这个缪总真有特区风格，回应之快完全出乎荣锦意料。

"那太好了！"荣锦站起身，背上包，说道："缪总，我先去订一个地方，然后打电话给您，方便把手机号码告诉我吗？"

缪总点点头，拿出一张名片："我名片，call 机、手机号都有！"荣锦赶紧双手接过名片，冲缪总鞠个躬，转身退了出去。出了大厦，荣锦马上给"老抠儿"打电话汇报情况。"老抠儿"已经考察了一圈地形，告诉他附近就有一个叫新海利的酒楼，装修不错。

"老抠儿"在电话里一再叮嘱："一定要订一个包间！不要省钱，就点菜谱第一页最贵的菜！"

"要不你也过来？"

"我算那盘菜啊？！我来就坏事了，再提醒你哈，千万别提台营银行和集资的事。"

"好，知道了。"

新海利酒楼确实很排场，荣锦坐在包房里等缪总，喝着一百六十八元一壶的龙井，看着窗外车水马龙的路口，此时他知道自己的命运来到了交叉路口，如果这时刹车，就会回到自己熟悉的轨道上，回到妈妈和恋人身边，然而这又辜负了自己的职责和领导的信任。

正思忖着，有人敲包房门，赶紧过去打开，是服务员带领下的缪总，礼节十足地站在门口，荣锦赶紧将其让进来，请其坐在上座，自己则选择坐在对面。

"坐过来嘛，隔得太远，说话听不清楚啦。"缪总让荣锦坐得近一些。

"好的，好的！"荣锦坐到他旁边。

"咱们简单点，下午还有事情。"缪总很随意地说。

"我点了这个过桥东星斑和白灼基围虾，您看看还喜欢吃什么，刚才我上来的时候，见他们有新到的阳澄湖大闸蟹，都贴着防伪标签，看来假不了，要不，咱们尝尝鲜？"

"大闸蟹？我在上海吃过，这里也有？"

"有，新到的，空运过来的，很鲜很肥的呢！"服务员不失时机地宣传道。

"很贵吧？"缪总问。

"一百元一只！"服务员报价。

"先来六只！三公三母，六六大顺嘛！"荣锦说。他倒是时刻想着"老抠儿"的嘱咐，什么贵点什么。

"有点多吧。"缪总说，小眼睛故意眨了眨。

"一只没几两肉，不多！来，服务员，挑六个好的！"荣锦表现出了北方人的豪气。

"好嘞！"服务员乐颠颠地出去下单了。

"听说吃大闸蟹要喝点黄酒或者白酒去去寒凉，缪总您能喝一点吧？"荣锦很周到地提议。

"你还挺懂的，不过下午有事，咱们喝茶就行！"缪总抑或是矜持，抑或是真的不好酒。

荣锦记得"胡子"说过特区不劝酒，也就没再勉强。

大闸蟹要蒸多几分钟，过桥东星斑是活鱼现做，成了第一道菜。

"这种做法我在澳门吃过几回，在这儿还是第一回，这个一定要食材品质和料汁的搭配，还有这个过桥的汤汁一定要靓……"和其他南方人一样，缪总也是美食家，对食物在意的程度远远大于在乎气氛的东北人。

"我也不太明白，就听他们服务员推荐了，不知道能不能合您口味。"荣锦小心地征询意见。

"你不错了，上手就悟到粤菜新鲜丰富的精髓，可以呀！"缪总一边喝着碗里的鱼汤，一边表扬着荣锦。

不一会儿，六只金黄的大闸蟹也上来了，膏美肉肥，香气扑鼻，缪总也不多言，拿起就吃，从表情上看，就知道他不想辜负美食。两个人边吃边聊，从南北差异聊到特区内地，从特产美食聊到国内经济，从服装穿着聊到国际贸易，话语颇为投机。缪总叫缪仲民，他问了荣锦很多个人情况，包括家里成员，女朋友什么工作，会不会开车等。荣锦并没有如实回答，尽量避开台营、银行这些敏感词。荣锦也试探性地问对方一些私人问题，如家在哪住、孩子多大等，也许是性格开朗，也许是情绪兴奋，也许是看荣锦样貌忠厚，缪仲民都如实相告而没有避而不答。

时间已经到了两点多，六只大闸蟹被全部消灭干净，缪总说有事要去处理，临走说要买单，荣锦连说不用，赶紧让他先走了，然后用有生以来最高的价格结了账。

回到酒店，他把情况和"老抠儿"讲了一遍，把发票和余款交给后者，"老抠儿"当着荣锦的面，用手机给高行长打了个电话。

放下电话，"老抠儿"说出了行长的决定：乘胜追击，直捣黄龙。

"啥意思？"荣锦没明白。

"特区人讲究特事特办，讲究时间效率和金钱利益，没有利益就没有动力，不像咱们还讲讲理想和情怀，所以必须给对方明确利益，既然他把家庭情况和地址透露给你，咱们就应该进一步行动。"

"怎么行动？"荣锦又问。

"送礼上门！""老抠儿"答道。

"特区是不是不兴这个？别弄巧成拙。"荣锦显然不愿意执行。

"别犯秀才毛病了，琢磨一下带什么东西吧！必须是超出对方预期的东西。""老抠儿"催促道。

"都说你抠门儿，怎么这时候大方了？"荣锦不禁问。

"不大方办不成事啊！再说，都是公家报销，也不是我出钱。""老抠儿"这时候不说屁话了。

"让我去行贿，我可不敢，当年为了五百元，行里差点儿把我送检察院！"

"我的秀才，那回是弄错了，冤枉你了；这次是组织派你潜入他们内部，就得针对他们的弱点，这叫以毒攻毒。这是为了大家，不是单纯为了你自己。"

这个"老抠儿"几句话说得屈伸自如，入情入理，但荣锦还是坚决反对行贿。

"老抠儿"只能妥协，两人又反复斟酌，决定由荣锦打个电话给缪仲民，再表一表决心和忠心，顺便探探底。

由于有草稿，事前还在"老抠儿"的指点下仿真练了两遍，荣锦这番告白十分动人，堪称效果绝佳，估计如果对方是国色天香、高傲冷艳的大美人都会被深深打动。

不出意料，缪总也马上表了态："不瞒你说，这次全国应聘的人非常多，我们接到三千多份应聘材料，应聘人的条件都很优秀，什么博士、硕士，什么北大、复旦、南开的都有，说实话你的自然条件还行，可在里面并不特别突出；但通过接触交流，我觉得你最大的优点就是真诚积极。既然你这么渴望进公司，那你这个人我就要定了。这样，这两天报集团领导审批后，事情才能定下来，不过我觉得问题不大，你回去做来的准备吧！"

荣锦放下电话，"老抠儿"点点头，说道："这还差不多。你小子，心里有横，办事有谱，是最有欺骗性的人，也是值得托付的人。""老抠儿"的评价很独到。

"都是你们逼的，非选我做'奸细'，我的生活都被彻底改变了。"

"要做大事，肯定要付出代价和牺牲的，人与人差别不大，差的就是志向和胆识，不要跟我一样，做了半辈子缩头乌龟，想出头为时已晚。""老抠儿"现身说法开导对方。

"不过，我现在满脑子都在想怎么早点儿回家。"

"那你就争取早点取得胜利，早点儿回到'解放区'！"

荣锦被"老抠儿"习惯性的"屁话"逗乐了。

隔日早上，荣锦按"老抠儿"的安排，去买回程机票。而"老抠儿"则背着荣锦照着拿到的地址，以荣锦的名义，去邮局给缪总寄了份邮件。事实证明，只要不是自己出钱，"老抠儿"从来不抠，只要不是自己出头，事搞得多大都不怕。

第十三章

猛驴过江

（一）

回到台营，那部手机就放在荣锦手上，随时接听来自海美的电话。没几天，特发信托人力资源部的电话终于打过来了，正式通知荣锦十天后报到。

荣锦把消息告诉高行长，当天老梁就拿给他一张图纸，上面是劳服最近新开发的住宅，让他按照两室两厅的标准选一套，等过年建成后，作为福利房分给荣锦。

荣锦选了一套南北朝向的三层居室，然后蹬上车子直奔电视台，路过花店买了束玫瑰。

燕红已经升任新闻部副主任，有了自己的办公室，棕红色的办公桌上依旧摆着大玻璃花瓶，里面插着一大把看上去还很鲜艳的玫瑰花。燕红穿了一套深红的小西装，依旧扎着高马尾，脸上略施脂粉。上妆的燕红非常漂亮迷人，但对于荣锦来说总有一种不太真实的感觉。

"怎么了？这么急三火四的？"

"两个星期没见到你了，想你呗！"荣锦发自内心地说。

"是吗？那怎么才想起来看我？"燕红拿起桌子上那束花嗅了嗅，又放在桌子上。

"工作有点儿忙，除了接柜，还写点材料。"荣锦解释道，他不能告诉燕红自己从海美刚回来。

"哦，那么忙啊，不过，我觉得写材料还是挺适合你的。"

"也许吧，我要被派到外地脱产学习一阵子，可能不能经常和你在一起了。"荣锦看着燕红，满眼深情。

燕红只和荣锦对视了一眼，便把目光转移到桌子上的玫瑰花上，随口问道："派到哪里？"

"外地同业银行，具体哪个城市还不一定。"

"都是大城市吧，那真是难得的机会，挺好的。那，还想回来吗？"燕红笑着问。

"那肯定了，只要你等我！"荣锦马上答道。

"一曲清歌满樽酒，人生何处不相逢。"燕红随口吟了句古诗，将荣锦送来的那束花拆开，插进大花瓶里。

"曾经沧海难为水，除却巫山不是云。"荣锦一板一眼地应答。

燕红扬起那张美丽的脸，嘴角挂着荣锦熟悉的镜头感十足的笑意："知道，明白，感谢！"燕红没再往下说，两人行将暂别，也许时间会帮她把真实的心意表达完整。

荣锦也含笑点头，本来想告诉她分到房子的消息，想了想，决定还是等拿到钥匙再说。

告别燕红，荣锦走出了她的办公室，路过老汪的时候，特意跟他打声招呼。老汪没说话，意味深长地做了个再见的手势。

听说外派学习的事已经定下来了，加上房子也有了着落，荣锦妈非常高兴，嘱咐儿子不要想家，自己有退休工资，生活能自理。

荣锦和"包黑子""道长""胡子"打了招呼，毕竟都是师长和领导，"包黑子"没说什么，只是鼓励荣锦好好学习，学成归来，争取还能在一起工作；"胡子"送了一个保温杯做纪念；"道长"则笑眯眯地把荣锦拉到一边，问可否给他算一卦，看荣锦点头，便拿出五枚硬币，让他随便在桌面上拨一下，然后不论正反面摆成一排，"道长"拿出本老旧的书，翻到其中一页，找到了对应的解释，抬头看荣锦，撇撇嘴："机缘未到啊！"

"书上咋说？"

"道长"摇头晃脑，读着书上的解释："善恶浮沉真假界，尘缘聚散不分明；

幻世当空，恩怨休怀，舍悟迷离，六尘不改；是忧是喜，是人是鬼，世恶道险，独影阑珊，前路漫漫，少不识愁，欲说还休！"

"看来不太好呗。"荣锦觉得书上解卦说得虽玄乎了点，但还真符合现在的心境，不过自身已是待发之箭，只能闭眼前行了。

"道长"又问荣锦的生辰八字，第一次有人问这个，荣锦只能说个大概。"道长"听了眉头一皱，说：

"你今年太岁冲克，千万不要逆势而为，主动求变，否则会有血光之灾啊。"

"我？血光之灾？不会吧？"

"凡事信则灵，不信则不灵，灵不灵由天，信不信由你。""道长"一脸淡然超脱。

"那怎么破呢？"此时，荣锦脸上还是充满了怀疑。

"到医院献个血，或者请客出点'血'，也叫破点财。""道长"说到这还是一本正经。

"哈哈，领导，你转了这么一大圈，原来是想让我请客啊，没问题，你定人和时间地点，我埋单！"荣锦心头一松，顺口冒了一句刚学会的广东话。

"埋弹？埋地雷还是放炸弹？""道长"不知是真不懂还是明知故问。

"哦，广东话，就是结账！"

"广东人厉害啊，结账叫埋弹。""道长"这种比喻很有点江湖味道。

"要怕我埋定时炸弹那就算了，我请别人去，反正都是出血破财。"荣锦也开起了玩笑。

"别介，就'埋'在信贷科吧，信贷科的人都是拆弹专家！""道长"说完，哈哈一笑，转身走了。

细数一下，荣锦在信贷科的时候请客次数还真不多，他总觉得与其请客吃饭，不如真诚待人，通过海美之行，反省一下，在现实中，饭桌上的交流和沟通还是十分有效的。这次要离开大家一段时间，深入交流一下，痛痛快快地喝顿酒，也是正常不过。

请客的地方依旧是五芳斋，晚上下班后，除了满超和"包黑子"，信贷科的老同事都来了，酒桌上的气氛异常热烈。荣锦点了很多菜，"道长"带了一箱五粮液。

聚会的主题就是送别荣锦，并帮其破财消灾，没有任务，用不着"战术"配合，信贷科的各路"大神"自由发挥，尽情发泄。身在"江湖"、性情洒脱的他们从来不会让送别感到不快和压抑，相反，一定要刻意让每个人的热情燃烧起来，让每个人记住和留恋当下，即使是用片刻的清醒去收藏"断片"的时光。

当然，燃烧自己也是为了引爆别人，各路人马的"主攻"目标还是荣锦。那天"道长"也是有意怂恿，喊出的口号就是一定让荣锦喝好，给"劣马"转正。"浪人"率先吹起"冲锋号"，举起酒杯说："'驴秀才'，大家都不知道你的真实酒量，今天能不能亮亮底，让我等见识见识？"

"我确实不能喝……"荣锦说着，并没有马上举杯。

"你不诚实，今天，大家都不装，怎么样？要不要我俩先打个样儿？走一个？""浪人"开始叫板，荣锦是最不愿别人说他不诚实的，"浪人"应该知道他这一点，故意激他。

经他这么一说，荣锦只能和"浪人"干了一整杯。

接着是"一枝花"，上来就来了段唐诗："劝君更尽一杯酒，西出阳关无故人。"然后大谈感情，"在我眼里，小荣重情重义，不管日后有什么变化，我希望这一点不要变，来，为这份情义，姐姐我不才，单独敬一杯！"话说得这么情深义重，又是在座唯一的女性，而且还在哺乳期，荣锦只能再喝一杯。

有一有二，就有三四，其他几个人也开始轮番"单敬"，荣锦很少成为酒桌的核心人物，缺乏敷衍搪塞的经验，加上近来情绪波动、爱情受挫，大大影响了酒量的发挥。差不多到极限的时候，"胡子"的敬酒成了压倒他的最后一根稻草。只见荣锦已经东倒西歪的时候，"胡子"端起酒，恭恭敬敬地站起来，一字一顿地郑重说道："小荣，我这杯酒，有三个意思：第一，咱们也算是半个师徒，所以我希望从今以后你能前程似锦，飞黄腾达；第二，作为半个师傅，我再唠叨一句，对待一些过去的事，尽量开怀、释怀、忘怀，不要耿耿于怀；第三，就是其他的祝愿都在酒里！"

"胡子"确实以独到的方式给荣锦上了一课，荣锦感觉应该感谢人家才对。他用力站起来，拿起酒杯一饮而尽，还想说点什么，可舌头已经不听使唤了。

最后的一丝清醒让他决意马上结账提前离开酒局。他转身去前台结了账，然后扶着墙回到包房。这时候，酒桌上的人已经全部被"点燃"了，气氛嗨到顶点，大家已忘记主题，真正开始了"自我发挥"。

荣锦跟"道长"请假，"道长"看荣锦醉眼迷离、勉强支撑的样子，笑着低声问："'秀才'，能不能跟我说句实话，你这次是不是去当'卧槽马'？"

旁边的"老抠儿"这时故意大声咳嗽几声。

"什么卧槽马，我就是出去学习，没几日就——就回来了。"荣锦硬着舌头回应着。

"你小子真行，怎么喝说话都不走板，看来让你当'劣马'真是屈才了。""道长"摇头感叹。

荣锦想跟"胡子"告个别，而对方不知是真醉还是假装，靠在椅子上眯着眼睛打盹儿，也不好去打扰，便转身跌跌撞撞地离开了包房。

"老抠儿"跟了出来，嘱咐他路上小心。

外面下着毛毛雨，细密的雨点打在脸上，荣锦的酒也醒了一半，他想叫出租，可等了半天也没有，算了，自己慢慢骑车回家吧。

从五芳斋到荣锦的家不算远，但基本上都是上坡路，荣锦迷迷糊糊，头脑发热，晃晃悠悠就是不下车，从会骑车时起，在那条熟悉的路上，他总是看那些老人、妇女推着车，而他总是有使不完的力气，他觉得有一天他推着车走，那就标志着他也老了。

家门口那条汉阳街，坡度最大，在下面能看到家里的灯光。

"回家的路啊！下次回来不知要等到什么时候！让我再冲一次吧！"荣锦腿上开始发力，身下的自行车左右摇摆着开始加速。

此时，车轮下的路在荣锦看来犹如手上的掌纹，哪里有坑，哪里有包，哪里有褶皱，他都一清二楚，闭着眼也能回家，对他来讲，这条路就是他的"伙伴"。然而，那个质朴诚实的青年已经沾染了"江湖"气息，学会了尔虞我诈。

也许是这些东西令"伙伴"感到厌烦和不快，"伙伴"要刻意教训一下这个酒气熏天的家伙，于是意外的"交通事故"发生了。

那是一个荣锦最熟悉的，也是这条路离家门最近的坑，浅浅的、椭圆形的、像一张坏笑的、挑衅的嘴巴，荣锦的车轮从来都是稳稳当当、轻轻松松地从它上面辗轧过去，而这次却不知怎的被这张"嘴巴"牢牢咬住了。他本想伸出腿站住，但两条腿却像灌了铅一样拿不下来，容不得就地十八滚，刹那间，只觉得黑乎乎、水渍渍的地面猛的迎面扑来，重重地狠狠地在他嘴上亲了一口。

牙齿咯噔噔地响、脑子里滚过一阵轰鸣、身下的永久车子咣当当一通惨叫，接着就是死一般的安静，残存的酒精继续麻醉着神经，让神经感觉不到太多的疼痛。

荣锦慢慢爬起来，血和着雨一滴一滴地从下颚掉落在路面，他摸摸嘴，感觉血是从里面流出来的，试着合上嘴，牙齿一接触就钻心地疼，用手一探，刚刚还茁壮着的一颗门牙已经折断了。

"血光之灾！"荣锦第一时间脑子里闪现的就是"道长"的这句谶语。

"真让他说中了，算了，机缘未到，哪也不去了，就在这条汉阳街上循环往复，继续做一个早八晚五的小出纳吧……"此时的他满心沮丧，坐在地上，任血水淌满前襟。

接近晚上十点了，这条偏僻的路上行人寥寥，即使有车辆和行人经过，闻到酒气也是绕道而行。有个下晚自习的小男生骑车在他身边经过，好心地停下来，问他要不要帮忙。他连忙请小男生帮着找眼镜，小男生在七八米远的地方找到了那副眼镜。

镜片毫无意外地摔碎了，荣锦抖落破碎的镜片，用手指擦了擦镜架上的泥水，重新戴上，抬眼望望，模模糊糊，似乎看见了家里那扇窗户还亮着灯，妈妈还等着他呢，向小男生要了两张草纸，胡乱擦擦脸上和衣服上的血水，站起身，谢过小男生，努力正正车把，艰难推着车子，一瘸一拐往家里走去。

一进门，荣锦妈吓了一跳，荣锦跟妈妈解释了几句，就进了卫生间，把妈妈的埋怨唠叨关在外面，一个人照着镜子查看伤情：脸上戗破几处，左门牙断了，嘴唇全肿起来了，整个脸变了形，活像个大猩猩。

"破财还破相，出血加断牙，如果就这样放弃，岂不太亏了？是福不是祸，是祸躲不过，倒是要看看这'太岁'还要给我安排出啥幺蛾子来！"酒精还在头上的荣锦不知反省，仍在和"命运"置气。

缺颗门牙去报到，面子不好看，可等补好牙，肯定要过了最后期限，失约于人，给人家的印象很不好，弄不好还会前功尽弃。不如先报到，再到当地补牙吧。

荣锦打定主意，按原定计划打点行装。叶全和铁馨都出差了，只是在电话里道了别，他还想去找燕红重新表白一次，怎奈已经破了相。

（二）

荣锦的行李很少，根本就没带冬装，他觉得海美的冬天也不会冷，预计运气好的话，冬天来临前，他就能胜利完成任务，回到"解放区"。

嘴唇差不多消肿了，饿破的地方也结了咖，就是断牙没做任何处理，一碰就疼得要命，所以只能喝水吃流食。到了海美市，他捂着越来越痛的牙，赶紧在特发大厦旁找一家小旅馆住下，打个电话给妈妈报个平安，再联系自己那个大学同学小费，让他带自己去看牙医。

等到晚上，小费才从西区赶过来，带着女友阿梅。阿梅提出回家吃，给他煲点粥。阿梅家离荣锦住的地方不远，喝点粥后，荣锦急着去治牙，阿梅说这里天气热、压力大，人容易"上火"，"上火"最常见的表现就是牙疼，所以这里的牙医生意最好，她认识一个牙医，感觉还不错，晚上也接活儿，等下就带荣锦去看。小费说最怕去看牙医，陪别人也怕，让阿梅一个人带荣锦去诊所。

牙医诊所不远，穿过几条只能容一个人走的窄巷，来到一座破旧的两层楼房前，楼前小院有个绿色铁门，门上贴着几张小广告，有一张写着"拔牙十元，镶牙一百"。

阿梅按了栅栏门上的对讲机，说"我系阿梅"，门就开了，两人走了进去。

荣锦打量四周，这个所谓诊所，其实跟住家差不多，院子里飘着皮蛋的臭味，比阿梅粥里的浓烈多了，让人作呕。牙医是个三十来岁的男人，长脸、高颧、瘪腮，两只瘦长的手，手指上戴着明晃晃的绿翡翠戒指，手腕上还戴着一只"黑水鬼"劳力士，浑身上下只有白大褂还像那么回事儿。

他看了看荣锦的牙，说要把这两颗门牙拔一颗，磨一颗，然后做一个牙套，材料费加上药费和手工费，一共五百元，看是老顾客阿梅带来的面子上，打八折，四百元。还特意强调可以快速处理，即拔即镶。

"驴秀才"没有这方面的常识，也是着急按时报到，就答应了。阿梅在一旁说能不能再优惠些，"长脸"呵呵一笑，说已经很优惠啦，要想再优惠只能下次啦。

"呸，还想我断牙？"荣锦小声骂。

他心里怕，表面上强装镇定，一动不动地坐在那张简陋破旧的牙科椅上，双手紧抓着两边扶手，扶手上的皮子已经没有了，露着里面凉冰冰的铁条，估计外面的皮革是被无数紧张无助的手抓扣掉的，惊恐和剧痛下的汗渍把那铁条锈蚀得乌黑发亮。

打了针麻药，长脸从后面拿出一把短柄老虎钳来，吓得阿梅也转身跑到院子里去了，荣锦把心一横，紧闭双眼，好在这个家伙下手也是"快、稳、准、狠"，荣锦听得嘴里咯吱一声，虽说被"麻"了，但那种闷痛的感觉跟汉阳街那记暴吻也差不多，腥甜的血忽地冒出来，长脸赶紧塞进去一块棉布让荣锦咬紧。

"这血光之灾还没完事啊，阿弥陀佛，老天保佑啊！太岁老爷你放过我吧。"荣锦不能说话，颤抖的心只能不停地祷告。

"很多人不是受不了痛，就是止不了血，你还真不错，还是年轻啊！"长脸牙医不忘表扬鼓励自己的病人，接着给荣锦简单处理一下伤口，又用小电钻把旁边那颗幸存门牙磨了又磨，荣锦从小就怕这种声音，不过这时怕也没用，只能"挺身受刑"了。

不过这真的让人受不了，难道这是"敌人"故意安排的酷刑考验吗？

容不得荣锦遐想，"长脸"已经从一个白铁皮盒里选出一颗假牙，用502

样的牙胶粘牢，再用腻子样的牙粉把周围的缝隙补了补，最后拿过一把镜子，让荣锦看看满不满意，不满意还可以调整修补。从镜子里看，倒是补上了原来"缺口"，样子还算不错，可荣锦感到很不舒服，不光牙床不舒服，连后边的舌头也跟着难受。

"长脸"说适应了就好了，这是荣锦第一次镶牙，没有前车之鉴来参照，只能半信半疑地接受了。

荣锦习惯性地让"长脸"开一张发票。对方说没有，并让他不要担心，有问题可以随时找他，包修包换。荣锦不禁疑惑起来。在荣锦的一再要求下，长脸勉强答应给他开张收据。

出了诊所，阿梅要去照看铺面，看上去她挺忙的，荣锦说自己能摸回去。但这三四百米的窄巷，让他摸了两个多小时才回到阿梅的住处。这一带临近口岸，来的时候，有阿梅带路，没人拦阻，回去的时候，只剩荣锦一个人，他才感受到了什么是开放的最前沿。

第一个拦住荣锦去路的是个有点年纪的女人，穿着薄睡衣，胸脯饱满，冲击力最强的是那道深深的乳沟。荣锦以为她想先过，就倒退至巷子里稍稍宽敞一点的地方。对方并没有过去的意思，横着身子，挺着胸脯走近荣锦，肥手扯了扯荣锦的衬衫前襟，猩红的嘴唇里轻轻吐出五个字："走啦，玩玩啦！"

荣锦惊愕地看着她，一时不知如何应对，对方看他这个样子，莞尔一笑，"五十一炮，包你爽爆！"说完还故意抖了下胸前的肉。

迷茫间，一阵疼痛从牙关袭来，放射至脑际和脊髓，让荣锦一下子清醒过来，赶紧边捂嘴，边含糊地说道："我没空！麻烦让一让！"

"玩一玩嘛，大帅哥！"那女人不但不让开，反而一头倒在荣锦身上。荣锦霎时有一种被淹没的感觉，惶恐，窒息，他赶紧摆脱女人，扭头向回走。

"回来嘛，八十两炮，保你要了还想要！"女人在后面喊，荣锦头也不敢回，一头扎进旁边一条巷子。

"帅哥，来了，哇，个子好高啊！咯咯……"一阵浪笑传过来，荣锦抬头定睛一看，一个腰肢很细的女子在前面倚墙而立。这个女子倒是很苗条，但荣锦照样过不去。一条白腿从女子短裙里伸出来，像晾衣杆一样搭在墙上，女子的脸被头发挡了一半，一只媚眼突出醒目，荣锦上下看了她两眼，也不跟她搭话，转身就拐到另外一条巷子里。

"去那边？那边可要贵很多呦，你还得回来的，我就在这等你啦，咯咯！"女人的笑声，追过来，紧紧地沾在荣锦的耳腮上，让荣锦的牙也跟着疼了一下。

这是一条宽一点的巷子，荣锦迈大步刚想过去，一个娇弱的声音从巷角传过来："老板，求你带我去玩一玩吧，我两天没生意了，求求你了。"荣锦转头一看，说话的是个身形娇小的姑娘，还梳着马尾，别着绿色发卡，脸上很稚嫩，眼里暗淡无光。

"这么小，不读书就出来干这个？"荣锦忍不住多打量了她几眼，姑娘还算秀气，衣着也还整齐。

看荣锦疑惑的样子，姑娘又说："别看我小，我会很多，你试试就知道了。来吧，老板哥哥。"声音不大也不浪，但却让荣锦心动。他想起了和她差不多大的另一个女孩，好久没见她，也不知过成怎么样子了。

"不，我不是老板，也不玩女人，你去找别人吧。"荣锦定定神说道，迈步要走，女孩又转到他面前，恳求道："老板哥哥，让我做你的生意吧，就在这栋楼上，不远，走吧。"说着要拉荣锦的手，荣锦赶紧躲开，想了想，从裤兜里拿出五十元钱，递给女孩。

"这个给你！让我过去！"荣锦闷声说道。

"老板，我这里是一次一百元的。"女子摇头，并不接钱。

"我不跟你玩，就是花钱买路。"荣锦赶紧解释。

女子仍然摇头摆手，"我不能要这钱，你跟我上楼好嘛？货真价实的，包你满意的。"

还货真价实？是不是也讲爱岗敬业，微笑服务啊？荣锦悲悯地看了一眼女孩，转身就走，女孩在后面说什么他没听清。阴暗的情绪让稍稍退却的疼痛又浪潮般袭来，让他头昏眼花，痛不择路。好不容易回到阿梅的住处，和小费说了几句话，等回到了小旅馆时，已经半夜了。

（三）

荣锦被安排到特发信托的投资部做项目经理，职能就是管理和维护公司的对外投资项目，眼下投出的钱不多，债务倒是不少，所以这投资部叫讨债部应该更贴切。

缪总看来很喜欢荣锦，但是并不让他染指核心业务，更多的时间是带他出席宴会、酒局和牌局。说是酒局，只不过是席上有酒，但不劝酒，更没有什么"田忌赛马"，大家很随意，让荣锦感到很舒服，唯一不适应的就是打牌。这里人太爱打麻将，而且赌注颇大。北方人讲"酒品见人品"，这里讲的是"牌品看人品"，如果一个人打了整夜的麻将，无论输赢，都能神清气爽、气定神闲，那么这个人肯定堪当重任，相反，昏头昏脑，急躁失态，肯定不堪大用。缪总经常带荣锦打牌，说这是投资经理的心理必修课，从容面对输赢，所谓"赢了不跑，输了还笑"。

确实，在牌桌上，排除技术和运气，心态更重要，越怕越输，那些血汗钱、正路钱往往在这种赤裸裸"金钱肉搏战"中折戟沉沙，所以上了赌场就不要讲勤奋、善良、正直和情义。然而赌场却是最讲规矩和诚信，所谓认赌服输，赌场无父子，正是这种风格的体现。

除了尽量适应环境，少输钱外，荣锦剩下的精力主要放在了解集团财务情况上，感觉短时间内要回集资款的可能性几乎为零。从20世纪90年代初起，特发集团在全国范围内通过集资借款圈了三十多亿元的资金，分别投向房地产、家电制造、摩托车制造、电子产品和旅游服务业和股市，有些项目投资回报率还算可以，但大部分亏得一塌糊涂，有的资金甚至不知去向。近几年，通过各种途径追讨集资的人越来越多，特发集团玩起了"大船搁浅，小船逃生"的招数，将资金分散到特发信托等下属公司，债务主体成了空壳，任债权人强讨、起诉、强制执行，从它身上也捞不到任何油水。

荣锦为此整理了一份书面材料传真给"老抠儿"，"老抠儿"回电转达了高行长意见，让他继续"侦查"，重点放在公司决策人的隐私和经济问题上。荣锦很抵触这种阴损手段，但是该用什么办法，他也一筹莫展。

这天，陪缪总打了一宿麻将，荣锦没回宿舍，直接去公司上班，有一份投资报告需要他起草撰写。他刚坐到椅子上，就感到假牙下面一阵钻心的疼，疼得他捂着嘴直挺挺地坐着，一动不敢动。同事小伍问他怎么了，他说牙疼。小伍是当地人，问荣锦有没有看牙医，在哪里看的。荣锦说是城中村的诊所。小伍一吐舌头，"我丢，你敢到那地方去治牙？不骗死你才怪呢！"

"是吗？我就觉得不对劲儿，没办法，牙疼乱投医，误入迷途了。"荣锦支支吾吾地解释，剧痛已经疼得让他不能清晰地说话了。荣锦等一会儿，看小伍低下头不去理他，又问：

"那海美哪家医院比较靠谱？"

"还用说，肯定是人民医院啦。"小伍慢慢说道。

荣锦挣扎站起来，请了假，打车直奔人民医院。

他挂了一个专家号，医生的相片和简介就挂在诊室门口的墙上。排队的荣锦仔细看着，是位女医生，四十多岁的样子，姓黄，简介第一行赫然写着"毕业于台营医疗专科学校，曾在台营市口腔医院工作多年……"

这么快就见到"解放区"的同志了？还是这里的一流专家？荣锦开始严重怀疑这里的医疗水平，心里又怦怦打起鼓来。

黄医生口罩上面的目光是那种温和睿智型的，等荣锦一张嘴，她就皱起了眉头，嘴里说道："怎么搞成这样？这不是瞎搞嘛！"说得荣锦心头一紧，黄医生用一个尖锐的东西沿着假牙的周围触了一圈，那些地方只要轻轻一碰，就疼得荣锦直掉眼泪。黄医生检查完了，对荣锦说："我跟你说，你被骗了，你的牙根被拔掉了，连基本的消炎处理都没有，牙腔填了一些乱七八糟的东西，上面粘的假牙也不知什么鬼材料。你赶紧去拍个片子，我担心旁边那颗好牙的根也坏了。如果坏了，那就得两个牙一起补。小伙子，省钱不能这样省，这是越省越费！"

"不是，我不是省钱，我是没经验。"荣锦辩解。

"台营人吧？"黄医生突然问。

"对呀！听出来了？"

"台营人都挺'奸'的，怎么能上这个当呢？"黄医生用家乡话批评荣锦，荣锦无言以对。

"那你是做什么工作的？"黄医生又问。

"算是金融工作吧，"

"骗我？金融工作者有你这么傻的吗？"牙科专家在这儿等着呢。

荣锦又没词儿了。

"看来你是骗人骗多了。"黄医生继续打趣他，说得荣锦脸上都有点挂不住了。

"我开玩笑，你别当真。不过，我有一个观点不知对不对，那就是骗子才会被骗！"

荣锦捂着嘴摇着头，用眼神质疑对方，这个黄医生不紧不慢地解释道："只有连自己都骗的人才会被别人骗。就说你吧，放着正规的医院不去，非要去那种地下诊所，图什么？图便宜有好货，这根本就是不切实际的幻想，人往往不是傻子，却容易是欺骗自己的骗子。金融家，我说得对不对？"

荣锦点头，这牙医说得还有几分歪理。

片子拍出来了，另一颗门牙的牙根也坏了，只能拔掉做假牙。打了麻药，那颗门牙也含冤下岗了。

牙腔里已满是脓肿，要做严格的消毒消炎处理，黄医生用细钩子把脓块一点一点地掏出来，这时候麻药的劲儿已经过了，这钩子慢吞吞地钩肉比拔牙痛苦几十倍，疼得荣锦真魂出窍。

"快点！快点让我昏死过去！"无法紧咬牙关，只能紧闭双眼的荣锦徒劳地急盼着自己能昏迷不醒，让这种该死的疼痛早点过去。

也许是看荣锦表情太痛苦，黄医生停下来，让荣锦休息一会儿，擦擦汗。

"医生，能不能再打点麻药，有点儿顶不住了。"荣锦终于有机会能说句话了。

"不行，本来就不聪明，再打就更傻了。"黄医生还说风凉话。

"不是，太疼了……"

"麻药是剂量标准，我可是正规医学院毕业的，挺大个男人，这点痛都受不了，还能干啥事？"黄医生自我标榜后还不忘揶揄荣锦。

"你真是台营医疗学校毕业的？"

"是啊，门上不是写了嘛。跟你说，人民医院科班出身的大夫可不多，你能选我，说明你脑子虽然有点问题，但眼力还不坏。"看来黄医生还没改台营人喜欢吹牛的习惯，荣锦心里嘀咕，嘴上却说道："我还没对象呢，下半辈子的幸福就全靠您成全了。"

"哈哈，那你就更要挺住了。现在里面清理得差不多了，我要上药了，为了自己下半辈子的幸福，你再忍一忍哈……"

等荣锦从牙科椅上下来的时候，疼痛、紧张加上炎热，汗水已经湿透了衣服。黄医生给他开了口服药，告诉他四天后再来检查，他想说声"是"，突然发现没有门牙，连这个最简单的汉语单词都不能利索准确地发出。

"医生，能不能安个临时门牙，也能挡挡风，遮遮门面……"

"安临时门牙是可以，可你现在的炎症太严重了，影响正式门牙上岗啊！你呀，这几天就别去相亲了。"

荣锦只能摇头苦笑。

"等下麻药劲儿过去，可能会很痛，实在受不了，再回来找我！"黄医生在身后不忘嘱咐他，荣锦点头谢过，转身离开。

"这个靓仔怎么样？东北小伙子，我老乡，挺有男人味道吧，还没对象呢！"黄医生调侃着身边的小护士。

"可惜没有门牙……"小护士也真一针见血。

"回头就有了，肯定比他原来的漂亮多了！"黄医生力挺老乡。

"咋说也是假的。"小护士还是不满意。

"假的怎么了？不说谁知道？哦，我忘了，告诉你说，小姑娘，没有完美无缺的人，让你感觉完美无缺的人，肯定是骗你的人。"这个黄牙医说话还净是哲理。

离开了人民医院，荣锦不敢回单位，更不敢回宿舍，他怕一静止就无法抑制疼痛。

他漫无目的地坐上了公交车，这是条海美公交的主要线路，不管啥时候，车上总是很多人，座位也都是满的，车停下一站的时候，上来一位老太太，前几排坐的大多是打工模样的年轻人，都低着头或闭着眼，没人给老人让座的，在这座新兴的城市里，似乎没有让座的习惯。

这时，突然从后排站起来一个浓妆艳抹、脚蹬松糕鞋，染烫着三色头发的年轻女子，走过去把老太太搀到自己的座位上。那老太太抬头看看染发女子，头转向窗外，嘴里连个谢字都没有。

染发女默默站在一边，车厢里的气氛有点异常，很多目光在染发女脸上身上扫来扫去。

女子显然不喜欢车里的气氛，眼睛紧盯着窗外，她的侧面轮廓让荣锦感到很熟悉，难道是？不可能吧？正疑惑间，车到站了，染发女下了车，公交车开动，染发女的身影很快消失在车窗后面。

思维的简单、片面、僵化让人们习惯以偏概全，这也是好人难当、骗子横行的主要原因，琢磨着黄医生刚才说的话，荣锦颇有感触，若有所思中也似乎忘了腮帮子的隐隐作痛。

回到宿舍，他拿来镜子照照自己，自嘲道："代价有点儿大呀，如果完不成任务，都对不起这两位光荣牺牲的'门同志'。"

就这样，半个月内，荣锦连续去了三次人民医院，得到了黄医生的精心专业的治疗。

当两颗新牙上岗的一刹那，连黄医生都被惊艳到了，自己的作品被赋予了生命活力后所展现的精彩深深打动了她，她用戴着手套的手轻轻托着荣锦的脸颊，左瞧右看，轻轻说道："真系靓仔呀，强烈建议你做近视矫正手术，彻底扔掉眼镜，到时候大把靓女追，还相什么亲？"

"到时候靓仔排队到您这儿镶牙，还都是那种宁肯敲掉好牙的。哈哈！"有了门牙的荣锦又说起了"屁话"。

"你还不信？"黄医生冲旁边的几个护士一招手，"都过来，你们看看他像不像香港那个演员，叫什么来着，对对，黎明！"

几个女护士一下围过来，围着荣锦叽叽喳喳地说着，讲的虽是海美话，但荣锦也完全能听懂，有说像黎明，有说像郭富城，反正除了夸赞就是争吵。嫌弃过荣锦的那个小护士躲在最后面，尽管不说话，但一直呆望着荣锦，可惜没戴眼镜的荣锦看不到她眼里的痴迷。

"谢谢您，这牙结实不？"荣锦不解风情地问黄医生。

"当然结实了，我能保你十年，有问题尽管找我。不过跟你说，不能用来开酒瓶哈，最多只能承受十五公斤。"

"十五公斤？就是说，用之前，最好用秤量一下。"

"傻小子，还挺当真，不过，你最好告别酒瓶子！"黄医生善意地叮嘱着荣锦。

治牙是一件痛苦的经历，也是麻痹、忘却的过程，意外的是，这个过程非但没有让荣锦憔悴，反而让他脱胎换骨，当初严重拉低颜值的两颗门牙已经没有了，取而代之是两颗和脸部轮廓十分和谐的锆制烤瓷牙，原来有些粗黑的皮肤在南方水土的润泽下也开始细嫩白皙。

遭受这么多的磨难，他想通了一件事：既然决心完成任务，那就要破釜沉舟，全力以赴。于是，他注册了海美当地的手机号，换掉了原来的台营号码，断绝了除妈妈、"老抠儿"以外与台营的所有联系，台营信贷江湖上那个"驴秀才"就这样销声匿迹了。

接下来，他按照黄医生的建议，到省城做了治疗近视的激光手术。

看着镜子里完全变了模样的自己，他决定一不做二不休，把名字也改了，在后面加上个"黑龙"的龙，这名字有岭南文化特点，取猛龙过江的含义，还潜藏着犟驴本色。

至于那个长脸牙医，小不忍则乱大谋，君子报仇十年不晚，这件事暂且搁置。现在能做的就是告诉小费，让阿梅不要再去那个坑人的诊所。

（四）

一个人为了个人权欲寻找机会时，机会很难捕捉；但当一个人为了道义而充满使命感的时候，机会往往会主动上门。

一个海美秋天的上午，特发大厦停车场门口，一个戴着墨镜的年轻男人正在等人，他脸庞棱角分明，五官英气端正，头发乌黑浓密，稍带自来卷，一套质地考究的西服合身笔挺地穿在高大挺拔的身躯上，俊美硬朗的气场，烘托并冲击着周围温婉恬静的氛围，这就是已经改头换面、真正进入角色的荣锦龙。

突然停车场传来一阵吵闹，一个中年男人和车场保安发生了冲突，男人快速尖厉的嗓音完爆保安拙笨、缓慢的海美普通话。

"凭啥子不让老子停车？这停车场是你家的洒？"

"先生，这是内部车场，你必须得办业务才能在这里停车。"保安年龄不大，看样子也就二十岁出头。

"我就停，你把我怎么样洒！？"

"先生，你不能在这里停！"

"我就停，衰仔，丢你老母！"那人开始骂了。

荣锦龙开始回头看，骂人的是一个瘦得像根竹竿的男人。来海美后，几乎没见过公共场合打骂的，大家都忙着赚钱，遵章守序，但林子里鸟多，总会有猖狂嚣张、无理取闹的人。也许是身上流淌着警察的血液，他一旦遇到这种情况，血就上涌。

围观的人不少，当中很多是穿西装打领带的特发员工，但都是看热闹，没人出来制止，更别说主持公道了。

"竹竿"骂够了，丢下车甩袖而去，小保安赶紧拦着，不自觉碰了对方胳膊一下，"竹竿"反手就打了小保安一记耳光，下手十分凶狠，小保安嘴角登时出了血，愣在原地，不知所措。那人骂骂咧咧，转身仍要离开。

环顾四周，还没人站出来，荣锦龙忍不住了，一步从围观人群中跨出来，挡住了"竹竿"的去路。

"站住！打了人想走？！"

低沉有力的声音还有凛然威猛的气概把"竹竿"给镇住了，他定神仔细打量面前的"程咬金"，畏缩之余似乎还想装作不屑，嘴角撇到一边，满不在乎地回应道：

"他就该打，你是不是也想……"竹竿说着伸手扒拉对方。

"我看最该打的就是你！"话到手到，荣锦龙一记"老鹰捉鸡"，右手抓住那人衣领，只用力一提，对方登时失去重心，随着荣锦龙的手腕转动，"竹竿"脸转向小保安；当年的"砸驴小子"只用了七分力，"竹竿"就飞了过去，一个大趔趄，没站住，正好跪在小保安脚下。"竹竿"瘫坐在地上，手捂着膝盖，眼睛恶狠狠回瞪着荣锦龙，嘴里气急败坏地骂道：

"好小子，你敢打我！？我让你打我，我让你打我……"

围观的人都很震惊，连小保安也惊诧地瞪大眼睛，捂着嘴巴，此时荣锦龙叉着腰，低头看着蹲坐在地的"竹竿"，多少有点后悔，自己还是鲁莽了些，但事已至此，也只有一人做事一人担了。

"竹竿"在地上缓了一会儿，咬着牙站起来，大家以为他要扑过来拼命，没想到他返回自己的车里，叽里咕噜地用家乡话打起了电话……

"靓仔，赶紧跑路吧，他是在叫帮手，你现在不跑，等下要吃亏了！"围观的人在好心提醒。

"嘿嘿，靓仔把事情搞大了，等阵还会有好戏看呢！"更多的好事围观者在聚拢，且越聚越多。他根本没打算跑，也没有办法跑，让他感到不舒服的是围观同事的冷漠态度。

人群似乎嗅到了一种异样的气息，几乎没人走开，荣锦龙抖抖西装的衣领，让里面的汗透透风。此刻，他不知周围有很多人正盯着他的一举一动，包括不远处坐在一辆黑色"虎头奔"里一位五十岁左右的中年男人。

出乎所有人的意料，最先赶到的不是道上烂仔，居然是《海美都市报》的记者，一男一女，从口音上判断，显然是闹事者的老乡，所有人的表情此时都放松了，似乎看到了动作片向喜剧片的反转。荣锦龙也有点蒙，这南北方叫人的套路显然不同。

"刚才谁打人了？是不是特发员工？特发领导在不在？"女记者戴着大墨镜，煞有介事地大声质问，男记者举起相机就一通乱拍。围观看客本能地背身捂脸，"竹竿"也装模作样地低头捂膝盖。

"是你吗？你就是打人者？你是特发集团员工？"女记者隔着几米远翘着兰花指着荣锦龙，声音高亢，如同在戏台上。荣锦龙看着女记者那张化成戏曲脸谱一样、不知什么底色的脸，已经猜出了对方的目的。围观的人中，几名特发员工的眼里也闪着复杂的神情，传递着不同寻常的信号。

"我不是特发员工，只是来应聘的，看见这个人欺负保安，出来制止而已！"荣锦龙很沉着，让女记者很感意外。

还揉着腿的"竹竿"显然不信，"不对，看你穿戴，你肯定是特发员工，而且是当官的。"

"那你再看看我是什么官？"荣锦龙一脸嘲讽地看着"竹竿"，对方像斗败的公鸡，低着头，不知是没听懂还是不敢搭腔。

女记者脸上闪过一丝疑云，但很快又换回一副霸蛮模样。

"你肯定跟特发有关系，看我怎么搞定你们！董事长呢？我要见你们叶董事长！"女记者看来是了解一些公司情况，说着扭头往大厦里面走，抬脚过猛，高跟鞋在大厦台阶上打了一个绊子，险些摔倒，多亏站在一边的小保安出手相搀。女记者站稳后，嫌恶地看看小保安，快速甩开对方的手。有习惯欺负别人的，就有习惯被欺负的，这座大厦里唯一拿着棍子的保安都成这样子了，可想而知，这座大厦的其他人会是什么一副样子。想到以后自己还要适应这种环境，荣锦龙心头一阵箍痛。

集团办公室主任和保安队长接待了两位记者，也"扣留"了荣锦龙。他们很"机灵"地配合荣锦龙的说法，一致否认这个人是特发员工。女记者也一时无可奈何，本来想做实员工打人的猛料狠讹一笔，没想到落空了。女记者显然咽不下这口气，她转身就往外走，高跟鞋使劲敲打着大厅的大理石地面。

在大厦门口，女记者和"竹竿"嘀咕了几句，"竹竿"的面目一下子又狰狞起来，对着对话又是一阵咕哝。

不一会儿，一辆警车驶入大厦停车场，下来一胖一瘦两个警察。胖子下车习惯性地提提裤带，眼睛从帽檐下面缓缓地扫视着周围，视线跟"竹竿"的目光碰触了一下，又顺着"竹竿"的目光落到小保安身上。

此时，荣锦龙正在值班室里坐着，他问过保安队长有没有监控录像。队长说有。他又问能否拿出来作证是对方先动手打人。队长说这要请示领导。正说着，两个警察进来了，胖子上下打量荣锦龙几眼，问："刚才打人的是你？"荣锦龙答："我没打人，我只是拉架。"胖警察斜眼看着他，把粗黑的手掌一摊："拿来！证件！"看荣锦龙一脸茫然，又冷冷地催促："快点！身份证、边防证、暂住证！"

小费曾叮嘱过荣锦，出门一定要带三证，很可能被查，如果被查出是三无人员，那就成了警察发泄情绪的目标。

荣锦龙的身份证总是随身携带，边防证也是来特区前必须要办的，就是暂住证到期还没来得及续办。警察查证，主要查前两个，如果赶上倒霉，警察叔叔心情不好，完全可以拿暂住证说事，轻者带到所里教育一番，重者还要拘留几天，看来警察今天心情很恶劣，荣锦龙恐怕凶多吉少了。

"你这暂住证过期了。"瘦警察语气严厉。

"还没找房子租，租好就去办。"荣锦龙解释。

"三无人员还打人，你挺嚣张啊！跟我们走一趟吧……"说着，胖警察一手抓住荣锦，另一只掏出手铐铐住荣锦龙。"我跟你们走就是了，凭什么铐我？"荣锦龙大声抗议。

"走！"胖警察从后面推搡着。

"我要打个电话！"荣锦龙想到了缪总，本来是在车场等他一起出去公干的。

"还有手机？交出来！"胖子没收了荣锦龙的手机，顺手按了关机键。

第十四章

粉蝶之泪

（一）

警车拉着荣锦龙来到了派出所，这是一个中间有天井的二层建筑，两个警察把戴着手铐的荣锦龙往天井一丢，径自离开了。

正值中午，天井中间，一排带扶手的白钢椅子完全暴露在烈日下，五个衣着暴露的女子横七竖八，姿态怪异，或坐或站或蹲地围着这排椅子。细一看，她们的手腕铐在一起，最前边那个一只手被铐在椅子上，五个人连成一串，几个女子都低着头，凌乱的长发遮住整个脸，阳光炙烤着这些年轻的肉体，逼迫她们来回在阳光下和钢椅上翻动着，腾挪着被上烤下煎的部位，可能是铐了很长时间，她们的手腕已经被勒出了深痕。

一个头发染成三色的女子在竭力保持不动，她的衣着也最为整齐。荣锦龙正敬佩她的坚毅，却发现了她身下排泄物的痕迹，不禁把脸扭向一边。

跟她们一样，荣锦龙也只能站着被暴晒，且还西装革履，头上身上流汗，心底却阵阵发凉。理想、信念、尊严和人格此时变成了天井上空一层薄薄的水蒸气。

差不多又过了两个小时，他疲饿交加，而那些女子已经被晒了大半天，已经和八成熟的虾饺差不多了。

在女子们低垂的长发和眼睛下面，荣锦龙能感受到一束倔强的目光，这束目光就是染发女眼里射出的，这目光很陌生，又有几分熟悉，很冰冷，却有几丝温暖。这个女孩好像是那次公交车上让座的女孩，是不是她？他想看清女子的脸，但那女子刻意回避他的探寻，始终扭过头，让头发遮住整个脸庞，还努力把戴手铐的手藏在身后。

荣锦龙刚要收回目光，那个染发女突然抬起头，轻甩一下两鬓的头发，露出一双大眼睛，定睛看着他，荣锦龙刹那间被这目光电到了，难道是？他不敢相信自己的眼睛，再看染发女铁铐下翻露出的袖底，赫然别着那副熟悉的粉蝶发卡……

"怎么会是她？"

过了一会儿，警察拉着那群女子走了，荣锦龙却像白钢椅子一样呆愣在天井里，心中惊疑痛惜，丝毫没有察觉一行人从他身边经过，也没注意其中一位老警官对他上下仔细打量，直到老警官带着这群人围着他转了一圈，回到他面前，眼睛盯着他，大声问话：

"你，叫什么名字？哪里人？"

烈日下，荣锦龙眯着眼睛才看清面前说话的人，这个人五十多岁，目光犀利，警服笔挺，警衔不低。荣锦龙左顾右盼，不知他在对谁问话。

"就是你！"老警官又说。

荣锦龙才答道："荣锦龙，N省人。"那人听完，又静静地盯着目标上下扫视，沉默一会儿，突然问："你爸叫什么？"

"我爸？哦，我父亲叫荣永鹏。"荣锦龙回答得很自然。

"那你应该叫荣锦，对不对？"对方突然说。

荣锦龙听言身一震，心想：这是谁，怎么会认识我？嘴上承认道："是，荣锦龙是我后改的名字。"

"小子，果然是你，还改了名字……"老警官定定地看着荣锦龙，目光深沉温暖。

"局长，这人，是……在逃犯？"陪在老警官旁边的中年警官低声问。

这个被叫作局长的人瞥了那人一眼，低声说了几句，然后转身就往楼上走，几个人紧随其后。另两个干警走到荣锦龙跟前，其中就有刚才问话的那个中年警官。

"你好彩啊！局长要亲自审问你，还说对你客气点，请跟我走吧！"中年警官做了一个请的手势，然后也往楼梯方向走。

荣锦龙不说什么，跟着他们上楼，刚走几步，这人又站住了，用手里的对讲机喊道："肥仔，人是你带回来的？赶紧过来，把铐子给打开……"

话音未落，抓荣锦龙回来的胖警察从回廊一端跑过来，表情怪异地帮荣锦龙打开手铐。

二楼警务室里，坐在椅子上的荣锦龙还在活动酸痛的手腕，老警官坐在正中，其他人都在旁边垂手而立。

"林所长，你们说说怎么回事儿？"老警官发话了。

"报告秦局长，这个年轻人的事我还没来得及过问，可否让干警林三升向您直接汇报？"中年警官答道，原来他就是林所长。

胖子叫林三升，此刻他缩头缩脑地走出来，磕磕巴巴地叙述着事情经过："今天上午，我们接到受害人报警，说有人打伤了他，便出警把这人带回来了。"

"什么原因？"这位姓秦的局长又问。

"还没来得及……"林三升嗫嚅着。

"是这样，上午他们一直忙着昨晚雷霆行动的后续工作，所以……"林所长帮着解释。

"所以就先抓人，扔在一边？那我问你，雷霆行动抓了几个，都审完了？"秦局长问。

"抓了五个，还没审完……"

"我再问你，派出所的职责和权限是什么？立案标准是什么？审案流程又分哪几步？"

"这个……有点多，背不全。"

"那好，我看看你们的现场办案能力，你现在就审审这个后生仔吧！"秦局长一指荣锦龙，对林所长命令道。

"是！报案人和证人呢，把他们带来！"林所长回身又命令林三升。

"报告，报案人说到医院治伤，……"

"啪！"秦局长一拍桌子，吓了林三升浑身一抖，"有你们这么审案的嘛。这是公安部门，不是想来就来、想走就走的菜市场！"

"我这就让他回来！他留了电话……"林三升紧张得直哆嗦，看得荣锦龙都想笑。

"那就快去打！"林所长低声吼着。

林三升连忙出去打电话，警务室里谁也不说话，气氛相当尴尬。一个女警端着茶盘过来，秦局长摆摆手，其他人也不敢去接，只好放在荣锦龙对面的茶几上。荣锦龙也不管别人，端起其中一只杯子就喝，其他人都看着，局长不放声，其他人也没人敢拦。

荣锦龙一口气喝光盘子里的六大杯茶，中间还上了趟厕所，林三升才把"竹竿"带回来。两人开始在警务室，当着局长一行人的面，回答林所长的讯问，其中又涉及关键证人——小保安，不得不停下来，打电话给特发大厦，让小保安火速过来作证。

不一会儿，特发集团来了三个人——陶总经理、保安队曹队长和小保安。陶总让仍肿着半边脸的小保安说明事情起因，曹队长也叙述了车场规定，"竹竿"打人滋事，有监控录像为证。陶总最后说，小荣是集团下属公司的新员工，看对方在打人，过来制止，可能出手稍重了一点，如果对方有受伤，我们可以承担医药费，但对方必须先给被打保安道歉，也要承担相关治疗费用。希望派出所的同志能秉公处理，否则我们将投诉上级公安部门和有关行政执法部门。

"好了，我明白了。请你们到接待室等一会儿，我们内部研究一下，好吗？"秦局长终于发话了。

荣锦龙他们几个人被带到了隔壁的接待室，不一会儿，林所长和林三升过来，林所长宣布处理结果，"竹竿"先动手打人，荣锦龙过来制止推倒"竹竿"，分别予以批评教育，双方各自到医院检查，分别承担对方医疗费。

"该干嘛干嘛去吧！别没事找麻烦！"林所长对"竹竿"呵斥道。

"竹竿"灰溜溜地先走了，陶总也笑着过来拉荣锦龙的胳膊，旁边的林三升赶紧把手机还给了荣锦龙。

"荣锦龙，你别走。"林所长说。

"还有什么事？"陶总脸上的笑容凝固住了，那只手仍死死拉着荣锦龙的胳膊。

"没你们的事了，你们可以走了。"林所长对其他人下了逐客令。

"小荣，别担心，我们在外面等你。"陶总边往外退步，边安慰荣锦龙，荣锦龙客气地对他拱拱手。集团领导对他这么关心，他还真有点受宠若惊呢。

二楼警务室，林所长关上门出去了，屋里只有秦局长和荣锦龙。秦局长站在荣锦龙的对面又仔细打量一遍，然后自言自语地说道："真像，简直一模一样，连脾气都一样。看来，你爹的遗传基因太强大了。"说着，眼角竟然有些湿润。

"您认识我爸？哦，我好像听妈妈说过，爸爸有位最好的战友，姓秦，叫……"荣锦龙努力回忆着。

"好好想想，看你能想起来不？你八岁的时候，我还去你家看过你。"

"是不是叫秦舸夫？我家有一张你年轻时的照片，后面有名字。"

"对，我是秦舸夫，是你爸的生死兄弟，我俩从部队一起转业到台营公安局工作。你爸是个好警察，可惜英年早逝……"秦舸夫的声音有些哽咽。

"那您后来离开台营了？"

"我调到省厅，又到部里，现在又派到海美。看来，是你爸天上显灵，让咱们在这里相见。当年你还在你娘肚子里时，是我给你起的名字，你爹还让我给当你干爹呢。"秦舸夫微笑着看着荣锦龙，但很快收回了笑容问道："为什么要改名字呢？难道是做了坏事？"

"不是，我就是来特区闯一闯，原来的名字有点太秀气了，加个'龙'，取猛龙过江之意，激励自己一下。还真不知这名字是您给起的，早知道，事前一定请示您。"刚接触这位秦叔叔，荣锦不想见面就把事情原委和盘托出。

"哈哈，有志气！"秦舸夫大笑。

"您给我一段时间，我现在叫干爹还叫不出口，今天多亏遇上您，否则真的挺麻烦，谢谢您！我在这里没有一个亲人，您就是我的亲人，以后有需要我的地方，我一定随叫随到！"荣锦龙说得很诚恳。

"叫什么无所谓，做事别那么鲁莽。你们叶董跟我很熟，就是他给我打电话，让我过问一下这件事，没想到竟然是你小子。你把联系方式给我，这几天请你到家里吃个饭，跟你干妈——你现在叫阿姨、婶子都行，见个面。"秦舸夫说到这儿，又看一眼荣锦龙，"准让她吓一跳，父子俩能长得这么像。"

已经是下午下班的时间，告别秦舸夫，荣锦龙走出派出所大门，一下子被眼前的景象惊呆了，只见门外面站着许多穿白衬衣、灰裤子的人，仔细一看，竟然全是特发集团的职工，有几张还是刚才在停车场围观的熟悉面孔。难道他们跑来这里接着看热闹？

荣锦龙又有点蒙。陶总满脸笑容地从人群当中迎上前，一把拉住荣锦龙的胳膊，急切地问道："终于把你盼出来了，他们没对你怎么样吧？"

"没事没事，你们怎么还不走？"荣锦龙不解地问。

"叶董让我们声援你，如果你不出来，我们就一直站在这儿不走。"

"这不连累你们嘛，太不好意思了！"荣锦龙嘴上也一个劲儿道歉，心里纳闷集团为什么态度有如此大的转变。

"不好意思啦，是我们来晚了，让你受苦了，我要向你道歉，请你原谅！"曹队长在一旁说话，荣锦龙刚想回应，被陶总打断了："好了，不在这里说了，赶紧回去休息。"说罢，拉起荣锦龙就走。

特发大厦离这里不远，陶总就和荣锦龙有说有笑地并肩步行，那些白衬衫也一起跟着走，浩浩荡荡，好像凯旋队伍一样，也好像是游行示威。路上，荣锦龙在恍恍惚惚的状态中整理着思绪，在他眼前不断浮现出范小琳清澈见底的双眼，还有隔着囚车铁笼里一闪而过的那道幽怨和凄凉的目光，短短两年，这中间到底发生了什么？

第二天早上上班，缪总见他第一句就是："赶紧去董事长办公室，叶董要见你！"

特发大厦的三十六层，董事长办公室，叶炳雄正一个人坐在办公室，他就是停车场坐在"虎头奔"里观战的那位中年男人，此时手里还拿着一份档案，正沉思着。看荣锦龙进来，端详了对方几眼，又低下头看档案。

"董事长好，您找我？"荣锦龙主动打招呼。

"学过拳脚？"对方没头没脑地问一句。

"没有，天生有点傻力气。"

"学历是真的？"董事长又问。

"真的，我还是校足球队的队员呢，很多人都认识我。"

"说你是体育生，还有些让人相信。"叶炳雄抬头看着荣锦龙，没等对方开口，又接着说道："你名字锦里带金，与我这炳中之火有些相克啊，你说是不是？"

荣锦龙在信贷科没少听"道长"讲五行之说，对此也略懂一二，听叶董这么说，边笑着答道："你这么一说，我才留意到，不过按照五行相克的说法，应该是火克金，说明只有您能管住我。"

"你小子，还懂得不少，不过你名字里还有一个龙，嗯，金龙找火熊（雄），相克也相生，行，也算是有缘啊，哈哈！"叶炳雄大笑。

"阿龙，把你现在的工作做个交接，准备到新部门报到，好了，你忙去吧！"叶董说完就不理对方，自顾自打电话去了。

搞不清怎么回事的荣锦龙从董事长办公室出来，刚坐在自己的工位上，就听见有人叫他的名字，回头一看，是倚在工位隔板上的缪仲民，还没等荣锦龙张嘴，后者在他肩上重重拍了几下，不无醋意地说道："你这小子，走了'竹竿运'啊，官升三级，直接升任集团安保部部长，跟老子同级了。你这刚来几天就一巴掌就能打出个部长，老子可是熬了七八年才好不容易熬到这个位置。你小子，运气真是太好了！"

荣锦龙一时摸不着头脑："是吗，董事长刚才也没说啊？"

"董事长他自己不说，让我跟你说，这是流程，懂吗？我现在正式通知你，明天就去安保部上任，任命文件就在桌上，你自己去看看！"缪仲民指着桌上的一份文件，嘴里还不忘加上一句，"记得互相帮衬哦，我可是在叶董面前说了你很多好话呢！"

荣锦龙拿过文件才看清，确实是任命自己的红头文件，看来一时鲁莽反而变成好事。他心里盘算着，嘴上不忘回应缪总："那是当然，没您就没有我的今天，多谢嘞！"

缪仲民这才离开荣锦龙的工位，嘴上还不住地自言自语："胆识胆识，还是要先有胆啊！"

（二）

刑事拘留期间不能探望，荣锦龙只能等到范小琳拘留期满那天。他一大早来到看守所门外，一辆黑色富豪车也停在外面，车窗贴着深色遮阳膜，根本看不清里面。

当面色苍白的范小琳出来时，荣锦龙迎上去，却被范小琳躲开了。她疑惑地看着荣锦龙，不敢确认对面这位英俊帅气、衣着正规的男子是谁。

"我是荣锦，小琳。"

范小琳的眼睛里似乎闪过数道亮光，但慢慢又被一片迷雾遮盖了，"我不认识你！"她淡淡地说了一句，侧身从荣锦龙身边经过。荣锦龙连忙追上去，伸手拦住她，范小琳扭转头故意不去看他。

"小琳，有什么困难告诉我，我一定……"还没等荣锦龙说完，范小琳就打断他："对不起，我不认识你，你让我过去。"

"你怎么会不认识我？我只是现在不戴眼镜而已……"荣锦龙还想说什么。这时从富豪车里下来一个身材精壮、满脸凶相的汉子，这人上来用力推搡荣锦龙，荣锦龙侧身避开。

"你想干什么？"荣锦龙厉声喝问。

"捞仔，想占便宜？快点滚！"这家伙嚷道。

"不滚怎么着，你想打人吗？"

一听这话，这人就撸胳膊挽袖子，这时一个戴墨镜的男人从"黑富豪"摇下的车窗里探出半张脸，喊道："睇睇尼度系宾度啦，伐地走啦！（看看这是哪里，快点走啦！）"汉子才放下拳头，狠狠地瞪了荣锦龙一眼，掉过脸满脸堆笑地给范小琳鞠了个躬，说了句："琳琳受委屈了，飞哥请您上车！"然后跑到富豪车前拉开车后门，等范小琳上车。

范小琳她面无表情从荣锦龙身边走过，径直上了对方的车。精壮汉子得意地把车门关上，回头还恶狠狠瞪了一眼，然后坐回司机位子，发动汽车，在荣锦龙迷茫的目光中把车开走了。

"黑色富豪？飞哥？"荣锦龙在大脑拼接着这些线索，"她不可能不认识我，她肯定是被胁迫的！"同收回那笔集资款相比，他觉得挽救小琳更加紧要。

这天晚上他单独找保安队曹队长吃饭。当上安保部长以后，荣锦龙加强对保安队的治理，保安队上下个个对他钦佩有加，俯首帖耳。那个曹队长更是对荣锦龙十分拥戴，一副铁杆心腹的样子，见面就龙哥长龙哥短地叫。其实他比荣锦龙大了十来岁。开始荣锦龙听着不适应，慢慢也就习惯了。他发现当地人有一种强烈的"大佬情结"，而且尚武好勇，"伯仲叔季"在这里就是"龙虎豹熊"，名字里带"龙"的人天生就是大哥的代名词。

这个曹队长外号"肥曹"，是公司的老员工，集团秘密掌握很多。荣锦龙为拉拢他，请他喝了两回酒。这伙计也实在，来了个竹筒倒豆子，将知道的都告诉了荣锦龙，有的消息也真让荣锦龙震惊不已。他了解到，叶炳雄曾在澳门一个晚上输光了自己身上的钱，被扣在赌场，让"肥曹"带人连夜带五百万港币现金过去赎他；另外，叶炳雄还喜欢搞女人，光"肥曹"知道的就有三四个"马子"……

"老曹，你知道有个叫飞哥的吗？开辆黑色富豪……"酒过半酣，荣锦龙试探着问。

"是不是景山歌舞城的陈飞？他有台黑色富豪，手下不少人，不太好惹。不过，我听说他和叶董关系不错。龙哥，找他？要不要我去牵线？""肥曹"起身给荣锦龙倒酒，语调诚恳地接着说。

"不用不用，我就是随便打听打听。另外，叶董对我们有情有义，他的事对其他人绝对不能乱讲，知道吗？老曹？"

"知道了！龙哥！"

"好，知道就好，来，喝！"

"肥曹"一口喝光了杯中啤酒，继续眉飞色舞地说着公司的绯闻轶事。荣锦龙慢慢呷了口酒，脑子里在盘算如何找到范小琳……

（三）

荣锦龙的工作主要是训练保安队，管理大厦的日常安保。这天，陶总给他一个特殊任务——保护集团财务部周部长去元阳市摩托车配件厂讨债。

元阳是海美对口扶贫的城市，配件厂也是特发集团对口帮扶的企业，当年借了他们不少钱，加在一起超过三百万元。

到了元阳，对方倒是以礼相待，客客气气，但无论你说什么，软的硬的，回答就是两个字："没钱！"周部长一筹莫展，无可奈何，回到酒店，一个劲儿唉声叹气，反复念叨的就是两个字："点解？（咋办？）"

在荣锦龙看来，这家企业从生产规模和生产情况来看，拿出三百万元应该问题不大，只是没有还款意愿。解铃还须系铃人，这笔政策干预下的借款还是要用行政干预的方法来解决。

第二天，他带着周部长去了元阳招商局，各地的招商局成立时间一般不长，领导也都是思想比较开放的年轻干部，在改革开放的政策实施中扮演着举足轻重的角色。果然，元阳市招商局的领导是一个不到四十岁的年轻干部，姓古，很热情。

双方一攀谈，古局长还是荣锦龙的大学校友，本来年轻人彼此隔阂就少，这样关系就更加亲近了一些。荣锦龙自然成了己方主谈，他首先说明来意，说这次来主要是来考察当地的投资环境，寻找合适的投资项目。他先礼貌地请古局长介绍一下当地的经济发展状况和招商优惠政策，然后，荣锦龙大讲特发集团的大好形势，从规模到利润、从产品到员工，都达到了历史上最好的局面，听得旁边的周部长都有点坐不住了，这和在配件厂讲的完全相反。荣锦龙不理他，继续大讲特讲，并热情地向古局长发出了参观邀请，古局长说下个月元阳要搞海外招商会，可以顺路来趟海美。

荣锦龙马上表态，热烈欢迎古局长一行到特发考察，尽力协调安排集团领导和市里有关领导出面接待，他的语调语气以及诚恳认真的态度让古局长听着十分舒服。

"荣部长，你们在元阳有什么需要我帮忙的？"古局长一面让茶，一边问。

荣锦龙看了一下周部长，让他介绍一下摩托车配件厂的欠债情况和在催债中遭遇的困难。周部长说完，荣锦龙补充道："本来这次集团的特聘律师也要跟来，后来我们董事长考虑咱们有政府因素做基础，日后还有很大的合作机会和空间，所以还是本着友好协商的原则，不想对簿公堂。"

古局长点头，笑着说："欠债还钱嘛，不过元阳的企业应该都比较困难，但就像你说的，有事好商好量，不要自顾自把事做绝。按说，我们招商局管不到你们之间的事，不过，这次还真巧了……"

荣锦龙瞪大眼睛，等古局长把话说完。

"我原来在机械局干过，比较熟悉他们的情况。"古局长说道。

"还真巧了，给您添麻烦了！"荣锦龙赶紧说。

"没事儿，添麻烦添友谊嘛！"对方意味深长地看了他一眼，拿过电话，开始熟练地拨号。

"老李嘛，昨天市里开会，你的专题报告讲得不错啊，上半年任务超额完成了吧，不错不错。"古局长说到这里故意停顿了一下，给对方谦虚回应的机会。

古局长说的是客家话，周部长完全听不懂，一脸茫然。荣锦龙在保安队呆得时间不短，很多保安是客家人，荣锦龙几乎从早到晚和他们在一起，已经能听懂大部分。

沉默片刻，古局长又说："都是你们干得好，以后还需要你老李支持我们招商局的工作啊。"对方估计很客气，毕竟这个古局长曾是他们主管局的人，现在也是位居高位。

寒暄几句后，古局长开始步入正题："老李，刚才海美经贸局的领导打电话过来，说特发集团和咱们有一笔借款到期了，一直没处理，他们派人来催，碰了钉子，究竟是怎么回事？"

电话那端在讲述，古局长静静地听着，不时"嗯"一声，最后，他说道："老李，我听明白了，我说说我为什么关心这件事，这不光是海美经贸局的关系，还因为这特发集团跟我们还有下一步重要合作。下个月，张市长带队要去海美拜访特发集团，我觉得这时候双方关系不宜搞僵，另外，人家毕竟一直在帮助支持我们，要是给人家留下借钱不还的印象，还怎么好意思再跟人家合作？

"你问我的意见啊——我觉得这次争取把本金给人家拿回去，利息也最好拿出一些，没多有少，表表诚意。具体你定哈，我就是建议建议。嗯，好好好！"说罢，古局长就挂断了电话，转脸看看荣锦龙和周部长。

荣锦龙问古局长："古局长，您是客家人？"

"是啊，这里客家人比较多，平时都是说家乡话，对不起哈！"古局长礼貌地答道。

"没关系，我只是想问，客家话谢谢怎么说？"

"哈哈，看来荣部长是听明白了，刚才我了解了一些情况，让你们碰钉子的是配件厂的财务部长，跟我通话的是他们一把手，姓李。老李说了他们刚刚扭亏为盈，资金确实不宽裕，但也表了态，说一定想办法帮你们解决，他让你们直接去找他，具体你们再谈一谈？"古局长做事有魄力，说话也有水平。

"好的好的，海美招商会的事回去我们马上向领导汇报，早点做好准备工作，古局长方便给我们留一个联系电话吗？"荣锦龙应道。

"没问题！看得出你们都是干实事的人，我就喜欢和你们这样的打交道！"古局长边说边递过一张名片，上面印着座机、手机和传呼机的号码。在政府部门里，只有招商局的名片才这么开放。

告别古局长，两个人赶奔配件厂找李厂长，这次配件厂的人态度大不一样，没费多大口舌，就答应还款。昨天还趾高气扬的财务部长连跑带颠地捧过来一张三百万元的汇票，周部长已经抑制不住激动的心情，用颤抖的手接过汇票。周部长还要说感谢的话，刚开口就被荣锦龙打断了："不好意思，李厂长，当初咱们签借款合同时是约定了百分之十年利的，这三年多下来，应该有九十多万元了，既然白字黑字有约定，不能不算数吧？"

"荣部长，我们资金很紧张，不过，古局长在电话里也交代了利息的事，冲他的面子，我再给你们五十万元利息，剩下的四十万元你看能不能帮我们减免掉，算是给我面子，大家交个朋友。"李厂长的语气很"江湖"。

叶董交代的任务是要回本金，利息已经是额外惊喜了，荣锦龙和周部长交换了一下颜色，马上同意了对方的建议。

"现在再去银行开汇票恐怕来不及了。"财务部长在旁边提醒道。

"那你手上现金够不够？够的话就给他们。"李厂长语气很坚决。

不一会，财务部长拎着一大袋子现金过来。荣锦龙重操旧业，很快将现金点数清楚。

他把现金装进背包里，向李厂长等人告辞："那我们就回去了，减免利息的事我们还要向集团领导汇报一下，尽量争取集团同意。我们双方交往这么多年，日后合作会更加顺畅，欢迎您和配件厂的同事来特发做客！"

李厂长板着脸，拱着手。

离开配件厂，回到酒店，两人整理好行李，周部长装好汇票，荣锦龙将现金分两份装进各自的背包里。周部长完全释怀，兴高采烈，嘴里一个劲儿感谢荣锦龙，后者则一脸紧张。

"马上退房！即刻打车回海美！"

"打车？六七百公里啊，不贵死了？！公司按规定也不给咱报销啊！"周部长张大嘴巴，一脸惊讶。

"那也比出事强一万倍，我负责安保，这时候听我的！从现在开始，你和我不能单独行动，彼此不能离开半步！"荣锦龙下达命令，开始行使安保部长的职责。

接连拦了两辆车，一听说去海美，还是两个大男人，都摇头拒载。荣锦龙脑子一转，两人跑回酒店前台，让前台礼宾部帮着订辆出租车。

不一会儿，一辆崭新的出租车就开到酒店门口，酒店门童当着司机的面，递过来一张纸条，上面有一行车牌号，轻声对他们说："两位先生，这辆车的号码我们已经帮你们记下了，同时酒店也帮你们双方做了登记，如果落了东西或者有其他事情，可以联系我们。"

当双方缺乏诚意和信任的时候，就需要构筑诚信的桥梁和平台，对此，酒店有能力和责任，政府职能部门更是如此。

出租车驶出元阳市，上了高速路，向着海美市飞驰，虽然晚饭只是车上的面包矿泉水，但丝毫不影响周部长愉悦的心情，一路上和司机聊着各地风景名胜、特产名吃。

荣锦龙则默默地看着窗外。望着一路随行、忽现忽逝的月亮，他在苦思冥想如何向黑暗讨回那双月光般清澈透明的眼睛，即使她被层层乌云遮盖。

（四）

收回元阳欠款回到海美后，荣锦龙并没有忘记和古局长的约定，元阳市对外招商团到访海美市，还特意参观了特发集团，叶炳雄也在荣锦龙的恳请下给足了来访者面子。荣锦龙这样做，一是不失信义，二是结交古局长。

他现在需要交朋友，对于曾经帮助过他，格局宽广的元阳市招商局古局长就符合他的标准，只要有机会，他就要与古局长接近交流。

这不，荣锦龙现在就是去口岸送元阳市招商团一行过关，这次他们在海美考察招商活动结束后，要到海外继续他们的招商之旅。

看看表，时间还早，他和古局长找了间茶吧，坐下来，几句互相感谢的客套话后，两人的谈话很快进入热点问题：招商的关键是什么？是政策优惠？是环境吸引？是文化认同？是成本优势？还是其他的什么？

古局长叫古文茂，他的几句话让荣锦龙印象非常深刻："不论对内招商还是对外招商，本质都是商业行为，是利益导向的，而如何保障利益的安全才是原则问题。个人感觉，招商的道法就是明诚唯信，明诚是道；唯信是法。所谓'诚'就是有责任有担当、有强烈共同合作意愿的诚实理念；所谓'信'就是有强大的法律依据、有效证伪机制和严厉惩戒手段做支撑的信用体系。只有这样，才能取得投资商的信任，才能把这项工作持久健康地发展下去。"

荣锦龙点头，明白了当初古文茂协助他收回配件厂欠款的深层原因，他实际上是践行着自己的想法和愿望。

送走古文茂一行，荣锦龙手机响了，是叶炳雄来电："阿龙，晚上有没有时间？大家嗨皮一下！"

最近，荣锦龙带人又收回了特发集团在闸江水泥厂的二百万元欠款，连战连捷，叶老板要犒劳犒劳他。荣锦龙赶紧应诺，脑子里却在盘算另一件事。

晚宴在新海利餐厅进行，吃过饭，叶董余兴未尽，荣锦龙借机提出去景山歌舞城，众人齐声说好。

陶总带缪仲民、周部长等部门老总先去打前站，荣锦龙则被叶炳雄拉上那辆"虎头奔"。叶董亲自开车，车子并没有直奔歌舞厅，而是开上了海边的情侣大道。

"走，咱们去海边转一圈，醒醒酒。等他们喝得差不多了，再杀它个冷不防！"叶炳雄看起来兴致高昂。

"董事长，要不我开……"荣锦龙说。

"不用，我还行，今天就让我给你当一次司机。哈哈！"叶炳雄一副满不在乎的模样。

"每次出差回来我都会第一时间到这情侣大道转转，这海风一吹，脉搏慢下来，血压降下来，全身都放松！"叶炳雄一边说，一边按动电动按钮，"虎头奔"的宽大的车窗和天窗全部打开，沁人心脾的海风夹杂着椰子树的甜味一下子涌进来。

"海美的夜色是全国最美的，阿龙，你来这里干就是来对了！"叶炳雄一只手把着方向盘，另一只手伸出窗外，似乎要拥抱这璀璨的夜色。

"全靠董事长您的栽培！"荣锦龙赶紧应道。

"放手干！前途无量！加油，年轻人！"叶炳雄侧过头目光炯炯地看着荣锦龙。

"我一定努力！"

"哈哈，不用那么拘谨，今晚咱们好好放松放松，再饮多几杯！"刚才在晚宴上半斤茅台下肚的叶炳雄看来酒兴未尽，旁边的荣锦龙倒是紧张地看着路面。

晚上十点，景山歌舞城才开始热闹起来，客人陆续到来。歌舞城是海美最高端的娱乐场所，装修设施豪华，靓女更是清一水的高胸翘臀、长腿白肤的北方姑娘。

当叶炳雄和荣锦龙走进歌舞城金碧辉煌的大厅时，这里竟然为他们安排了一场欢迎仪式，所有能出来的靓女都站出来迎接他们，几十个女子嗲声嗲气地齐声喊着："雄哥来了！雄哥晚上好！雄哥发财！嘻嘻……"伴随着口号，她们还一起噼里啪啦地鼓掌，叶炳雄迈着霸气侧漏的步伐，双眼慢慢环顾四周，检阅着靓女大军，双手也跟着她们的节奏在空中打着节拍。跟在叶炳雄身后的荣锦龙已习惯了这种阵仗，自从当上了他的私人保镖，经常陪着叶炳雄出入这种场合。

陶总订了这里最大的包房，而且已经点好了酒，叶炳雄刚坐定，浓妆艳抹的妈咪就扭了进来，趴在叶炳雄胳膊上先撒了会儿娇，娇滴滴地问："雄哥，今晚让88陪你？还是我陪你啊？"

"给我找个最嫩的！"叶炳雄抖着腿，眯着眼，一副街头大哥的样子。

"呦，我把这阵子的新人都给您叫进来，让您自己挑。"女人答应着。

不一会儿，十多个花枝招展、衣着性感的年轻女子鱼贯而入，在大家面前站成一排，一齐喊道："雄哥好！各位老板好！"然后又一起深深鞠躬。

"今天咱们破个例，让黄花仔先来。"叶炳雄提议道，陶总一指荣锦龙，拍手喊道："这里就阿龙一个人是黄花仔吧，还是黄花仔运气好，好事都让阿龙赶上了，等下要多敬老板几杯呦！"

"让老板先来吧，我再看看。"荣锦龙摆手推迟。

"还是你先！让我看看你的眼光！"叶炳雄依然坚持，荣锦龙这时才低声问那个妈咪："你们这里有没有一个叫琳琳的？"

"看来帅哥对我们这里很熟啊，琳琳可是我们的头牌之一，不过今天恰巧休息，能不能换一个靓女？我这里的靓女一个比一个靓！"妈咪一脸为难。

"不行！必须是琳琳！跟陈飞说，就说是我叶炳雄点的，马上让他安排！"叶炳雄啪地一摔酒杯，其他人也跟着喊："必须是琳琳！马上安排！"

妈咪一脸尴尬，她知道凭她摆不平这事，荣锦龙则静静地盯着她，这个妈咪也已经认出了他，这段时间，荣锦龙自己已经来过这里三四次，每次都点琳琳，而每次得到的答复不是在休息就是在上台，荣锦龙怀疑范小琳是故意躲避他。

等了大概三首歌的时间，范小琳果然来了，浓妆艳抹下看不出她的表情，粗黑的眼线下，原本清澈的大眼睛像蒙上了层水雾。

"大家看啊，黄花仔都看呆了！哈哈！"叶炳雄打趣，众人也都跟着哄笑。

觥筹交错中的红男绿女没人过多注意荣锦龙表情中的含义，没等荣锦龙说什么，范小琳就攀住了他的一条胳膊，咯咯笑着说道："陈哥说今天我走运了，发个黄花仔给我，就是你吧，真是太帅了！"

"这女孩挺懂事，好好陪我们阿龙吧！"叶炳雄说完就去唱歌了。此时，两个相识很久的同乡人并排坐在一起，谁也不知道怎么开口，两个人默默坐了一会儿，范小琳利索地给两人面前的酒杯里倒满了酒，大声说道："相逢何必曾相识，来，按照东北习惯，碰了就干！"说完，拿起杯子和荣锦龙的杯子撞了一下，一仰脖，把杯子里的洋酒喝个精光。

荣锦龙喝了一口想放下，"干！干！"其他人跟着起哄，范小琳也跟着喊，看着那双熟悉又陌生的眼睛，他心里五味杂陈，只好低下头喝酒来掩饰自己情绪的波动。

剩下的时间里，荣锦龙每次想问对方，都被对方以酒杯搪塞过来，两个人除了互相看几眼，就是举杯喝酒，范小琳似乎应付这种情况驾轻就熟，放下酒杯，就拿起话筒唱歌，一旦有目光投射过来，就假模假样地趴在荣锦龙的肩上，"你怎么来的海美？""你电话号码多少？""你就在景山上班吗？"荣锦龙抓住耳鬓厮磨的机会，轻声问她，她似乎没听见，根本不接话茬儿。

到最后，荣锦龙干脆不问了，施"劣马"故技，半躺在沙发上装醉，期盼这场"逢场作戏"赶紧结束。

凌晨两点，歌舞城的客人陆续散去，靓女们聚在一起抽烟，缪仲民拿着一沓现金挨个给她们发小费，范小琳接过钞票，说声多谢，转身就走，根本没理睬不远处盯着她看的荣锦龙，荣锦龙迈步想追过去。

这时，一个粉红色西装男不知从哪里走出来跟叶炳雄打招呼，叶炳雄拉住荣锦龙，给他做着介绍："阿飞，这就是我常说的阿龙。"

"久闻大名了，我是陈飞，以前也是跟着雄哥的，大家都是兄弟啦。""粉西装"说着过来和荣锦龙握手。荣锦龙认出来，这就是在看守所门口富豪车里的那个墨镜男，陈飞也似乎认出了他。

四目相对时，范小琳已经不知去向了。

（五）

第二天下午，荣锦龙开着集团配发他的那部"沙漠风暴"直奔景山歌舞城。

歌舞城刚开门，没有客人，服务生问他干什么，荣锦龙说找琳琳，服务生斜眼看看他，说不接待私人拜访。

"能不能告诉我她住哪？"荣锦龙边问边拿出三百块钱，服务生接过了钱，说了一个地址，并叮嘱道："千万别说是我告诉你的，这小妞可厉害了！"

范小琳的住处在城中村，是一幢二层楼，深绿色的铁门后面是一个很小的院落。荣锦龙叩门，没人应答，里面有只狗在叫，又叩了一阵，还是没动静。

荣锦龙开始大声叫门："范小琳？范小琳住这里吗？"

楼上的几扇窗的窗帘都在窸窸窣窣地掀动，后面似乎有数双眼睛在紧紧盯着下面。

"咣当"，门开了，范小琳穿着一身碎花睡衣，脸色苍白地站在门口，"这么大声干嘛？有事吗？"语调很不友好。

"不方便吗？"

"不方便！你走吧。"范小琳说着就要关门。荣锦龙把住门，不让她关上，急切地说："我明天要出差，一周后才能回来……"

"那跟我有什么关系？"范小琳的语调依旧冰冷。

"你有什么难处一定要跟我说！"

"难处？跟你说？"范小琳上下打量荣锦龙，然后点点头，说道："那能借我五万块钱吗？"说完，挑着眼皮看着对方的反应。

荣锦龙愣了一下，这是他意料之中的，不过，这么突然直接也让人难以接受。

"不行就算了……"曾经清澈见底的目光现在好像结上了层冰。

"等我一会儿。"荣锦龙转身就走。

半个小时后，"沙漠风暴"载着荣锦龙和五万元现金回到楼下。

叫门，只一遍，门便开了，范小琳还是那身睡衣，怀里抱着一只小狗，荣锦龙让她上车。

"你点一下！"荣锦龙把装着现金的袋子递过去。范小琳打开袋子，看了看，点点头，然后从睡衣口袋里拿出纸和笔，要给荣锦龙写借条。荣锦龙有点意外，摆手说不用了，范小琳抬头看看他，目光里少了些冰冷，手上还是没停，借条的笔体清晰工整。

"利息你要多少？"范小琳停下笔问。

"没有利息。"荣锦龙答。范小琳看着他，拿笔的手停在半空。

"不要利息。"荣锦龙重复了一遍。

"那就按银行贷款利率吧，把电话和地址给我，我一年内一定还你！"她语调倔强。

荣锦龙告诉她自己的手机号，又要了她的呼机号，然后说钱你先用吧，不够再说。范小琳低着头，不说话，她在决定什么事情，似乎还有点儿犹豫，停顿了片刻，轻声说："谢谢你！"

"钱不是问题，只要我有。如果我没有，我还可以借。"荣锦龙说着，用手摸摸目光温顺友好的小狗，他接着说："我正好有车，要不要我带你去银行把钱存上？"

范小琳想了想，让荣锦龙稍等。不一会，她换了一身便服出来，背了个双肩包。从走出院门到上车，她的呼机一直在响，荣锦龙把手机递给她。

电话那边是个男人，范小琳对着电话说："飞哥，我已经凑齐了……嗯，利息也凑齐了。"

"那就赶快还钱，再拖下去，利息可就不是这个数了。"电话里的男人提高了音调。

"你借了陈飞的钱？"荣锦龙问。

"嗯。"

"借了多少？"

"三万元，两年前借的，利息滚到了八万多元……"

"典型的夺命贷，吃人不吐骨头！"荣锦龙面色铁青地骂道。

"他在哪儿？"他回头问坐在后排的范小琳。

"他在斗岸，有点远，我本打算明天去……可又多了一天的利息。"斗岸是海美下面的镇子，离市区大概三十公里，那里荣锦龙很熟。

"你让他们在斗岸中学门口等，半小时后到。"荣锦龙说完，让范小琳上了车，调转车头，猛轰了几脚油门，"沙漠风暴"低吼着冲上了环城立交桥。

车上，两人没怎么说话，看得出范小琳很紧张。

很快，车子驶进斗岸，停在斗岸中学正门旁边。孩子们已经放学了，校门口附近空荡荡的，国旗已经从旗杆上落下，只剩下光秃秃的旗杆立在如血的残阳里。

范小琳用荣锦龙的手机拨响了刚才的电话，响了一阵，没人接，范小琳还要继续拨。荣锦龙说不用了，他应该知道了。

趁这间隙，他拨通了叶所长留给他的电话，询问陈飞的背景，得知这个人是个"鸡头"，有大量案底，范小琳是被他控制的女孩之一。

"叶炳雄怎么结交这种人呢？"荣锦龙自言自语道，范小琳则大气都不敢出，她好像很怕陈飞的出现。

终于，"黑色富豪"出现在"沙漠风暴"后视镜的视野里。荣锦龙告诉范小琳不用下车，所有事情由他来处理，范小琳迟疑地点点头。

荣锦龙找出墨镜戴上，接过那个双肩包，下车，锁好车门，然后迎着富豪车下来的三个人走了过去……

范小琳在车上紧张地看着，车窗外几个男人站在夕阳里，脸上、身上都挂着血红的颜色，听不清他们说什么，不像是争吵，而像是聊天，偶尔还能听见陈飞刺耳的笑声。

差不多半个小时，"沙漠风暴"的车门砰的一声被人打开，吓得范小琳一哆嗦，定睛一看，是荣锦龙。

"他们应该不会再找你麻烦了。"说着，把空的双肩包放在范小琳身边，同时递给她一张皱巴巴的借条。范小琳看那条子，上面是自己两年前的签名，就是这张纸条成了一座大山压在她身上。

"以后千万不要向他们借钱！"荣锦龙发动车子，恨恨地说道。

"妈妈病了，没钱动手术，听说这边打工赚钱多就跟着别人来了，当工人、做保姆来钱太慢，就想借点钱，可谁都不认识，工友介绍，才认识了他们……没想到会这样。"范小琳述说着过往，语调平静凄凉。

"你妈妈她人现在还好吗？"

"去世了……"

"怎么会？她应该只有四十多岁……"

"是癌症。"

这是一个没有亲人、孤苦伶仃的少女，荣锦龙一时不知怎么去安慰她。

"妈妈曾经说过，这世上好人不多。"女子的语调依然平淡。

"别想太多，好人还是有的。现在去哪？"

"我想休息两天。"

"好，我送你回家！"

车缓缓地行驶在回市区的路上，到范小琳住处时，天已黑了。

"我住一楼，租的，环境不太好，狗是捡的，叫阿贵。"站在门口，范小琳一时不知说什么好。

"这些你先拿着！"荣锦龙从钱包里拿出一沓钞票，直接放进了她的背包里。

他知道她肯定"弹尽粮绝"了。

"把我电话号码记好，有需要，立即打电话给我，我要是出差在外，这边还有些朋友。"

范小琳无力拒绝，只能点点头。她想了想，低声说："我没有别的可以报答，只有……你要是不嫌弃……"说完，便低下头，不让对方看自己的脸。

荣锦龙一下子明白了她的意思，心如刀割般难过，他尽量用最温柔的语调，轻轻说道："傻妹妹，你好好休息，我还有事，走了哈！"说完，转身上了车。身后，范小琳抱起迎出来的阿贵，把脸埋在狗身上，双肩抽动，就这样，她哭了许久。

第十五章

魔幻资金链

（一）

筑信台这阵子寻亲团带来的热闹劲儿不但没有过去，反而越来越火热。卢雪冰帮卢笑江的牛场发展制订了一个增资扩股计划，得到了雁州寻亲团的热烈响应，叶全是其中第一批参股的。在众多股东中，出资最多的是海美特发的叶炳雄，一下子就投了一百万元。

兴奋的卢笑江想携招股说明书南下雁州，在众宗亲中扩大招股规模，被卢雪冰拦住了，他建议稳扎稳打，等资金发挥效益，企业发展上升到新的高度，再进行二期扩股。

同时，他动员叶向阳、卢笑江发动筑信台村民入股，说明这不是向外借贷，而是对内投资，是合伙办企业，不违背祖训，老祖宗在天之灵也不会有意见。

恰逢筑信台被纳入仙驾港开发区，大量农用地被政府征用，村民为此得到了不少补偿。看到寻亲团这么看好奶牛场，很多村民都跃跃欲试。

叶向阳对此也积极推动，村委会一出来搭台，这戏就唱得更大了，很多村民都拿出补偿款甚至积蓄来参股。首期招股计划是三百万元，迅速到位资金已经达到了五百万元，大大超出预期。

卢雪冰在筑信台呆了一个多星期，后来又专程来了两三次，除了指导招股，还在当地的年轻人中为奶牛场培养了包括会计、出纳等在内的管理人员。奶牛场变成筑信乳业股份有限公司，叶炳雄因出资最多，当选董事长，叶全为董事，卢笑江为总经理，而卢雪冰被聘为特别顾问，因为其他人都有主业在身，在筑信乳业都是兼职，故经营重任都落在卢笑江身上。

在先进灵活、充满张力的公司制度下，公司一方面改良奶牛品种，逐步淘汰国产草原红牛，陆续引进荷斯坦奶牛；另一方面改进饲养条件和环境，购进机械化挤奶设备，建立优良饲料的采购渠道，购买冷链储奶罐和储运车，采取卫生合理的储运作业。不到半年的时间，企业的设备和生产工艺都得到了大幅更新，原奶的品质和档次得到充分改善和提升。

在此基础上，为满足日益增长的市场需求，筑信乳业又完成了第二期招股，投资方向是新建乳品加工生产线，生产巴氏鲜奶和酸奶，填补市场空白。

在市场端，叶全除了在商超提供筑信乳业专柜，又帮助卢笑江建立了销售和物流系统，提供送奶到户服务，实现了商品和消费者的快速对接，原来小小的村级奶牛场一跃成为产品垄断全市、覆盖全省的中型乡镇企业。

燕红跟踪报道着筑信台的每一次变化，每一次报道都能引来省市政界、经济界、文化界和民众的高度重视，人们在密切关注着资本给筑信台的奇幻蜕变。一时间，筑信台又像三百年前一样成了世人瞩目的地方。

燕红根据筑信台奶牛场破茧化蝶的巨大变化连续做了几期题为《筑信涅槃》的新闻纪实节目，将筑信台一系列新颖灵活又迎合市场的创新运作进行了充分的展示和推广，而卢笑江也从一个默默无闻的乡村奶牛场场长，摇身一变成为省市闻名的青年企业家。

燕红还是一如既往地忙，栏目也做得有声有色，俨然已成为电视台的台柱子。荣锦的缺位让其他求爱者风起云涌，络绎不绝，其中不乏当地的高官、富豪及其子弟，卢笑江也大张旗鼓地加入求爱者行列，而让其如此勇敢和自信的也是源自"筑信乳业"的蓬勃发展。

卢笑江在叶全的金鼎商厦租用了几间办公室，叶全知道这其实是为了方便追求燕红，劝告卢笑江不要乘人之危，大家都是朋友。卢笑江则不以为然，公平竞争嘛，跟市场竞争一样。

对此，叶全也无暇再阻拦，他正忙着自己个人的大事呢。经过一番热恋，铁馨终于答应了自己的求婚。欣喜若狂的叶全接着趁热打铁，宴请铁馨父母和筑信台的长者乡尊，举行了隆重的订婚仪式。

筑信台的习惯和雁州一样，非常重视订婚，只要订过婚，叶全就可以改口跟铁馨的父母叫爸妈，结婚登记都是次要的形式了。

这天，铁馨回营子，恰巧铁长锁也在家，三口人闲聊中，铁馨就把叶全说的卢笑江追燕红的事说了，又说了燕红是荣锦的对象，荣锦在外地，表哥不应该"撬行"。

说着说着，被铁馨妈打断了："燕记者太漂亮，又是大记者，你表哥他恐怕也追不到，你就别跟着瞎操心了。我说你呀，还是多想想自己的事吧！"

"燕记者的对象叫什么？"铁长锁刚才没仔细听，顺嘴又问。

"叫荣锦，我生病时来过咱家，银行信贷员、大学生，长得也有模有样的，人品非常好，乐于助人，帮我推销产品、搞贷款，还是我和叶全的介绍人呢，只是这段时间外出学习去了……"铁馨抱起花猫，看着房门下的猫洞，幽幽地说道。

"是他啊！"铁长锁神情凝重起来。

"嗯，难道你也认识他？"铁馨问。

"是你景中叔介绍，我才认识他，还让我去给他家装修房子，谁知他爸就是咱家的恩人荣永鹏，那天我在他家，看柜子上老荣的照片就明白了，哎，我找了他们母子很多年呐，没想到……"铁长锁有点激动，说不下去了。

"这么重要的事，你怎么不早点告诉我？"铁馨一把扔了花猫，霍地站起来，带着满脸的惊讶和埋怨。

"我刚说自己是当年老荣救的人，荣锦妈就把我赶出来了。我也就没敢再去找人家，本来我想去找荣锦再说说，可占景中不让我接触荣锦，怕荣锦把欠的工钱还给我，他说不结账对贷款有帮助。荣锦这个小伙子给我印象非常好，一看就是一个好心的人，跟我说一定要钱款两清，景中这样做怕是要害他。九儿，你能找到他吗？带我见见他！咱们跟他说明白！"铁长锁说着，一脸愁容。

"工钱？对贷款有帮助？这里面究竟是怎么回事？"铁馨急着盘问，铁长锁便把带人帮荣家封阳台的事情经过讲了一遍。

"爸呀，你真糊涂，你是不是想把恩人的儿子也坑害了？荣锦被赶出信贷科，又不知道被外派到哪里，肯定与这事有关。"铁馨的语气里满是责备。

"是啊，早点说清，咱们也好去登门道个歉，都是咱的错啊！"铁馨妈也着急地跟着埋怨。

"唉，我也是一直牵挂着这事，本来想劝劝景中，可他天天总在外地，又被撞断了腿，没时间处理这事，我怎么没想起来九儿也认识小荣。唉，老了，脑筋不够用了……"铁长锁唉声叹气地说着。

"那你肯定知道他们家了，明天咱们一起回台营，您带我去一趟他家，我要见见荣妈妈。"铁馨语气坚决，铁馨妈在一旁也点头："是啊，早应该去看看人家，笑江那边，我也说说他，别添乱子了，哪儿找不到好女子，非得抢这个小荣的对象？"

"好，我带你过去，你先上去，我要是跟上去就太愣实了，搞不好让人一起轰出来。"铁长锁不无忧虑地说道，岁月磨去了一个男人大部分的果敢。

"行吧！"铁馨答应道，接着就又一把抱过傻在一边发愣的花猫，低头不语了。

（二）

坐在新装修的办公室里，卢笑江拿着崭新的西门子手机，第一个打给燕红，这次他也买了部同样的手机送给燕红，被婉言谢绝了，看起来还是没有接受他，不过这没关系，他坚信这样努力下去，迟早会赢得美人芳心。

新手机里传来好听的声音："什么事？卢总。"

"说多少遍了，叫笑江！"卢笑江郑重其事地纠正对方，似乎如果不改口，就不往下说事。

"什么事？笑江。"

"今天晚上在五芳斋，请你给我做一期专访，就咱们俩，边吃边访的那种。"

卢笑江玩起了套路，别说，对燕红还起一定作用，现在，她对卢笑江的好感也在与日俱增。在燕红眼里，荣锦是一个比较家庭、相对被动的准妈宝，而她需要一个有狂热的事业心，或者说野心、有强大的开创力和统治力、霸气十足的男人，她要和他一起打拼、一起奋斗，才不辜负这个波澜壮阔的时代和热血沸腾的青春。荣锦太书生气，不求上进，甚至有些俗气，在两人世界里畏手畏脚，拘泥固执，以至于到了后来，友情成分慢慢大于爱情。而卢笑江身上的热情奔放、努力上进正是荣锦所缺乏的。长期做农村节目，经常和农民打交道，使燕红并不觉得他们土气，反而觉得这是难能可贵的质朴。

"今天不行。"燕红想想，还是拒绝了。

"那下周五行不？"卢笑江当然不会轻易放弃。

"看看吧，到时候再说。"燕红还是模棱两可。

放下电话，卢笑江并不因为约会不成而气馁，他正在策划一件事情，这件事比约会更有决定意义。

现在公司发展迅速，资金充足，又得到了政府的大力支持。最近，省畜牧管理局的魏局长对筑信乳业的发展模式十分感兴趣，到筑信台视察了几次，指示要按照国际标准将筑信乳业建成模范企业，为此提出建议，邀请省外贸厅领导组成政企联合考察团，一起去国外考察考察。没过几天，外贸厅就联系到了美国的一家奶牛饲养企业，对方热情地发出了邀请函。魏局长把拟定的两部门考察人员名单交给了卢笑江，名单中魏局长和外贸厅樊厅长各带一名主管处长，一共四人。魏局长叮嘱卢笑江，这个樊厅长是个女同志，一定要把她陪好。卢笑江心知肚明，连连点头，作为"打坷"高手的他心甲早就有了一个"一石两鸟"的绝妙安排。

燕红之所以不能接受卢笑江的求爱，很大程度上是没有下决心和荣锦做最后了断，也许是怕伤害对方加上有些不舍，她没有说出分手二字，想让这段情缘随着时间的推移和空间的隔离而慢慢发散。

卢笑江是商界新星，也是电视台的广告大户，不能单独约到燕红，他大可以名正言顺地到台里找燕红，财大气粗的他每次除了送鲜花给燕红，还送酸奶、水果和其他好吃的给燕红的同事们，俨然是一位狂热的追求者。

这一天，卢笑江又抱着一大束鲜花和一大包酸奶来台里找燕红，燕红把那束花插进花瓶里，然后故意打开办公室的房门，让外人感觉两人在谈公事。

卢笑江就坐在燕红对面，笑眯眯地等燕红坐下，才递过来一瓶酸奶，看燕红打开瓶盖喝了一小口，说道："有一个好消息告诉你！你猜猜是什么好消息？"

"什么好消息？是不是你又攻下了哪个用奶大户？"燕红的视线还停留在那束花上。

"不是，再猜，是你有关系……"

"跟我能有啥关系？"燕红不以为然地反问，自从半年前她的《新农村进行曲》系列报道获了省里新闻大奖外，再没有什么让她兴奋的事情。

卢笑江站起身，凑近燕红的脸颊，压低了声音，说道："告诉你吧，你要出国了，出国考察！"

"哈哈，太好了！去朝鲜、越南、柬埔寨，还是蒙古？"燕红笑出了声。

"不是——"

"英国、法国还是德国？还是俄罗斯？"尽管认为对方在开玩笑，燕红还是忍不住抿着嘴笑。

"别笑，真的，你把护照号给我，我好提前订票。"

看着对方一本正经的样子，燕红不笑了，瞪大眼睛看着卢笑江。

"是真的。过两天，省畜牧业管理局就会把随团访问的邀请函发到你们台里，点名邀请你以随团记者的身份随省政企联合考察团前往美国考察。"卢笑江小声说着，嘴已经快贴到燕红腮上了。

"是吗？"燕红身子往后靠了靠，脸上还是半信半疑，正在这时，外面有人喊，"燕主任，台长叫你去一趟！"燕红示意卢笑江等一会，自己走出了办公室。

过了一会儿，燕红回来了。卢笑江问是不是通知她去美国，燕红摇头。卢笑江说，这两天就会通知，你等着就行了。燕红看他胸有成竹的样子，觉得眼前这个男人还真是越来越有魅力了。

燕红很快就被通知随省考察团赴美国采访，这个消息又让燕红成为台里的舆论中心，一句话，这个燕红太让人眼红了。

不久，考察团从省城乘国际航班出发，除了魏局长出过国，其他人都是第一次，除了燕红其他人都不精通英语，燕红成了随团记者兼翻译。

在国外，机场取行李不检行李牌，住宾馆不用押金，退房不用查房这些高诚信、高效率的社会现象，也和碧蓝的天空、清新的空气、繁华的街道、漂亮的时装一样让众人惊讶，然而真正的震撼还是来自异国的奶牛场。

这家奶牛场位于洛杉矶市郊，场主是一位上了年纪的老者，叫史密斯，这是他们第一次接待来自中国的考察团，场主非常热情，带着他们首先考察原奶生产车间和奶牛饲喂繁育基地，对比筑信台简陋破烂、臭气熏天的牛舍，这里的牛舍极其干净卫生，甚至可以用优美舒适来形容。

一千多头黑白花荷斯坦奶牛整齐地排列牛床里，这些牛按照产量高低和产胎次数在耳朵上打着不同标签，外观看上去，这些牛普遍体形硕大、口鼻宽、鼻孔大，有强壮的下颌，宽胸，前肋突出，尻长髋宽，肢蹄强健，骨骼平坦但不粗糙。除了这些，卢笑江和畜牧局的张处长显然对奶牛的乳房更感兴趣，两个大男人钻到牛身下，对着粉白的乳房比比画画、捏捏掐掐，卢笑江还拿出一个卷尺，仔细测量乳房的形状、大小和深度。

虽然有点不好意思，但记者的素养让燕红一直认真观察着眼前的情景，不过她的目光焦点是卢笑江，聚精会神工作的男人是非常吸引女人的，即使他在研究乳房。

可以看出，这里的棚舍、牛体、牛床、设施、通道都经过严格的净化处理，自动化、数据化程度非常高。参观考察当中，魏局长要去洗手间，即便陪同人员指明了方位，卢笑江也连忙放下手中的卷尺陪领导去撒尿。

"看这洗手间，比咱自己家客厅都干净。"魏领导一进洗手间又感慨上了。

"确实，卫生真不错，管理也到位。"卢笑江赶紧迎合。

"怎么样？他们的牛不错吧？"魏局长一边"方便"，一边询问。

"不错，是高产牛。我刚才跟他们核对了一下，估计一胎牛年产量在 10吨左右，二胎牛肯定超过 11 吨，乳脂率和乳蛋白率都远远高于国内标准，即便做脱化成奶粉，干物质率也在 12% 以上。如果有资金我想把咱们的牛一次性全部换成这种牛。"

"嗯，回去我就帮你争取技改补助基金。"魏局长显然也很冲动。

"那太谢谢您了！"卢笑江连忙说道。

"别光看母牛，更要看公牛，地肥还要种子好，最好看看播种的过程，你说是不是？"魏局长提上裤子，瞥了一眼卢笑江。

"好的好的，等下就让燕红跟他们说。"

听卢笑江说完魏局长的要求，燕红脸不禁一红，毕竟是城里长大的姑娘，怎么好意思跟人家说要看"采精和配种"。好在，场主史密斯很有接待经验，看客人兴致高昂、意犹未尽的样子，就主动邀请他们到育种基地进一步参观。

育种基地有百十头种牛，每头价值昂贵，精液供不应求。采精的过程也是全程自动化，隔着巨大的玻璃幕窗，人们可以观察全过程，这些精子采集后用液氮冷冻在零下一百八十多摄氏度的温度下保存，用于人工授精；但人工授精的成功率不如自然受精或辅助自然受精高，采精车间旁边就是辅助受精车间，两头牛在人工的帮助下正在交配。

这种场面卢笑江司空见惯，可燕红有生以来还是第一次这么近地观看大型牲畜交配，她脸涨得粉红。卢笑江假装看牛，实际上一直偷看她，内心也狂跳不止，泛起的欲望估计也和那头种牛差不多。

交配的公牛个体较大，与之相比，母牛就显得有些娇小，需要设备和人工辅助才能完成两者的交配。看着公牛强壮的身体，魏局长点点头，又摇摇头，很内行地对旁边的樊主任说道："别看它又大又壮，但应该不是这里最好的种牛。"

"不会吧？"樊主任应了一下，还在全神贯注地看。

"不信，你可以问问他们，这方面我说不上专家，可也不算外行。"魏局长继续着话题。

"那咱们得搞清楚！"樊主任似乎很认真。

"这就问——"卢笑江善解领导意图，但这又是给燕红出难题。燕红涨红着脸，克服着羞怯，尽力把他们的意思翻译出来。

史密斯明白了客人的疑问，哈哈一笑，然后把他们带到了一间比较精致的牛舍里，指着一头看上去不算强壮，只比母牛大一点的公牛说："最好的种牛在这里，产精量高、精子活力强，解冻后的成活率可以达到95%，而且它繁育的后代抗病能力强，产奶量高。"

"我们就要进口这样的种牛。"卢笑江看着种牛眼睛放光。

"我们出售母牛但不出售种牛，只售冻精，当然，冻精按照种牛品种好坏和解冻成活率的高低，价格也不同。"

"哦，只能买到冻精，那我们怎么能确定这些精液就是这头种牛的呢？"卢笑江满脸都写着除了自己不相信任何人的精明。

"我们会在外包装，也就是液氮罐上贴上不同的标签，标签和牛的标签相对应。"史密斯进一步解释着。

"我是问，这精液外观和成分都差不多，我们和其他客户怎么能分清精液的好坏，万一弄错了可怎么办？"卢笑江接着问，考察团其他人也非常关注地等场主的解释，在他们听来这是一个十分必要、关键且十分正常的问题。

出乎意料的是，史密斯用一种奇怪的眼神看着卢笑江，沉默了一阵，才说道："那只能让你相信我们了，在这方面，我们绝对不会欺骗客户的。"顿了顿，又补充了一句："牛场成立五十多年了，都是按照承诺和约定去做，从未以次充好过，甚至从未有过这种想法。"说到这，停了一下，又补充道："这是我接手工厂三十年来第一次有人问我这样的问题，我的回答可能未必让您满意，可我只能这样回答你。"说完，两手一摊，耸耸肩，不再解释了。

卢笑江还想再问，被燕红拦住了，她虽不懂养牛之道，但她已经听出了场主语气中的不快。联想到这里机场酒店等处的信任机制，还有处处能切身体验的诚信文化，便对考察团的其他人员解释道："相信人家好了，人家犯不上欺骗你的，因为这里的失信成本太高。"

看着这现代化的奶牛场，卢笑江无比艳羡的同时，也感受到了资本的力量和束缚，如果有充足的资本，这次不但可以引进奶牛和种牛精液，还可以引进更多的先进设备。

当他无意说出这个愿望时，史密斯却哈哈大笑，说这是小问题，只要中国有广阔的市场，他可以投资筑信乳业，只不过他希望通过正常的渠道，譬如将筑信乳业在这里上市，通过公开市场募集资金，投资者可以随时监测到资金的使用。他当年也是通过上市才募集到资金，有了今天的规模。

"中国企业也能到美国来上市吗？"卢笑江的问题脱口而出。

"只要你的企业符合美国的上市要求，哪国的企业都可以来美国上市。"史密斯说着，大手有力地上下挥舞。

"也可以在美国成立企业，控股中国的子公司，实现整体上市。"旁边一位年轻人说话了，这位刚见面介绍的时候说自己是副总经理，卢笑江一直观察着他，这时忍不住问道：

"谢谢指点，请问副经理先生，您和史密斯是什么关系？"

等燕红把这句话翻译出来的时候，那位年轻人的表情和史密斯听到优良种牛的精液需要鉴定一样，他两手一摊，说了句："他是我老板而已。"

卢笑江震惊于这种关系如此简单，他还想问什么，燕红又用眼神拦住了他。

在食堂用午餐的时候，卢笑江忍不住还是问了出来："史密斯先生，您有几个子女，他们都在做什么？"

"哦，两个儿子，都在做自己的生意。"史密斯答。

"他们为什么不帮你做事？"卢笑江这问题听似唠家常，实际上在场的中国人都能听出里面的深意。

"人各有志嘛，另外，我也要给企业聘用更好的人才啊！"史密斯放下手中的叉子，眼睛离开餐盘里的牛排，看着窗外的远山说道："企业，是社会的资源，不是一个人或一个家族的。"

等燕红把这番话翻译出来，考察团的成员都无言以对，他们都沉默不语，也不由自主地把目光透过食堂一尘不染的落地玻璃窗投向外面。不远处的牧场上忽然多了一群衣着艳丽的孩童，在专业人员的带领下，围着几头奶牛在看，卢笑江问："他们在干什么？为什么有孩子？"

"我们今天是开放日，当地的学校组织学生来参观，让孩子们看看他们天天喝的牛奶是怎么生产出来的，让他们喝着放心、开心，也能学到知识。"史密斯平静地答。

"这种开放精神真值得学习，我们也要上市，到时候邀请您和这些孩子们到中国。"卢笑江激情洋溢、胸怀宽广地说，燕红一边翻译，一边用目光表达赞许和爱意，那目光不用翻译，大家都看得出来。

"那太好了，欢迎你来美国上市，我会成为你的第一批投资者。"史密斯也豪爽地表态，让在座的所有人都振奋起来，而其中最振奋的当属卢笑江，他得到了领导的支持，俘获了美女的芳心，吸引了投资者的目光，真是一石三鸟啊。

（三）

当卢笑江的《股东借款申请报告》放到叶炳雄办公桌桌面的时候，叶炳雄刚在澳门赢了三百万元，很高兴。

叶炳雄把荣锦龙叫到办公室，把卢笑江的两份材料交给对方，让其给出自己的意见，近来他故意和荣锦龙讨论投资项目，这有点像建楼前先征求消防员的意见。

看是筑信乳业的项目，荣锦龙不禁慨叹资金流动之神奇，他知道与其深入虎穴，还不如请君入瓮，假使不能让其就范，至少也能让这些资金造福家乡百姓，于是他大略看看，便赞成借款，并建议以特发集团的名义投资，以便日后追讨师出有名。

叶炳雄让他一起去趟台营，荣锦龙推说闸江天琴房地产公司欠款催讨到了关键时刻，自己走不开。天琴房地产公司欠了特发集团八百万元，拖了二年不还，叶炳雄当然做梦都希望这笔钱能收回。而且，有荣锦龙这样的"消防员"在手，他大可以到处"建楼"。

当海美还在酷暑难耐的时候，北方已经进入了秋天，叶炳雄一个人来到了台营，这个地方他不陌生，当年他带着叶全来东北捞金，在这里待了两年多，但他为个女人抛弃了原配，到最后人财两空，名声扫地。他只能把摊子交给叶全，南下特区，再创事业。

不是荣锦龙一再推荐，卢笑江反复邀请，他还真有点不愿再踏上这块令他伤感的土地。

卢笑江这几天倒是既兴奋又紧张。美国考察回来后，他决心迅速扩大规模，大批进口奶牛和相关设备，为此他向董事会提出了增发股份的方案，叶炳雄这个挂职董事长虽平时并不过多参与筑信乳业日常事务，但还是要征求他的意见，而且，这次增资的来源主要还是来自这个"实力雄厚"的大股东。

为此，卢笑江上蹿下跳，联系各方，所有能想到和办到的都尽力安排。他带着叶炳雄走了整个仙驾港开发区，看了筑信台，拜了叶氏先祖，见了市长。但叶炳雄一直没有明确态度。

卢笑江很着急，他找叶全商量。叶全还没有消除和叔叔的感情隔阂，不想参与此事。

此时，叶炳雄打发卢笑江回去，他一个人坐在宾馆房间里，不知怎的，他对这个卢笑江的印象并不太好。虽然已经晚上十点了，台营街上行人稀少，过惯了夜生活的叶炳雄闲心难忍，于是他决定出去转转。

好再来还没打烊，透过玻璃店窗，那块"概不赊欠"的醒目招牌让他停下了脚步。

"进来坐吧，领导！"佟紫扭动腰肢从店门里闪出来，脸上似笑非笑。

叶炳雄愣住了，一动不动，眼也不眨地看着她，这个女子像极了那个让自己抛弃发妻而最终离他而去的那个女人。

"你，认识我？"佟紫迎着对方的目光，扭到叶炳雄跟前。

"不好意思，您跟我的一位朋友长得太像了。"叶炳雄尴尬地笑笑。

"那究竟是我漂亮一点，还是她漂亮呢？"佟紫继续问，语气里有点儿挑逗的味道。

"当然是你漂亮！"叶炳雄恢复了常态，露出了情场老手的本色。

"咯咯……"佟紫的笑声很悦耳，"领导你也很潇洒呀，来，请进，想吃点什么？"

佟紫一伸手，拉住叶炳雄的衣袖，叶炳雄很顺从，老老实实地被拉进了店，按坐在靠窗的座位上。

"领导，想吃点什么？"佟紫递过来一本菜谱。

叶炳雄看着菜谱，时不时溜一眼一旁倒茶的那双纤纤玉手。

"请问，'刀拍前夫'是什么菜？"

"呵呵，就是刀拍黄瓜。"佟紫解释道，说完又补充一句："还有'手刃前夫'

呢，一起尝尝？"

"那又是什么菜？"

"手切香肠呗，一看你就不是本地人，要是台营人不用问就知道。"佟紫答道。

"哈哈，菜有特色，人有性格，那就给我来这两道名菜！有没有什么喝的？茶、咖啡？"叶炳雄道。

"咖啡没有，茶也不太好，啤酒怎么样？"

"给我先拿一箱啤酒！"叶炳雄神态自若地点酒点菜。

"看来你准备大喝一顿啊！这是遇到什么事了吗？"佟紫好奇地问。

"离了，痛苦啊，准备来一场酩酊大醉！"叶炳雄半真半假地开着玩笑。

"离不要紧，天涯何处无芳草呢，就看你用心不用心寻找了。"佟紫调侃着，店里没有其他客人，她闲着也是闲着。

"看来靓女也是过来人，我可以请你喝一杯吗？"叶炳雄饶有兴致地邀请对方共饮。

"没问题。"佟紫也不客气，拉把椅子坐在对面。佟紫一连喝了三杯，彻底打开了话匣子：

"我跟你说，这酒，只有喝到嘴里，进入血液中，才能成为活物儿，才能成为情感，否则放在角落里就是一种味道越来越差的液体；这酒杯，只有盛满了美酒，才能成为一种承载和包容，否则放在哪儿都是碍手碍脚的易碎物品；金钱只有在挥霍中，不对，用现在的词儿，应该说是在投资中才能产生价值，放在银行只是数字，除了安慰自己没有任何价值。所以说，有酒就喝，有钱就花，及时行乐，才是人生之道。"

叶炳雄听到这儿，心里一动，这也是他一直以来崇信和秉持的人生哲学，而面前的这个性感火辣的女子竟然是他的知音。

"高见！说句今天晚上最想说的话，就是——有缘千里来相会……"叶炳雄说这话时，紧盯着对方的表情。

佟紫平静地说道："我就是一个服务员，接来送往是本分，哪敢想什么缘分不缘分？"

叶炳雄心旌荡漾地看着佟紫的脸，故作深沉地说道："短短今生一面遇，前世多少香火缘；万水千山两颗心，今朝未料一线牵啊。"

佟紫握着酒杯，挑着桃花眼，静静地看着眼前的男人。

第二天，叶炳雄约卢笑江谈项目细节，这让心情黯淡的卢笑江喜出望外，大有拨云见日之感。

不过，叶炳雄提了一个条件，即由他指定筑信乳业的财务总监，对此卢笑江一口答应。叶炳雄又提出要对外招聘，招聘广告登在省市日报上。卢笑江不知道，这是叶炳雄的一贯做法，借招聘广告，做项目宣传，只不过这次他心中早已有了人选。

广告登出的那一天，他特意买了张《台营日报》送给佟紫，佟紫早就不想干餐饮了，叶炳雄的邀请正称了她的心，对于新岗位，她充满了期待。

那天面试，卢笑江除了让叶炳雄做主试官，还邀请了叶全参加，叶全本不想去，奈何自己也是筑信乳业的董事，职责所在，只能撇开和叔叔的芥蒂。佟紫穿了一身紧身西服套裙，当看到叶全和卢笑江，免不了有点吃惊，不过，看到坐在中间的叶炳雄，她马上镇静下来。

"三位领导，你们能提供机会给我，我真是又高兴又紧张，有问题请尽管问吧！"佟紫端端正正地坐在三人对面，大大方方，坦诚主动。

"嗯。那个——"卢笑江倒不认识佟紫，他清清喉咙，开始了问话："非常欢迎来应聘筑信乳业，这是对我们的认可。请先做个自我介绍吧，尽量简短些，好吗？"

"好啊，在这里我尽量实话实说哈。今年我三十七岁，二十七岁从纺织厂下岗，下岗前干了五年财务，从出纳员干到总账会计，可惜，那么大的国营厂子，说黄就黄了……过去的事，不说它了，旧的不去，新的哪能来呢？改革嘛，肯定要有代价，人要往前看——"佟紫一边说，一边用手轻轻撩那绺鬓边的头发，"我是干财务的，喜欢在大企业里锻炼提高，所以这次我来了。"

叶全看着佟紫，他对面前的女人没什么好感，不过，既然叔叔要用，也没必要说什么。

"大江你好，我是烧火营子人，早就知道你，你肯定有很多问题，千万别憋着，尽管问！"佟紫开口就叫卢笑江的小名。

卢笑江愣了一下，但想到借款，马上恢复了常态，"我没啥问题，如果你能加入我们，我热烈欢迎就是了。"卢笑江第一个表态。

"对，大家要发扬团队精神，齐心协力把工作做好，因为我们有一个明确的一致目标，就是赚钱。没有比赚钱更重要的了。这样，我们回头就研究出台激励机制，看齐省内的高收入企业，吸纳更多的人来加盟。我看，这次招聘很成功，我们意外地发现了跟我们志同道合的优秀人才。"叶炳雄做了总结性发言。

没过几天，佟紫就离开了"好再来"，到筑信乳业走马上任。

（四）

卢笑江本想向大股东直接借款，但叶炳雄顾虑这种明显的债权关系暴露性太强，会引起集团债主的注意。最后还是卢雪冰给出了一个灵活隐蔽、法律关系独立的"配方"——即把借款通过银行委托贷款的方式投放给筑信乳业，委托银行为雁州银行，并在筑信乳业所在地选择一家资金监管银行。在卢笑江的推荐下，台营银行开发区支行进入了选择范围。

应卢笑江的邀请卢雪冰又一次来台营，这次他要见个人——台营银行开发区支行的行长包法衡，商量同业合作事宜。

在卢笑江的周密安排下，卢雪冰和"包黑子"的见面如期进行，两人果然是火星撞地球——惺惺相惜，从乡村建设到城市发展，从银行治理到信贷改革，两个人的观点惊人地相似。

说到近年志向，"包黑子"用手一指窗外的大海，不无豪情地说道："我希望能调动所有能调动的资金，尽快投入到港口建设当中去，在我的手上能帮助仙架港打通国内外航线，让台营和其腹地的商品能够从海上走出去，走向全国和世界！"

"包兄的眼界和心界小弟自叹不如，佩服之至！"卢雪冰赞叹不已，他认同老包的志向，也说了自己的志向："人生百年，一缕尘烟；万物育我，我报万物，权财暂管，尽我所能，纵是虚度，也应有则。"

"我以为我是法家，你是墨家，听你这么一说，原来你是法家，我倒成了墨家。"老包言语中虽没有直白赞许，但话里话外都表达了对卢雪冰观点的高度认可。

"实话跟您说，我没研究过诸子百家，但在雁州，家教族约、村规等礼教还是对人、包括我影响颇深，礼俗对人的影响甚至超过法规。"卢雪冰继续阐述着自己的观点。

"我除了下放到筑信台呆了一年，就没再在乡村生活过，乡村礼俗的力量有那么大？""包黑子"给对方的杯里续上水，笑着问。

"在中国，尤其是在乡村，地缘和血缘关系是社会活动的基础，也是生产力发展、资本集合的最初动力。在市场经济不成熟，法治不完善的情况下，相同的礼俗、一致的观念乃至熟悉亲密的关系比较容易统一思想和行动。换句话，在现阶段的中国，人与人之间的关系不是机器零件之间的关系，高信任度的合作不能简单地凭一纸合同来进行约定，还需要血缘、地缘和礼俗、观念等各种历史形成的社会要素来维系。"卢雪冰喝了口茶，看到"包黑子"目光中的认同，接着又说：

"这种集体意识沿着亲属关系的脉络向外扩张伸展，如果合理引导和约束，对经济发展确是好事，和包兄目前投身的由政府主导的经济建设也是相辅相成、殊途同归的。"

"这就是民间资本的作用，那请问雁州的民间资本对哪些行业感兴趣呢？""包黑子"问了一个现实问题。

"乳业！"卢雪冰一板一眼地答道。

"为什么呢？是不是听了笑江的宣传？"

"不完全是，"卢雪冰微笑着说，"随着人民生活水平提高，势必带动乳业及其相关行业的发展，而中国目前的奶牛养殖业发展空间十分巨大。换句话说，这是资本的巨大金矿。"

"包黑子"默默地听着，他心里也认同对方的观点。

"所以，我们对扩大生产规模是有把握的。"卢笑江插了一句。

"对，这次雁州的民间资金看中了筑信乳业引进优质奶牛及先进技术设备的项目，要通过雁州银行做委托贷款。"卢雪冰进一步解释道。

"那很好啊！""包黑子"赞许地点点头。

卢雪冰喝了口茶，放下茶杯缓缓说道："包兄，这里还有一事相求……"

"什么事？你说。"老包聚精会神地听着。

"想让包兄的支行做这笔委托贷款的监管行，实地监管贷款资金专款专用。"卢雪冰说道。

"监管业务是我们行最近推出的业务品种，我们是新支行，还是第一次遇到这种业务需求，它属于中间业务，有很大的监管责任在里面，我们得请示上级行。""包黑子"并没有一口答应。

"雁州的民间资本和资金在外地投资了很多项目，很多是委托当地银行做属地监管行，所以向贵行提出请求，希望包兄能运用丰富的经验帮我们实地监管。"卢雪冰非常清楚业务风险点所在，所以他希望业务能力强、责任心强的"包黑子"能接手这份业务。

"我明白，你们先写个书面申请。"老包谨慎认真地答道。

"当然，你们可以收取监管费，同时，这些投资资金及全部结算款也全部存入贵行，估计整个规模在一千万元左右。"

"好，这个对监管行也有很大吸引力！""包黑子"笑着说。

两人又交流了很多，初步达成了合作意向。

卢雪冰确是一个实干家，他赶回雁州，又去海美，认真和叶炳雄商讨了此事，他把和"包黑子"谈好的资金监管方案向叶炳雄做了详细介绍。叶炳雄一拍大腿叹道："还有这个手段啊！你怎么不早一点跟我说，如果当初我也找当地银行做了这个监管，就不至于让很多资金失控。"卢雪冰笑着解释，这是银行新业务，他也是最近才了解到的。

"新业务，那会不会出什么新问题？银行这边会不会有道德风险存在？"叶炳雄是"老江湖"，马上就想到了道德风险。

"我也想到了这一点，找了台营当地比较知名的、为人做事口碑很好的一位银行行长，做事讲规则、有板有眼。另外，我们还要和这家银行签订监管合同，明确监管职责，如果资金被挪用，我们就追究对方的责任。"

"是哪家银行的行长？"叶炳雄问。

"台营银行。"

"这个……"

台营银行是叶炳雄的老债主，当年的集资款还没有归还人家呢，会不会有什么问题？他不禁产生了疑虑。

"这个台营银行能知道是我叶炳雄投的钱吗？"他问卢雪冰。

"怎么？"卢雪冰反问。

"特发集团欠了这家银行一千万元……还没还，也不想还。"

"这个……"卢雪冰心里叫苦，他已经和"包黑子"谈好了，没想到还有这档子事，他心里数落这个叶炳雄，手伸得真长，千里之外的银行还有债务，且还想欠债不还。

"我可以让台营银行他们看不到这笔钱是你们出的，监管协议中体现的是我们雁州银行的信贷资金，至于委托方，只说是雁州的民间资金。"卢雪冰不想给"包黑子"留下出尔反尔的印象，于是这样建议。

"好吧。"叶炳雄尽管有些顾虑，最终还是答应了。

"您放心，对方不会干涉资金的正常使用，而且，我们会在监管协议里明确规定对方银行的监管责任。如果资金有损失，对方会承担连带担保责任。"卢雪冰安慰叶炳雄，后者也没再说什么。

很快，一千万元股东资金转入了雁州银行，卢笑江与之签署了委托贷款协议，期限五年，利率10%。协议签订后，卢雪冰又带着资金监管协议飞赴台营。

此前，关于监管协议内容，卢雪冰、包法衡还有卢笑江三人代表出资方、监管方和用资方反复磋商，包括用款计划和还款计划在内的其他条款都没有问题，唯一的争议点还是在违约担保上。搞借贷的人对"保证""担保"都十分忌讳抵触，"包黑子"也如此，但卢雪冰很坚持，双方一度僵持不下。

业务做到这个程度上，谁都不想半途而废，在认真仔细地研究协议条款和业务本身流程后，"包黑子"也认为只要严格按照业务流程要求操作，严控操作和道德风险，是完全可以避免出现失误的。

　　最后，在卢笑江的恳求下，为了这笔业务，为了当地经济发展，凭着对自己团队的信任，"包黑子"终于同意了。随着筑信乳业总额一千万元的委托贷款到位，从台营到海美，再到雁州，又回到台营，资金链条魔幻般地完成了一个闭环。

第十六章

古老围屋

（一）

中国南部的一条新开通的沿海高速上，落日余晖下，"沙漠风暴"载着特发集团讨债小组的几名骨干成员和收回的两百万元现金，正风驰电掣地行驶着，蔚蓝的大海就在公路边，白色的海岸线像一位少女妖娆妩媚地展现着优美的曲线。

车上，荣锦龙目光深沉地望着前方，迎接着下一个挑战。这种带有"谍中谍"色彩的穿透式讨债占据了他的全部精力，他已经完全进入角色，推动这场"戏中戏"逐步向高潮部分发展。

不过前几天，荣妈妈在电话里给荣锦讲了件事，让他有点心神不定，妈妈说："这几天，有位姓铁的姑娘来咱家了，说是你的朋友，带了好多东西，还要给我做干女儿。姑娘人挺好，非常漂亮；她问你具体去哪里了，还要你的电话，你交代过不跟其他人说这些，我也就没告诉人家。姑娘也没介意，帮我干了好多家务活儿，走的时候还留下了她的手机号码，说有事就找她，也让你主动联系她，她好像有啥事找你，我问她，她又不说……这姑娘不错，比燕红只强不差。"

铁馨？她怎么找到家里的？肯定是她爹老铁告诉她的，她有啥事？要帮忙贷款吗？为了贷款，就无端给人家做女儿，铁馨绝对干不出了这种事，那究竟是什么原因呢？

荣锦龙想到的是装修那档子事，而铁馨这次上门拜访可能是与这件事有关。本来不想牵扯她，事已经过去了，等有机会再跟她当面解释吧，估计她会理解的。不过一想起那双明亮美丽的双眼，他不禁思绪万千。

还有一件事也让他有点"出戏"，"老抠儿"昨天告诉他，因为上级行检查越来越严格，不能再"吃空饷"，要办停薪留职，所以从这个月开始，行里就不能给开支了，但高行长承诺等集资款收回后，会以奖金的形式补发。当初接受任务的时候，行长的那些承诺的确很诱人，但实际上除了每月八百四十元的基本工资以外，根本没看到奖金、福利的影子，探亲的机票也没报销回来一分钱，房子也是只看到图纸，现在连这点工资都没了，这场戏的主角真正成了来过戏瘾的"友情出演"。看来，台营银行还拿人当"驴"用呢。

"龙哥，你好犀利！"有人打断了荣锦龙的思绪，说话的是坐在副驾驶座位上的"肥曹"。

"那烟筒怕是有五十多米高吧，你徒手爬上去，还得把条幅固定住，真佩服你的手段和胆量。"

"这叫玩命毁誉法，我们都得跟龙哥好好学学。"说话的是开车的司机，也是荣锦龙的得力助手，叫邵壮。

他们的对话荣锦龙好像没听见，墨镜下面的视线正越过弯曲的海岸线，默默注视着遥远的海天交际处。

他在努力把思绪收回来，思忖着下一场的"戏路"，陶总刚刚又给他一桩催债任务，一笔总额一千万元的欠款，他要抓紧查查背景资料。

回到公司，荣锦龙就找到陶总，陶总又跟他具体交代了一下，说这笔欠款是块硬骨头，本来已经不抱什么希望了，但集团资金状况已经难以为继了，所以又想到这笔债权。债务人是雁州的一家企业，叫忠信药业，是五年前的一笔项目借款，项目没上马，款却一直没有退回来，目前忠信药业还款意愿极差，连法人代表都找不到。

"那地方人很抱团，针扎不进水泼不进。集团很多人试过了，包括叶董和我，都没成功，软的硬的都无济于事，找政府、爬烟囱这些都试过，也没用。这次看你的了，你要收不回来，估计叶董也就彻底死心了。"陶总说完给荣锦龙倒了杯茶。

"我提个条件——"荣锦龙平静地说道。

"什么条件？说——"

"预借二十万元费用。"

"好，就这一条？"

"还有一条，给我两天假，我处理点私事。"

"没问题。"

"这次要不要多带几个人？"

"我一个人就够。"荣锦龙说完，一口饮尽茶杯里的热茶。

当天，荣锦龙给秦舸夫打了个电话，说晚上要去家里拜访他和秦婶，秦舸夫满口答应。这段时间，父亲的这位老战友给了他很大帮助，理应去看看人家，顺便告个别。晚上荣锦龙买了些礼品赶往位于政府大院里面的一幢普通公寓，秦氏夫妇现在住这里。

荣锦龙的出现，让秦夫人十分惊喜，亲自下厨做饭，荣锦龙想过去帮忙，被秦舸夫按到沙发上，要聊聊工作。荣锦龙说了去雁州催款的事，并说任务比较艰巨，可能要呆上一阵子。秦舸夫说雁州公安局局长跟他很熟，需要的话，可以打打招呼。荣锦龙不好意思再麻烦他，就说暂时不需要。

谈来谈去，话题又回到过去，荣锦龙问了早就想问的问题——父亲究竟是怎么牺牲的？秦舸夫叹了口气，就把当年他父亲牺牲的经过跟他讲述了一遍。正如荣锦龙猜到的，父亲荣永鹏就是二十多年前牺牲在筑信台和烧火营子械斗中的干警，在制止双方械斗中被村民误伤不治，当年处于动乱时期，公检法废弛，加上私自行动影响了原来的任务完成，所以只算殉职，没算立功，没被追认为烈士。那个误杀他的村民因有精神疾病，无法追究其刑事责任，而被他舍命掩护的铁长锁，因携带凶器、寻衅滋事，也只被判了一年。

秦舸夫是第一批赶来增援的人，荣永鹏就在他怀里闭上了双眼。说到这里，他不禁轻轻哽咽，而荣锦龙早已双泪长流。

"我妈妈从来跟我没说过这些……"

"以一己之力，制止了一起恶性事件，但并没有得到局里确认，而是强调在执行任务中违反纪律私自行动。你妈妈对此很不满，所以才不愿再提起。

不过，你父亲虽没有得到应得的称号，但绝对是位英雄，至于你妈妈不愿将这些告诉你，肯定是出于爱护你的目的，不希望你的成长过程中留下阴影，你要理解你妈妈。现在你已经长大了，理应知道这些。"秦舸夫说罢站起身，走到荣锦龙身边，轻轻拍拍他的肩膀。

至此，荣锦龙才了解到了父亲牺牲的全过程，也知道了那个老铁就是父亲舍命救下的人。父亲果断制止械斗，挽救他人性命，就是在履行一名干警的最高职责，换成他，也会冲上去而不会袖手旁观。

荣锦龙还想接着问，秦夫人那边已经做好了一桌子菜，招呼两个人上桌。荣锦龙擦擦眼泪，坐在餐台前，秦夫人就在他对面仔细端详他，嘴里喃喃说道："要是秦秀在就好了，咱们就团圆了……"

"秦秀是？"

"对了，忘了跟你说了，我们家那位小霸王叫秦秀，当年，你妈和你婶同时怀上了，我和你爸就约定好，如果是一男一女，就是一对儿，分别叫锦、秀。"秦舸夫笑着解释。

"秦秀比你小一个月，那时咱们两家经常在一起，动不动就把你俩并排放在炕上，所以你俩的关系用台营话讲叫'炕倒儿'。她人现在德国，学国际经济，毕业后在德国一家投资基金工作，最近说是要回国考察项目。"秦夫人边说边给荣锦龙碗里夹了块肉，一脸慈爱地看着他，"到时候让你俩见个面……"

和秦家夫妇告别后，剩下的事情就是和范小琳告别，这次他要长期驻寨，最不放心就是她。通过这段时间的了解，荣锦龙已经知道叶炳雄和陈飞在资金上是合作关系，陈飞放高利贷的许多资金就是来自叶炳雄的投资，两人其实是一丘之貉，而台营银行的集资就是助纣为虐。为此，无论如何，都要让范小琳彻底摆脱高利贷。

打了几遍范小琳的呼机也没有回复，她原来的住处也是人去楼空，景山歌舞城也没她踪影，是故意躲着自己？难道也是怕见债主吗？荣锦龙心里一阵难过和无奈，只好打消了见范小琳的念头。

第三天，荣锦龙一身打工仔打扮，坐上了去雁州的长途巴士，他计划故技重施，作二重卧底，到忠信药业去应聘工人。其实，他对能否收回欠款一点把握也没有，即使这样，他也要义无反顾地去赌一次，在特发呆久了，他也不自觉地染上了"铤而走险"的癖好。

从资料上看，忠信药业依靠山区资源，生产中成药，拥有几个药准字产品，销量和利润都曾在同行业独占鳌头，后来的发展轨迹跟特发集团差不多，募集了很多资金，债台高筑，管理能力低下加上胡乱投资，渐渐走了下坡路，两年前的一场大火后，就彻底衰败了。

商海之中，有的企业就像是美丽的泡沫，看似五光十色、前程似锦，吸人眼球，然而有了一点高度，就自我破灭了。

荣锦龙下了长途巴士，打车来到忠信药业，围着厂区外墙转了转，厂墙墙头都长了草，厂门也生了锈，门口值班室有两个值班的，荣锦龙问药厂招不招工人，值班人摇头，说工厂已经停工好久了。

看来这"卧槽马"当不成了，索性给它来个"当头炮"吧。荣锦龙直接打听法人代表文法德住在何处，这次那两个值班人一起摇头，连肢体语言都像商量好似的。荣锦龙心想，这两人"防守意识"太强，得出奇不意，问个他们意想不到、准备不足的问题。

"两位大佬，请问为什么这工厂叫忠信药业呢？"

这个问题看样子真是第一次有人问，两个人互相看了看，一个上了年纪的人说这应该是因地起名，看荣锦龙还是一脸疑惑，又说："看来你是第一次来，肯定没到过围屋，到那儿一看你就明白了。离这不远，过了前面那座桥，就能看见。"

荣锦龙知道对方想支走他，但还是谢过他们，既然没有其他线索，他决定先去那个围屋看看，顺便也问问文法德是不是住在那儿。

桥很长，也高，荣锦龙迈开大步急匆匆地在上面走，在他脚下奔淌就是著名的雁江。走到桥的另一端，一眼便看到不远处那座巨大的半圆形灰色建筑，覆盖了整个山麓。荣锦龙以前在电视上看过客家围屋，但没想到规模会这么宏大。雁州是古代客家聚集地，客家围屋也完好保存下来，叶全、叶炳雄和卢雪冰还有他们的祖辈就是从这里走出去的。

沿着一条古老破旧的石板路，走了二十分钟，就到了这座坐北朝南的建筑群前。高大的、灰色的、半圆形的砖墙耸然屹立，形成一道巨大的拱弧，拱弧中间开着一道门，门上还有一条黑底金字的门匾，上写两个大字："信门"，门匾牢牢地吸引着荣锦龙的目光，门里进进出出的人都以为那门匾出了问题，也跟着仰头看。

"看嘛西（看什么）？"有人用客家话问他。

"字靓啊！"荣锦龙顺嘴也用客家话应道。

"系呀，北门还有一条匾，写着'忠门'两字，也靓啊！"

"哦，原来'忠信''念信'都由此而来……"荣锦点头。

"这忠信围建了五百年，古人的字嘛，现在的人写不出来喽……"那人似有感慨。

"请问，忠信药业的文法德董事长住这里吗？"荣锦龙问那人。

"哦，文大老板，早就搬走了，有钱人谁还住这里？这里住的都是穷人和租客。"

"那他什么时候搬走的？"荣锦龙接着问。

"两年前吧。"

"那就是他最风光的时候还住在这里？"

"是啊，有钱了嘛，风光了嘛，一定要给熟人看看。"那人似笑非笑地应道。

"那又为啥搬走？"

"就是不希望你这样的人找到他，哈哈。"看来客家人都聪明，会识人辨事。荣锦龙苦笑，说道："我不是要债的，是找他合作的。"

"呵呵，这时候还有跟他合作的？我不信。"那人笑笑走开了。

荣锦龙在围屋里转转，这里面很大，有大几百间房，就是一个中型社区，除了祠堂和祖庙，居委会、派出所、小超市、小诊所应有尽有，他看到有些房子空着，门板上写着出租，下面有电话，荣锦龙决定就在这里租下一间住下。

房子租好后，给"上线""老抠儿"打了个电话，说他现在正在捕捉一个关键机会，争取完成使命，早点回去，"老抠儿"没说什么。其实，这时候，台营银行内部已经发生了一系列人事变动，高行长的行长位置已经难保，但"老抠儿"没有把这些情况告诉荣锦，他怕荣锦撂挑子。

荣锦龙又和陶总通了电话，简单汇报了一下初步情况，陶总鼓励他大胆工作，集团全力支持。

手机没有电了，放在墙角充电，荣锦龙盘算着下一步的突破口，苦思无果，他决定到江边散散心。

傍晚的江边有三三两两的人，江水很清，偶尔有挖沙船经过，不远处有个女人带着个小男孩在小码头的石阶上洗衣服，落霞在江面上流淌，在女人的手上跳跃，构成一幅美丽动人的画卷。荣锦龙靠在一棵树上，看着脚下的水面发呆。

"救人啊！我细仔落水了！救命啊！"突然一阵呼喊，在一片安静中格外刺耳，喊叫的是洗衣服的女人，不远处的水面上，一个小脑袋一上一下地浮动。

环顾四周，已有三五个人围拢过来，是些散步的老人，都在看、叫，却没人去救，此时江面唯一的挖沙船已经顺流驶远，孩子还在胡乱挣扎，但已经开始向江心漂移。

"细仔啊，你不要死啊！"女人声嘶力竭地哭喊，要不是被人拉住，此时恐怕也跳到江里了。

荣锦龙会一点狗刨，那是在小溪一样的锦河边，可这江面有锦河十几个宽，水流也湍急汹涌得多，能不能把孩子救上来，他一点把握都没有。

他脑子一片空白，仿佛已经涌入江水。来不及多想了，他已经脱了外衣，冲到前面，猛吸一口气憋住，一头扎到水里，用力划到淹没孩子的地方，在孩子的头沉入水中的一刹那，一把抓住了孩子细软的头发。

后面的情形，荣锦龙一直不能清晰回忆起来，他只记得，猛呛了几口江水后，身体开始发沉，呼吸越来越困难，唯一的念头就是不能松手，而那孩子也如同锁链紧紧缠住他的胳膊，让他的一条手臂动弹不得。荣锦龙只能单臂划水，在水里苦撑。

他记得自己最后的动作是在水下看天空，眼前还是一片光亮，最后的意识是"真不好意思，太遗憾了……"

不知过了多久，荣锦龙听到有人在说话，他想努力睁开眼，但眼前一片空洞迷茫。

"我死了吗？为什么有人说话？难道真的在天堂？"

"醒了醒了！这个大的醒了！快送医院！"旁边有人在喊，荣锦龙这才醒悟，这是被人救上来了。

"小的呢？"他声音虚弱急促。

"也上来了，那小子死死拉着你，想分开救都毋答（不行）。"那人说道，"伐点摞（快点拿）担架来，把这位兄弟抬到车上！"那人又冲着别人喊。

"谢谢你的救命之恩。我眼睛现在看不清，你怎么称呼？"荣锦龙忙问。

"别客气，你也是为了救人。"那人语调稳重亲切，停了停，又说："担架就在旁边，自己能爬上来？"

荣锦龙点头，奋力爬上担架，"让他脸朝下，控控水！"几双手一起把荣锦龙背朝上翻扣在担架上，然后抬着上了车。荣锦龙迷迷糊糊的，只听见外面警笛呼叫，"怎么是警车？为什么不是救护车？"疑惑间，车已经开进了雁州中医院……

（二）

1999年12月10日傍晚7时，雁州中医院一位主治医生的值班日志有这样一段记载：荣某，30岁，住址，忠信围，电话：无。主诉：溺水致呼吸困难，由110送院。症：喘促，咳嗽，咳血痰，心慌，颈软，腹胀，双瞳孔变圆变大，光反射有，双肺可闻及湿啰音，双下肺呼吸音低，胸片显示双肺积水。中医诊断为水邪犯肺；亦为急性肺水肿。收入院。

三天后，值班日志又这样记载：给予西药能量合剂点滴，辅以中药予以健脾宣肺利水，症状好转，除了声音有些沙哑，身体仍无力。

第四天早上，"患者荣某"终于有了点力气，正想下床，脚刚沾地，一群警察走进病房，错愕间，一位警花将一大把鲜花塞进他手里，两位身材魁梧的警官一左一右站在他两侧，一个还把胳膊搭在他肩上，开口说道：

"这就是第一个下水救人的后生仔，奋不顾身、舍生忘死，不知后生仔贵姓？"

站在另外一侧的警官机灵地弯腰扫视一下床头牌子："荣同志是吧？"荣锦龙点头，喉咙干涩让他发音困难，他咳嗽几声，艰难地说道："是哪位救了我？又是哪位帮我垫付入院费，荣某非常感谢，没齿难忘……"

几个人中有个警衔较高，领导模样的人，他按住要站起来的荣锦龙，笑着说道："拉你和孩子上来的就是你身边这两个人，一位是方警官，一位是杜警官，你们三个合力把孩子救上来的，是你争取了宝贵的时间呐，水性一般，胆量却惊人，不简单不简单！"他回头对后面的人说，"让那母子俩过来和救命恩人见个面，认识一下。"

人群中闪出那对母子，那天男孩也和荣锦龙同时送院，男孩没什么大碍，拍了个片子，检查一下就让妈妈带回去了。荣锦龙这时才看清这小孩，眉清目秀的，挺让人喜欢，孩子说了几声谢谢哥哥，还给荣锦龙鞠了一躬。

"她们还担心你会跟他们要钱，我说要不要钱，都要去感谢人家，所谓商品有价，情义无价嘛，是不是？"

"对对，没事就好，没有别的要求。"荣锦龙赶紧说明。

"你看，这位后生仔不光相貌堂堂，而且境界高尚。小朋友，你以后长大了也要像哥哥学习呦！"警官领导不失时机地表扬肯定。

小家伙嗯了一声，点点头，也不知他有没有听懂。

"大家一起照张相吧！"一位宣传干事模样的警官在旁边说道。于是，众人一字排开，围着荣锦龙照了张合影。

入院第十天，主治医生答应"荣某"出院要求，并在他的病志上留下了如下文字："精神好，无咳嗽，双肺呼吸音清，未闻及明显干湿啰音。带药出院，巩固治疗，祝好人好报！"

入院押金是当时出警的几位干警凑的，荣锦龙出院当天就去雁州公安局找他们还钱，还带了不少水果。一进公安局，还没张嘴打听，那天送花的女警不知从哪里冒出来，拦在他面前："正愁怎么找到你呢，你还自己送上门了。"警花脸上虽严肃，漂亮的眼睛里却流露出喜悦。

"找我？你？"荣锦龙不解。

"跟我走！"警花说着仰视着高出自己一头的荣锦龙，脸上带着一种不容置疑的霸气。

警花把荣锦龙带到楼上局长室，把他往里面一推，说了声："陈局，人我给你带到了。"转身就走开了。

"是小荣啊，来来来！坐！"这位陈局长就是那天去医院看荣锦龙的领导。

"陈局，我今天出院了，过来把押金还给几位警官。"

"好的，你把钱等下交给卢裕玲就行，哦，就是刚才那个女警官。"陈局长说着，笑着看看荣锦龙，说道："昨天，老秦给我打电话问你的情况，他在内部网上看到关于你救人的材料和照片，说你是牺牲战友的孩子，在这里清收欠款，让我无论如何照顾好你的安全。原来你是烈士后代，现在想想那天在江边真是太险了，如果真有个三长两短，我和老秦都没法向你妈妈交代啊！"

"没事，我是吉人自有天相！嘿嘿！"荣锦龙故作轻松。

"我看，你是大难不死必有后福。说说，这次来雁州需要我做什么？"陈局开始问正题了。

"哦，陈局……"

"我和老秦也是过命兄弟，这种私人场合你可以叫我叔叔。"

"太好了，我又多了一个叔叔，陈叔！"荣锦龙马上改了称呼，他一边和这位陈叔喝着茶，一边叙述了这次来的目的。

"你要找文法德？他这两年日子确实不好过，可藏起来就能解决问题了？这样，我让他来找你，你好好养着，在住处等着就行。"

"那就太感谢叔叔了！"荣锦龙站起来就鞠躬，此时，他脑子里马上浮现了病志上最后的那四个字，心中默念：感谢上苍，感谢天上的父亲！

没过两天，文法德就上门了，当这个五十岁出头的男人坐在忠信围出租屋的塑料凳上时，沧桑的国字脸上竟然还带着腼腆。

"文总，我找你没有别的目的，就是想帮助你重整旗鼓，让忠信复业！"这是荣锦龙开口说的第一句话。

"后生仔，救企业可比救人难多了。这厂目前的问题太多了……"文法德开启了祥林嫂式的叙述。

荣锦龙静静地听完，点点头，他从对方的叙述中得知面前这个人因为工厂大火，烧死十多人，被判了半年拘禁，出来后萎靡不振，消极逃避。他看着对方不堪回首的痛苦表情，缓缓说道："这样，你现在带我去厂里看看。"

厂门口看门的还是那两个人，见文法德都恭恭敬敬的，看荣锦龙的眼神也带着异样的惊讶，但这是一个什么工厂啊，过火的厂房还没整修，内墙和门窗都被熏黑，偌大的厂院里空荡荡的，遍地杂草丛生，断砖残垣，一片凄惨景象。

"一把火，死了十四个人，伤了五十人，都是年轻人啊，唉，都怪我平时管理不到位，也没做过消防演练，工人都不知道怎么逃命……"文法德看着眼前的工厂，眼眶湿润。

"安全第一，要狠抓安全管理啊，不过，这个厂还有生存空间，一定要让它活起来。"荣锦龙斩钉截铁地说着。

"钱都赔光了，还欠了一屁股债，怎么能活起来了？"文法德依然愁眉苦脸。

"现在经济形势和政策这么好，只要有勇气和担当，就有办法和机会！要不然，那些人真的就白死了！"荣锦龙近乎大吼，文法德呆望着他，猜想着这个大难不死的人也许会带来些好运。

晚上，荣锦龙打通了古文茂的电话，说了忠信药业的情况，让他在招商引资上给点建议，古文茂答应碰到机会会帮他们寻找资金。荣锦龙半开玩笑地问："把资金介绍给别的城市，会不会影响你的政绩啊？"电话那边古文茂大笑："我这人，只为做事，不为做官！"

放下电话，荣锦龙打心里佩服古文茂的格局，同这种人打交道，心里总是充满希望；同时，他也明白他要把这种希望传递给文法德和其他人，只有他们感觉有奔头儿，才能让投资人有信心。

第二天，他又找到文法德，跟他说了有人已经在关注忠信药业，正在全球帮着找投资者，让他带着自己跑市区政府等有关部门商议，申请议题只有一个——复业。

他们又去跑银行，目的也只有一个——注入重启资金。银行要求注入启动资金必须要有一定比例的自有资金，荣锦龙建议文法德在没有离职的员工中集资，并第一个拿出陶总给的二十万元，以特发集团的名义参加集资。文法德和所有药厂的员工很受触动，纷纷拿出了自己的钱。

"阿龙，你和叶董都是大好人，这么久没有一个像你们这样体谅帮助我们的，药厂若有翻身之日，一定不忘你们两个大恩人！"在一捆捆的钞票面前，文法德心情激动，握着荣锦龙的手不住摇晃。

"文总，还要记住今天从家里拿出资金的每个人，努力回报他们的信任。"荣锦龙提醒着这位决心东山再起的厂长。

在众人的努力下，忠信药业得以复工，复工后继续生产老产品，这些产品带来的效益很有限，对此，荣锦龙倒不在意，因为下一步的重点在招商引资。

古文茂终于给了一个好消息：一位新加坡制药行业的投资商人准备找一个有厂地有药号、水陆交通便利的公司合作，他便向这位商人推荐了忠信药业。

为此，荣锦龙做了充分的准备，搜集了忠信药业所有对外宣传文章和图片，又到雁州图书馆找了很多当地的文化背景资料，用了几个晚上，撰写了一份详细的关于雁州以及忠信药业的介绍材料，他拿给文法德看的时候，后者连声说好。

不久，古文茂来电话说这位商人计划来雁州考察洽谈，荣锦龙把这个消息告诉文法德他们，大家都很兴奋，邀请政府招商部门到场宣传地方优惠政策，还请了文化部门介绍客家文化。

一周后，新加坡商人来了，是一位老者，一问才知道老商人的祖籍也是客家，对客家文化并不陌生，得到这一信息，荣锦龙和文法德似乎更有信心了。他们热情周到地招待了老商人和他的随行人员，转了两天，老商人告辞，走之前，特意宴请了荣锦龙和文法德等人，表示了谢意和支持故乡建设的意愿。

商人走后，荣锦龙就有种失落受挫的感觉，果然，对方回了邮件，取消了合作意向，原因依旧是交通问题，雁州水路运输虽发达，但陆上交通不是很方便。

荣锦龙觉得他只说了表层原因，经过一番思索，他好像悟出点什么，打电话和古文茂确认。听他说完，古文茂说道："我看过你们的材料，应该说写得很精彩，很正面。不过，不同人看问题角度不同，感受也不一样，尤其是关于客家文化中的'精诚团结、一致对外'的描述，这种有限度的局部诚信让外来投资者产生了疑虑和担心。"

"嗯，我明白。"荣锦龙应道，古文茂接着又说：

"其实，地方文化的确是张好牌，但绝不是王牌。我们从小就生活在熟人的关系网中，熟人文化在周围盛行，人熟为宝，只要有关系，啥事都好办；而长期受西方教育的人，他们的观念是崇尚法制和契约。新加坡老商人既受故乡文化熏陶，又秉承西方理念，他们知道熟人亲情文化在大多数时候不利于规则施行。在元阳和雁州，大部分人都有血缘关系，而只有他们是异类，即使他们也是客家人，却总有一种被孤立的感觉。"

"客家文化的主旨就是'团结起来，一致对外'，这在围屋上就得到了充分体现，几百年来，围屋保卫了客家人，也限制了客家人。土客之争延续几百年，有土著人难相处、朝廷不作为的原因，更多的是客家人的狭隘封闭造成的，他们甚至是为了便于管理而故意排外，因为夸大、制造外患是团队建设最便捷、最有效的方式。"

"没错。"荣锦龙马上联想到了筑信台和烧火营子，似乎找到了打坷仗的底层原因。

古文茂又说道："长期以来，中国人之间的信任是基于亲熟关系上产生的，说真话是要关上门的，出了门是绝对不会说真话的。如果中国的经济要发展，和世界现代经济同步，这一点一定要改变。"

"这种亲熟关系维系的信任只是规则观念建立前的权宜之计。"荣锦龙同意对方的观点，但还是不完全否认熟人文化的作用。

"仅靠亲熟关系维系的信任是最浅薄的信任，也最不利于管理规则的建立。如果用来过渡，这个过程可能会很长，而且容易走入歧途，而投资者是没有这个耐心的。"古文茂看问题还是非常透彻。

"那怎么才能在当前这种条件下找到目光更长远的投资者呢？"

"这种投资者很难找，他们一般是有四海皆兄弟的虔诚信仰、以拯救人类为己任的人。这种人可遇不可求，看缘分吧。"

"你不就是这种人吗？"荣锦龙开始展现越来越高的后天情商。

"谬赞谬赞，不过我没钱啊！"古文茂在电话里一声长叹，"归根结底还是要靠资本！"

（三）

和古文茂通过电话后，荣锦龙陷入了一段时间的迷茫，坐在忠信围里的月塘边看水里的蓝天白云。

文法德从来没有见过一个讨债人为药厂命运而如此牵挂，很感动，明确表态，从今年开始，拿出利润的一半用来归还特发集团的欠款，为此他可以写一个保证书，让荣锦龙带回去交给叶炳雄。荣锦龙一笑，拍拍他的肩只说了句谢谢。

这一天，荣锦龙正在月塘边发呆，手机响了，是陈局长打的。

"小荣，你英语怎么样？客家话现在也能讲了吧，你到雁州市政府去一趟，找主管经济的李副市长。"

"副市长？"荣锦龙忍不住问。

"对，她是我老婆，没人的时候，你可以叫阿娘。"

"太好了，没想到我还能有客家阿娘，嘿嘿！"

李副市长见到荣锦龙的时候，即使是见多识广，阅人无数的她也忍不住上一眼下一眼地看了许多眼，看得荣锦龙都有点不好意思了。

"阿龙是吧，嗯，质朴难掩儒雅，忠厚不失精干，不错！"李副市长夸人也是相当直率。"您过奖了，阿娘。您才是雍容大方，气质高雅，一看就是见过大世面的人！"荣锦龙赶紧鞠躬施礼。

"龙仔，人要有真本事，就不用特意奉承，尤其你和外国人打交道的时候，知道吗？"李副市长一本正经地说着，见荣锦龙连连点头，便开始向荣锦龙交代任务。

近期有一个投资考察团要到雁州来，背景是国际基金组织，投资方向是环保、健康、医药等行业的民营企业。雁州政府这次也是举全市之力接待该考察团，需要招募会讲英语，能说普通话和客家话、形象较好的年轻人当翻译，于是，陈局长向李副市长推荐了荣锦龙。

最后，李副市长吩咐道："你现在去外事办报到吧，有问题和困难随时报告。另外，后天来家里吃个饭，先说明一下，这份工作可是纯义务的，没有工资，这顿饭就算是报酬了。"

"有事做，还能吃到阿娘做的美味佳肴，还要什么工资？"荣锦龙笑着答应。

考察团一行十二人，团长叫埃瑞克，带着团员一到雁州就马不停蹄地考察企业。荣锦龙的英语相当不错，尤其口语，加上英俊的外表，自信的举止，使他的翻译工作十分出色，成为几名翻译当中的佼佼者。其实，考察团里也带了一名中文翻译，据说还是一名中国姑娘，团里其他人都叫她汉娜，她刚来的时候病了，被送到海美治疗，所以没在团里，荣锦龙才有机会顶替她做了翻译。

汉娜很快病愈回到了考察团，荣锦龙第一次看见她的时候，就被惊艳到了，这是个身材健美，神采飞扬的姑娘，跟荣锦龙对视的时候，眼睛里充满了挑战，难道是因为我抢她饭碗了？正当荣锦龙不解时，汉娜来了个开门见山："嗯，长得还不错，知道我是谁吗？"

"您不是汉娜吗？我已早闻大名，今日一见，三生有幸！"

"嘴还挺甜，告诉你吧，我就是秦秀，这下知道我是谁了吧！"

没想到在这里遇到"炕倒儿"，荣锦龙确实被吓了一跳："敢情是'小霸王'啊，在下有眼不识泰山，承让承让啊！"

"还知道我外号？不公平，我也要知道你的外号，你要不告诉我，我就给你起一个新的。"秦秀板着脸，一本正经地威胁道。

"告诉你也无妨，在下江湖人称'驴秀才'！"

"哈哈，'驴秀才'，太逗了！"秦秀仰天大笑。

秦秀"小霸王"的绰号绝不是浪得虚名，虽说跟荣锦龙不算是青梅竹马，也算有世交情谊，可她不管这套，处处挑荣锦龙的毛病。荣锦龙自觉考察团用不着两个翻译，便主动提出退出，又被她留住，理由是她不会客家话，需要辅助翻译，所以荣锦龙成了"小霸王"的跟班。

秦秀天天让荣锦龙跟在左右，不聊别的，她感兴趣的话题就是经济和文化，谈论最多的还是文化差异，中外之间、南北方之间、土客之间的，除此以外，荣锦龙从她口中得知，这次考察团是主动要求到偏远地方考察，省里才同意他们来雁州，他们按照政府的安排走了几家企业，都不算满意，主要是当地人都不想让渡管理权，自身股权比例要严格保持在 51% 以上，这和当地的企业文化有关系，另外一点还是对基金的运作模式不了解。

了解到这一情况后，在请示过李副市长，和文法德打了招呼的前提下，荣锦龙找埃瑞克进行了一番交流，介绍了忠信药业的情况，重点讲到忠信药业由于管理不善造成火灾，死伤多人，停业整顿后重新复业，但遇到很多管理和发展的瓶颈问题，急需引进先进的管理机制和新产品。听了这番介绍，埃瑞克对忠信药业表现出浓厚的兴趣。在荣锦龙的引荐下，考察团初步考察了忠信药业。

那天回来后，秦秀问了荣锦龙一个问题："为什么几百年的客家围屋的防火工作能做得那么完善，同样是这些人，却不能在药厂的安全管理当中做到位呢？"

"没把工厂当作自己的家？还是没有那种如影随形、与之俱来的责任感？"荣锦龙在月塘边思考的时候，还真没有想到这个问题。

"我觉得是缺乏一套视责任为荣誉的自觉机制。"秦秀说。

"什么是视责任为荣誉的自觉机制？"荣锦龙问。

"这个，不太好解释，我好好想想，明天告诉你。"秦秀说完冲荣锦龙眨眨眼睛，一甩长发，转身离开了。

这个霸王妹在卖什么关子？也不知埃瑞克对忠信药业究竟有没有投资意向？回到招待所，荣锦龙一直在想这两个问题。第二天，艾瑞克带了秦秀、荣锦龙还有其他几个人又去忠信药业，仔细看了厂地、设备和账目，并着手搜集相关资料。

回到宾馆，秦秀拉了荣锦龙一把，用中文说道："到我房间来一下。"

荣锦龙一愣，心里疑虑紧张，脚步却不由自主地跟着进了姑娘的房间。

"请坐，我要请你做一件事，大概需要一个小时的时间，我先去准备一下……"秦秀一边说，一边脱掉外套，无袖上衣衬托出姑娘充满弹性的上围，牛仔裤更勾勒出下半身优美的曲线。她轻转腰身去了洗手间，荣锦龙紧紧地看着对方，坐在椅子上一动不动，话也不说，不知她要搞什么名堂。

秦秀从洗手间出来，看到对方这个样子，扑哧一笑，说道："紧张的应该是我，你用不着啊！"

"我是不知道要干什么……"荣锦龙嗫嚅着。

"看（kān）着我。"

"看（kān）着你？"荣锦龙不解。

"对，我要参加博士考试，请你做监考官，这回明白了吧？"

"哦，原来是这样啊，"荣锦龙心头一松。

"你以为呢？"秦秀用眼角瞥了荣锦龙一眼，看对方脸红了，顽皮地笑了笑。她从旅行箱里拿出一卷封装的纸，把它放在写字台上，从公文包里拿出一支钢笔，坐在荣锦龙面前的椅子上，然后举起右手，在荣锦龙面前郑重说道："监考官先生，我以柏林大学学生的名誉做担保，宣誓从来没有打开过它，并保证将不借助任何考试不允许的工具和手段独立完成考试。考试时间一个小时，现在，您可以随时宣布考试开始了。"

"这样就可以开始？你确定？"荣锦龙似乎不相信这是真的。

"当然确定，那么说可以开始了？"秦秀认真地等待荣锦龙发话。

"好，现在是北京时间17：10，考试时间一个小时，将在18：10准时结束，请考生遵守考试纪律。现在，我宣布考试开始！"荣锦龙从学生时代就无数次憧憬着这样的机会，这套词儿也熟记于心。

封条被秦秀熟练地撕开，看来她对这种考试方式也很习惯了。接着，她摊开试卷，不再理睬荣锦龙，低头一声不响地开始答题，房间里只有钢笔在质地良好的纸面上划过发出的、好听的"沙沙"声。

在秦秀答题的过程中，荣锦龙伸头看了看，不由得直吐舌头，卷子全是德语，而且几乎都是专业术语，还有很多公式。而秦秀好像答得不算顺利，好几次停下笔低头沉思。刚刚在她打开旅行箱的时候，荣锦龙看见箱子里有很多德文参考书籍，但此时秦秀全神贯注地思考，根本没有要去翻阅的样子。

一小时很快过去了，秦秀把卷子递给荣锦龙，耸耸肩，一副无可奈何的样子。

"挺难？"荣锦龙问。

"嗯，数量经济学，算上这次，我已经考了三次了，看来这次也难说。"

"你确定这不是一次自我测验？"荣锦龙试探着问。

"是正式考试啊，要不我干嘛请你作监考？"秦秀一本正经地回答。

"错了就是错了，改不了？"

"是啊，正式考试难道还能改卷吗？"秦秀反问道。

"不是，这也不算什么正式场合，又没有其他人……"

"你是不是在开玩笑，我是宣过誓的，是以自己的荣誉做担保的。"秦秀语气中带了一丝不悦。

"不是，我是说我这个不知名的人做监考人，人家主考机构不会认吧？"荣锦龙赶紧解释。

"没问题，我事前和主考机构确认过，他们说，请中国人做监考更有历史意义。"

"哦，是嘛，说明中国人更公正，更不徇私情呗。"荣锦龙应道，秦秀歪着头看看他，把卷子的最后一页递过来，让他在最下面的空白处用中文写上自己的名字，然后从旅行箱里拿出一个新封条，小心翼翼地封好卷子，再让荣锦龙在封条上写上名字和当下的日期。

"谢谢！"秦秀很正式地向荣锦龙致谢。

"很高兴能当你的监考官，我也上了一次诚信荣誉课，衷心希望你这次能考过！"荣锦龙回应道。

"很可能这次还会不合格，不过，我还会努力的！"

"虽然你数量经济学考试可能会不合格，但你的诚信这门课确是优秀的，作伟人、成大事不一定非要学经济学，但必须要诚信，所以，你具备了成为伟人的基本品质，我，向你学习，向你致敬！"

荣锦龙说完，秦秀端详他的脸好久，眼神里流露出几分钦慕，看了一阵，才出声："你的话和我们大学墙上两百年前校长说的话几乎一样，你的悟性不一般啊。"

"谢谢夸奖，这么说，导致忠信药业员工在家里和公司里表现不一致是缺乏责任荣誉感，可培养和建立这种荣誉感是不是需要几代人的努力，刚才你说柏林大学至少两百年前就开始诚信荣誉教育了。"

"有开始总比没开始好。"

秦秀的话引得荣锦龙竖大拇指称赞，不过他还有一个问题：

"我再请教一下，那这种荣誉感机制的内容是什么？如何建立呢？"

"按照我的理解，这种机制大体分四个环节：一是宣誓，二是培训，三是考核，四是奖惩。四个环节环环相扣，缺一不可。具体内容你可以请教埃瑞克，他也是我们柏林大学的校友。他曾说过，机制不难建立，难在坚持和传承。他这话我非常赞同。"秦秀答道。

"受教了！非常感谢！"荣锦龙若有所思。

"我希望这种感谢能体现在行动上，不是停留在嘴上。而且，作为监考官，也应该对我今天的诚实表现给予奖赏。"秦秀调皮地看着他，眼里闪烁着亮光。

"回头我送你一个礼物吧！"荣锦龙说道。

"回头要多久？我过两天就回德国了。"

"那——怎么合适？"

"现在，你现在就给我一个礼物！"秦秀凑近荣锦龙，两颗眸子就像两颗钻石。

"现在？我现在也没有准备啊？"

"不需要准备，我只要你这个'驴秀才'给我一个大大的拥抱！"

突如其来的请求让荣锦龙心里一阵紧张兴奋，但这时的他不比当年，心里忐忑，脸上仍能故作轻松，嘴上还开着玩笑："是个是你的监考官都有这待遇？那他们真是太幸运了。"

"那还要看他们的长相能不能通过我的考核了，哈哈！"秦秀一阵爽朗的大笑。

"看来，我还算合格喽，那好，来吧——"荣锦龙张开胳膊，用胸膛和内心去拥抱这个敢作敢为、表里如一、诚实自信的"霸王妹"。

（四）

就像东西方的审美标准有很大差别一样，欧美人对投资对象的选择标准也出乎雁州人意料，他们把投资合作对象锁定在忠信药业，在确定了投资意向后，考察团就具体的操作环节与厂方进行了深入探讨，重点是现有债权债务的摸底核查，尤其是火灾事故赔偿欠款及因赔偿伤亡员工而形成的外债，这里面就包含了特发集团的一千万元。

考察团的核查工作完毕后就离开了雁州，据说这个投资方案要经过基金内部的几轮讨论通过才行。在焦急的等待中，荣锦龙和文法德度过了半个月的时间，一封秦秀的电邮终于出现在荣锦龙的收件箱里，标题是醒目的四个中文字："都通过了！"待荣锦龙焦急万分地打开邮箱，里面就是一行字：两个好消息，一是我的考试通过了，二是基金董事会通过了投资方案，并任命我为首任基金董事。

回过邮件，荣锦龙第一时间打电话给"老抠儿"，这是第一次明确通知行里来收款，特发集团将于近期回收一千万元应收款，是难得的收款机会，行里应马上派人过来蹲守，里应外合一举收回欠款。

等了三天，"老抠儿"回电说高行长因个人原因已离职，新行长还没到位，无法派人出来，让他再等等。其实这个时候高行长提出辞职已经两个月了，新行长也已经到任，只是新官不理旧账。这些，"老抠儿"都瞒着荣锦。

"高行长为什么辞职？"荣锦问。

"他老婆举报他搞婚外恋，他干不下去了。"

"他辞职，也不要影响行里收钱啊！"荣锦着急地说道。

"现在没人拍板啊，你再等一等吧。"

"等什么？再等黄花菜都凉了！"荣锦龙实在受不了这种四平八稳、拖拖沓沓的老爷做派，在电话里吼了起来。

"这样，当年跟高行长一起催款的央行戴副行长现在已经是一把手了，你去海美特发应聘，他还帮着协调联系过，你去找他试试。我把他的手机号给你，不过，你最好别提我哈。""老抠儿"老谋深算，城府真是不一般，再跟他嚷也没用。

电话打了几次才通，听了荣锦龙说的情况，戴行长沉吟片刻，说道："好，我亲自过去，你只要帮我确定出发的大致时机就行！"

又过了一个月，秦秀从德国回来了，同行的还有一个金发碧眼，高大威猛的男助理，他们来执行董事会决议。由于前期工作的认真细致，后期工作异常顺利，随着基金投资协议的签订，两千万马克如数汇入忠信药业的银行账户。文法德仍然是董事长，此时他的股份已经被大大稀释，管理权也被基金分权，秦秀不但要参与所有决策，而且享有一票否决权。

文法德对这些不在意，只要能让药厂重新振兴，让伤亡的员工得到应得的赔偿，他也就如愿了。之前他跟荣锦龙许诺一旦有了资金，就会第一时间把汇票交给荣锦龙，但现在这钱要通过电汇直接转入特发账户，且这条汇款路径还要特发集团事前盖章确认，而这些决定都是引进基金后的明文规定。

荣锦龙摇头叹息之余，也深深感慨，看来除了诚信自我荣誉机制，还有一套严谨的风控流程。

"什么时候电汇？"荣锦龙问文法德。

"拿到收款账号确认传真后，很快就会汇款。"文法德说。

"好的，让我通知我们集团吧。"这时候，荣锦龙能控制的只有时间了。他马上给戴行长打电话，让他尽快赶过来催款。

"好，我们马上出发，在海美等我们！"戴行长答应得很果断，当官的和经商的就是不一样，透露着一股远犯必诛的霸气。

放下戴行长的电话，荣锦龙又拨通了陶总电话："忠信药业答应还钱，他们只同意转集团的基本账号……"

"好，那就把海美发展银行的账户给他们，太好了，这真是个天大的好消息！集团已揭不开锅了，这真是救命钱啊！阿龙，你这次立了大功，我马上向叶董汇报，给你请功！按照集团内部回收坏账奖励标准，你这次可以得到五十万元的奖励！"陶总很兴奋，而这些话却让荣锦龙心情很复杂。

剩下就是告别工作了，他去了陈局长家，当李副市长问他下一步有什么打算时，他能感到对方有挽留的意思，对此，他只能说回海美工作。

听说荣锦龙要回海美，秦秀特意到忠信围来给他送行，荣锦龙打理好行李箱，坐在月塘边等她，远远看见秦秀穿了一条鲜艳的红色连衣裙跨进"信门"，红裙衬着秦秀健美的肌肤，比月塘边那棵开满鲜花的凤凰树还漂亮。

"这个地方好美啊，你搬走，我要搬进来住。"月塘的景色让秦秀很兴奋，带动现场的气氛没有一点惜别的感觉。

"美吧？把你关在这里呆一辈子行吗？"

"那可不行，我还要为拯救人类和地球工作呢！"

荣锦龙把几位在月塘边忙碌的妇女指给秦秀看。

"你看，她们的前辈就在这里被围了一辈子，有的一生也没迈出过这个大门。其实把这围屋放大了看，他们包括我都没走出去。"

"那我这种人呢？你怎么称呼？"秦秀问。

"你叫散养的或放养的都不太准确，应该叫野生的。"

"哈哈，干脆就叫野人算了！哈哈哈！"秦秀的笑声很响，围屋里几个劳作的女人向这边看过来，荣锦龙向几个认识的挥挥手，秦秀也挥挥手，她们却摇摇头，低头忙各自手上的活计。荣锦龙知道现在的秦秀充满信心和救世理想，这种人轻易不会被同化，但挑战她的将会是一个接一个顽固无比的"围屋"。

也许秦秀以为荣锦龙只是回海美，两人还会经常见面，所以并没有在意这次分别，或者她天生就是这种钢铁性格，两个人聊了一会儿，秦秀就走了，走时不忘紧紧拥抱一下荣锦龙，惹得旁边那些女人一阵交头接耳，指指点点。

望着秦秀的背影消失在"信门"外面，荣锦心里不免对她的未来产生了几丝忧虑，不知她将会被围屋挡在外面，还是被围屋困在里面，抑或在围屋里再造一间围屋？不寄希望她能改变什么，只希望她不被改变。

荣锦龙本来想一个人就这样走掉，文法德执意再送他一程，从出租屋起身，两人一直步行到雁江桥的桥头，该说的都说了，荣锦龙还是再三叮嘱对方："一定要抓好安全管理，人命关天，千万不要再让火灾……"

"不会了，我已经向祖宗发过誓了，也可以再向你发个誓。如果再让火灾发生，我文法德就跳雁江自杀！"

"哎呀，跟我不用发这种重誓了，何况遇到我这样的人，一定还要跳下去救你的啦！"荣锦龙半开玩笑半认真地说。

听对方这么说，文法德摆出一副长者姿态，说道："听陈局说，你是烈士后代，下次遇到危险，千万不要冲动！要量力而行，你还年轻，路还长着呢！"

"没事儿，我回去就练练游泳！争取不当烈士也能救你。"

"你呀，说好听是忠义之人！其实就是个蛮古佬！"文法德先是点头称赞，后又摇头叹息。

荣锦龙拍拍文法德的肩膀，又看了一眼壮阔的雁江，还有江畔那个犹如UFO样的忠信围，恍惚中他觉得那围屋似乎无比巨大，大得让人摸不到它的边际。

第十七章

士之陨落

（一）

自从佟紫离开好再来，好再来就下架了"前夫"系列菜品，占景中却几乎天天都来喝酒，几杯小烧下肚又要吵着去找佟紫。腿断过的占景中性情大变，时而乖张暴戾，时而沉默伤感，而这小烧，就是这种情绪转化的催化剂。他在别的地方喝酒不给钱是走不了的，只有在这里例外，"铜锅"每次只能打破"概不赊欠"的条规，回头找佟紫要。如果光是帮占景中结个酒钱也就罢了，最让佟紫受不了的是占景中喝完酒就闯到金鼎大厦筑信乳业的办公地点胡闹，口口声声说要找老婆。

有一次，恰巧叶炳雄在，便凑过去，刚问了一句"他是谁？"就被占景中一顿臭骂，什么勾引良家妇女、有钱到处耍流氓，如果不是保安拦着，还想冲上去搋人家。佟紫实在气急了，过去扇了他两记大耳光，拎着脖领子把他拽出大厦。回来赶紧给叶炳雄道歉，后者倒是没生气，问是怎么回事，佟紫便说这是自己前夫，破产了，残疾了。叶炳雄问为什么破产了，佟紫没好气地说："还不是有点钱就忘了自己是谁，到处放债，单这一样就把他坑了！"

"估计他是运气不好吧。"看着佟紫气红的脸，叶炳雄笑着说。

"你倒是挺理解他呀。"佟紫说完，一甩头发进了自己的办公室。

佟紫了解占景中，但对他已经没有了当年的爱意，有的只是痛惜、怜悯和义气。接触叶炳雄后，这位神秘的男人给她非同一般的感受，她越来越强烈地向往外面广阔的世界。对此，叶炳雄心知肚明，他开始展开对佟紫的追求，

243

他知道三十多岁的女性想要什么。

对此，卢笑江采取选择性失明，他现在也无暇顾及这些，公司规模的迅速扩大让他遇到前所未有的挑战。

最近，在欢喜岗牧场扩大征迁中就遇上了令人头疼的"钉子户"，一处果林就是不搬，搬迁费给到十万元也不行，林主就是破产后回乡的占景中。这家伙现在成了"滚刀肉"，软硬不吃，不给一百万元坚决不搬。卢笑江搬出佟紫出面调解，结果等于是火上浇油；卢笑江又动员铁馨去劝说，也是一点用没有。

这摆明就是搅和，虽然不打坷仗了，烧火营子人和筑信台人之间的过节还是没解开，尤其看到筑信台这几年依靠征地补偿、雁州寻亲团扶持迅速致富，烧火营子与其合作养牛也算得到些好处，但这种差距和被动还是让他们非常眼红憋气。佟紫和叶炳雄来往密切，更激怒了占景中，激起了其强烈的报复欲。

有什么办法让占景中滚蛋呢？卢笑江这两天冥思苦想，连燕红都没工夫搭理了。最后，他谁也没告诉，一个人找到对方，提议还是"老办法"，通过坷仗决斗解决问题，条件是如果占景中输，就立即搬家滚蛋；如果卢笑江输，就拿出一百万元拆迁费，占景中当即同意，地点就定到欢喜岗。

那天上午，欢喜岗的天还是那么蓝。一台破旧北京吉普212和一台崭新的切诺基面对面停在那块平地上，212车头旁，占景中的身边站着占春来。卢笑江站在切诺基旁，他的身边也站着一个人，是筑信台小学的退休职工王校长，他被卢笑江返聘当顾问。

在人类进化的进程中，暴力经常假模假样地披上理性的外衣，有时理性也假借暴力的名义。而这种决斗式坷仗和契约联系到了一起，便赋予了暴力以"公平"的色彩。

"坷仗决斗"是筑信台和烧火营子两村多年以来的规矩，在"群殴"难解难分的情况下，凭"单打"一决高低。在尊崇暴力和强者的文化背景下，这种颇有武士和骑士风格的"单兵决斗"也不失是解决争端的一种办法，简单干脆、省人省力。

决斗的方式不复杂：隔三十米左右各在脚下划道线，在线后画一个长宽各三米的框，谁也不能过线投掷，也不能出框躲闪，双方不限定投掷次数，但限定时间；坷石限定大小，不限定数量，计量击中对方身体次数，多者为赢。这边占春来负责计数卢笑江被击中的数量，王校长负责计数占景中的，王校长任总裁判，以他哨子为令，两声短是准备，一声长是开始，两短一长是结束。

山野寂静，只有耳旁偶尔刮过的微风丝丝轻吟。"嘟嘟"——哨子响了两声，是提示双方准备。虽是夏天，卢笑江和占景中都穿着羽绒服，头上戴着安全帽，胸前兜子和身上口袋里都装满了石坷，两人的双手也都各抓了三四块，看来这两人都能双手投掷。

随着一声哨子长鸣，两个人几乎是同时出手，但见坷如雨发，密如飞蝗，呼呼带声，亮如银线。两人投坷动作很不一样，占景中用的是动作短快的小臂甩动，"弹道"平直，"弹速"极快，像冲锋枪一样，上来就是压制性的扫射，有好几块连续打中卢笑江。而卢笑江是大臂齐摇，"弹道"低而上扬，弹道隐蔽，对手很难躲闪，虽然频率不如对方快，但准确率高，接连击中占景中腿部，本来占景中腿就有伤，加上下身衣着单薄，一旦击中就疼得要命。不过，此时的占景中已经血贯瞳仁，疼痛只能刺激他更疯狂地投射。

就在坷仗激烈关头，一阵雷雨狂风突然袭来，让两人睁不开眼睛，投出去的坷石也大大偏离目标。王校长看看天，吹响了结束的哨子，劝两个人休战。好不容易，雷雨过去了。

一声长哨，战事又起，两人咬牙瞪眼拼命往对方身上扔坷石。正难解难分的时候，一辆警车不知从哪冒了出来，三个警察从车里跳了出来，其中一个大喝一声："都别打了！"

几个人都十分诧异地转过头来，占景中也看到了，可不管谁喊停，只要哨子不吹停，他手上的动作就不会停，趁卢笑江转头去看的当口，两枚坷石正中他前胸，卢笑江赶紧回身还击。

警察气急了，又大喊一声："没听见吗？都给我停下！"

王校长这时才醒悟过来，赶紧吹响了嘴里的哨子。

"怎么啦？"王校长走过去问。

"怎么啦？！有人举报你们在这里聚众斗殴！"警察回应道，几个人听了面面相觑，一脸惊讶。

"谁报的警？"卢笑江和占景中几乎同时问。

"这个不用你们管，都给我靠边站好，手放头上！"

几个人只能按照警察说的做，警察先搜身，再搜车，在车上发现了大问题，在占景中的 212 上，发现了一支小口径，两盒子弹，还有三个雷管；同样，在卢笑江的车里，搜出了一把改装的子弹上膛的五连发，还有一把明晃晃的军刺。

"同志，你听我说，那是打猎用的，不是违禁枪……"占景中连忙跟警察解释。

"我这也是猎枪，刀是平时自己耍着玩的……"卢笑江也赶紧说明。

"国家已经出台禁猎法令了，猎枪也严禁私人持有，难道你们不知道？走吧，到所里说！"一位警察一边说，一边连推带桑，把两人推进警车……

当卢笑江和占景中因为私藏枪械、聚众斗殴被拘留审查时，叶炳雄正带着佟紫在澳门游玩。这次手气太差，三天，他已经输了五百万元。屋漏偏逢连夜雨，佟紫不知从哪得知叶炳雄不只她一个女人，正大发脾气。叶炳雄也开始领教到东北"大辣椒"的厉害，他看着窗外的椰树，脸色铁青，一言不发。

正在这时，他的手机响了，是台营的电话。

叶炳雄刚把电话放在耳边，脸上表情就是一僵。

"怎么啦？有骚娘们儿找你了？"佟紫问话里带着嘲讽。

"卢笑江和你前夫因为持械斗殴被拘留了。"

"因为什么？"佟紫也有点发蒙。

"还不是因为你？"叶炳雄没好气地回应道。

"放你娘的臭狗屁！关我什么事，都是你的钱惹的祸！"佟紫反唇相讥。

"好了，好了，算我没说。"叶炳雄语气云淡风轻，内心已掀起巨大波澜……

从拘留所出来第一天，卢笑江的第一个电话就是打给卢雪冰，还没等问他的解决意见，卢雪冰先发话了："有个不太好的消息，鉴于一些不可控因素及管理团队发生的异常事件，叶炳雄已提出提前收回借款，我正在做安抚工作，不过他态度很坚决，回心转意似乎很困难，你有个准备吧……"

听此话，卢笑江脑子一片空白，后背也开始发凉。

"冰哥，你想想办法，尽量不让他撤资，我这边一切都准备好了，奶牛的国外订单也已经签了，拆迁问题也不是什么大问题，实在不行，我自己出钱把钉子户摆平……"

"主要是时间拉得太长，投资人受不了，人家的钱也有成本。"

"一千万元全部收回吗？"

"对，全部！"

卢笑江的心一下子凉到了脚底。

"能不能给我一点缓冲时间，好寻找一下替代资金。"卢笑江提出了最后的恳求。

"只能给两个月的时间。"卢雪冰答道。

刚放下卢雪冰的电话，燕红的电话就打进来了，第一句就问："为什么在车上放枪和刀？"

"这个……"卢笑江一时语塞。

"是不是想如果不成，就武力解决，我就问你，刀枪无眼，出了人命怎么办？"燕红紧紧追问。

"不是，我只是想吓唬吓唬他们，你不知道这些人都是不见棺材不落泪。"

"跟你说过多少次，不要冲动鲁莽，不要意气用事，不要动武，你就是不听。"看来燕红真的生气了。

"好好，我记住了，下次一定听你的话，晚上我请你吃饭，给你压压惊。好好，不见不散，晚上见！"

放下电话，卢笑江一声不吭地看着办公室的窗外，傍晚的天空霞光万道，恍惚中，他看见一条金光闪闪的链条已经从天上飘飘荡荡地垂下来，就搭在他触手可及的地方，抓住这条金链，他就能到达他的梦想，那里有财富、有地位，还有燕红，有他想要的一切。

（二）

时代塑造英雄，可英雄却难过美人关，高行长的作风问题给台营银行造成了严重的负面影响，只能黯然离职。他从办公室搬走的那一天，把办公室收拾得干干净净，落地窗后面的两棵巴西绿萝也都新浇了水。大家都为这位在这个岗位上有胆有识的领导惋惜，更担心海美集资没人重视。

新来的李行长很年轻，各项改革进行得如火如荼，却无心过问集资款，只是把这件事交给了新成立的临时部门——资产保全小组，组长是"一枝花"冯艳丽，每月只是报送几乎静止不动的数据，根本无法开展实质工作。

银行中另一个从不过问集资的就是"包黑子"，他的开发区支行在他的领导下业务蒸蒸日上，贷款投放量也日益增大。

这天，卢笑江带着不少鲜奶上门给支行食堂送货，在"包黑子"的办公室等到快中午，"包黑子"才从码头回来。

"包叔，你也太忙了，每次来，你都是在下工地。"卢笑江迎过来，接过"包黑子"手上的文件包。

"是啊，这段时间港上用款太多，我得到现场看看，贷款就怕被胡占乱用。怎么，你不去跑你的宏伟大业，往我这偏远地区跑干什么？""包黑子"说着，拎起暖瓶，给卢笑江的杯子里加了些热水，他现在心情很舒畅。

"包叔，如果，我是说如果雁州银行提前收回委托贷款，可以从您这里贷出资金来替代吗？目前筑信乳业大家都挺看好。"卢笑江试探着问。

"那为什么雁州银行要提前收贷？""包黑子"反问。

"是他们不讲信义。"卢笑江张嘴就说。

"是你把人家吓着了吧？"包黑子看来消息很灵通。

"不能，不能。"卢笑江连忙否认，接着话题一转："包叔，哪天请你到我们奶牛厂走一走，真的发生了很大变化，我还想请您这位高人再给我们指点指点呢！"

"好吧，找时间去参观参观。""包黑子"说完，便低头喝水，不理卢笑江了。

卢笑江脑子飞快转动，看来贷款是远水解不了近渴，所以只能打监管资金的主意了，如果现在直接向"包黑子"挑明，可能被拒绝不说，更要惊动对方。于是，他想先来个投石问路，都说"包黑子"铁面无私，兴许只是个传说。

"包叔，我还有个事想请您帮忙。"

"有事直说——"

"嗯，那我就直说了，我有批酸奶，期限不太好，再不销出去就得销毁了，可那样对我来说损失就太大了，想求您帮忙，能不能让行里食堂帮我们消化一下，剩下的部分再给员工搞搞福利，您看，行不行？"卢笑江说完自己的要求，静静地看着对方的反应。

"期限不好什么意思？人还能饮用吗？""包黑子"问。

"就是快到期了，人还能饮用，就是营养成分和口感有所下降。"

"那价格呢？""包黑子"问。

"现在关上门和您商量商量，能不能按照原价买卖，或者九折也行，当然，不论是业内规矩，还是从咱爷俩情感，侄儿我一定重重谢您！"卢笑江小心翼翼地说完这些话，恭恭敬敬地等着对方表态。

"行里有后勤食品采购的规定，这方面你问办公室就行了，符合规定的，你们就做，不符合规定的，就别做，其他的你跟我说没用。再有，你也别说跟我打过招呼了，好吧！""包黑子"板着脸，一副没有商量余地的样子。

"好的，我去找办公室。"卢笑江连连点头，问路石砸到了钢板上，他心里凉了大半截。

（三）

钉子户占景中依然卡在那儿，政府部门也不出面协调，牧场扩建就这样被搁浅了。卢笑江找佟紫商量，把自己酝酿已久的想法和盘托出，佟紫犹豫了一下，但对叶炳雄的怨恨还是让她没有拒绝对方的提议。在筑信乳业，叶全基本不参与事务，决策层其实只有卢笑江和佟紫，尽管一个是筑信台人，一个是烧火营子人，但此时共同的积怨让他们站在一起。

两个月的期限到了，卢雪冰如约而至，要提走监管在开发区支行的所有资金，他第一个动作是让出纳去监管银行把监管账户的对账单打出来，打开金柜取出所有库存现金，然后将总账明细账及实物一一核对，查账是一名有经验的信贷人员的基本技能，卢雪冰对此早已驾轻就熟。

"银行对账单打了吗？"卢雪冰问佟紫。

"哦，没打，银行没到月末，打不了对账单。"佟紫答道。

"不行，必须要有银行对账单，而且要当天的，现在银行都能提供即时对账单，包行长他们应该也能提供。"卢雪冰说到这，回头看佟紫，说道："这样，我们写个申请书，申请即时对账，恳请银行配合，提供即时对账单或资金收付明细。"

"这个，行吗？"佟紫回头看卢笑江。

"不知道行不行，要问问银行……"卢笑江回应道。

"应该行，你们先打个申请书。"卢雪冰在一边说道，这可是银行业务专家，卢笑江和佟紫不好说什么了。

卢笑江走出去，偷偷打了个电话。

写好了申请书，出纳又去了开发区支行，一直到下午也没有回来，发短信说银行内部领导还没有签字，需要等一等。

卢雪冰有点坐不住了，他提出要亲自去一趟开发区支行，卢笑江没办法，只能陪他去。

此时，收到打印账户对账单申请的开发区支行内部已经发生了"八级地震"。"包黑子"正亲自查账，电脑忠实地执行着指令，快速翻看着筑信乳业监管账户的支付明细，终于，一笔七百万元的大额支出赫然显示出来，老包有点不敢相信自己的眼睛，他趴在屏幕上，反复确认着这个可怕的数字。没错，就是七百万元，已被划转，收款方是"筑信乳业"在他行的账户。

"这笔七百万元我怎么不知道？我也没签过字，怎么给转出去了？这是怎么回事？"老包真急了，语调都变了。

"不知道啊，不知道啊……"会计出纳的主管行长老夏好像除了这几字不会说别的。

　　老包意识到事态的严重性，额头开始渗出冷汗，他用颤抖的手拨通了分行监察保卫处的电话。

　　随后，老包扫视着所有的财务相关人员，眼神冷得让人打哆嗦，他命令道："所有相关人停止手上的工作，离开自己工位，把筑信的所有转账凭证拿出来，我要查一下这笔业务的原始凭证。"

　　上月凭证都已装订成册，放在库房，两个柜员搬过几捆凭证册，在众人的注视下，"包黑子"亲自翻阅凭证。很快，那张七百万元的凭证就找到了，是一张转账支票，企业的印鉴齐全，银行审批业务章也盖了，个人经办盖章是一个叫邱少杰的年轻柜员，复核是老夏，而本应老包终审的地方却不是他的字体。"包黑子"看了几眼上面的印章，然后冷冷地命令老夏和邱少杰跟他上楼。这时候，卢雪冰等人已经等在柜台外面，里面这一切他们不知道，但隔着防弹玻璃，能看到一张张严峻紧张的脸，卢雪冰有一种不好的预感。

　　"包黑子"的办公室里，老夏和邱少杰并排站着，"包黑子"把手上的凭证本翻到七百万元那一张扔过去，同时扔过去的还有一句话："说一说吧，怎么回事？"

　　老夏拿过来，看了看上面的印章，沉默着不说话。

　　老包把目光转向邱少杰，邱少杰嗫嚅着："是夏行长让我盖的章，说没几天就能转回来……"

　　"不是，包行长，我解释一下……"老夏涨红着脸，想往下说，但被老包打断了。

　　"你还是到分行去解释吧。"老包说着，脸黑得像铁。话音刚落，老万带着两名经警来了。

　　老包在桌子后面站起来，一字一顿地说道："这事责任重大，你们要配合调查，如实交代。"

　　老夏还想说什么，老万一脸严肃地做了一个请的动作，两个人只能跟着老万去了隔壁会议室。

　　随后，"包黑子"把卢笑江、卢雪冰请到了自己办公室，报告了账户余额和收支情况。得知七百万元已经划走，卢雪冰一反常态，当着银行人的面，高声质问卢笑江为什么要这么做，卢笑江则一语不发，似乎今天的这个局面是他早就预料到的。卢雪冰也质问"包黑子"为何不履行监管职责，"包黑子"一时无言以对，只能说尽力追查，努力挽回损失。

回到公司，卢雪冰立即找佟紫询问情况，佟紫说七百万元资金已经全部付出去了，是卢笑江跟她说急于使用这笔资金，至于为何她也不清楚。看来主要操纵者还是卢笑江，问题是这七百万元现在去了哪里，能不能追回来。

"雪冰哥，我说实话，是你的连拉带拽，才让我们从贫困落后的过去一步一步走到今天，眼下这笔钱留在这里，我们就又上了一个大台阶，成了省内乃至全国一流的企业，如让钱撤走，那我们就前功尽弃，大家会失去信心，筑信台就又回到了从前……"卢笑江讲出自己的道理，语调低沉，听上去似乎发自内心。

"这不是强盗逻辑嘛，君子爱财，取之有道；欠债还钱，天经地义。这是人家投资者的借款，借款协议和监管协议为什么白纸黑字要写清楚，就是防止这种私自挪用。现在你这样做，不就是在砸自己的招牌、失信于宗亲吗？卢笑江啊卢笑江，你真是鬼迷心窍了。本来已经打通了一条财路，现在又被你亲手堵上了。"卢雪冰脸色气得发白，大口地喝了几口水，接着正色道：

"你们必须把七百万元的去向查清楚，能归还尽量尽快归还；如果无法归还，那就通过法律程序解决问题。"

"走法律程序会怎样？"佟紫忍不住问道。

"这个你们应该咨询律师，不管你们出于什么目的，不管你们收买了谁，你们不但把筑信乳业坑了，把包行长和我坑了，也把整个筑信台坑了！"卢雪冰说完，捏瘪了手中的那个印着"筑信"二字的纸杯，扔在墙角的垃圾桶里，站起身，独自一个人回酒店了。

（四）

此时，台营银行会议室里，领导班子在紧急讨论，所有人表情严肃，纪委刘书记正在发言："我觉得，这是性质严重的内外勾结、破坏制度的恶性违纪事件，对外对内造成的影响极坏。应该严肃查处，绝不姑息手软。究竟在哪个环节，哪个人出了问题，是个人捣鬼，还是团伙作案，如果不搞清楚这一点，不挖出根源，我敢说还会出事，出更大的事！还有，这种监管业务是新开发的新业务，全行都没几笔，现在出了事，所以我们不能盲目求新求快，还是那句老话，稳健发展，稳字当头啊！"

李行长把目光放在"于大头"脸上，嘴里说道："老于，到现在为止，那两个人都怎么交代的，你给大家说一下。"

"于大头"清清嗓子，说道："我们突击对邱少杰和夏玉奎两人进行了谈话，夏玉奎已经承认违规操作，但不承认收受贿赂；另一个邱少杰是刚上柜的大学生，只说是受老夏指使……"

老包这时打断"于大头"："我说两句吧，我有责任，没有控制住业务当中的风险，责任我是要承担的，但现在最紧要的还是追款，把损失控制到最小的范围内。"

李行长最后发言，他说："这件事暴露了我们管理当中的问题，必须一查到底，发现问题严肃处理。当务之急应当追查资金，减少损失，应当成立事件处理小组，我提议这个小组由刘书记牵头组建，参与人员包括业务部门、纪检部门、人事部门和保卫监察部门，涉事机构和人员应该回避，但要根据调查需要，予以积极配合。"按照李行长的说法，老包不能插手此事。

行里的调查小组马上去了筑信乳业，回来汇报说，筑信乳业拒不接待他们，短期内无法查到资金的去向。得知这一情况，纪委刘书记提议马上起诉筑信乳业，迅速查封它的账户，小组中有人不同意，说虽然按照三方监管协议可以向被监管方追责，但这也同时坐实了监管方失职的事实，委托方一定会借此按照协议条款直接向银行索赔。

"包黑子"则没和调查组打招呼，直接去了筑信台，他找到卢焕章，直接说了卢笑江挪用监管资金的事实，请求卢焕章出面一起说服卢笑江归还资金。面对老友，卢焕章没有推辞，马上跟"包黑子"一起找到卢笑江。

当着父亲和老包，卢笑江也交了实底：这钱一百万元付了应付款，五十万元支付了欠员工的工资和奖金，剩下的全部用于引进高产牛和先进设备。他强调这钱不是占有，而是暂借，过一段时间周转回来，连本带息肯定是要还雁州银行。

"包黑子"问何时还，卢笑江便一言不发。卢焕章气得要打儿子，被旁边的人拦住。卢焕章已是古稀之年，对于变得越来越陌生的儿子也束手无策，只能自言自语道："悔不当初啊，就不应该让你借钱，有了钱就鬼迷心窍、六亲不认了，这是要遭报应的啊！"

"我最后问你，你准备什么时候把钱还给雁州银行？"老包问卢笑江。

"两年后吧。"卢笑江答道。

"跟劫匪抢劫一样。"老包鄙夷地说道。

"是他们先不守约的，中间撤资，谁能接受？"

老包离开筑信台的时候已经很晚，坐在返回市内的长途汽车上，他想起卢笑江那次造访，现在来看就是一次试探，说明他早就在预谋，继而买通银行内部人员，挪用监管资金，让两家银行对簿公堂，而他从中渔利。

老包守住了从业底线，但却忽视了团队的道德风险，新业务的制度流程也没完善，自责、懊悔左右了他的全部情绪，疲劳、旧疾集中袭来，随着心口一阵剧烈绞痛，他知道心脏病犯了，而来时仓促，身边没有带急救药。昏暗的车厢里，老包捂着胸口，身体委顿在座位上，失去了意识。车上没有几个人，除了聚精会神开车的司机，大家都在睡觉，没人发现渐渐冰冷的老包。只有车窗外，残破的古烽燧像丰碑一样在暗夜里耸立，默默记录和收留着在它身边倒下的每一个忠魂。

第十八章

征雁北归

（一）

　　新世纪来临的第一个春天，暖湿的海风吹拂着海美情侣路上的成排的大王椰，一簇簇的簕杜鹃开得正艳，一年四季都艳压群芳的紫荆花也极力绽放着花瓣，维护着江湖大佬地位，但吸引路人目光的却是原本不起眼的数十棵高大的木棉，这一行树栽种在一座无名烈士的雕像旁，整个冬天，它们一直在万绿丛中静立，树干嶙峋，狰狞丑陋；枝丫灰暗、形状单一，就在人们行将忘却它们的时候，它们却突然迸发出大团的鲜红花朵，开得满枝满树，似熊熊烈火，像浓浓鲜血，人们都心怀敬畏地仰望着它们，连情侣大道上轻佻的海风也知趣地绕开它们。

　　此时，特发大厦顶层的董事长办公室里，正召集应对台营讨债团的紧急会议，雁州的一千万元刚到账，这群人就不知从哪里冒出来，堵在大厦、市政府、银行门口，拉横幅、用大喇叭演讲、喊口号，完全是有组织有预谋，不达目的誓不罢休的拼命架势，想象不出这些人是一群银行干部组成的临时讨债团。

　　会议正在进行中，会议室的门突然被撞开，一群气势汹汹的人冲了进来，除了荣锦龙，叶炳雄、陶总、缪仲民、周部长等人全都站起来，一脸惊愕地看着这些人。来不及责问负责安保的荣锦龙，叶炳雄一眼认出了三年前来过的戴行长。后者则一屁股坐在叶炳雄对面，开口就要钱，叶炳雄还想说没钱，对方便准确地说出了特发账面的银行存款余额，准得连财务部周部长都惊掉了下巴。

叶炳雄给荣锦龙使眼色，让他想办法把这些人弄走，可平时机灵敏捷的"阿龙"现在成了看热闹的"傻子"，面无表情，无动于衷。

这时候，叶炳雄的手机响了，是市长打来的，催他赶紧想办法平息讨债事件。叶炳雄连连说是，看来还没等台营讨债团用到终极大招，叶炳雄已经有点顶不住了，他看对方领头的是央行的人，而央行也只不过八十八万元欠款，那么不妨把这点钱还给他们，把这些家伙先打发了。

当叶炳雄答应还八十八万元本金的时候，戴行长的一块石头已经落了地，不过看在荣锦的面上，又坚持了一下，叶柄雄又给到了二百万元，戴行长这时候就想偃旗息鼓、鸣锣收兵了。荣锦龙本不想这时候就暴露自己，可这情形，容不得他再掩饰了。

"等等，我说几句！"荣锦龙终于站了出来。

等他把话说完，在场的所有特发的人都愣在原地，没有人跳出来贸然指责这个欺骗者的"不义之举"，因为毕竟自身理亏在前，更何况这钱还是人家千辛万苦催要回来的。另外，这个"阿龙"确实是条猛龙，智勇双全，神通广大，一句"欠债还钱"镇得叶炳雄原地发抖，何况他们这些人。

叶炳雄也没有了动静，他的眼睛里从蒙上一层迷雾，到充满怒火，再到后来的一片死寂。此时的他心惊胆战，脊背发凉，荣锦龙是自己身边人，掌握自己很多隐私，要是不顺着他，把他惹急了，把自己那些见不得光的事抖搂出来更难收场。按道理应该赶紧让他拿钱滚蛋，可现在集团资金实在难以为继，这一千万元都被他拿走了，集团恐怕真要散架了。

气恼、无奈、妥协、央告、恳求，叶炳雄开始了他的表演，场面像极了又一幕"华容道"。特发的情况荣锦龙也掌握，如果这时候把一千万元全收回，确实是竭泽而渔。但一想到叶炳雄的荒唐行为，想到范小琳，想到行里的同事，想到自己的职责和承诺，荣锦龙把心一横，坚持要讨回全部欠款。

叶炳雄流泪了，看着这位头发花白、鼻涕一把泪一把的叶老板，荣锦龙心也软了，语气歉疚而坚决地说道："老板，也许这是我最后一次这样称呼你，对不起，我辜负了你的信任，不过我对得起特发集团，但你却对不起太多的人。"

"是我不对，不过阿龙，给特发留下四百万元吧，算我和全体特发同仁求你了。"叶炳雄哽咽着。

"阿龙，看在同事一场的面子上，高抬贵手吧。"陶总也在恳求。

荣锦龙的心硬不起来了，他缓缓说道："好吧，不过叶董、陶总，你们知道我的性格，这笔债是逃不掉的。"

叶炳雄拿过桌上的纸巾盒，想擦眼睛，又放下了，眼神复杂地看着荣锦龙，嘴里问了句："特发给你的奖励少吗？台营银行可能连一万元都给不上，不知道你这么干究竟是为了什么？"

荣锦龙看着对方，说了几个字："为了天下诚信！"

叶炳雄摇摇头，咬着厚嘴唇说道："连名字都是假的，还说什么天下诚信？"随后冲周部长一瞪眼，手一挥，大声说道："还等什么，转钱！"

戴行长他们跟着周部长去银行转钱，荣锦龙也把早已准备好的离职报告交给了缪仲民，那报告上签的是"荣锦"的大名。

当戴行长揣着总额六百万元的两张汇票回来找荣锦时，正赶上荣锦走出特发大厦。戴行长关切地问他要不要跟他们一起回去，一个人在这里有没有安全问题。荣锦笑着摇头，说自己还有点事要办。临别时戴行长亲热地搂搂他的肩膀，由衷地夸赞道："好小子，不负使命，干得漂亮！"

"您也很厉害，关键时刻给力！"荣锦笑笑，回应道。

"债友即是战友，以后有需要帮忙的，尽管找我！"戴行长豪爽承诺后，就带着汇票和人马回去了。

（二）

荣锦把收款的消息告诉"老抠儿"的时候，对方只是客气地赞扬了几句，接着告诉他老包殉职了。噩耗惊呆了荣锦，震惊之余他询问了事情起因，"老抠儿"便把筑信乳业挪用监管资金的经过向他大概述说了一下，很多地方说得模模糊糊，估计他也不太清楚具体经过。

晚上荣锦又一次失眠，辗转反侧间，他默默把床垫搬开，把自己的身体放躺在平坦的床板上，蒙眬中，老包似乎就在他旁边看着他，他问师傅为什么要债不要命，师傅就那么看着他，什么都没说……

第二天，本来他想把自己关一天，范小琳的电话却意外打来了，语调平静地约他见面，地点他定。他很惊喜，想了想，把见面地点定在附近无名烈士雕像旁的木棉树下。

荣锦套了件便装，下楼朝约会地点快步走去，那台"沙漠风暴"本来也是奖励给他的，昨天他还是让"肥曹"开了回去。

快走近木棉树的时候，看见两个阿婆正在拿着长竹竿打花，尽管讨厌她们的行为，很多人还是选择视而不见，但今天的荣锦却大声呵斥她们住手。两个阿婆拎着竹竿和一大包木棉花走开了，她们看到这个高大的后生仔眼神里燃烧着和木棉花一样的凛然和愤怒。

荣锦站在树下，看着老女人逃走的背影，没有丝毫胜利者的感觉，却只有几分悲哀。

不一会儿，一辆货车开了过来，在道边对着停车位停了几次，才勉强停了进去，看来司机是个新手。荣锦不经意地看着这台小货车，是台旧江铃，箱体被喷画成奶牛的模样，写着牛奶的广告，这是当地鲜奶商的送奶车。车门开了，一个身穿肥大白色工装裤的娇小身影从司机位上跳下来，低头从车座下面拿出一个黑色塑料袋，紧紧抱在怀里。待"工装裤"转过身的一刹那，荣锦一下子愣住了，竟是范小琳，他再次震惊，就像那次在派出所里见到她一样。

迎着荣锦惊讶的目光，范小琳走到荣锦面前，她脸上没化妆，显得有些憔悴，原本清秀光洁的眼角还带了几道和她这个年龄不相符的细细皱纹。

"还你的。"范小琳递过来那个黑色垃圾袋。荣锦没有去接，从袋子的形状目测，那里面装的是钞票。

"我目前只有这么多，先还你三万元，再过三个月，剩下两万元我一定还清，行吗？"范小琳眼里含着三分恳求，看得荣锦心疼不已。

"我呼了你不下十几次，怎么不回个电话？"荣锦的话里颇有些家长口气。

"放心，这都是我打工赚的。"范小琳拿包的手一直举着，身体在原地一动未动，她知道自己现在的样子，一直侧着脸，不让对方仔细端详自己。

"我着急找你不是让你还钱，是有急事跟你说。不过，打工赚钱也没错，没想到你会开货车，真不得了！"荣锦口气里有责怪，也有赞赏。

"这有什么，早就会了。"范小琳说得风轻云淡。

"一定要注意安全。"荣锦还想唠叨几句。

"快点，赶紧把钱收了，我还有事呢。"范小琳开始有点不耐烦，原来的乖巧可爱似乎已荡然无存，生存的残酷让女孩变得如此粗粝，而这手中袋子里放着的也分明是血汗和青春，这让荣锦不能接受。

"走，带我去你住的地方看看，看了我再收你的钱。"荣锦板着脸说，不去接那个袋子。

"真麻烦，我还要送奶，不方便带着你，住处也不方便让你看。"

"不行，我就要去你那儿看看，看了我才放心。走，我陪你先去送奶。"

"不行。"范小琳也不看荣锦一眼，把袋子往对方手里一塞，转身就走。

荣锦追到货车边，货车还没有发动，车窗后面，能感觉后那双幽怨决绝的眼神。荣锦刚想打开车门，发现车门已上锁，他刚要拍打，江铃已经发动，停顿几秒钟后，便轰然驶离了荣锦。

（三）

给范小琳呼了十几次，没有任何回复，荣锦神情暗淡地走进附近一家露天排档。没到饭时，排档人不多，他找靠边的一张桌子坐下来，要了一壶茶，想梳理一下思绪。

正在这时，忽然旁边一阵喧哗，桌椅刺耳地一阵乱响，几条精壮汉子在排档中间横七竖八地坐下来，服务员连忙倒茶，老板弯腰弓背，一脸谄笑，等着他们点菜，有一个人不耐烦地冲他一摆手，老板知趣地闪到一边。

荣锦稳稳地坐着，继续喝茶。

过了一阵，又有几个人推搡着一个人走了过来，那人被摁坐在凳子上，脸正对着荣锦，那张脸一下子吸引了荣锦的全部注意力。他万万没有想到，竟然是老熟人——"小温侯"满超！

满超脸上还带着伤，明显是刚刚被人打过，看来是想硬杠没杠过，被人家"搞定"了。荣锦的脑子里瞬间闪过一百个问号，他怎么会出现在这里，究竟发生了什么事情……

"丢你老母，你个衰仔，竟敢不还钱！"

"你们他妈的是真黑，比澳门的大耳窿还黑！"满超嘴还挺硬。

"那你他妈的当初别借啊！"一个打手模样的人应道。

"别跟他废话，先砍下他一只手再说！"另一个人凶狠地说，一听说要砍人，排档里的客人、服务员吓得走的走，躲的躲。

除了这伙人、满超，只剩下在角落里稳稳喝茶的荣锦，连老板和服务员都不知跑到哪里去了。吵吵嚷嚷中，可以听出来，这伙人是陈飞的人，满超借了他们二十万元高利贷还不上钱，想不到当年精明强干、八面玲珑的满超会走到今天这个地步，虽然还在充愣儿、装面儿，可眼下这一关估计很难混过去。

难道遇到了和范小琳一样的困境、迫于无奈才出此下策？正当荣锦胡乱猜测的时候，一个打手模样的人走到一边用海美话讲了一阵电话，然后转身回来，手一挥，几个人用事前准备好的绳子把满超胳膊捆在身后，用胶布把嘴一封，然后架起来，摁着头，就往外推。满超拼力挣扎，怎奈身单力孤，于事无补，正当这时，荣锦说话了：

"光天化日搞事情，不好吧？"语调不高，但足以震慑对方。

那几个人一愣，目光都集中过来，刚才讲电话的先发问了："丢，雷系宾个？"

"陈老大就是这么教你做事的？"

那几个人面面相觑，谁都没吱声，荣锦又把目光转向满超：

"喂，兄弟，既然借了，就要欠债还钱，按规矩办事。"

小头目一摆手，有人撕掉了满超嘴上的胶布，满超惊魂未定，一脸惨白，他刚才也吓得够呛，知道被这些人弄走，肯定没有好果子吃，现在有人出头帮他，不管是真有人路见不平，还是故意演戏唱双簧，好汉不吃眼前亏，先服个软再说，便马上说道："不是这两天手上紧嘛，再给两天时间，我一定还！"说完，抬眼看了一下荣锦。也许是对方坐在角落里，灯光较暗，更可能是当年的"驴秀才"外表发生了很大变化，他根本没认出对方是谁。

"那就是喽，几位兄弟可以先等阵子，劝一下你们老大，别这样搞，搞大了不好收拾。"荣锦心平气和地说道。

"有本事你去跟我们老大说！"一个马仔应道。

荣锦看他一眼，不慌不忙地拿出手机，拨通了陈飞的电话。不用荣锦报名，电话那边已经知道是谁。陈飞很痛快，直接问荣锦想怎么处理，荣锦说这个人是自己的一个朋友，能不能给个面子，先缓几天，回头一定尽力还钱。

"这个小子没规矩啊，借钱不还，还东躲西藏，好不容易让我们给抓住了，还装傻充愣，才给他点颜色看看。不过龙哥要缓几天，那就按龙哥的意思办，缓他几天。"

那个头目接到了陈飞的指示，给"小温侯"解了绑绳，带着人撤了，刚才不知躲在哪里的老板和服务员才冒了出来。"小温侯"并没有马上给荣锦道谢，而是走上前，仔细打量，眼力十足的他这时候才发现面前这个人很像一个人，但又不能确定。

"看什么？不认识了，茅台就元宵，醉酒还点钞；不管对和错，就知睡大觉。想起来了吗？"荣锦微笑着看着对方。

"'驴秀才'啊！真没想到是你，我还以为是道上哪位大哥呢，真有派头，你这整容整得也太成功了！"

"你怎么到这儿来了，还借了那么多钱？"荣锦开始发问。

"唉，一言难尽，今天是天涯遇故知，人生尴尬事，咱俩一定整几口纪念一下！茅台没有，啤酒也行，元宵没有，炒粉也行。""小温侯"说完，一屁股坐在荣锦对面，拿起桌上的茶壶，随便拿了个杯子，满上茶，然后一饮而尽，看来是渴坏了，也是吓坏了。

"陪你喝杯啤酒吧……"荣锦说着，点了三瓶啤酒，两个炒菜，一份炒粉。"小温侯"开始了风卷残云，一会儿就把桌上的酒菜清扫得差不多了，打了串酒嚼，点上烟，才开始了自己的讲述。

"其实我早知道你在特发。""小温侯"这第一句话就把荣锦给惊到了，忙问："你怎么知道的？"

"我还知道你是来卧底的，怎么样？得手了吗？""小温侯"用力吸一口烟，慢慢地朝空中吐出串烟圈。

"你是行里派来监视我的吗？""小温侯"的话更吓了荣锦一跳，忍不住冒了句粗话。

"对，怕你受不了诱惑反水，到时我就出手除掉你……哈哈……""小温侯"狂笑，又一下子被烟呛到，赶紧端起茶杯一阵猛灌。

荣锦把茶壶往他跟前一推："赶紧竹筒倒豆子，如实交代，这究竟是咋回事，否则我现在就让陈飞他们再来收债。"

"小温侯"一边喝水，一边摆手："千万别，我倒不是怕陈飞，就冲你仗义出手相救，我把这里面的事全告诉你，让你也明白明白。"

都混到这般田地了还吹牛，荣锦心里叹口气，没打断他，让他接着说：

"集资那阵，我虽然不看好集资，但非常向往特区的赚钱环境，想来这边闯一闯，就是舍不得银行的铁饭碗。后来，终于来了机会，集资款收不回来了，心疼自己钱的'老抠儿'就向高行长建议派地下驻厂员深入虎穴，来一个中心开花，弄得好，能掌控对方的财权，弄不好也能得到重要情报。'老抠儿'以为高行长不会同意，没想到，他还真同意了，让'老抠儿'去，'老抠儿'没胆去，就推荐了我。这可把我高兴坏了，一边拿着铁饭碗，一边逛着花花世界，还能赚到外快，岂不是一举多得。高行长托一个京城大老板把我推荐给叶炳雄，叶炳雄让我到国际业务部当采购员，那可是俏活儿，油水大大的，哈哈……明白了吧，我知道你们这条妙计的起始，也是当时的第一人选。"

"那怎么……"没等荣锦问卜去，"小温侯"苦笑了一声。

"我是心比天高，命比纸薄啊。采购员干了没几天就迷上了这里的赌球，人家这里的庄家都是世界级的，玩得大。有次我把业务款押进去了，被主管发现，我说我过两天就把钱还上，可这个主管死活不相信我，回头就跟叶炳雄打了小报告，叶炳雄二话不说就把我给开除了。其实我跟你说，叶炳雄在澳门赌钱花的都是公司的钱，兴他用，就不兴我用？"

"那你怎么没回银行？"荣锦问。

"人要走背字，事事都不顺。我那几天心情不好，喝了点酒，叫了个'鸡'，结果倒了血霉，碰上扫黄行动；被罚了款不说，还被公开处理、行政拘留，通知家属才能放人，这特区警察处理这种事比台营还损。"

做事全凭撞大运，丧失底线原则，出了这些事只能怨自己。荣锦看看对方，话到嘴边还是咽了回去。

"这下彻底凉了，老婆离了，没有了回头路，我也只能在这里混下去了。"

"那你都干什么了？"

"哥们儿拿着离婚卖房分的几万块开始打拼，刚开始，买股票、炒楼花，还赚了点，到澳门赌过几次，也是输多赢少，到最后，还是改作老本行——赌球。最近不是欧锦赛嘛，一般人都看好东道主荷兰队，还有看好葡萄牙队的，但我觉得这次应该是法国队夺冠。结果真让我给押着了，赚了几十万元。可不知怎么回事，庄家赖了账，一直没兑现，所以拖累得我还不上欠款。不过，你哥我没你想象得那么落魄，钱正朝着我的口袋滚滚而来呢，嘻嘻……""小温侯"还是那副什么都不在乎，诸事尽在掌控之中的纨绔样儿。

"看样子你混得不错，不想回台营了吧？""小温侯"开始问荣锦。

"回去，过两天就走，这一走，就不回来。你这债真得抓紧还，到时候可没人帮你说话了。"

"海美多好啊，干嘛要回去？我知道了，你是不是因为'暴露'了？'暴露'了也不用回台营啊，就留在南方，赚钱机会大把！你是不是惦记你老妈，带出来不就行了？你这人，做人做事都认准一门，赶紧改一改。"

听"小温侯"这么说，荣锦只是笑着摇摇头。

"是不是舍不得银行这份工作？现在看信贷员的工作真没啥可惜的，信贷科职能已经被分解减弱，还增加了很多吸存收贷的任务指标。原来被人求，现在求别人，这种换位就是让球星去当清扫工啊，太颠覆了。听我劝，趁早跳槽，继续干下去只能等着给人家当牲口使唤，早出来比晚出来好！"

"我不是在乎银行这份工作……"荣锦忍不住辩解，刚说一句就被"小温侯"打断了：

"我知道你重情重义，属于士为知己者死那种，不过在我看来就是愚忠，被人利用。高行长确实眼光高，能选中你来这里，但当初他选你也是迫于无奈，是我这主力意外被罚下，才有了你这替补出场的机会，对不对？所以说他对你根本说不上有什么知遇之恩，你犯不上为他放弃前程，何况他已经不在位置了。"

"我觉得高行长虽然不在了，但台营银行的人还是不错的……"荣锦找一条能敷衍对方的理由。

"老板，来包烟！""小温侯"也没问过荣锦，扔掉手上已经空了的烟盒，直接要了包烟，深吸了几口，缓缓说道：

"'秀才'，行里有些事情按道理我不应该跟你说，刚才你救了我，我也希望你能留下来，也就跟你再叨咕叨咕，要不然你还一直在里面转圈，让人当蒙眼驴使唤。集资这件事，前前后后、里里外外的情况我知道的一点不比你少，甚至，你不知道的，我也知道。这件事，全行人都吃亏上当了，只有几个人是受益者，你应该能判断出来他们是谁？高行长拿没拿我不知道，'道长''胡子'肯定拿了，包括在一边喊号子的'老抠儿''浪人'和我。'道长''胡子'是直接拿了集资回扣，其他人是通过他们间接拿的。'浪人'和'老抠儿'那盘棋也是事前策划好的，目的就是让大家'上船'；几次催款，包括'胡子'被打，就是演戏给大家看的，根本没打算收，也没法收，拿人手短呗。所以说，不是风险识别能力不行，而是良心坏了，带头的良心坏了，后面跟着一大群傻瓜，你说这种项目还管它干嘛？高行长迫于行里员工和央行的压力，派你卧底，使出这招无间道，但也没对你抱太大希望，充其量想搞搞内部消息，跟员工和央行的人有个交代，或者拿到新筹码，再和叶炳雄做笔交易，没想到你这么执着。这三年你一定很辛苦，付出很多，但我替你不值。"

"小温侯"的话让荣锦很不舒服，他一时不能确定里面的真假，表面上并没有任何反应，平静地给对方和自己的杯子里倒上茶，只说了一句："原来是这样啊，也许高行长他们是良心发现，不愿放弃这笔债务。"

"你到底还是老包的门徒，还在讲良心，可我知道在市场上，只有利益和争斗，讲的是心狠手辣，谁讲良心谁吃亏。在集资这件事上，‘道长’和‘胡子’策划得很到位，估计唯一失算的就是没有把大头分给高行长，这主要是他们之间同利相忌、久有嫌隙，加上‘道长’也独了些，所以高行长用你来特发潜伏，用反间计收回欠款，激怒客户，借刀杀人。”

荣锦听到这，完全明白了为什么离开台营的时候，高行长叮嘱他保守秘密，防止内部人泄密，为什么‘道长’特意给他算命，还组织酒局灌他酒，打探他的去向。

“小温侯”吐个烟圈，接着又说道：“高行长可能早就看不上‘道长’了，想对其下手，没料到‘道长’技高一筹，一招儿暗袖飞镖直接废了他。用古话讲，这就叫高手过招，狠辣阴损，谁讲良心谁死。”

“暗袖飞镖？狠辣阴损？你是说，揭发高行长生活作风有问题的是‘道长’？”荣锦打断了“小温侯”。

“‘秀才’，你比以前聪明多了。”

“没想到‘道长’这么下作。”荣锦道。

“这是为了保全自己，换我也会这么干的。”

“这‘道长’真是个‘妖道’，不过这高行长也是不检点。感觉‘胡子’还算不错，只是有时有点贪财。他也算是高行长的心腹，这时候应该出面阻止‘道长’或者告诉高行长啊？”荣锦不解。

“‘胡子’早就上了‘道长’的船，所以当初高行长调他到别的科室当一把手，他都不去。当年收占景中两万块的就是‘道长’和他，高行长不给景紫建材展期，激化了银企矛盾，他连夜把两万块给占景中送回去了，这都让他记恨在心。‘胡子’这个人也是人蔫手狠，跑到刘书记那里反映你用客户的人工和木料装修房子的就是他，我估计他认为你的存在威胁到他了，他是先发制人。这下你明白了吧？”

荣锦不语，“小温侯”的话印证了他当初的猜测。

“其实人生就是一场球，每个人都有自己的位置和角色，我是前锋，我就是要进球，你是守门员，就是不让进球，跟良心没啥关系，关系最大的是能力、规则和运气，不能轻易说谁有没有良心。”

"小温侯"看起来感悟很深，他喝了口茶，继续说道：

"高行长不在了，'道长''胡子'还在；叶炳雄是叶全的叔叔，叶全早晚要知道你对他叔叔的这些行为，肯定防着你；我知道，你是鸿鹄之才，别跟这些燕雀争食。台营那地方，谁回去谁后悔，不信咱俩打个赌！"

"小温侯"的话很诚恳，有些话也让听者有感触，可荣锦心意已决，反过来还奉劝对方："'小温侯'，听我一句劝，别再赌了，以你的精明强干，踏踏实实做点正事，定能做成一番正经的大事业。"

"小温侯"一阵大笑，身体和屁股下的椅子跟着摇晃，脚下的啤酒瓶子也跟着稀里哗啦地倒了一片，笑了一阵才说，"不就是运气差点儿嘛！一个人一个活法，只要终场哨不响，我就不会认输，放心，我不会朝你借钱的，求人不如求己。不过今天非常感谢，这一顿能顶一天的了，呵呵！"

"陈飞那边我可以帮你说说话缓几天，但他们绝对不会就此放过你，你还是要有所准备。我后天就回去了，不过，海美的手机号我还要用一段时间。"荣锦关照对方道。

"说了半天，还要回去？舍不得你那个女记者？我听说你走后她和那个养奶牛的农民企业家打得一片火热。天涯何处无芳草，何必单恋一枝花？南方姑娘都很漂亮，找一个不就完了？为啥要这么死心眼儿？""小温侯"有点不耐烦了。

"我来这儿不是为了找女人。"荣锦回应道。

"小温侯"歪着脑袋看着对方，然后摇摇头，说了句："少见啊，不过发生在你身上，也正常。"他站起身，拍拍肚子说，"吃饱喝足了，感谢感谢！再拜托一件事，就是回去不要向任何人提起我，就当没见过我，好吗？"

"没问题！"荣锦应着，也站起身，向老板招手，排档老板笑容满面地上前，没等荣锦开口问价格，就搭手作揖道："今天多亏了您，您的单就不用买了，算我们请，希望以后经常光顾啊！"

荣锦摆摆手说："吃饭给钱，按规矩来！"拿出两张百元钞票放在桌上。老板推辞，"小温侯"打了个酒嗝，伸手从桌面上拿回一张钞票，说了句，"这个给我，算我借老板的，过两天我来还你，放心，我们都是讲义气守规矩的人，拜拜。"说完，兀自离开。

望着"小温侯"的背影，排档老板摇摇头，嘴里嘟囔道："又是个大话王……"

已经是半夜了，排档也要收摊，回去的路上，荣锦盘算着还需要料理的事情，秦叔叔和婶婶已经调回北京，只能找机会再去看他们。还有那个长脸"黑牙医"，也应该受到惩戒，不让他再祸害别人。不过，台营有更急的事情等着他。

他又经过那排木棉树，暗夜里，仍然能看见那大团大团怒放的血红花开，也许第二天它们可能会被愚昧的人打掉，拿去煲汤煲粥，成为他们认定的佐料药引。但此刻，夜深人静，它们开得正盛，也许天明就要陨落，再无人欣赏、无人问津，但它们也要怒放，让片片花叶都焕发出生命的傲然正气和活力。

星空下传来一阵雁鸣，他朝声音的方向仰望，星光下，天地间最守信的生灵正排着整齐的人字阵越过浩瀚的伶仃洋、掠过水草肥美的南方大地，坚定飞向春寒料峭的北方。深夜里它们飞得并不高，此起彼伏的鸣叫分明是彼此提醒鼓励，也许天明就会有惊险和苦难，甚至可能成为别人的盘中餐，但还是要挺起胸膛，一路向北。

第十九章

债爱之间

（一）

四月初的台营春风和煦，人们眯着眼，带着欣喜，在春日下像惊蛰的动物一样东张西望，四处搜索，寻找着时间的变换所带来的惊喜抑或惊悚。

台营银行眼下最大的"惊悚"就是开发区支行发生的一系列事件，七百万元监管资金由于里外串通被挪用，只差三个月就退休的"包黑子"因公殉职，雁州银行一纸诉状递到雁州法院，请求裁定台营银行承担连带担保责任。台营银行公布了内部处罚决定，老夏被送交司法部门，邱少杰被开除。除了惊悚，人们还收获了一份惊喜，就是海美集资款个人的本金得以全部追回。大家奔走相告，欢欣鼓舞，比发了年终奖还高兴，感觉那钱原本不是自己的，而是天上掉下来的。

重新拿回集资款的巨大喜悦显然冲淡了人们对其他事情的关注，大家只是眼睛放光地用一纸已开始泛黄的收据从老梁那里拿回厚厚的、崭新的一摞现金，至于怎么收回的这笔钱，谁收回的，他们没兴趣去问；银行也不主动宣传，有好事的偶尔问一下，得到的回复都是同一句话：把钱收好了，管那么多干吗？

日子还和往常一样，不过还是有几个细心人发现行里来了一个"新"人，白脸长身，英俊洋气，即使换上剪裁难看的工装，也看着很有"港范儿"。老同志觉得这人眼熟，似乎是三年前悄然消失的那个"驴秀才"荣锦，可又很怀疑，短短三年，人的外表能发生这么大的变化吗？

更多的人对荣锦的回归是漠然的，包括几位行领导。

荣锦报到后，就主动找到接替高行长的李行长。谈话时，李行长特意说明因为贯彻房改，福利分房不搞了，原本高行长答应的那些条件也不能兑现了，不过，这几年荣锦确实为行里做出了突出贡献，在他的努力争取之下，行里可以奖励荣锦去三亚和北海一次。

"拉萨不行吗？"荣锦故意问。

"不行，那里没有行里的不良资产……"

"把催收也当作奖励？那还能收回不良资产吗？"

"这都是历史遗留的老贷款，派谁去都一样要不回来，'海美奇迹'不可能次次发生，'海美经验'也无法继续复制，只能把希望寄托在未来，但催收工作还得做。"

荣锦一时无语。

"高行长保密工作做得好，你干得也漂亮，你能跟我说说具体怎么收回的集资款吗？叶炳雄这个人不好对付吧？"李行长试探荣锦，他肯定想了解更多的内幕。

"瞎猫碰死耗子，运气好而已，况且，集资中劳服公款的大部分还没收回呢！"荣锦不想说太多。

"还想收剩下的？奇迹有可能再次发生吗？"李行长咧嘴笑笑，接着又说，"小荣，我知道你这次收回欠款付出很多辛苦，也有很大成效，但因为这件事本身性质复杂，甚至有违规嫌疑，不适合对外宣传和表彰，所以，请你理解。"

"我明白。"荣锦不愿与之争辩。他站起身，从腰间拿出那部沉重的摩托罗拉手机，放在李行长的桌子上，说道："这是我走时行里给我配的，现在交还行里。"说罢，在李行长惊讶的目光中转身离开那间仍挂着"诚者致远""信者得赚"牌匾的办公室。

荣锦继续回市行营业部出纳科上班，大堂还是那个大堂，柜台还是那个柜台，但门口外面还是有不少变化，驴车看不见了，满街都是广告牌和顶着广告牌的出租车，广告牌上很多是"筑信乳业"的。在金鼎商厦正门口上面，有一面巨屏电视广告，循环播放着筑信乳业的广告。荧屏上是一望无际的牧场，如云朵般的奶牛，一位肤白貌美的美女端着一杯牛奶对着镜头，深情款款地说道：筑信牛奶——良心产品，让你喝得放心、舒心、暖心……

荣锦觉得这声音很熟悉，仔细看那巨屏，才认出这位美女竟然是燕红，这还是他三年来第一次看到燕红，不想竟然是在广告里。

出纳科的日子依旧单调安静，荣锦给叶全打了三四个电话，希望见一面，想把事情讲清楚，以修补来之不易的友谊，可叶全总是推三阻四地搪塞。

这天，荣锦在柜台忙着，行长秘书找他，让他赶紧到行长办公室来一趟。在行长办公室里，围聚着不少人，李行长不像以前坐在自己的大班椅上，而是笑容可掬地垂手而立。银行的其他领导也都两旁站立，"道长"和老梁杵在门两侧，低眉顺眼，双手交叉放在腹部，像两个随时等待传唤的门童。

荣锦一进门，李行长就用手招呼荣锦，"荣锦，过来这边，戴董事长点名要见你。"

荣锦抬头看去，一位高大的、五十岁左右的男人坐在沙发上，目光温和地看着荣锦。这不是"债友"戴行长吗？他怎么会在这里？哦，台营银行刚进行股份制改革，央行下派了一名董事长，没想到竟然是他。

"哈哈，还怕你留在海美不回来了呢，这下好，债友彻底变战友了。"戴董事长主动开口打招呼。

"我只是配合，主要还是靠您的英明领导。"荣锦回应道。

"你完全有能力留在特区发展，为什么回来？"戴董还是很犀利。

"我是单亲独子，回家是第一选择。"荣锦说。

"嗯，有担当，入行几年了，都干了什么业务？"对方问。

"七年了，干了三年出纳员，一年信贷员，三年驻外催收。"

戴董事长转头对李行长说，"李行长，你这不是浪费稀缺资源吗？入行就干出纳，已经干了三年，还让他干出纳？我看这样，这次行里要成立资产保全部，抽调一些骨干人才，这个荣锦我觉得可以选进来。"

李行长连连点头，满口应承："没问题，荣锦我早看好了，当出纳也是临时让他顶顶岗……"

戴董事长没理他，直接征询荣锦意见："这份工作你应该知道它的艰巨性，怎么样？有没有什么想说的？"

荣锦点头，应道："我听从领导安排。"

就这样，当年那个"驴秀才"又重返台营的信贷"江湖"，虽然只是一个只活跃在存量领域的资产保全员。

正当行里众人纷纷议论此事时，一纸雁州法院的判决打乱了人们的正常思路，让他们无暇旁顾。这是雁州银行起诉台营银行监管失责而承担担保责任的一审判决书，判决裁定台营银行监管不力，应承担连带担保责任，赔偿原告贷款本金余额及利息823万元。自成立以来，台营银行还是第一次输掉官司承担赔偿责任，判决令全行上下为之蒙羞，同时也震动了董事会。戴董事长严厉批评了相关人员，并责令全力以赴打赢二审判决。

这简直是不可能完成的任务，李行长也为此愁得头发白了一半，几番研讨，最后还是把担子推给荣锦，让他和卢笑江深入接触一下，做做对方的思想工作，争取庭外和解。荣锦明知这是故意为难他，倒是毫不推辞，他正憋着劲儿呢。

（二）

自从资金被挪用后，特发集团也盯上了卢笑江，准备起诉筑信乳业，被卢雪冰劝阻了，说可以起诉银行，但绝不能和筑信台的族亲为钱撕破脸，毕竟这是好不容易才找到的家人。至于叶炳雄这边有意见，他做了细致安抚，这才避免了直接让筑信乳业作为第三人和雁州银行对簿公堂。

当然，卢雪冰也给卢笑江施加了很大压力，卢笑江也后悔自己的鲁莽，不但得罪了叶炳雄和卢雪冰，还直接害死了老包。其实，这七百万元他卢笑江一分钱都没私占，全部用在了筑信乳业的发展上，其中四百万元用来购买进口奶牛、冻精，两百万元用来采购先进设备，剩下的一百万元全部付了牧场征地赔偿款。这赔偿款里面有八十万元是付给了占景中，为了快速发展，也是没办法。

正当他不顾一切、决心要发全力扩大乳业销售规模的时候，一场突如其来却是意料之中的行业信任灾难从天而降，这就是席卷全国乳业的"毒奶"事件。几乎所有的国内乳制品企业都不能独善其身，国产乳制品面临前所未有的信任危机，市场几乎全部被进口品牌或其他替代品占领，大的企业凭借政府扶持、资本雄厚尚能苟延残喘，小企业则遭受了毁灭性的打击。像筑信乳业这样的高资金成本、高负债率运转的中型企业也等于被判了死缓。

筑信乳业艰难维持着基本运营，屋漏偏逢连夜雨，筑信台的股民天天上门要退钱，当初说得清清楚楚，明明白白，入股不是借款，入了就不能退，眼下一有风吹草动，就一起来拆台。分红的时候都眉开眼笑，亏钱了就喊着要退股，这让卢笑江疲于应付，一直不敢回筑信台。

而这时，筑信台和烧火营子又闹起了矛盾，消停了几年的坷仗又要"战火重燃"，起因是烧火营子的养牛户向筑信乳业索要拖欠的原奶供货款，筑信乳业以原奶质量有问题为由拒绝支付，双方沟通协调没有进展，惹得烧火营子人扬言要在端午节这天给筑信台人好看。

卢笑江倒笑了，因为这样一来，筑信台的人就会集中对外，他和村民的矛盾也就自然转移了。

正当卢笑江回台煽动、组织准备和烧火营子大打一场时，荣锦也四处寻找卢笑江，他从心直口快的佟紫那里得知了一点消息，本想报警来阻止这场"恶斗"，但又觉得这办法不合适，想来想去，他想尝试另一种办法。

荣锦去找铁馨，说要去阻止两村斗殴，铁馨觉得荣锦身单势孤，担心荣锦的人身安全。出于这种考虑，她决定放下生意，陪荣锦回去。自从得知了荣锦的真实身份，铁馨便有了时刻保护他的冲动。

荣锦说最好拉叶全一起去，毕竟人家才是铁馨的未婚夫，避免事后产生误会。铁馨马上抄起电话，以命令的口吻让刚出差回来的叶全跟着去筑信台。叶全很为难，说身边很多事情要处理，铁馨有点儿压不住火儿，声音越来越高，最后把电话一摔，生气地说："算了，不带他了。"

铁馨开车载着荣锦端午节前一天晚上出发，进烧火营子的时候已经是晚上十点钟了，两人先到铁馨家，老铁已经在炕头睡了，铁馨妈正收拾东西，尽管前几年来过，铁馨妈还是没能认出来，惊讶地打量了荣锦好久，还是有点半信半疑，嘴上还叨咕："看来这男大也能十八变啊。"说得荣锦都有点不好意思。

等老铁睡眼蒙眬地从里屋出来的时候，抬眼看见荣锦，一下子竟呆住了，愣了一会儿，紧走两步，来到荣锦的面前，使劲揉揉眼睛，又把眼睛使劲睁了睁，忽然，腿一软，跪在荣锦脚下，号啕大哭，弄得荣锦不知所措，铁长锁边哭边说："恩人呐，都怪我啊，呜呜……"

荣锦明白对方是把自己当成死去的父亲了，赶紧拉起铁长锁。

"铁叔，我是小荣，咱们见过几次面的，你仔细看看！"

老铁站起来，又揉揉眼睛，仔细看荣锦的脸和身材，看了半天，还是使劲儿点头："没错，就是老荣，一模一样啊！"

铁馨帮荣锦解释，铁馨妈也在一旁埋怨："还没醒酒呢，真是越糊涂越喝，越喝越糊涂。"

老铁不管他们，仍然盯着荣锦看，嘴里喃喃说道："这就是老荣再生啊，你们没见过恩人，知道啥？"

"爸，小荣跟他父亲长得很像吗？"铁馨低声问了一句。

"嗯，这小荣摘了眼镜，和他爸就是一个模子刻出来的，这眼神，也是一样一样的！"

铁馨听她爸这么说，冷不丁地冲着荣锦跪下来，嘴里只说了两个字"谢谢"，倒头便拜。吓得荣锦赶紧俯下身，单膝跪在铁馨面前，双手握住铁馨的手，想把她搀起来。铁馨敏捷地向后挪动身体，执意要给他磕头，荣锦看拦不住，也只能把另一条腿跪下，回了对方一个大礼。这不成了夫妻互拜了嘛，旁边铁馨妈看不过去了，赶紧一手一个把他们拉起来。

落座后，荣锦向老铁说明来意，听说是为阻止打坷仗。老铁有点激动，可马上又摇头叹息："唉，才消停两三年，没想到又'兴阳'了。不是我不想管，咱们人单势孤，何况明天就开打了，现在做什么也来不及了。"

荣锦笑了，在铁家昏黄的灯光下，他说出了自己的计划，父女俩连连点头，他们可能没有荣锦那么胸有成竹，可面对恩人的后代，让他们做多难的事都心甘情愿。

已经很晚了，老铁想让荣锦就在自己家里过夜，铁馨为了让荣锦安心，还想开车到十里外的筑信台姥姥家。荣锦赶紧拦住，坚持让老铁带自己去附近人家借宿。

拗不过荣锦，老铁只能把他带到村里的一户人家，等一进这家门，才知道这是占春来的家，占春来也在家，估计他也是特意为了打坬仗才回来的。

占春来喝了酒，挺兴奋，对荣锦说："太好了，我当初就觉得你是可以深交的朋友，和我们烧火营子人对撇子。"

"我只是看看。"

"助威也行啊，可有意思了，现在估计全国没几个地方能看到这种活动了，你算赶上了！"

占春来的父亲跟占景中虽是亲兄弟，但长得不太像，此时瞥一眼他儿子，嘀咕道："就是打群架，唉，但愿这次别伤到人。"

"不出点血哪行？就得让筑信台人知道知道厉害！当初他们用票引，现在打白条，还说质量有问题，有问题当初怎么还收奶？明天我要好好教训教训他们，让他们长长记性！"

"人家不错了，咱这养牛技术也是人家教的，还给咱村投了不少钱，有了矛盾，最好商量着来……"占父看上去是忠厚老实，明白事理的人。

"欠债还钱，不还就干，没什么好商量的！"占春来一脸骄横，占父在旁边叹口气，没再说别的。

"真的有票引吗？"荣锦问道。

"肯定有啊！我家就有，还有筑信台当年的官老爷留下的兑现保证书呢，还都是我爷爷冒着性命危险藏下来的，想不想看看？"占春来嚷嚷着。

"算了算了，别扯这些用不着的了，让人家早点睡吧！"占父拦住了要去拿票引的儿子，荣锦也不好再坚持。

夜色低垂，笼罩着茫茫原野，卢笑江从叶向阳家里回到自己家。卢焕章也没睡，和老伴站在院门口一脸关切地等着卢笑江，后者脸色凝重地点着头，家里的老黄蹲在一边不叫不动，似乎能预测到不同寻常的事件正要来临。

隔日早上，天刚刚亮，寂静的筑信台村里响起了一串急促响亮的梆子声，惊醒了熟睡的人们，他们从炕上一骨碌爬起来，这种声音几百年来一直萦绕在他们的梦里和基因里，如同让人内心颤抖的恶风，也如同让人热血偾张的鸡血。

梆子声依然清脆，街上已经人声嘈杂，人都涌向北村口，嘴里喊着"来了！来了！"。北村口的台墙上很快站满了人，大部分都是些本村的老人妇孺，还有不少不知从哪来看热闹的。

隔着一片曾经是河床的开阔低洼地，对着筑信台的台墙，停着几十辆拖拉机，站着黑压压的上百号人，看不清男女，只能在风中辨别出人的鼓噪声：

"筑信台的熊蛋们，烧火营子的爷爷又来了！"

"都会点啥三脚猫的功夫，有种出来跟老子教练教练！"

筑信台这边的人也不示弱：

——"来呀，烧火营子的傻瓜们，老子的石头土坷正等着你呢！"

——"来呀，来呀！谁怕谁呀？！"

几十名戴着安全帽、胸挂石坷袋的筑信台壮汉已然在城门外一字排开，严阵以待。

策划了一晚的卢笑江站在城头观战的人群当中，和其他人不同，他背对着外面，手里拿着手机，顺着他的视线往台墙里看，眼看另外一大群男子倚墙而立，他们埋伏在台里，城外那些人只是诱敌深入，一旦迫近，烧火营子人气力殚尽、坷石将绝之时，台里的"生力军"便会全力杀出……

在距离卢笑江不远的地方，十几个便衣警察正密切注视这一切。因为往年也有邻村人过来看热闹，所以筑信台的人包括卢笑江都没在意，岂不知打坷仗的消息早就被公安局得到，当下正值打黑除乱集中整治时期，警方暗中出动大量警力，一旦坷仗发起事端，便采取行动，一举抓获其中主犯。

荣锦也在烧火营子的队伍里面观察着周围的人，他发现在烧火营子的队伍里，除了占春来，还赫然站着满脸杀气的占景中，虽然已经三年没见了，其脸上布满沧桑，身形也有些佝偻，但从其与众不同的眼睛和眉毛上，还是一眼能认出他来。

延续几百年的冲突场面当然不会一见面就没头没脑地打，而已然生成了一套固定流程：首先是"骂战"，即各派出一个代表性的人物，义正词严地声讨对方罪恶，讨战的烧火营子代表首先发声，这是个中年人，身材高大，声若洪钟："皇天在上，黑土在下，烧火营子世代心善心实，有一说一，说一不二，最恨欺骗别人、利用别人的人，筑信台人就是这种专门欺骗别人的人，没心没肺，没脸没皮，没羞没臊，一肚子坏心眼子，除了坑蒙就是拐骗，谁跟你们搭伙计都是倒了十八辈子霉，你们欠了我们的债不还，现在又赖上新债，今天，就要用石头坷垃给你们这帮自以为精明的家伙上上课，让你们知道知道老实人也不是好惹的，来，先给他们来发敲门石！"

话音刚落，一个身高臂长的汉子从后面走上来，拎着一对"链子石"。这是两块串了孔的石块，中间拴着结实的尼龙绳，只见他两臂齐摇，链子石像重型炮弹一样飞了出去，隔着有几十米远，重重地打在筑信台念信门的石匾上。

这让在场的筑信台人为之心头一凛，烧火营子人则一片欢呼喝彩，看热闹的人也啧啧惊叹。

片刻，一个苍老的声音透过扩音器在城头响起，是卢焕章的声音："烧火营子的乡亲们呐，咱们世代相邻，知根知底，俗话说远亲不如近邻，筑信台人没有坏心眼，咱们有事好商量……"他的话还没说完，城下烧火营子的人已经听不下去了，"老不死的，还出来蒙人，打打打！"占春来带着人开始鼓噪，队伍开始向城下压近。荣锦则拿出手机，悄悄拨通了铁馨的电话……

两边人马的距离只有二三十米的时候，筑信台站在墙下的几十号人动手了，这是佯攻，一时间坷垃横飞，乱石如雨。筑信台人显然做了充分准备，顶着安全帽，穿着棉衣服，反观烧火营子人，基本上没做防护，有的还打着赤膊，嘶嘶狂叫，一副搏命的样子。

"差不多了，让后面的人上吧！"有人催促着卢笑江。

"再等会儿……"卢笑江面色沉着，眼睛紧盯着城外的"仗势"，他在等烧火营子人的"子弹"打得差不多，身体出现疲态的"战机"。

这时，他打开手机，下达着命令："二林，告诉你的人准备，等我说冲，你就带人冲出去！"

与此同时，警队队长也悄悄通过对讲机对十几名干警下达命令："准备，等筑信台人冲出来，两边真干起来，有人倒下，再按计划实施抓捕。大家注意了，听我命令！"队长说着，带着身边两个人慢慢接近卢笑江，而后者注意力全在墙下，对此浑然不知。

"着火了！烧火营子着火了！"一阵尖锐刺耳的喊叫惊呆了所有人，本来面向台墙的烧火营子人，像被狂风刮过的高粱穗，齐刷刷地转过头，望向后面，烧火营子和筑信台间隔只有十里地，中间一马平川，端午季节，青草和庄稼刚没脚踝，从这里看烧火营子，不用踮脚，就能看到烧火营子村头小学校的红旗，这时只见从红旗下方冒出一股黑烟，瞬间淹没旗子，像一条怪蟒直冲云际……

烧火营子的阵营顿时大乱：

"是我家着了！败家老婆也跑来看热闹，肯定是灶台忘盖上盖儿了……"

"不是你家，是我家牛圈。这两天生犊牛，我在圈里生了个地炉子，旁边都是草料，肯定是草料着了。诶呀，我的牛啊！"

"什么你家我家，村里家家都挨着，一家着火，全村遭殃啊，赶紧回去救火吧！"

烧火营子来的人大部分是被硬拉来的，日子越过越好，谁还像以前那样没有牵挂。这时转身就往回跑，谁也拦不住，占景中、占春来急得干瞪眼，但也无计可施，因为他们知道这时候谁拦着，他们就会和谁拼命。

"叔，我爹还在家，他腿脚不好，我想回去看看……"占春来也呆不住了，悄声对占景中请求。

"想回就回吧，没人拦着你。他妈的，眼看就要把他们揍趴下了，不早不晚，偏偏这时候着火！真他妈邪乎！"占景中说着，眼睛仍死死瞪着筑信台的台墙。

"你不回吗？"占春来小声问。

"不回等着人家揍啊？"占景中没好气地应道。

没等占景中发令，烧火营子的人都已经爬上拖拉机，急三火四地往回赶。

此时，卢笑江没敢让好不容易组织起来的村民散去，他怕烧火营子的人"使诈"，再杀个回马枪，便让众人再等一会儿，看热闹的都已散去，除了台城上十几个不知从哪儿来的男人。

卢笑江这时候才注意到这些可疑人，他担心是烧火营子的探子和帮手，正想让人过去问问，忽听有人在城下喊他的名字，低头一看是说好了不出面的叶向阳。

叶向阳拼命招手让他下来，看卢笑江不理他，便急三火四地顺着马道跑上来，一把拉住卢笑江的袖子，趴在对方耳朵上嘀咕了几句。卢笑江的脸色大变，赶紧吩咐几个身边人遣散所有人。

警队队长见此情景，也似乎明白了什么，下达了撤队的指令，转瞬间几辆警车呼啸而至。十几个男人登上警车，扬长而去。卢笑江这时才意识到刚才的"危险"，头上不禁冒出一层冷汗。

其他人都各回各家，卢笑江和叶向阳则去了街道办（原来的村委会），两个人一进来就开吵：

"你怎么不早提醒我？差点儿让我犯了官司！"卢笑江责怪叶向阳。

"我也是刚刚接到区里的电话，让我协助警方的抓捕行动，冒着丢官的危险给你送信儿的，你不感激我还怪我？你现在是城里大老板，难道一点消息都不知道？"叶向阳反唇相讥。

"打黑行动的通知早就下来了，怎么才告诉我？"卢笑江质问。

"我真的是才知道。"叶向阳没好气地回应。

"不过，刚才这把火真是救命火啊，是不是你让人放的？还是你高啊！"卢笑江由衷称赞对方。

"放火？不是你安排的吗？我正想说你呢！"叶向阳一口否认。

卢笑江愣在那里，他努力猜想这放火之人究竟是谁，看起来，这人不会是烧火营子的人，也不会是筑信台的，因为要是有这样的人存在，两村的坷仗也不会打了三百年，也不应是张好网的警方放的，那究竟是谁呢？话说回来，还是现在的人富起来了，有了牵挂，不像以前那样打架不要命了。

正当胡思乱想间，街道办的门开了，走进来一个男人，穿着风衣，戴着墨镜，神色冷峻，吓了卢笑江一跳，连忙起身相迎："警察同志吧，请坐！抽烟抽烟！"

荣锦没吱声，在地中间的椅子上坐下，没理递过来的香烟，而是对着卢笑江上下打量，看得卢笑江直发毛，结结巴巴地解释："我——我们就是端午节搞民俗活动，不是聚众斗殴，而且……而且我们就是相互斗斗嘴皮子，也没动手。"

"欠账还耍赖？不知道知恩图报也就罢了，竟然还好勇斗狠，这样下去，你迟早要出事。"

"不会不会，我们都有分寸，就是互相试探试探，吓唬吓唬而已。"卢笑江觉得对方的声音有点耳熟，一时想不起面前这人是谁。

"对，对，警察同志说得对，这次我一得到消息，就制止了他们，也算是关键时候及时遏制了一起恶性事件。"叶向阳在一旁插话，他时刻不忘为自己表功。

"烧火营子的奶款你不打算给人家？"荣锦问。

"是他们的奶质量有问题，烧火营子人自古以来就是一帮刁民。对付他们不能用正常办法，不过您放心，这坷仗肯定不打了，我们协商解决，解决不了，走正常法律程序！"卢笑江逻辑清晰、振振有词。

"知道走法律程序，那为什么还挪用人家给你专款专用的委托贷款？你这不是知法犯法吗？"对方开始转换话题。卢笑江愣住了，这突然的问题让他无法回答，也让他怀疑对方的身份。

"您是分局哪个处的？还是？"

"不要问我是哪个处的，哪个处都能处理你！"荣锦说着把墨镜摘下来，扔在桌子上，眼睛冷冷地看着卢笑江。卢笑江假装笑着没敢同应，直到这个时候，他还是没认出荣锦来。

卢焕章不知什么时候从外面进来，他一看到荣锦就呆住了，腿一软，跟跄了几步，颤颤巍巍地到了荣锦跟前，躬身道："恩人呐，你从哪里来？当年都怪我，我太混蛋了，太对不住你了……"说着就要伏身磕头，荣锦连忙把他搀起来说道："卢大爷，你搞错了——"

"怎么不是？我眼睛还没花，你是不是当年被救活了？"卢焕章很固执。

"爸，你认错人了……"卢笑江也过来拉父亲，心里埋怨他爸真的老了，这阵子总说对不住这个，对不住那个的。

"当年是我父亲荣永鹏，我——是他儿子。"荣锦一字一顿地解释道。

"你是他儿子？"卢焕章仔细看着荣锦，看了好一阵，"长得太像了，太像了！简直是恩人再世啊！"

叶向阳这时才发出同样的感叹："就是，太像了！"荣锦瞥了他一眼，叶向阳赶紧解释："送您父亲去医院时，抬担架的有我……"他还想往下表功，被一旁卢笑江打断了：

"我当是谁呢，吓我一跳。几年没见，变化这么大。这是从外地学习回来了？听说是接着干老本行？"卢笑江说着一屁股坐回椅子里，自顾自点上支烟，刚才可把他紧张坏了。

"不做亏心事，就不用害怕，这样下去，警察迟早会找上你。"荣锦冷冷地说道。

"这次你们银行就担待些，帮我把这笔资金先还给雁州那边，别担心，筑信乳业的产品很畅销，现金流越来越好，过不了多长时间我就会把钱还给你们。"

"你需要资金，就选择正规渠道申请，采取这种手法，就太不地道了，弄不好是挖坑把自己埋了。"

"哈哈，这叫借力。看着吧，筑信乳业马上会走向全国，成为全国最好的乳品企业，这怎么叫把自己埋了呢？"卢笑江吐了口烟圈儿，脸上写满了自信和得意，他又说了一大通筑信乳业的美好前程，临了补充道："哦，对了，如果你需要完成存款任务，我就把公司的钱存过去，我俩也算有交情。"

荣锦等他说完，平稳了一下情绪，说出了自己的建议："我有个想法，筑信乳业能不能找一家银行承债，银行在经过正常审核的前提下，给筑信乳业提供贷款，你们用它把雁州银行的委托贷款还掉，这样做，所有的关系都会梳理清楚，各方各得其利，不好吗？"

卢笑江闭着眼吸了几口烟，想了一下，问道："你这贷款是有利息的吧？"

"当然，贷款利息是国家规定的，商业银行还没有免息贷款。"荣锦答道。

"那就不用麻烦了吧，我们现在属于起步阶段，承担不了利息，而且贷款还有固定期限，太有压力，我觉得现在无利息无期限的状态挺好，反正你们台营银行别担心，我们最后把这些钱还上就是了。"卢笑江说完，把烟蒂按灭在桌面上，还未燃尽的烟蒂在斑痕累累的桌角上又留下一个清晰的黑斑。

"我明白了，告辞。"荣锦站起身，拿起桌上的墨镜，迈步往门口走，卢焕章赶紧阻拦："吃完午饭再走！"

"谢谢卢大爷，不吃了。"荣锦客气地向卢焕章拱拱手，旁边卢笑江加了一句："别客气嘛。"

荣锦转回身，对卢笑江说："有句话想说给卢总听听，那就是天下没有免费的午餐。"

（三）

烧火营子外的公路上，几十辆拖拉机疯一样地开，十里路眨眼就到，等众人顺着浓烟找到火源地，才发现是一块空地堆放着七八个废旧轮胎，不知被谁点着了，浓烟滚滚，发出呛人的味道，人们一边七手八脚把火浇灭，一边胡乱猜测：

"谁干的？谁家孩子这么淘气？"

"这东西没有汽油柴油肯定点不着，绝对不是小孩干的！"

"那肯定是筑信台的人干的，这些人太鬼了，跟咱玩声东击西。"

"这不叫声东击西，这叫调虎离山好不好？"

"不叫声东击西，也不叫调虎离山，这叫攻心为上，你想出去打架，人家在你家里放把火，你哪还有心思打呀，还好咱们撤回来了，不然留在那儿，也得让人家给打扁了……"

占景中阴沉着脸看着那堆冒烟的轮胎，手一挥，说道："散了散了，都各回各家吧。"

一些人掉头就走，还有几个茫然不知所措，围上来问："那我们的奶款怎么办？"

占景中摇摇头，什么也不说，一瘸一拐地走了。

等浓烟散尽，烧火营子打坷仗的人也全部散了，谁也没注意荣锦在村口的路边已驻足良久，他的身姿和当年父亲一模一样，他的目光也带着当年父亲一样的焦虑，他的内心在努力揣摩父亲单枪匹马冲进村子的心情和动力。

一辆桑塔纳缓缓地停在他身边，铁馨摇下车窗，低声唤他，他才回过神来。等他看见铁馨，立即笑了，笑得铁馨挺不好意思的，见荣锦的笑没有停下来的意思，她才意识到了什么，等她从倒后镜里看到了自己的那张"大花脸"，才"哎哟"一声惊呼，用双手捂住脸颊。刚才她费了牛劲儿才点着了轮胎，怕火势失控，还得守着，等烧火营子的人赶回来，才悄然躲开，绕路去筑信台接荣锦，因为太挂念对方，一直没顾得上看一下自己"战绩辉煌"的脸。

荣锦不笑了，从铁馨手上拿过车钥匙，示意铁馨坐到副驾驶位置上，他知道不远处有条小溪。

荣锦把车开到溪边，拉着铁馨下了车，铁馨看起来也很熟悉这里，她一步跨到溪水中间凸出的石块上，背对荣锦蹲下，用手捧起清凉的河水，开始洗脸。她的上衣有点短，一段白嫩的腰背从上衣下摆裸露出来，闪着光，像溪水一样耀眼。紧绷的裤子勾勒出下身的线条，像盛开的荷花一样柔美。她仔细洗着手，两只灵活小巧的手像两条跳动的鱼儿，等确定手洗干净了，才开始洗脸。阳光照射着溪水，在她头上镀上了一层玫瑰金，她的耳朵几乎透明，光洁的下巴映着河水的光亮。

洗了好一阵，铁馨才站起身，仪态万方地回头看看荣锦。荣锦心头小鹿乱撞，表面上还是故作镇定地点头，那句"好看"到嘴边还是被硬生生换成了"好了？"。

铁馨点点头，甩甩手，还想像跳上去那样一步从石头上跳下来，也许是蹲的时间有点久，也许是荣锦在面前心神不稳，结果落地的时候，腿一软，没站住，身体摇晃起来，眼看要跌回水里，荣锦赶紧上前一把拉住，因为用力过猛，两人一起向后仰倒，摔向溪边的草坡，他下意识地把铁馨抱进怀里，两个人就这样一起摔了下去，和他们第一次见面一样，都是荣锦当肉垫子，不同的是，这次倒下去的铁馨没有一把推开荣锦，而是低头趴在荣锦的胸膛，一言不发。

　　姑娘的脸颊和身体散发着青草的芳香，荣锦努力克制着自己的情感，却克制不住激烈跳动的心。过了好一阵，除了两个人的心跳声，荣锦终于听到了午后的风声和鸟叫，才轻咳一下，小声问身上的人儿："没摔着吧？"

　　"没事。"铁馨应着，红着脸坐起来。

　　荣锦也坐起来，两个人就这样默默地并肩坐了很久，直到晚霞从西边升起，河面被染成片片金黄。

第二十章

狼性难改

（一）

台营银行资产保全专题会议上，荣锦汇报了筑信乳业的情况："我去了筑信乳业的生产基地——筑信台，见到了卢笑江，提出了债务重组的想法，他说贷款是有利息的，他不想承担利息……"

银行聘请的法律顾问谢律师也在场，他转头问信贷审批处赵处长："可不可以对这种企业发放无息贷款？"

赵处长摇摇头："无息贷款的贷款条件非常苛刻，筑信乳业根本不具备无息贷款的申请条件。"

众人沉默了一会儿，李行长对荣锦说道："再去做做工作，不能免息但其他条件可以优惠些，比如让他们多申请些贷款什么的……"

赵处长听了又摇头："筑信乳业的财务数据小荣给我看过，他们现在固定资产投入太大，现金流很紧，我看在锁定回款账户的前提下能贷出二百万元就很勉强了，多贷我们批不了。"

"你们能不能别墨守成规，贷款虽然有些风险，但毕竟还有收回的可能，但如果你不贷款，这八百多万元就眼看着被强制代偿了。"李行长显然不满意赵处长自扫门前雪的态度。

"不是我同意，是审批制度过不去。"

"不能抱怨规则，要想办法利用规则，才是最聪明理智的选择。"谢律师插言道。

"那怎么才能利用规则呢？"赵处长问。

"我不懂银行业务，大家一起商量。"谢律师把"球"踢了回来。

众人又沉默，直到散会，也没商量出一个可行的办法。行长、处长们都散去了，他们都急着回家。荣锦最后走出会议室，在停车场，他看到了谢律师正在发动车子，他过去打招呼，问谢律师有没有时间，他想问个问题。谢律师请他上了车，车子开到一个叫"红房子"的西餐厅前停下，两个人走了进去。

"我问的问题和赵处长一样，怎么能利用规则呢？你有过什么利用规则的案例吗？"荣锦刚坐下，就迫不及待地问。

"哦，这个问题很大，不好说透，要不这样，咱们边吃边说。"谢律师倒是不急不忙。

两人各点了份牛排，要了个鱼，要了两份汤、面包片和米饭。没多大工夫，牛排就上来了，荣锦对西餐礼仪十分了解，但好久不吃西餐了，还是觉得有点别扭。再看谢律师，他好像是第一次来，什么都不懂似的跟服务员要筷子，服务员微笑摇头，说："对不起，我们是西餐厅，不提供筷子。"

谢律师小声对荣锦说："不可能没有筷子，就是故意让咱狗脑袋上长犄角——出洋相。看我的，我给你表演一个即不破坏规矩又能达到目的的办法……"谢律师说着点手叫服务员，服务员小跑着过来。

"先生您好，请问需要什么帮助？"服务员的问话完全是英式的。

"你们这里除了不能提供筷子，还能提供什么服务？"谢律师装腔作势地问。

"先生，只要您提出需求，我们能满足的一定满足。"服务员的回答并没有迟疑，看得出是经过话术培训的。

"这样的，我手腕这几天受伤了，不能用力，可不可以帮我把牛排切开？"谢律师对服务员说。

"好的，没问题！"服务员把谢律师面前的那盘牛排拿到一边，非常熟练地把整块牛排切分成军棋棋子大小的小块，恭恭敬敬地拿给谢律师，还细致地问："先生，您看切成这样行不行？"

谢律师刚谢过服务员，服务员又殷勤地问："您看这鱼是不是也需要给您切一下？"

谢律师点头，服务员又把鱼端到一旁，用叉子几下就把鱼刺剔掉，切成段端上来，对着谢律师轻轻微笑，做了一个请的姿势，然后背手站到一边去了。

荣锦看着眼前发生的一切，明白谢律师的意思，他在演绎什么是利用规则来打破规则。

"怎么才能在我们这个案子里利用规则呢？"荣锦问。

"还是你有责任心。那些当官的不是想不到这些，而是不想给自己惹事，跟他们讨论就是浪费时间。不说他们了，咱们说说正题。从现有证据看，一审没有任何问题；想在二审翻盘，必须要有新证据，如果找不到，就要人为制造。"谢律师说到这，用叉子熟练地叉住一块切好了的牛排，放在嘴里慢慢地嚼着。

"这个人造证据是哪方面的呢？"荣锦问。

"证明担保无效的呗。"对方答道。

"具体说呢？"荣锦又问。

"那就要把所有能让担保无效的条件罗列出来，在当中找能利用的。我听李行长说你在保全工作上经验比较丰富，法律知识也不少，你能说出几条来？"谢律师开始提问荣锦。

"哦，说不上，只能说干了几年实地催贷。我受过如何让担保条款有效的培训，不妨从这里反推，担保有效的第一条是要求合同条款、签订人身份真实有效；第二条是合同条款不能违反国家法律法规；第三条嘛，任何一方不能单方面修改合同，修改合同需经过另一方同意，否则原合同无效；这第四条……"

"好，咱们就分析第三条，合同法这么规定的法埋是什么你知道吗？"谢律师开始吃鱼。

"单方修改合同等于产生新的要约，那么原合同的要约就因此失效，原合同也就失效。"荣锦对合同法还是有一定研究的。

"非常好！正是基于这一条，合同法要求合同当事方不能随意修改合同，如果需要修改，必须经过合同所有当事方的同意才行，不管是两方合同，还是像咱们案子中的三方合同。"谢律师点头肯定。

"关键这份合同没有任何修改之处，可以说是无懈可击，怎么才能让它无效呢？"荣锦喝了口汤，这西餐汤味道古怪。

"任何事情都不是绝对的，现在没有不证明未来没有，表面没有不代表内在没有，天然没有不代表人为没有。"谢律师看着不远处对他微笑的服务员，淡淡地说。

荣锦无语，他只吃了几块牛排和鱼，心里已有了一个模糊但完整的思路。不过，他并没有茅塞顿开的惊喜，反而更加忧心忡忡，面对着细碎整齐的牛排和鱼肉，也已然没了吃下去的胃口。

（二）

老包留给荣锦的只有厚厚的工作日志，荣锦看了整整一个星期，工作日志很规整，内容包括日程安排、工作内容，这两项基本上都是流水账，精华部分是工作体会和学习心得。这部分牢牢吸引了荣锦，如同当面和师傅探讨业务一样，让荣锦学到了更多的银行业务精髓。比如老包翻阅了很多国内外城市港口的资料以及银团贷款的操作模式，这些资料的学习时间大都在那次贷款动员会之前，说明老包在会议上发言前做了充分准备，绝不是现场发挥，随口一说。

还有关于集资，老包在日记中也进行了记载，他查阅了国家当时的法律政策，甚至咨询了法院的法官朋友，得到的结论是这种民间集资属于法律尚不明确的灰色地带，有非常大的法律风险。况且，这种远隔千里的异地项目，资金很难监控，资金被挪用的风险极大，总之，不适合投资。荣锦看到这里，佩服之余，脸上也一阵发烧。

捧着这些凝结着心血和才华的日记，荣锦感慨万千，凭这份才华和责任心，师傅绝对可以在银行信贷领域，乃至高层管理领域的岗位任职，而其一生勤勤恳恳、爱岗敬业、认真负责、视银行信誉如生命，却只当了两年的支行行长，最后还弄了个不明不白的结局。这究竟是为什么呢？

感慨归感慨，荣锦最主要的目的还是找证据，翻遍了工作日志，除了几组筑信乳业的财务分析数据，没有关于案子直接有用的东西。盯着老包分析得出的数据，又看了两遍当初委托贷款监管协议的各项条款，犹豫再三的荣锦还是做出了下一步的决定：再找卢笑江。

卢笑江的办公室不大，装修也很简单，办公桌上有台崭新的电脑，电脑旁边是他和燕红相拥而笑的新婚照片，而这张照片似乎是特意放在那里的。

等荣锦落座，女秘书端上热咖啡的时候，卢笑江很绅士地笑着做了一个请的姿势。

荣锦也并不马上开口说明来意，而是端起咖啡，慢慢品尝，看似随意地打量着办公室的装置，脸上没有丝毫表情。

"我们结婚应该通知你，当时燕红也曾设法联系你，可惜没联系上，真的很抱歉！"卢笑江率先说话，不过话题依旧尴尬。

"说抱歉的应该是我，没能到场为你们献上祝福。真心希望你们的婚姻幸福美满，同时也希望筑信乳业生意兴隆。"荣锦的语调不无真诚。

"谢谢，你找我不是为了说这些吧？"卢笑江说着，转身坐回办公桌后的大班椅。

"概括说就是这些，具体说是想帮助筑信乳业渡过难关。"荣锦喝了口咖啡，淡然说道。

"我们企业目前很好啊，没有什么大问题……"卢笑江说着，故意把身体仰倒在椅子里。

"固定资产投入占用大量流动资金，应收账款快速上升，流动资金周转率断崖式下降，经营性现金流长期负数，说句到家话，卢总还在为下个月集中收购青储饲料的资金发愁呢，对吧？"荣锦嘴上说着，看了看墙上写着"运筹帷幄"的字匾。

卢笑江双手抓着班椅的把手，用力将脑袋从椅背上立起来，黑眼圈里的两只瞳孔疑惑地看着荣锦。

"这样，我争取给筑信乳业批下来二百万元流动资金贷款，让牛及时吃上优质新鲜的饲料。"荣锦语调平稳。

"为什么？条件是什么？"卢笑江急迫地问。

"条件嘛，就是在台营银行保持一定的结算量，说白了，就是有一定存款。"

"明白了，你是为了完成存款任务，这好说，我也曾答应过你，不过，你们会不会扣收乳业的资金？"卢笑江已经在班椅上坐直了身体。

"不会，银行没有扣收的依据，如果不信，你可以咨询你的法律顾问。"

"好的，我会咨询的。"卢笑江应着，即便他还没有聘用法律顾问的计划，他迟疑了一下，还是拨通了桌上的内线电话，"佟总，你到我办公室来一下，商谈一下流贷的事……"

一个小时后，佟紫已按照荣锦的要求让人准备好了大部分的贷款申请资料，但清单中列出的其他债务还款计划有点让她为难。

"荣经理，想必你也知道，我们有笔一千万元的委托贷款，这笔钱的还款计划我们内部还要研究下，稍晚些交给你，好不好？"佟紫的口音已经有点南方化，配上其妖娆的表情，让熟悉的人感觉有点怪异。

"材料准备快，贷款审批也会快，记住，每份材料都要盖公司的公章。"荣锦的答复很简单。

回到行里时，已快到下班时间，储蓄科科长正等着荣锦，这是个年轻姑娘，储蓄科唯一的大学生，平时很爱和荣锦交流。

"你可回来了，刚才出纳科闸账，出现大额短款，是柜员操作存款业务时，误将一万元敲成了十万元，十分钟后，客户还提走了三万元现金。怎么办？马上报警？"姑娘很急，但表达还是十分清晰。

"有录像吧？这个人再出现，你们能认出来？"荣锦问。

"没问题，录像很清晰，戴口罩也差不多能认出来。"

"咱行还没有通存通兑业务吧？"荣锦又问。

"一直想开通，正在测试中。"

"那就先别开通，至少等这件事处理以后。"荣锦说。

"你是说……"姑娘脑子不慢，马上意识到荣锦的语意。

"对，三五天内，这个人一定还会来柜台提现，到时让内部经警扣住他，劝说他主动退款，不行再报警。"荣锦语气很肯定。

"他真的能再来吗？会不会觉得我们有提防，不敢来了？"姑娘瞪着狐疑的眼睛看着荣锦棱角分明的嘴唇。

"狼再狡诈，也改不了贪婪的本性，即使有陷阱，他也要试一试。"荣锦一字一顿地说着，临了，还补充道："记住，这几天对外不要声张，要跟什么事都没发生一样。"

第三天，这个人倒是没来，来的是佟紫，她把完整的流动资金贷款申请材料交到荣锦手里，其中包括委托贷款的还款计划。如荣锦所料，还款计划比原委托贷款资金监管合同的约定大幅度延迟。

荣锦拿着全部盖着公章的材料仔细审视时，储蓄科科长突然闯了进来，拉住荣锦的手，兴奋地左右摇晃。

"他，真来了！今天一开门，他就又来取钱，我让前台稳住他，自己马上通知于科长，等于科长他们一出现，他就冒汗了，没说几句就退了全款，上次取的三万元也回家乖乖拿回来了。没想到这么容易，你太厉害了，料事如神啊！"姑娘开心地叙述着，上身几乎贴在荣锦胳膊上。如果没有佟紫在一旁，她能一头扑进荣锦怀里。

佟紫不知发生了什么事，又不方便打听，只能用洞察女人的眼神看着小科长兴奋难抑的脸，嘴上不忘不咸不淡地评价道："你才知道啊？荣经理可不是一个简单的人哩！"

（三）

委托贷款监管资金挪用案二审如期开庭，出乎雁州银行的意料，台营银行在法庭上突然拿出了和筑信乳业新签订的委托贷款还款计划，新计划比照原协议的还款计划发生很大变化，关键是原三方合同的另一方雁州银行对此并不知晓，法院据此当庭宣判，台营银行和筑信乳业在未取得雁州银行同意的情况下擅自修改原合同条款中的还款计划，已达成新要约，原合同因此失效，台营银行不再承担连带担保责任。很多人原认为铁打的官司，在卢雪冰和卢笑江的目瞪口呆下，逆天翻盘了！

荣锦终于为台营银行挽回了经济损失和颜面，由于工作出色，行领导欣赏，他被正式调回信贷科，并任副科长，原副科长"胡子"刘强升任开发区支行行长，并带走了"浪人"任其支行信贷股股长。

荣锦走上领导岗位的第一件事不是熟悉情况听汇报，而是直接操刀给老客户金鼎商厦增贷一千万元。

叶全一直刻意和荣锦保持距离，这次荣锦上任后主动给金鼎增贷，多少打破了叶全的戒心。虽然这几年，金鼎商厦业务蒸蒸日上，财务指标十分健康，原来台营银行的老贷款也已经压缩到三百万元，利息从不拖欠，但还没有银行主动来贷款。

两人开始有了交往，谈论的大都是贷款。这天，荣锦又来找叶全，公事谈完，荣锦风轻云淡地提起筑信台和烧火营子的坷仗：

"叶总，打坷仗的陋习很难根治，你觉得其根源在哪里？"

"要说嘛，还是筑信台的老祖宗留下了祸根。"叶全说到这，喝了口茶，接着说，"雁州寻亲团来了以后，一直想和烧火营子了结恩怨，化干戈为玉帛，并为此做了不少慈善工作，组织体育比赛，赞助文艺活动，给烧火营子的小学校和五保户捐款，还特意让筑信乳业辅导他们养奶牛，定向定量收购他们的原奶。但这烧火营子人是少有的记仇，就说筑信台欠他们钱，没完没了地索要，真是够了。"

看叶全对这个话题感兴趣，荣锦就继续问："你听说过票引吗？"

"怎么没听说过，这票引就是祸根，烧火营子的后人就凭这东西寻衅滋事，我听说过他们手上还留着这东西，还有当年筑信台先人给他们留下的保函，要是让这些东西流传下去，坷仗至少能再延续五十年。"叶全瞪大双眼，提高了音调。

"想不想把这票引和保函收回来？既能消除坷仗祸根，又是一份文物收藏。"荣锦建议道。

"当然想了，关键是烧火营子人肯不肯拿出来卖……"叶全眼里开始放光，他知道荣锦向来不会妄言。

"你也了解,烧火营子人性格火暴好强,他们想跟上时代发展,又不愿依赖他人,更不愿无端生事。他们想搞企业做生意,有带头人和致富渠道,但急需启动资金,这个时候去收购他们手上的票引,绝对是难得的良机。"荣锦语气肯定。

"怎么收呢?"叶全搓着手问道。

"这个我可以帮忙,你准备资金就行。"荣锦答道,随即一口喝光了面前那杯深红色的雁州单丛,起身告辞。

接下来的一个月里,荣锦三次找到占春来。起初,得知荣锦要帮叶全收购票引和保函,占春来一口拒绝,随即说要找营子里的长辈商量,没几天就说可以谈谈价格。荣锦让他报价,他支支吾吾地报了个十万元,包括三张票引和一张信札(保函)。叶全马上答应,但占春来反悔了,改报二十万元。叶全迟疑了一天,第二天回复可以成交。没想到,占春来又反悔了,这次叶全不干了,两边僵在那里。荣锦说这是农民的正常心理,让叶全别失去耐心,持币待购。

(四)

对于卖售票引和保函,占春来一方面坐地起价,一方面还是想接着向筑信台要些好处,他一直觊觎卢笑江手上的几百头纯良的荷斯坦奶牛。自从上次和筑信台打坷仗没能如愿后,他一直不死心,本来想和占景中一起再去讨"债",占景中却说自己已经老了、残了,不想扔石头了,也劝他最好别去闹事。血气方刚的占春来听不进这些,卢笑江欠他家的原奶款有好几千元,不能凭他卢笑江一句"质量不合格"就不给钱了,不合格的多了,谁不往里兑水,掺碱,谁不往里放盐,加明胶,听说卢笑江更损,还往奶里放蛋白精呢。

他找到几个烧火营子的原奶户,煽风点火一撺掇,那几个人也来了劲儿,他们一起找过卢笑江两次,都被顶了回来。刚被荣锦戏耍过,满心羞恼的卢笑江只有一句话送给他们:"要钱没有,要命一条!"

占春来被彻底点燃了,这天,他拉上两个最铁的哥们儿,酒过三巡后,凶神恶煞般地开着拖拉机直奔筑信乳业的奶牛场，三个人闯进牛舍，每人拉着两头荷斯坦奶牛，众目睽睽下，把六头奶牛赶上了拖拉机。

这牛可是卢笑江的眼珠子、命根子，奶场的人赶紧通知卢笑江。这段日子，卢笑江真是憋气窝火，倒霉的事接二连三：上了荣锦的当，让台营银行这只已经上了砧板的替罪羊跑了；筑信乳业重新背上了委托贷款的包袱；卢雪冰三天两头催他还钱；乳制品的销路又不好，销售回款很慢，流动资金难以为继；烧火营子的人也跟他过不去。为了静静心，他这段日子一直呆在牛场，刚才他离开奶牛场回他爹家睡会儿，还没睡着就接到牛场的电话，说有人抢牛，他一骨碌爬起来，三步两步跨到院子里，从棚里推出"大幸福"，翻身上车，一脚油门，摩托车轰地飞了出去。没走多远，就赶上了占春来他们。

"站住，把牛给我送回去！"卢笑江把摩托车横在路上，大声呵斥道。

"别理他！"占春来让开拖拉机的伙伴从旁边绕过去，拖拉机刚一打方向，马上又被"大幸福"堵住了去路。

"我说第二遍，赶紧把牛送回去！"卢笑江大声呵斥。

"我去收拾这家伙！"酒精上头的占春来这时候已经没了理智，剩下的就是蛮横。

"卢笑江，你给我赶紧闪开！"占春来指着卢笑江的鼻子吼道。

"春来，咱们有话好商量，你干嘛要拉牛？"卢笑江压着心头的火气，脸上努力挤出几丝笑意。

"跟你商量屁用没有，这些牛是你拿我们的钱买的，今天我们要拿牛顶账！"占春来梗脖子瞪眼，听上去没有一点商量余地。

"那你们就去法院告我，但你不能这么明抢，你这是犯法！"卢笑江还在规劝。

"哈哈，筑信台人啥时候开始知道法了？"占春来一阵大笑，说了句："好，你懂法，你去告我吧！"然后一挥手，让拖拉机开过去。拖拉机喷着黑烟，轰鸣着向前开动。

"你要这样，就先从我身上轧过去！"卢笑江伸开双臂，像一堵墙一样拦在拖拉机前。

"哎哟，吓唬谁呢？"占春来的蛮劲儿上来了，踩了一脚油门，拖拉机猛地向前冲去。

"轧人了！轧人了！"车上两个烧火营子村民大叫，占春来愣在那儿，一时不知所措。这时，已经有奶牛场的人赶到现场，有人推开占春来，开动拖拉机，人们才从车轮下救出人事不省的卢笑江。

"赶紧送医院！"

占春来他们似乎也醒过酒来，和牛场的人一起笨手笨脚地把昏死过去的卢笑江搬到拖拉机的车厢里，救人要紧，来不及把六头牛运下车，好在这些奶牛对主人十分友善，把脸色惨白的卢笑江围在中间，而不去踩踏他。

占春来酒醒得差不多了，浑身哆嗦，不能驾驶，由牛场的人开动拖拉机拉着卢笑江和奶牛，一起奔向最近的医院……

有人给燕红打电话，此时燕红还在做节目，等已身怀有孕的燕红来到医院急救室门前时，急得都带了哭腔："又跟人家动武，这是犯了什么邪啊？"

佟紫在一旁安慰道："这次是别人动武，卢总是受害者。刚才医生说，好在送救及时，已经没有生命危险了。你这带着身子，千万别着急上火啊。"

"我能照顾好自己，公司那边的事还请佟姐费心。"燕红头脑十分清醒，她知道丈夫舍命的目的。

"我尽力吧，这段时间公司发生了很多事，回头我要跟你好好汇报一下。"佟紫话里有话。

"报警了吧？"燕红问旁边牛场的人。

"还没有，牛场的人，还有筑信台里的人，要去烧火营子讨个说法再说……"

"马上报警！马上！这事我说了算！"燕红厉声命令道。

事后证明，燕红的决断非常正确。听说卢笑江被占春来轧了，筑信台和奶牛场迅速聚集了百十号人到烧火营子讨说法，声称要血债血还。多亏了公安局干警及时赶到，才避免了事态发展。

卢笑江的命总算保住了，但伤势很重，骨盆粉碎性骨折，内脏严重受损，治疗需要大笔费用。

占春来一直没有逃跑，被警察带走后。他爹和占景中都急坏了，听人说如果能让受害人得到妥善治疗，良好康复的话，占春来的罪可以减轻不少，便四处借钱，但金额还是十分有限，于是想起了票引和保函，托人又找到了叶全。

这次轮到买家主动了，叶全的"刀"自然十分锋利，只开价三万元。占家"捞人"心切，正要忍痛甩卖。铁馨实在看不下去了，托朋友在北京找了个古玩商，人家开价就十六万元，占家也没敢再抬价。

有了费用，卢笑江也被送到北京的医院治疗，手术还算成功，但还需要长时间康复。面对占家的乞求，燕红也心软了，没再过多追究对方的责任。最后，占春来只被判了两年。

有占家开头，烧火营子里还有残存票引的人家，也都把"传家宝"纷纷出售了，回归乡里的占景中也模仿筑信台的做法，以之前获得的八十万元拆迁款为基础，招募股东，筹集资金，成立了烧火农业股份有限公司，后在荣锦的建议下，改为星火农业集团股份有限公司，立足本地资源，利用仙架港的便利条件，发展外向型农业。烧火营子开始走上了属于自己的致富道路。

清明节到了，荣锦在五芳斋买了二斤驴肉包子，带上一瓶醋和几头大蒜，打辆车来到远郊公墓。他先给父亲扫了墓，跟父亲说了筑信台和烧火营子终止坷仗有了重大突破。

他又在墓园里找到了老包的墓，把祭品悉数放在幕前，恭恭敬敬冲着老包的墓碑鞠了三个躬，嘴里喃喃道："师傅，我听说搞信贷的都要下地狱，您要是在地下十层以上，我应该就在十层以下，离您也不远，到时候，咱俩一起在阎王殿旁边开银行继续放贷，管它白无常黑无常，还是阎王老子，都得欠债还钱……"

第二十一章

直钩钓鱼

（一）

芒种过后，雨水多了起来，那天荣锦冒雨开车，经过电视台门口，身不由己地停了下来，犹豫了好一阵，才下车走进电视台传达室，跟值班大爷要了张纸，给燕红写了封短信，折好，拜托值班大爷交给燕红。老值班员笑着接过去，看来是经常遇到他这种粉丝，仰慕而不得见，只好写信来表白自己。

晚上，燕红下班，值班员把那封信交给了她，她只看了一眼，眼泪就止不住流了下来。值班员从没见过燕红读信这么感动，呆呆地在一旁看。燕红也意识到失态，擦擦眼睛，把信放进包里，想潇洒转身的时候，包里的那封信像是一个小小的秤砣打破了秤杆的平衡，让燕红身体一斜，吓得值班员赶紧过来搀扶，燕红故作轻松地笑笑，摆摆手，扶着门框小心翼翼地离开值班室。

回家的路上，燕红的脑海里一直飘荡着荣锦信的最后那句话："心力聚，抑放顿挫，奔腾跃跳鼓震天；手奋举再横掠，势若流急云生远。相信你能勇敢如初、幸福永远……"

委托贷款监管资金挪用案二审判决后，出乎很多人的意料，荣锦并没有停止对筑信乳业的流贷调查，而是继续认真研究筑信乳业的报表，思考该如何做成这笔贷款业务。由于这笔业务的风险点很多，一些风险点难以把握，如行业风险，产品质量，法人代表经营能力和人品，还有高额的债务，所以这笔贷款按照常规审贷标准肯定是通不过的，如果想做成这笔贷款，须要采取不同寻常的手法才行。

为了说服别人和自己，他数次到筑信台的牛场，看奶牛的实际存栏量和产奶量，感觉企业资金还算真实安全，账实基本相符。有了初步业务思路后，他准备找企业决策层谈谈。

和卢笑江和佟紫的见面是在筑信乳业的会客室，这时的卢笑江刚刚能挂着双拐走路。对于荣锦，他是又怨恨又敬畏，这段日子配合其调查，一则受不了燕红唠叨，让其相信荣锦绝非害人之人，如抛开虚伪，真诚相待，便会得其鼎力相助；二则企业资金告罄，周转艰难，被迫告贷，实属无奈，还有一则，不服输的他还是想和对方过过招儿，以牙还牙，让荣锦和贷款一起钻进自己的"套子"里。

荣锦带着客户经理姜亚桐走进来时，卢笑江只是抬抬眼皮，伸出手，示意荣锦他们坐。荣锦不慌不忙地坐下，拿出笔记本的同时，职业性地打量会客室的陈设，发现墙上的挂画由原本的青松迎客变成猛虎出山。

"卢总，身体状况还行？"荣锦先开口问候，卢笑江点头，说了句："托你的福，还好！"

"这段时间的现场调查真是辛苦你们了，不知对筑信乳业感受如何？"因为是正式场合，卢笑江开口就谈正事。

"基本面还可以，但我们现在还不能马上上报贷款，前期还要做一些外围的工作。这些工作需要我们一起着手做。"

"什么工作？"卢笑江警惕地瞪起眼睛。

"我们这次签署《资料和信息保密协议》，请卢总放心！"荣锦首先声明，见卢笑江点头，才接着说道：

"这次贷款有几个前提条件：第一，向社会作出放心喝筑信奶的承诺和保证，树立客户支持的信心。利用公共媒体加强市场公关活动，邀请新老客户参观生产线，招聘兼职产品质量监督员，建立质量监督和投诉中心，及时处理产品和服务中出现的问题。第二，向贷款银行实时公开银行信贷管理需要的各项经营数据和财务数据，数据一定要真实。第三，向政府有关部门求援，争取国家更多的扶持政策。"荣锦说到这停下来，看看对面的卢笑江。

"就这些？"卢笑江问。

"这些是目前第一阶段应该做的，想先听听你对这三点的意见。"荣锦解释道。

"这几点也是我这些天一直在想的，我们应该可以做到。"出乎意料，卢笑江的回答干脆利落。

"第二阶段呢？"佟紫问。

"第二阶段分两步，第一步，压缩产品线，集中有限资源，以巴氏鲜奶和健康酸奶为龙头产品，深耕本地及周边市场；第二步，以奶牛做抵押，以销售结算和存款沉淀为监管手段和贷款回报向各大银行贷款招标。贷款招标会要大张旗鼓地宣传，届时可以捆绑银行的品牌和信用获得广大客户的支持。"荣锦说得头头是道。

"都说家财万贯，带毛的不算，奶牛真的可以抵押吗？"佟紫的目光一直在荣锦脸上。

"作为生物性资产，奶牛完全可以抵押，难点在于抵押评估、登记和监管，不过这个你放心，银行会来推动这项工作。但宣传和争取政府支持还需要贵公司来牵头主导，可以通过电视台新闻栏目对社会发布质量承诺，同时找政府主管部门寻求支持。"荣锦耐心解释，同时也提出最后的要求：

"贷款一经发放，银企双方联合电视台推出系列节目，跟踪报道企业经营过程。"

"我们去找畜牧局，电视台嘛……"卢笑江语气有些迟疑不决。

"如果卢总为难，我可以去联系电视台，你们配合就行。"荣锦说道。

"还是我先联系吧。"卢笑江抢过话头，做系列报道等于是做免费广告，何乐而不为？

看谈得差不多了，荣锦让做记录的姜亚桐把记录当众读了一遍，然后自己在上边签了字，请卢笑江也在上边签字，后者撇嘴，似笑非笑地说："难道就这么不信任我吗？"

"还是签上好，国际上商务谈判都这么做。"荣锦朗声说道。

卢笑江摇摇头，不情愿地签完字。荣锦他们告辞，走到门口，回身对椅子上的卢笑江说了句话："卢总，你把原来那棵迎客松请回墙上吧，我听说，咱养牛的挂老虎不太好。这是个不是建议的建议，随便说说哈。"

一个月以后，筑信乳业的贷款开始招标，除了台营银行，还有两家闻讯而来的大型商业银行，不过他们的条件都要求提供不动产抵押，而且是刚性的，看来真正想做业务的还是荣锦他们，其他银行不过是凑凑热闹、蹭蹭热度而已。

因为抵押物是奶牛，属于创新业务，荣锦他们非常认真地进行了贷前调查，针对掌握的风险点都一一对应制定了风控措施。但仅仅这些是不足以影响到信贷审批员的判断，让他们最终同意这笔贷款的主要原因与其说是对项目的肯定，还不如说是对荣锦的信任。经过一番讨论，省行信贷审批通过了这笔贷款，贷款金额为四百万元，期限半年。

四百万元很快就放款了，这对筑信乳业来说简直就是久旱后的甘霖，不但解决了资金困难，更重要的是这种来自银行的信任激发了员工的自信和士气，让他们重新燃起了希望，这种情绪似乎感染到了奶牛，连奶牛的产奶量都大大增加了。

当姜亚桐把这个消息当作玩笑讲给荣锦听的时候，荣锦轻轻一笑，他明白其中的奥妙，这不是奶牛也来了自信，甘愿奉献，是贷款资金到位后，在主要饲料饲草中增大了高蛋白含量的进口苜蓿和燕麦的比例，还新添加了玉米和豆粕，都是促进奶牛产奶的，说到底还是资金的力量。企业的发展就像这奶牛产奶一样，只要认真负责、资金到位，就能保质保量地的出好产品，企业自然就会良性发展。

一个月过去了，燕红生了个男孩。五个月过去了，筑信乳业如期还上了四百万元贷款。在台营银行的倡导下，电视台做了连续的跟踪报道，报道以"诚信经营"为题，大力宣传了筑信乳业保证产品质量、重服务守契约、及时归还贷款的企业形象。

这时，扔掉双拐，做了父亲的卢笑江以奶牛和加工设备为抵押物向台营银行提交了续贷一千万元的申请，其中七百万元用于归还当年挪用的委托贷款，三百万元补充自有流动资金。

资金的及时注入让筑信乳业开始良性运转，贷款的按期归也在信用记录上给其加了分。但出乎卢笑江的意料，荣锦不同意这种短贷长用的做法。

（二）

正当卢笑江为按时还上贷款后悔得直拍肌肉仍在萎缩的大腿时，荣锦向他提交了一份《筑信乳业境外上市方案》，一下子戳到了卢笑江的痒处，上市正是他多年的梦想。

按照荣锦的方案，要将原来的委托贷款转为股份，优化债务结构，引进现代化的公司治理体制，指导公司走上良性发展的轨道。

这套方案中设计了两层防火墙公司，何为防火墙公司呢？为了这个问题，卢笑江和佟紫特意找荣锦一起探讨过。荣锦解释道，顾名思义，这个公司是用来防止城门失火，殃及池鱼的。

佟紫问："这是为什么？"荣锦答道："这就是合理避债，防止债务穿透追偿到股东个人其他资产。一旦发生资不抵债，可以通过申请防火墙公司的有限破产来抵销债务的无限追债。"

"这种设计是不是要公布于众？"卢笑江问，对方答道："对。"

"这不是明目张胆的逃债吗？这样谁还敢借钱给我们？谁还敢相信我们？"佟紫不解。

"对呀，这不是直钩钓鱼，钓个寂寞嘛。"卢笑江也有点不理解。

"这种做法就是所谓的先小人后君子，也叫有约在先，以始为终。投行领域叫作分析在先，风险容忍，是一种法内诚信。这在国际上是完全行得通的，国际资本的眼光都比较长远，他们经过分析研究，在有一定可测量风险的条件下，更看中资本创造的价值回报，他们不怕你还不上，就怕你信息不透明，所以只要我们按照规则来，就有人来投资。"说到这，荣锦看看卢笑江，概括道："诚和信是两个含义不同的概念，在行动顺序上也有先后之分，约定清晰，诏之于众于前，为诚；履行约定，合法合规，为信。"

卢笑江翻着眼皮，看着对方，想必也在思考。本来想诱"敌"上钩的他，不知不觉中，竟然被对方的"钩子"钩住了，即便是"直钩"。

如荣锦所料，卢笑江高举着境外上市的大旗，很快做通了叶炳雄和卢雪冰的工作，使其同意债转股，还成功吸引了一些实力新股东的加盟。股改成功后，筑信乳业的海外上市进展很快，公司在美国田纳西州注册了独立子公司，并在开曼群岛和香港注册了两道防火墙公司，国内公司作为公司的实体资产即将实现境外整体上市。

（三）

这天中午，荣锦开会回来，手机响了，里面传来燕红的声音："是我，这两天有时间吧？我要去采访你一下，筑信今年三月份就可以挂牌交易了，真要感谢你这银行家啊，怎么样？能不能坐下来谈谈感想？"

"恭喜筑信上市，我没什么好谈的，只能说筑信赶上了改革开放的好时代、好政策！"荣锦在电话里祝贺道。

"没有你的帮助，没有银行的帮助，哪有今天。"燕红语气诚恳，"哪天请你吃饭吧，叫上铁馨。行里领导那边，我也会安排。"燕红现在已经是世事通达，成熟稳健，具备了十足的社会活动家的风度。

"好的，你先提醒卢总他们做好上市前的准备吧，咱们不着急。"荣锦应道，每次和燕红说话，他心中都会涌起说不出的温情，不过，此时他心里却挂念着另一件事情。

挂断了燕红的电话，他就去找资产保全科科长"一枝花"冯丽艳。当了科长，这个女人似乎变了心性，说话谨小慎微，做事公事公办，不过保全工作的确不好干，送到她手上的都是难啃的骨头，没个好牙口真干不好，她只不过是资格最老、最熟悉情况的信贷业务人员，填报表、写报告手到擒来，真金白银地清收贷款就勉为其难了。

荣锦说了筑信乳业即将上市，特发集团肯定要出售其中股份的信息，建议资产保全科及早行动，加大对特发的催收力度。

"我们保全科人手太少，领导们最关心近年发生的不良资产。特发集团剩下的那笔贷款都是陈年老账，而且是违规的账外贷款，咱们早就核销了，收回来意义也不大。""一枝花"显然对荣锦的建议没有兴趣。

"陈年老账也是钱，账外贷款也是贷款啊！只要收回来直接就是利润，怎么没有意义？"荣锦连连反问。

"个人集资款都收回来了，至于公家那部分，我劝你还是放一放吧。""一枝花"倒是有话直说。

荣锦不愿再和她啰唆，想了想，提笔写了份《关于抓紧时机回收特发集团剩余不良贷款的报告》，直接送李行长，他又给戴董事长写了封信，信中说明了当前是回收特发集团剩余欠款的大好时机，强调机会难得，切莫错过。

没几日，李行长主动找到荣锦，然后又召集有关部门开了个专题会，亲自做了催讨的具体部署，责成保全科牵头，荣锦作为知情人积极协助。

作为协助者，荣锦坚决主张"武收"。因为今非昔比，法制环境越来越完善健全，应马上向法院递交诉讼前的资产保全申请，对特发集团在筑信乳业的股权进行查封冻结，此举将逼迫特发集团主动还贷去换取股权解冻。对此，戴董事长点头赞许："一剑封喉，好！"

"这么简单的事，还拖了这么久，这次我们就把它全部收回。"李行长也信心十足，语气轻松，他可曾想过为了收回这部分款项，荣锦默默为之付出的千辛万苦？可曾想过很多不良贷款只要有点责任心，或者有点良心，就能及时收回来？干吗非要为此划一道防火墙，防火墙外哪怕是大火漫天也和本官无关？

查封股权这招儿确实奏效，叶炳雄转了一圈，找到荣锦，再次哭求高抬贵手。荣锦说这事不归他管了，不过让他劝告叶炳雄直接还钱，股权可以立即解封了。叶炳雄说集团近期也很困难，现金流短缺。荣锦很专业地建议他先锁定筑信股份的买受人和买受价格，再找合作银行或基金机构做一笔过桥贷款，叶炳雄没再说什么，看来也是没有其他更好的办法了。

不久，在免掉所有利息的条件下，特发集团主动归还了当年的剩余贷款，共计四百万元。银行增加了当季的利润，因为收回的是违规账外贷款，因此没有喜报、贺信和物质奖励，好像这笔利润就是天上掉下来的一样。

荣锦曾想象过很多次全部收回特发集团欠款后会有怎样的情形，会有何种仪式的表彰，然而他从没料到会是这样的结局。思考其中原因，表面上自己不够受重视，特发集团欠款不被重视，实质是银行贷款没有一个明确的管理责任制度，一时一令，人员更换频繁，做事没有延续性，凭人治，而非凭规治；造成了重贷轻管、重放轻收、重新轻旧的局面，不但致使银行资产大量流失，而且形成了不良的信用环境和理念，也不利于培养信贷从业人员的，秦秀在忠信药业提到的责任感和荣誉感。

"又让'小温侯'笑话了……"荣锦无奈地自言自语道。

这种无奈只是在荣锦的脑子里存在片刻，很快就被工作的忙碌压迫到原始状态。

筑信乳业股改上市，荣锦如约为其续贷流动资金一千万元，这让卢笑江对荣锦的情感在怨恨、敬畏上面又加了一层感谢。

第二十二章

风暴欲来

（一）

这天，荣锦正要下班回家，忽然座机响起铃声，他以为是工作电话，接起来却是陌生又熟悉的海美普通话：

"你是荣锦吗？"

"对，您是哪位？"

"终于找到你了，我是海美交警支队的交警，范小琳你认识吧？"

"认识啊。"

"昨天夜里，发生一起严重交通事故，事故方范小琳重伤不治，现在人已经不在了，她临终前让我们找到你……"

"什么？！她人不在了？"荣锦的心就像被深深地刺了一刀，又被在刀口上狠狠地抓了一把，痛彻心扉的疼痛让他差一点拿不住电话。

"看来她没有亲人朋友，她在手机通信录中标注你为'荣锦哥哥'，只能辛苦你帮她处理一下后事了。"

"好，我马上过来！"

荣锦查了一下航班，只有省城晚上有直飞海美的航班，如果现在出发还能赶上。请过假，跟妈妈打过招呼，他就踏上了行程。

赶到海美的时候，小琳已经被送到了太平间，荣锦看到的是躺在床上变成枯萎花朵的范小琳，那双美丽清澈的大眼睛永远合上了。他只能握着小琳的手，抚摸她手腕上的已经淡去的伤疤。

范小琳的遗物不多，除了那粉蝶发卡没有别的首饰，随身的衣服里有一把保险柜的钥匙。当荣锦打开保险柜的时候，不禁惊呆了，继而泪流满面，保险柜里面全是百元整钞，码放得整整齐齐，里面还有一张欠条，是打给荣锦的。看到范小琳在上面工工整整的签字，仿佛看到她本人戴着粉蝶发卡站在荣锦面前，面色冰冷地问："你好好数数，看够不够？"

从处理事故的交警的口中得知，范小琳出事前在一家私营的小物流公司当兼职货运司机，为了赚钱起早贪黑、日夜兼程，这次事故是对方违章，负主要责任，但由于她的驾照是假的，所以得不到任何赔偿。

荣锦随意在电线杆上找到一个办假驾驶证的电话，就在海美的大街上问候对方的八辈祖宗，骂累了，他颓然地坐在电线杆下，开始诅咒自己，因为他不能否认自己即使不是害死范小琳的罪魁祸首，也是其中的帮凶。

除了继续诅咒自己下地狱，还怎么做才能心安一些呢？荣锦想起了秦秀，料理完小琳的后事，他起身前往雁州。见到秦秀，没来得及寒暄，他就提出了自己的想法——成立一家鼓励诚信的基金，并准备把范小琳的遗款及她曾经还给自己的三万元钱全部捐献给这家基金。

"这件事不是那么简单，不过很有价值，我喜欢！"秦秀答应得很爽快。

荣锦回到台营后，秦秀着手联系国际基金机构，当中几家对在中国成立一支奖励诚信行为的基金很赞成，计划注册一家非营利性的慈善机构，预计基金规模可达三百万美元。

"太好了！"接到秦秀的电话，荣锦很兴奋，这些日子终于有了件开心的事，"上次捐的钱不是我的，这次我自己捐五万元！"

"怎么？不娶媳妇了？"秦秀惊讶地问。

"就是为娶到不爱钱财、爱做慈善的女人才捐款的。"

"成本有点高啊，不过，我开始动心了，等着我啊，我不结婚，你也先别结婚。"秦秀说着，听不出是认真，还是开玩笑。

"看来要等到猴年马月了。"荣锦应道，秦秀在电话那边大笑。

"能不能答应我一件事？"荣锦正色说道。

"什么？"

"注册基金的时候，能不能把名字叫作'范小琳诚信基金'？"荣锦说道。

"应该没问题。"

"太感谢你了！小琳天堂有知，也会高兴的。"荣锦一边说着，一边看了下天空，似乎看到了小琳清澈见底的大眼睛。

（二）

"道长"在一个温暖浪漫的夜宴上，突然中风发作，虽然被抢救过来，但却失去了大部分机能和理智，只能长时间卧床康复。行里任命荣锦为营业部信贷科代理科长，主持全面工作。

这天，荣锦例行走访金鼎商厦，刚走进明亮的内部天井，就看见天井中间有一大群人聚集，这又是发生了什么？要是在别的地方，荣锦根本不会凑热闹，可这是贷款客户，其发生的每一件事情牵动他的神经。

等荣锦走近人群，发现人脚下都是扔掉的彩色卡片。荣锦捡起一张，见上面印着"金手指"字样，还有几行小字："只需两元，动动手指，刮开盖膜，可获大奖！"再抬头看前面，有一块一人高的公示板立在围墙下，上面写着几个大字"张张有奖，最高可获汽车一辆"，下面用动物的图案代表对应的不同奖品，老鼠对应的是香皂，松鼠对应毛巾，兔子是手电筒，梅花鹿是电吹风，狮子是彩电，而大象对应的是桑塔纳汽车。

公示板旁边有两排桌子，一排放着一盒盒卡片，另一排有一些奖品的样品。一群人围着卖卡片的桌子，另一群围着兑换奖品的桌子，不远处，还停了一辆头顶红花的崭新白色桑塔纳。

这是一种目前最火的刮奖，看来叶全也想借此增加商厦的人气。荣锦对此不以为然，正想转身离去，忽听有人喊："出大奖了！"人群中一阵喧哗，众人朝叫喊的方向拥挤，连荣锦都不由自主地被裹了进去。只听里面另一个人大声叫着："我他妈的都花了两万块了，这张再不是就怪了。"

"刮开看看！"

"对，看看不就得了！"

"这个人在这里刮了半天，得了两麻袋肥皂和毛巾，估计这是他最后一把了，来来，看他得着没有？"

"是啊，我一直盯着呢，自打开始刮卡，只看见老鼠、松鼠、兔子，狮子都没见过，更别说大象了，我打赌这里面根本就没大象。"

"别吱声，看他这次能刮出大象不？"

旁边看热闹的议论纷纷，四周几十号人，上百双眼睛都盯着中间那个人看，只见他小心翼翼地用指尖刮着卡片的盖膜，好像剥开价值连城的璞玉浑金，又好像拆除一触即炸的定时炸弹。

"大象、大象、大象！"那个人口中念念有词。他背对着荣锦，隔着两三层人，荣锦听声音有些耳熟，但只能看见他的长发和高高竖起的风衣领子，没法看清他的长相。

忽然，那个人用力把手中卡片甩向空中，高声骂道："他妈的，这就是骗人，根本就没有大象！"

听他这么一喊，旁观众人不管他刮开的是啥，跟着一起鼓噪："骗人！退钱！"

"怎么没有？是你自己手气不好，还刮不刮？不刮就别闹事！"几个工作人员边说边把那人从人群里拉了出来。

荣锦一下子看清了他的脸，这不是"小温侯"满超嘛！他什么时候回来的？衣着光鲜、出手阔绰，好像混得还不错，不过，这好赌的毛病也似乎越来越严重了。

"小温侯"挣开那个人，嘴上骂骂咧咧。这时，荣锦说话了："自己运气差，就别怨别人。""小温侯"抬头看见了荣锦，哈哈大笑着走过来，一把抱住荣锦的肩膀。

"哈哈，也是怪了，我每次运气差时，都被你看到。""小温侯"道。

"你不如说霉运都是我带来的。"荣锦回应道。

"我感谢你还来不及呢，那次多亏了你，我才挺过难关，这次就是专程来谢谢你的。"

"你不是谢谢我，你这是来赌大象的。"荣锦语气平淡。他知道"小温侯"这种人是劝不了的，是撞了南墙也不回头的人。

"太低级，太容易暗箱操作！也就是骗骗没见过世面的台营老百姓。""小温侯"还在愤愤不平。

"那你这见过大世面的人怎么也跟着刮？"荣锦调侃地问道。

"我就是没事瞎玩。不说了，这两袋奖品就算见面礼了。"

"我可没法处理。"

"给你的员工分了吧。香皂是假的，毛巾还行，都能凑合用，不会让你太丢人的，荣科长。""小温侯"还是一副嘻嘻哈哈的样子。

"对我的情况挺了解嘛。"荣锦应道。

"不光对你了解，我对台营的现在也有深入调查。上次我赢了不少钱，还清高利贷，还剩不少，自己开了家公司。这回借着看你，准备在台营开家子公司，名字都起好了，就叫海台贸易，怎么样？"看来"小温侯"真的当上了老板，不过在荣锦听来，总感觉有水分。

"好啊，希望你给家乡做点贡献。"荣锦语气平淡。

"就是给有些人看看，我'小温侯'现在也可以了。富贵还乡，就得回来显摆显摆。这几天我正在选开户银行，怎么样，请我去你们银行坐坐？""小温侯"说着，不由分说拉上荣锦就走。

在荣锦的办公室，没等荣锦说几句，"小温侯"就开始给他上课："'秀才'呀，给你条忠告，对人不要太忠厚，虽然你后来改了些，但本性难移。你要小心，否则就会步'包黑子'的后尘。"

"那怎么能改善呢？"荣锦故意问。

"就冲你帮过我，我教你几招。第一，恩威并施，要有客户一想就怕的手段；第二，分层管理，大小及新老客户的待遇肯定要有区别；第三，收集信息，对客户的全面了解有利于防范风险，借钱前一定把借款人的家庭成员、社会关系都掌握得清清楚楚；第四，动态监管，随时随地监管他们……"

"小温侯"的这一套荣锦感觉很熟悉，便打断他："你这一套是从赌场'大耳窿'那儿学来的吧？"

"哦，忘了忘了，这些规矩你应该比我还清楚，我对这些套路可是亲身领教过的，太厉害了，我这种运动员出身的都跑不掉啊！"

"这些手段很多不合法，银行这方面跟他们不一样。"荣锦嘴上这么说，心里其实对'大耳窿'的追债方法也有些认同，高风险、高回报就要高压收贷嘛，无可厚非，事先小人，事后也没办法君子。

"我是知恩图报的人，这样好不好，以后你要是讨债追贷遇到困难，我可以帮忙，咱们合作好不好？""小温侯"提了一个建议，听上去很随意率性。

"好啊，不过我可没有费用给你。"荣锦说道。

"我免费给你做一年，我估计一年后你就离不开我了。""小温侯"看来还那么自信。

"你这是准备在这里长期干下去了？"荣锦问。

"实话跟你说，我做物流生意，同时也帮人追债，也做私人侦探，物流是主业，追债侦探是副业。""小温侯"这些话信息量很大。

荣锦没回应，只是定定地看着对方。

"改日约些老同事一起喝顿酒，大家再聚聚哈，你忙吧，手机号码没变吧，我回头联系你。""小温侯"说罢站起来，整整西服，披上米色风衣，告别荣锦，大步离开了。

望着"小温侯"潇洒离去的背影，荣锦陷入了深思。过了一阵，他想起车里的东西，喊两个年轻人进来，吩咐道："把我车里的毛巾分给科里人，肥皂全部扔掉。"

（三）

当卢笑汀实现梦想，叶全的生意越做越大的时候，身残志坚的占景中也慢慢在台营的商圈中崛起。这几年，虽说建材生意失败，腿也残疾，走路一瘸一拐，这个曾经的民兵连长却没有倒下，他带领乡邻种植玉米和大豆，赚了不少钱，有了钱，他归还了所有债务；作为烧火营子的精英，决不会甘于落后筑信台人的脚步。

荣锦知道这是一条硬汉，也知道要真正根治打坷仗陋习，绝不是仅仅靠烧火营子人交出票引和保函，而是让其走上一条致富的道路。占景中的集团公司中有外贸进出口公司，取名仍然叫景紫，主要是帮助烧火营子的农民出口农作物。

景紫外贸是轻资产公司，不过有国家政策扶持，出口信用保险公司能提供信用保险，公司出口的农作物是奶花芸豆，出口对象是欧美及南非。烧火营子的土地不算肥沃，但非常适合奶花芸豆这种经济作物的生长，烧火营子的村民对种这种经济作物也是下足了功夫，对于他们来说，筑信台有奶牛，他们有奶花芸豆，这让他们在筑信台人面前能挺直腰杆子，也为景紫外贸提供了充足的出口货源。

最近，南非一家进口商与景紫外贸签订合同，要进口一批奶花芸豆，但要有三个月的账期，出口信保公司通过联网调查，为南非这家进口商做了付款担保，但烧火营子的农民仍然秉承"概不赊欠"的祖训，一手钱一手货。景紫外贸没有足够的收购资金，向台营银行申请出口押汇。在荣锦看来，这是一项很普通的融资便利，贸易背景真实，资金闭环，对比金鼎商厦和筑信乳业的流动资金贷款，风险不高，审批难度也比较小。

过分自信、过于倾注情感的荣锦忽略了一个客观问题，就是借款人的专业能力，敢想敢干还得能干会干，不然不是干不好，就是被人骗。作为利益和风险与客户绑在一起的银行贷款人，如果缺乏国际贸易的专业高度，却有着和借款人一样的冒险冲动，就极易犯错。

首先这笔业务中，南非进口商的情况不透明，即使有出口信保做担保，即使银行不给报销出国费用，也应该本着负责任的态度、按照实地调查的原则去眼见为实；其次是奶花芸豆的质量不透明，奶花芸豆要在一个月的时间内在封闭的船舱里飘过温暖湿润的印度洋，跨越赤道，从北半球的初秋走到南半球的初夏，芸豆水分一定要控制在15%以内，但烧火营子农民的保证、景紫外贸的承诺、商检局的抽样检测都会和奶花芸豆一样有水分。

对这些问题，荣锦选择了大胆忽略，或者叫风险容忍，只是在业务操作上，采取了分笔放款，总共分五笔，共182万美元。一个月以后，南非那边开始陆续回款，荣锦这时颇为得意，以为自己已经险中得胜。殊不知，一场让他始料未及的风暴已经在印度洋上空形成，正朝着他悄然袭来。

第二十三章

兔子的围城

正当荣锦的内心稍稍平复时，最让他担心的事情还是发生了，景紫公司最后一笔押汇出现还款困难。截止押汇到期前两天，尚有一笔 72 万美元的货款没有到账，而景紫公司账上空空如也，根本拿不出资金来归还押汇。占景中说给他些时间去处理，申请展期 30 天，没办法，荣锦只能上报展期申请，而授信审批科只同意展期 15 天。

占景中给他的解释是奶花芸豆在南非遭遇了滞销，目前正租用当地的冷库储藏，费用很高。这肯定是芸豆的水分过高、运输过程中发生霉变导致的，但这时候没时间去追究这些。荣锦开始实施蹲守。前几次占景中还都在办公室，后来就干脆让铁将军把门，让荣锦吃闭门羹，打电话也不接。荣锦只能找到铁馨。

得知情况的铁馨马上折回烧火营子，问遍占景中的所有亲属，最后还真得到一点消息，说占景中有可能去了外地的期货交易所。荣锦一听脑袋就大了，这玩期货和进赌场没有太大差别。荣锦告诉铁馨，两人连夜驱车四百公里赶到另一座城市的期货交易所，在交易所大厦的地下餐厅堵住了正在狼吞虎咽的占景中。

此时的占景中剃了个光头，眼圈红得像个兔子，和输光的赌徒一样。他看见他们也不惊讶，低头继续吃饭。铁馨赶紧过去劝他回去，他根本不理，荣锦也劝，他只是摇头。铁馨急了，不顾师徒礼仪，上去一把抓住他的脖领子，把他从椅子上拎了起来，嘴里大声骂道："原来你就这点能耐啊！你天天吹你的本事都哪去了？拿出来啊？你说的那些铁哥们、生死兄弟都哪去了？吹牛皮，大忽悠！大傻子！"

骂声响亮，压过了餐厅里的嘈杂声，所有人的目光都朝这边看，荣锦他们也愣住了。占景中也从椅子上站起来，涨红着脸，瞪着血红的眼睛，握着拳头怒视铁馨，荣锦见状赶紧上前护住铁馨。

占景中的拳头松开了，拿起餐桌上的水杯一饮而尽，似乎这杯水可以浇灭心头的怒火，然后一屁股坐在凳子里一言不发。

最终，占景中还是让铁馨连拉带扯、连打带骂地拉进了那台桑塔纳，三人一起赶回了台营。占景中手上仅有的几万块钱也让他亏光了，事到如今，荣锦只能面对押汇逾期的尴尬局面了，这还是荣锦信贷岗位上的主动放款形成的第一笔逾期。

荣锦想到通过景紫公司向出口信保公司索赔，后者也确实启动理赔调查，向南非的进口商发出协助调查的电函，证明其是否存在破产、拖欠、拒收及政治风险以至于失去偿债能力，如果真是这样，出口信保就会赔偿景紫公司的 72 万美元应收款。

不久，出口信用保险回复，即根据保单约定，出口信保公司承担保险责任的前提条件之一为"被保险人能够依据销售合同确立对买方的无争议应收账款债权"。但当前调查审理结果显示，本案买方否认签署销售合同，否认提取货物，否认对贵司负有任何债务。故在进一步举证证明可以对买方确立无争议的应收账款债权之前，出口信保公司暂无法承担赔偿责任。

当荣锦拿到这封信函，反复看了几遍，从惊讶、质疑到愤怒、自责，他知道这是碰上了国际骗子。他质疑出口信保不负责任的态度，他更愤怒的是自己，自以为见过大风大浪能驰骋万里，殊不知在印度洋面前都是门前的小河沟。

正当荣锦想找占景中商量起诉信保公司时，占景中又不知去向。荣锦最痛恨关键时刻时刻脚底抹油的人，可也没办法，只能陪他玩捉迷藏。

关键时刻找不到占景中，荣锦急得像热锅上的蚂蚁，让铁馨带着他跑了几遍烧火营子，又跑了一遍期货交易所。呆了两天，也没有看到占景中的身影，估计是没了炒期货的本钱。

荣锦很懊恼，但铁馨坚称占景中不会赖账。荣锦问为什么，铁馨说要赖账他早就赖了，何必要等到这个时候？当年四处催货款还贷款，腿都跑断了，硬是还上了贷款。铁馨也很着急，她知道荣锦这时候需要帮助，着急上火是没有用的。不就是72万美元嘛，如果荣锦需要，她都可以把这款项垫上。占景中是她师傅，自己对师傅还算了解。这个人身上有邪气，但骨子还是很仗义，对帮助过他的人很感念，绝不会一走了之。

这天，铁馨陪着荣锦去占景中的办公室碰运气，在马路边碰上了出来遛弯儿的"道长"。"道长"坐在轮椅上，被老伴儿推着。

"道长"已经提前退休了，他虽然腿脚不好，眼神还挺尖，一眼就认出了荣锦，老远就"啊啊"地打招呼。荣锦赶紧跑过去，询问他康复的情况。"道长"的头发白了，连眉毛都白了，说话也含糊不清，甚至还流着口水，和当年精明矍铄的"道长"判若两人。

荣锦把铁馨介绍给"道长"，"道长"抬起迷离的双眼端详着铁馨，眼神有些异样，又颤颤巍巍地拉过铁馨的右手，看看右手的掌纹，然后含含糊糊地叨咕着："血光之灾，血光之灾啊！"

荣锦俯下身，侧耳仔细听，才听清这几个字，他忽然想起那次去海美前"道长"给他相面的事，哈哈一笑，说道："老领导，哪天再请您喝酒！"

"不，不是……""道长"说话很吃力，旁边的老伴儿这时候插嘴道："喝了一辈子，把自己喝废了，还不忘胡言乱语。"

没等"道长"再说什么，就被老伴推走了。

（二）

台营银行成立了调查组，重点查近期出现的不良资产，景紫外贸的这笔押汇就是重点调查对象。调查组组长是"一枝花"，骨干成员竟然有当年因为看黄色录像被处分的刘大志。"一枝花"负责查贷款审批流程的问题，刘大志查的是荣锦在贷款期间的异常行为，看来这真是用其所长啊。

"一枝花"很快就得出了结论，信贷人员对业务风险点掌握不清以至于资金不能按照预期回笼；对客户调查不到位，客户实力较弱，除了贸易自偿资金外缺乏其他还款来源，总之，信贷人员调查不尽职。

刘大志的调查内容较多，折腾了一个多月才得出部分结论，荣锦在经济问题上有众多可疑迹象，穿着用品都很奢华讲究，同时和多位女性保持亲密关系，这些女性包括客户、同事还有社会人员。在调查组向行领导班子汇报的时候，"一枝花"的汇报内容并没有引起太多反响，刘大志一张嘴，立刻引起了众人的兴趣。以前素来艰苦朴素的荣锦从南方回来后，生活方式发生了巨大的、让人难以接受、深感担忧的变化。经过讨论，李行长决定先治病救人，为防止干部队伍出现思想滑坡，要亲自找荣锦谈谈心，对其进行批评教育。

谈话在李行长办公室，很正式，开始还主要是围绕着景紫公司押汇逾期的问题，先让荣锦自己汇报逾期原因和回收计划，当听到还没联系到企业实际控制人时，李行长把身子仰靠在大班椅上，开口打断了荣锦："这时候不马上报警，不知道你在等什么？是不是考虑到私人关系下不了决心啊？"

荣锦看着这位一脸正气的行长，解释道："我也想过报警，可一旦报警，就没有回旋余地了，贷款可能面临彻底损失的风险。据我和占景中多年的相处了解，我觉得他不至于逃避责任。"

"时机！时机！收贷是要讲时机的，如果错过了，你我都负不起这个责任！"李行长声调提高了一些，忽然又低了下去："我问你，你是不是和这个占景中有经济往来？"

荣锦正色道："这个请你们放心，我可以保证，我和客户的关系是正常的。"

"那你能解释一下最近你为什么在生活上大手大脚、讲求奢侈品位？你的收入来源能不能支持你这么多的支出？"对方问。

"所有的用品都是我用正常劳动赚的钱去买的，都有发票为证。"荣锦说道，自从几年前有过那次被审查的经验后，荣锦购物时都要发票，而且保存完好，因为他担心这一幕还会重演。

李行长听荣锦这么说，只能借坡下驴地说道："也好，今天主要问题还是景紫外贸押汇资金如何收回的问题。我们顶多再给你半个月的时间，如果还是联系不到占景中本人，行里立即报警，就说银行遭遇诈骗，企业法人代表失踪，让警方立即立案侦查。资产保全科从今天起介入此事，协助清收押汇欠款。还有，你写一篇关于一些异常行为的说明报告，明天交给我。"

走出行长办公室，荣锦低头看看脚上的名牌皮鞋，那是自己在"潜伏"特发时为了更好地伪装购置的，回到台营确实显得有点奢侈。难道回到"解放区"就得扔掉西服革履，换上布衣草鞋？

来不及遐想，时间宝贵，荣锦赶紧赶回营业部。刚推开门，就看见科里的人目光凝重地看着他，从他们的表情上，荣锦判定肯定有大事发生，忙问："怎么啦？又有哪户欠款了吗？"

"老抠儿"正在抽烟，荣锦上任后，曾明令禁止在办公室吸烟，他刚要说"老抠儿"几句，对方先开口了："你不知道吗？'胡子'今天中午在检察院跳楼了，'浪人'携款外逃，唉，可惜可叹啊！"

听到这消息，荣锦心头震惊不已，看来检查组这次真是有收获啊，可一条鲜活倔强的生命就这样消逝了，是咎由自取还是制度漏洞？究竟应该责备谁呢？

此后一个星期的时间，信贷科少了往日的喧嚣，"老抠儿"也好久不讲"屁话"了。

这天中午，荣锦端着棋盘和棋子，找"老抠儿"下棋。"老抠儿"到现在还是普通科员，除了下棋、讲屁话，就喜欢靠在窗边打望。荣锦知道他有水平，希望他在退休之前带带年轻人，对他一直很尊敬。

两人闷头下了两盘，都是"老抠儿"赢，"老抠儿"把棋盘一推，开始打开了话匣子，这次他说的不是"屁话"：

"下得没意思，聊两句吧。作为你的老同事，我了解你的人品，但我还是要劝你几句，做事一定要低调，咱这地方可不比特区那么开放。你还年轻，没吃过什么大亏，所以一定要注意。""老抠儿"说着，敲了敲棋盘，又道："还有，你做业务的方式也有问题，为什么非得追着那些民营小企业呢？给国有大企业贷款不但安全，而且非议少，即使逾期了，不良了，乃至损失了，也说不出你什么大毛病；给民营小企业贷款，不但风险高，而且毛病多，非议多，吃力不讨好。"

"国有大企业融资渠道多，有直接融资渠道，根本不缺资金，银行追着贷，资金自己都用不完；那些小企业是真正需要资金的，只要能得到扶持，就能茁壮成长起来，只要管理到位，这些风险也是能控制的。"荣锦解释道。

"小企业融资是世界性难题，难道你真是要挑战高难？咱们这行有句话你肯定知道，叫'跪着贷，站着收；站着贷，跪着收'。这话说得很到位，这先跪和后跪有本质差别，先跪除了搭点面子啥也不搭，后跪有可能身败名裂，一跪不起啊。""老抠儿"说得语重心长。

荣锦点点头，说道："这话我听过，确实是至理名言，我想请教您，为什么不能'站着贷，站着收'呢？"

"老抠儿"吐了一口烟，似乎在疏解着心中的郁闷，过了一会儿，才慢慢说道："这就是跟人性一样的企业属性，企业从成立之初就想躲避监管，借钱能不还就不还，贷者和借者永远是猫鼠关系，这是生存法则。你呀，按理说应该明白这个道理。"

荣锦也敲了敲棋盘，想说什么又忍住了。

（三）

那天一早就下雪，当荣锦按照铁馨提供的信息驱车来到欢喜岗下的时候，已经接近中午，几个月前调查奶花芸豆生产情况的时候，这里还是豆谷飘香、层林尽染的大好秋色，现在却是白茫茫的一片雪景，不远处的农舍的屋檐下挂出了迎接春节的红灯笼，屋顶上的烟筒炊烟袅袅，眼前的景象里洋溢着农民享受劳作成果的喜悦和满足。

荣锦已经没有了当初的心情，他开始后悔当初的莽撞，如果当初考虑周全，就不会有今天的情况，那现在焦虑的就是那些炕头上数钱的农民。

不过，如果这笔押汇最终没有收回来，有可能导致银行停办这类融资，明年上当受骗就该轮到这些农民了，接下来，就不会有人再种奶花芸豆了，可以说，一次失信就杀死几代奶花芸豆，杀死了本应兴旺的一个产业。

走进烧火营子，就听有人说看见占景中上山打过猎。荣锦想去村口的羊汤馆吃口饭再打听一下。刚走到羊汤馆门口，就看见那台破旧的 212 停在那里，荣锦快步走进羊汤馆，从雪地里一下子来到昏暗的屋内，加上升腾弥漫的羊汤热气，眼睛一下子不适应，荣锦用力眨眨眼睛，才看清屋里影影绰绰的人影，在最里面的那张桌子后面，一道凌厉如电的目光射过来，牢牢地盯在荣锦身上。

"真不愧是警察的后代，厉害！"那目光说话了。

"还是占连长厉害，足智多谋，胆大妄为！"荣锦应着那两道目光，在目光对面坐下，看桌子上只有一碗羊汤，便招呼店老板加菜加酒。

"我要妄为，早跑到南非去了，还能在这里喝羊汤？"占景中点着一根烟。

"那我就去南非找你。"荣锦轻轻说道。

"真有你的。"对方叹了口气。

荣锦不说话，外面雪停了，阳光斜照进屋子，两个人坐在暗影里，看着袅袅上升的烟气。两人心照不宣地坐着，似乎都等着对方先说话。

"雪后的兔子最好打了，等下要不要一起打兔子？"占景中突然提议道。

"枪都上缴了，怎么打？"

"我还有，就在车上，正好两把，怕是你都不会用了吧？"占景中不忘挖苦荣锦。

"这里是不是已经禁猎了？"

"管它呢，不上山打两枪就太辜负这场雪了。"占景中看来经常来偷猎。

"不行，被人看见，报警咱俩就得一起进局子。"荣锦说道。

"没事，这里我说了算。"占景中一副满不在乎的样子。

"那也不行。"

"荣锦，他们都说你将来能干大事，我看未必。"

"为什么？"

"太守规矩。"

"能不能干大事，我没想过。我只是守我认为该守的规矩。"

占景中点点头，诡秘一笑，说道："那好，我们今天，就立一个规矩。"他把烟头在桌子上按灭，"这样，我们上山比一比，看谁打的兔子多。你赢了，我就跟你走，啥都听你安排。"

"那我输了呢？"荣锦问。

"一年之内别来找我。"

荣锦沉吟半晌，论经验和射术，他都是对方的手下败将，可是不答应，正面硬性追讨，手里没有任何东西可以约束、征服对方，恐怕也没有啥效果，不如尝试一下，倘如输了，那就换作别人来追，他也休想逃债。想到这，荣锦说道：

"既然比，那就认真正式一点，你让我稍稍准备一下，明天上午咱们比赛，怎么样？"

"好啊，没问题。"占景中喝了口酒。

"一言既出，驷马难追！"荣锦有点不放心，特意提醒对方。

"放心，我不是叶炳雄，也不是卢笑江。"占景中安慰荣锦。

（四）

下午，上网查了很多关于无枪捕猎方法的荣锦买了三捆扣大棚用的地膜和夹子、绳子和钉子，他要给占景中来一个"出其不意"。

第二天一早，等荣锦赶到欢喜岗半山腰那块平地上时，占景中早就等在那里了，他用奇怪的目光盯着荣锦看，因为荣锦真的没有带枪，只是从车上拽下来一个鼓囊囊的麻袋。

"装兔子用的！"荣锦笑嘻嘻地解释。

"人人了吧，上午你能打这一麻袋？而且还想徒手？你以为你是老铁呀？"占景中瞪着那双探照灯一样的眼睛。

"不行，比赛原则就是公平，你必须要有把枪，我给你把准星校正好了。"占景中转身回到212里，拉出两把小口径，扔给荣锦一把，问荣锦需要多少子弹。荣锦摇摇头，把枪还给对方。

"是不是已经认输了？"占景中更加狐疑。

"还没开始呢，哪能认输？"荣锦也不看他，自顾自地整理麻袋里的东西。

"那好，现在开始，分头行动，中午十二点前此地集合。"占景中说着便掉头走进铺着厚厚积雪的丛林，他的腿脚虽然有毛病，可走路一点不慢，因为怕误伤，两个人要拉开五六百米的距离。

荣锦的动作倒是慢慢吞吞，其实他心里也没底，网上介绍说这是禁枪以后很多非法捕猎惯用的招数，就不知网上会不会骗人。

冬天的天空碧蓝如洗，树林里弥漫着松树香气，山坡上的雪已经没到了小腿肚子。一只野兔正在雪地里觅食，感觉有人在附近，拔腿就跑，怎奈积雪太深，根本跑不快，身手矫健的人真的可以徒手抓住它。看来禁枪禁猎后，野兔的数量比前几年多了不少。荣锦现在眼力很好，腿脚也不差，但徒手抓兔子也得费番功夫，肯定比不过神枪手占景中。

他沿着平缓的山坡向上走了大概两百米，看这里树木排列整齐，疏密均匀，便停下来，开始布置：他以这些树干为支点，以树的根部为基点，用地钉把地膜和地面接触的边缘牢牢固定在雪地里，一张用透明塑料薄膜制作、垂直于地面半米高的大网就做成了。它的面积差不多有一个篮球场那么大，只有一个五米宽的开口，冲着坡下，像一个张开的大口袋。

因为有专业的固定工具，荣锦干得很快，不过弄完这些，也是累得满头大汗，不过他不能歇，得赶快进行下一个环节——赶兔子。他从麻袋里拿出一个铝盆，向坡下走出一段路，然后开始用铁钳子用力敲击盆底，嘴里还大声吆喝，惊得四周的麻雀和乌鸦四散奔逃，眼看着四五只黄色的野兔从雪地里一跃而起，向山坡上逃窜。荣锦敲着盆，大声嚷嚷着继续跟在它们后面，见有三只野兔进了网，他站网口又把它们往里面赶了赶，看它们跑到里面了，便又退回到坡下，重新敲起盆。如此循环往复，每次都有三两只兔子被他赶进大网。这些兔子进了网里就如同进了迷城，根本找不到出口，半透明地膜，在兔子眼前也足以充当严实合缝的围墙。

占景中在另外一面山坡上，隐隐约约听到荣锦的叫声，他很纳闷儿，不知荣锦在搞什么鬼，难道是被兔子咬了，兔子逼急了真咬人，只是咬不死而已。

不过，他现在已经顾不上荣锦，完全进入了狩猎的最佳状态，七八只野兔已经收入囊中，照这样下去，到中午十五六只不成问题，让荣锦看看，他占景中现在还是一条好汉。

时间过得很快，十二点到了，占景中的包囊里装满了猎物，连枪杆上也挂着七八只野兔，龇牙咧嘴、气喘吁吁地回到停车的地方，看荣锦早已经靠在车窗上气定神闲地等着他呢，看他手上和周围，空空如也，放车上了？还是一只没打着？嘿嘿，真是菜鸟，就这水平还敢应战？但看荣锦的表情却看不出任何落魄失意的样子。

"老远听你大呼小叫，怎么一只没打着？"占景中问。

"你打了多少？"荣锦反问。

"十六只！怎么样？"占景中把包囊砰地扔到地上。

"厉害！真玩命啊，累坏了吧？"荣锦挺关心对方。

"是啊，早知道你这样，我就不这么使劲了，还以为你有点水平呢。比不过就别比，还是个信贷员呢，说话做事能不能实在点！"占景中抱怨道。

荣锦从车上拿下一瓶水递给他，笑笑说道："哈哈，以后向你学习，老实说话，诚实做事；不过这次你还要给我做一次榜样，咱们话有前言，不能说了不算啊。"

"啊？你是说我输了？"占景中的黑眼睛里一时全是问号。

"来，你跟我去看看。"荣锦一招手，自己先走在前面，占景中一脸狐疑地跟在后面，等来到那张地膜大网跟前的时候，他简直不相信眼前的景象是真的：几十只野兔被围在大网中间，似乎也已经筋疲力尽，老老实实地趴在雪地里，有几只大公兔还想"越狱"，可半米多高的薄膜墙就足以让它们白费功夫。

"你还有这一招儿？跟谁学的？"占景中眼睛瞪得像个核桃，嘴巴也合不上了。

"以后再告诉你，怎么样，你输了吧。"荣锦瞥了占景中一眼，虽然说不上很得意，但对方失魂落魄的样子还是让他产生一种胜利的快感。

"你这招儿真高，我现在也是你这网里的兔子了。"

"唉，其实我何尝不是这网里的兔子，不过，要是你我和这网里的兔子值七十二万美元就好了。"荣锦说着自顾自把"网"收起，他要把兔子放生。

"你把它们放了，谁能把你我也放了？"占景中也过来帮荣锦。

"谁也不能靠，在猎人面前，猎物只能自己找生路。"荣锦语气平静。

"好吧，等下咱们一起好好商量商量，铁馨说你聪明过人，我还不信，这回我是彻底信了，你这一个头脑能顶我十个。"占景中看来对荣锦已经有点心悦诚服了。

中午，两人又来到羊汤馆，边吃边谈，起诉信保短期没有胜诉把握，荣锦建议占景中到南非追查芸豆款背后的情况，不过先想办法还一部分银行欠款，其余等日后景紫外贸财务状况改善了再说。对于这些建议占景中也点头同意，不过给人的感觉，他总有些心不在焉。荣锦想他可能是思想压力太大，也没过多留意。

随后的几天，占景中那边一直没有什么消息，这一天，景紫外贸的账户里突然存进了五百万元人民币并购汇美元，直接还清了逾期押汇本金。荣锦很惊喜，他还以为占景中要一步步分批归还欠款，没想到他一下子全还了，问他从哪里搞到的钱，占景中说你别管。

"跟你们领导要个官当当，别这么胸无大志，当心我徒弟也看不上你。"占景中在电话里教育荣锦，还扯上了铁馨。

"你管好你自己的事就行了。"荣锦道。

"对，咱俩的事就算扯平了，各不相欠。"占景中语气中有种沉重的东西。

"跟你说，过几天，可能有诚信基金的人找你，给你发奖金呢，别再失联了。"荣锦说。

"奖金？不是罚金就不错了。我尽力了，以后好自为之吧。"占景中说完便挂了电话。荣锦愣了好一阵，喜悦一下子消失了一大半，隐约还有些惴惴不安。

第二十四章

血祭筑信台

（一）

　　这天荣锦刚为金鼎商厦放了一笔临时性流动资金贷款，"小温侯"突然来找他。简单寒暄了几句，"小温侯"问荣锦知不知道占景中的下落，他听人说，占景中是荣锦的老客户，私人关系也不错。荣锦问为什么找占景中，"小温侯"咧咧嘴，说："你应该知道"。荣锦摇头，"小温侯"盯着他半天，也摇头，说荣锦肯定知道。

　　见"小温侯"这个样子，荣锦问占景中哪里得罪他了。

　　"他妈的，五百万元，他要是不还钱，就让他死翘翘。""小温侯"咬牙切齿地说道。

　　"他借你钱了？你们也不认识啊？"荣锦问，但心里已经猜到了八九分。

　　"除了贸易，我还干点金融，这年头，不能光为钱打工，也得让钱为我打打工，可遇上占景中这样不讲信用的主儿就麻烦了。不过这人也是个怪人，借我的高利贷去还银行的低息押汇，你说这人，不是脑子进水，就是着了你的道儿。"

　　听"小温侯"这么说，荣锦才彻底明白，原来占景中还的押汇是跟"小温侯"借的钱。可"小温侯"怎么搞起了高利贷，他忽然想起了最近当地人民银行通报的一起贸易融资案，这桩案件发生在当地的一家大型国有银行，贷款金额达到3000万元，伪造仓单用来融资质押，且还是老套伎俩——私刻公章。这伙人胆大妄为、堂而皇之，简直就是对银行信贷人员的羞辱，案件中最让人扼腕叹息的是这家银行的信贷调查审批人员，只要一个核实电话就能戳穿骗局，现场核查都没有查出质押仓单上的公章是假的。事后查明，这两个信贷人员都接受了融资方的贿赂。

这桩案件的调查处理还在进行当中，借款公司只是一个皮包公司，贷款面临全部损失的风险。荣锦想起案件里这个皮包公司好像就叫海台贸易。

"最近出事的海台贸易是不是你们？"荣锦突然问道。

"哦，""小温侯"轻轻地一挑眉毛，"这事你也知道了？"

"不跟银行借些本钱，我们这种体量的小公司怎么能玩得起金融呢。放在金库里的叫钞票，用出去才能叫资金，银行太懒，我们是帮你们银行投放，其实这种事很正常，资金转一圈，我们把贷款还上，啥事没有，多方受益。""小温侯"语气轻松自然。

"你这是犯法。"荣锦正色道。

"大不了账户查封，公司废业，法人代表跑路，我又能犯什么法？""小温侯"仍是满不在乎的样子。

"你不是法人代表？"

"我哪有那个本事，这个公司现在跟我一点关系都没有。""小温侯"不屑地应道，荣锦知道他们用的是金蝉脱壳，把一个空壳公司、工具人顶在前面，好便于实际操控人脱离干系。

"呵呵，真高啊，一开始就想好了退路，一开始就没想干好事。"荣锦挖苦道。

"不能这么说，我们都是直钩钓鱼、愿者上钩，占景中就是看了广告，主动找上门的。""小温侯"说道。

"素不相识的人你也敢借？"荣锦质疑道。

"实话跟你说，我们主要做民间的小额贷款业务，非常赚钱，我们玩的是大数法则，武力收贷，即使有个别小额贷实在收不回来，也不影响我们赚大钱。要是超过百万元，就得上手段了。""小温侯"语气颇为自得。

"你们，你和谁？陈飞？"荣锦问。

"呵呵，不愧是'秀才'，真让你猜对了。""小温侯"干笑两声，"我现在就是给他干，飞哥现在干大了，专门搞投资和资本资金运作，手上控制两家上市公司，资产过亿，在全国各地都有分子公司。当年的斗岸大佬现在已经是全国知名企业家了。"说起陈飞，"小温侯"一脸崇拜。

"你和陈飞不是有过节吗？这种靠放高利贷起家的'大耳窿'你也信得过？"荣锦询问中有批评，也有不解。

"没办法啊，我只能这么选择，不过回头想想，也挺好，条条大路通罗马，有吃有喝有女人，还有大把的钞票，不也挺好嘛。""小温侯"说着抖抖腕子上镶钻的劳力士。

"当初你是不是没有还上欠款，最后以身抵债了？"荣锦当初就不太相信"小温侯"说的赌球赢钱的鬼话，但还是想确认一下。

"女人才有身可抵，大老爷们只能给人家干活了，他妈的白白给他们打了三年工，才有了工资，现在才算是自由身，不过还有点舍不得离开了。""小温侯"说这些的时候像说别人一样，语气平淡，曾经桀骜不驯、天马行空的个性似乎都被打磨殆尽。

"你能帮他做什么，帮他放贷收贷？用什么手段？'大耳窿'那一套在内地好使吗？"荣锦问道，在内心里叹了口气。

"毕竟哥们儿我有专业背景，内地和特区没啥不同，之所以你们银行不良资产太多，不是因为拿了人家的回扣，手段太软，就是些心慈手软，见不得血的人。我们不同，我告诉你，对恶人还得恶招儿，你看吧，这个占景中，我挖地三尺也得把这孙子找着。再跟你说句实话，想当年我管大库的时候就开始放贷，还没人敢欠我的钱！""小温侯"恶狠狠地说，眼露杀气。

原来这个"急公好义"的"小温侯"，一直做着违法的事，荣锦感到后背一阵阵发凉。

"你想用什么办法？"荣锦问。他对占景中借高利贷还银行贷款感到不安，后悔自己把占景中逼得太紧。

"我自有办法，""小温侯"诡秘一笑，话题转到荣锦身上，"其实，陈董事长对你非常赏识，倘若你在海美继续发展下去，肯定飞黄腾达了。特区机会还是多，你看短短几年，人家陈飞就是身价几亿的大老板了。"

说到这，"小温侯"看看荣锦，竖起拇指，说道："不过'秀才'真有你的，能让这么一个又硬又臭的家伙老老实实地借高利贷还你的贷款，兄弟我真是佩服你。"

"没什么，职责所在而已。"荣锦表面平静，其实内心很震撼，他感觉应该是占景中在舍命借债还贷，这么做的动力又来自何方呢？

"你们啊，把银行当成唐僧肉，用'邪术妖法'坑害银行，还口口声声说帮银行。"荣锦冷冷说道。

"没那么严重，银行这么大，信贷失误很正常，损失一点也无所谓，关键是人家都不像你那么把自己当回事，你呀，感觉自己是悟空，责任感十足，能力感爆棚。可惜啊，悟空只有一个，而且还是神话里面的，现实中，个个都是自顾自的八戒，或者是白吃饭的沙僧。哈哈，不说了，见到占景中，就说我找他，他要是不还钱呢，我们就只能用特殊手段了，奉劝他最好别逼我们那样，对谁都不好。""小温侯"说完，起身告辞。

（二）

又是在铁馨的安排下，荣锦见到了占景中，这次他躲到了筑信台，租了一间破旧的平房，身边一个人没有，腿伤大概又发作了，出来进去都要拄双拐，只有那双眼睛依然黑白分明。

看见他这样，荣锦心里挺不好过，没安慰几句就被占景中打断了："我这人就是个穷鬼命，钱财就是过眼烟云，当年看卢笑江风生水起、日进斗金眼红，被银行卡着脖子收贷憋气，现在想想，都是过眼烟云，以后就看你们的了。"

占景中看了眼荣锦，又说："你可能不知道我和铁馨的关系，我今天就说一说。我和佟紫没有孩子，是我身体的问题，佟紫是我生生给气走的，要不然她不会跟我离婚。佟紫是好女人，离了婚，也从来不跟别人说我不能生育，一直劝我治好病再找一个。我和铁馨爸曾一起习武，她一出生他爸就蹲了监狱，我就照顾她们母女俩，铁馨是我看着长大的……"

说到这，他回手从脏乎乎的床上摸出一盒烟，抽出一根点上，吐出一口烟，接着说道："其实，我从一开始就没看好叶全，他搞企业没毛病，但做人不敞亮，心眼儿太多，我一开始就反对铁馨和他处对象。但你就不同了……"

占景中把手放在荣锦肩上，语气加重了些："你是我们恩人的后代，不管你怎么样，人都要有仇报仇、有恩报恩。我和老铁知道老荣有你这个儿子，就不知在哪里。铁馨小时候，我就跟她讲，没有恩人，就没有你爸的性命，要是放在古代，按照烧火营子的风俗，就要把你送到恩人家做仆人，现在不兴这个，但咱们一定要竭尽所能报答人家。看来你俩很有缘，和铁馨也算是天生一对，以后就拜托你照顾她了。"

荣锦点点头，他以前知道占景中是铁馨的师傅，没想到还有这么深的关系，估计他能归还美元押汇，铁馨在背后应该做了很多工作，否则一场抓兔子游戏绝不会轻易让占景中就范。

"占总，感谢你对铁馨的照顾，还有对我的支持，我劝你去报案，这些人我了解，他们一定不会善罢甘休的，现在去报案是最好的对策。"荣锦劝说着占景中。

"他们的借据都是合法的，没法儿报案。"占景中笑笑，摇摇头，从床下搜出一把被锯掉枪把的"五连发"，轻蔑地说道："让他们来吧，最好让满超亲自来，我想跟他过过招儿，看看他有什么本事。"

俩人见劝说无效，也只能告辞出来。

"怎么办呢？"铁馨担心地问荣锦。

"陈飞他们心狠手辣，千万不能掉以轻心。还是劝他到外地躲躲吧。"

铁馨听了点点头。

又过了一周，这天，荣锦突然接到铁馨的电话，说占景中失踪了。荣锦问她在哪，她说在占景中租住的地方，荣锦让她等着，自己马上过来。等荣锦驱车赶到筑信台，一进占景中的住处，看到凌乱不堪的景象心里就翻了个，他捡起一只打翻在地的白钢水杯，对铁馨说道："坏了，一定是被他们绑架了。"

铁馨则在厨房里找到了一张字条，上面写着几个字"两天内拿钱赎人"，后面是一行电话号码。

"不行，我得去找到他！"铁馨急得满脸通红。

"千万别鲁莽行事，现在报警是最好的办法。"荣锦拉住她。

"要报你报吧，我要去救他！"铁馨攥着那张纸条，冲出屋子。荣锦赶紧跟出去，忽然好像想起了什么，又折返回屋子，低头在床下找了一番，发现床下空空如也，那把"五连发"不见了，心头不禁一紧。他连忙回到外面，铁馨的那辆桑塔纳已经不见了。

荣锦一时急得不知所措，他努力让自己冷静，脑子里努力回忆起那一行电话号码，然后果断拨打了110。

很快，三辆警车迅速赶到现场，他们让荣锦先跟绑匪联系。荣锦打电话过去，电话那边说话的是外地口音，问明荣锦身份后，对方说道："别废话，拿钱赎人，原来是一个人，现在变两个了，原来你得出五百万元，现在起码得八百万元。赶快啊，晚了，这两人就喂鱼了。"

荣锦脑袋轰的一下，他判断铁馨也被人家控制了，这个丫头，平时挺聪明的，怎么遇事这么莽撞。这时埋怨没有用，还是要先稳住对方。

"我手上有一百万元现金，先给你们送来，其他的我筹一筹，你们给我一点时间。"荣锦说道，带队警官示意荣锦拖长通话时间，荣锦知道他们在锁定绑匪的位置。

"先把钱拿过来。"对方说。

"怎么交给你们？"

"晚上你在占景中房子里等着，有人会给你打电话。你不要跟我们耍心眼儿，你要是骗我，我们可不客气。"对方威胁道。

"知道知道，你们要保证两个人的安全啊！"

"废话！不是我们要不要保证的问题，是你们想不想保证的问题。"对方不耐烦地回应着。

"知道，知道。"

警官给了荣锦一个手势，示意可以了，荣锦才挂断了电话。

三辆警车拉着荣锦风驰电掣地驶往锁定地点，等车到了目的地，荣锦才发现这里竟然是筑信台的台墙上，下面就是念信门。划入仙驾港开发区后，筑信台村已经被纳入新城区，筑信台也被定为市级文物古迹，当地有关部门用围挡将周围围起来准备修葺成文化公园后对外开放，现在是冬天，修葺工程停工，所以城台上平时没有人，绑匪肯定对这情况很熟悉，就把占景中弄到这个地方，估计铁馨也在这里。

一辆微型面包车就停在台墙下，估计绑匪应该不超过四个人，干警们决定实施抓捕。一名队长模样的便衣不知从哪弄来两顶安全帽，让荣锦戴上，自己也戴上，假装成工程维修人员去侦查一下。

他带着荣锦沿着马道上了台墙，马道上有几只烟头，明显有人来过。墙头上几十棵碗口粗的红柳长在一起，像一片枝叶浓密的树林，嗅觉灵敏的荣锦闻到树林里飘出一股香烟混合方便面的味道，里面肯定有人。

两个人故意说说笑笑往树林里走，刚走几步，一个人跳出来拦住了他俩，这个人五大三粗，面目凶狠，说这里正在施工，不准靠近。荣锦一边问对方是哪个单位的，一边用力向里面张望，见树下好像还有三个人，这四个人应该就是"小温侯"的人，有两棵树干上还一动不动地靠着两个人，可能是被绑在树上的占景中和铁馨。队长也看到了这些，他冲对方一笑，说声打扰了，便拉着荣锦退了出来。

回到墙下，队长说明了墙上的情况，对干警们做了部署。

"人质应该被绑在树上，对方有四个人，咱们八个人分两组，两人对付一个，从台墙两侧夹击围捕罪犯，动作要快。"

"罪犯手里至少有把猎枪。"荣锦提醒道。

"你就别上去了，我们有防弹衣。"队长说。

"不行，我女朋友在上面，我得上去。我还行，当过保安队长，不会给你们添麻烦的。"荣锦急着要上去。

"那好吧，你躲在后面。"队长点头答应了。

九个人从两侧马道悄悄上了墙头，慢慢靠近树林，那几个绑匪正在树上解绳子，看起来要移动人质换地方，几名干警掏出手枪、手铐，一下子就冲了上去。

"趴下，都给我趴下！"便衣们按照之前的部署像饿虎扑食般扑向罪犯，瞬间就扑倒了三个，只有之前那个大块头还在挣扎，这个家伙力气很大，摆脱了两名干警，一个就地十八滚，滚到一棵树后，等他从树后探出身子的时候，手里多了一支猎枪。荣锦在后面看着，那把枪就是占景中的五连发，他另一胳膊夹着一个人，那人低着头，很虚弱的样子。荣锦被吓了一跳，定睛一看，才看清是占景中。

"你们别过来，过来我就一枪打死他！"大块头穷凶极恶地喊道。

几名干警拿着枪，把他围住，但也不敢轻易靠近。荣锦密切盯着眼前发生的情况，同时用余光急切地搜寻着铁馨。此刻，铁馨已经被一名干警从树上解下来，但她只是朝荣锦的方向看了一眼，便把目光牢牢锁定在大块头和占景中身上，她当下恨不得扑不去把大块头撕碎。

"你们都给我退后，让开一条道。"大块头怒吼道，他用胳膊夹着占景中的脖子，占景中看起来被毒打过，腿荡浪着，根本站不起来，只能用双手把着大块头的胳膊，翻着白眼，面无血色。

干警们面面相觑，一时无计可施，手上的枪也放了下来，那位队长也没有什么好办法。荣锦心一横，高举双手，从后面走了过来。

"老板，我是这个人的家属，你这样夹着他，他会被你夹死的。这样，我来换他，你还能走快点，好不好？"荣锦说道。

大块头看看荣锦，又看看胳膊上的占景中，看样子心里有点动摇。

"放心，我不会害你的。"荣锦又说道，这时他已经走到大块头面前。

"好，看你也没这个胆量。"对方同意了荣锦的建议，他命令荣锦转过身，高举双手，然后把五连发顶在荣锦的后背上。

"走，往前走。其他人都他妈的给我退后。"大块头喝道，他松开占景中，顶着荣锦往马道走。此时占景中已经昏迷了，大块头一松手，他就瘫在墙头上。

荣锦慢慢往台墙下走，他估计大块头是想去开那辆微型车，他必须在这之前想出一个办法制服对方，否则自己肯定凶多吉少。

两人已经走到马道附近，如果下了马道，狭窄的空间将更不利于干警开枪，荣锦想回手夺枪，可又没有太大把握，对手力气很大，正当他焦急万分的时候，突然从旁边冲出一个人影，以一记凌空飞脚踢向大块头拿枪的手。大块头反应也很快，稍一侧身，拿枪的手向上一抬，躲过这一脚，回手就把枪口对准了袭击的人，没等他开枪，荣锦猛地转过身，一把抓住大块头拿枪的手，用力抢夺他手中的猎枪，大块头狞笑着，双手牢牢抓住枪身，同时把枪口移向荣锦的身体，这家伙力气太大，荣锦眼看枪口对准了自己，此时躲闪已经来不及，只能用力推开枪口，但力气又没对方大，荣锦陷入了绝望。

千钧一发之际，那个身影又扑过来，这次是扑到枪身上，奋力将大块头的枪口从荣锦身上移开。

"轰"枪响了，荣锦觉得手上一松，那个身影震了一下，挣扎着倒在荣锦身上。

"砰，砰，砰"警察的枪终于响了，大块头摇晃着身体，惨叫了一声，便顺着马道栽了下去。

这一切都发生在一瞬间，让人来不及思考。等枪声过了，荣锦才发现倒在自己身上的竟是铁馨。此时的她紧闭双眼，牙关紧咬，脸上痛苦万分，但两只手却像两把铁钩子牢牢抓着荣锦的双臂，用自己的整个后背护着荣锦的身体。

"铁馨！九儿！"荣锦高声呼唤。

"你没事吧？"铁馨声音微弱。荣锦低头一看，吓了一跳，只见铁馨的左腿上有好几个血洞，鲜血已经把裤子染红了。他急忙脱下上衣，给铁馨包扎。

"赶紧上医院！"队长命令道。荣锦一把把铁馨背在背上，在其他干警的帮助下，下了台墙，上了一辆警车，直奔最近的医院。台墙上留下一大片殷红的血迹，像一大朵艳丽的花朵在绽放。

占景中也被送到医院，他只是被打了一顿，是皮外伤，而铁馨因为伤势太重，被转送到省城医院，荣锦一直陪护在身边。由于是近距离中枪，导致铁馨身体多处粉碎性骨折，软组织也被"枪砂"伤害严重，左腿膝盖以下只能截肢。

荣锦和铁馨父母都很难过，做完截肢手术后。荣锦当着铁馨的面，含着眼泪说："从今以后，我就是你的仆人。"

铁馨脸色平静地看着他，一字一顿地说道："用不着，你去做你的事吧，否则就对不起我这条腿。"

"没想到结果会是这样。"看着铁馨缠满绷带的大腿，荣锦难过得直摇头。

"一条腿换一条命，很值，很好，我特别高兴。"铁馨安慰着荣锦，脸上露出久违的笑容。

"铁馨，如果……如果叶全变了心，我就娶你！"荣锦说着，握住了铁馨冰凉的手。

铁馨一愣，水汪汪的眼睛看了荣锦许久，才摇摇头，轻轻说道：

"我不想嫁了。你找个别的姑娘吧，你幸福，我比谁都高兴，真的！"铁馨说着慢慢从荣锦手中抽回了自己的手。

"我要等你决定嫁给我，为此我可以等上一辈子。"荣锦着急地又去抓铁馨的手。

"比我好的姑娘很多，你就忘了我吧。"铁馨又挣脱了他的手。

"不行……你说的不算。"荣锦急了。

"你冷静下来好好考虑一下，过两天再讨论这个问题，好吗？"铁馨淡淡地说道。

这时，护士过来换药，荣锦站起身，让出位置，但并没有要离开的意思。铁馨一反常态，让荣锦回避一下。荣锦不愿意走，护士瞪了他一眼，冷冷地说道："请你尊重女病人。"

荣锦只能退出病房，他在走廊里站了一会儿，转身走到护士站，借来笔和纸，写了几行字，然后折起来，让站里的值班护士打针的时候交给铁馨，值班护士没接纸条，而是瞪起眼睛，对荣锦训斥道："你也太心急了吧，这么快就要提分手？！"荣锦苦笑着应道："还没牵手，哪来的分手？我这是牵手保证书，请你一定交给她，拜托了！"说罢，用力向护士点点头，然后就默默离开了医院。

在医院门口，荣锦上了一辆出租车，司机问去哪，荣锦随口说了个地方。半个小时后，车就顺着新修的高速公路，来到了筑信台，围着整个城台转了一圈，停在念信门下。荣锦下了车，抬眼看那扇紧闭的台门，早春的夕阳如同巨大的血红封印，将整个城门笼罩在下面，再仰头看它后面辽阔的天空，一行北归的鸿雁正排着"人"字。雁阵高高掠过，大雁疲惫而坚定地扇动着翅膀，也扇动着荣锦的心扉，在雁阵里，他似乎看到了信守诺言的粉蝶和十娘，看到了难酬蹈海的南军将士，看到了舍身取义的父亲和师傅，看到了诚信圣洁的范小琳……这一刻，他觉得自己的心也跟着他们飞了起来。

此时，病床上的铁馨正把那张字条展开，只看了一眼，眼泪就夺眶而出，小护士一边关切地递上纸巾，一边偷瞄纸条上面的字。开头一行已经被铁馨的泪水打湿，有些迷糊不清，后面两行也有泪痕，但因笔道粗大有力，仍显得异常清晰。

小护士似乎有些看不懂，懵懂中不由得轻声念了出来：

"……本人荣锦郑重声明：将用余生监管并担保叶全信守与铁馨的爱情、婚姻之约定，叶全如有违约，本人将无条件践行担保责任，代位履约以保证铁馨终身之幸福，此声明即日生效，永不撤销！"